HEIDABIMBAM!

Harald J. Marburger, 1973 in Sigmaringen geboren, wuchs im benachbarten Pfullendorf auf. Er veröffentlichte Horror-Kurzgeschichten bei »Geisterjäger John Sinclair« und war als Polizeiübersetzer, Filmemacher, Musiker, Porzellanverkäufer, Cutter, Werbetexter und Simultandolmetscher tätig. Aktuell arbeitet er als Redakteur und Autor für ProSieben. Sein erster Roman »Totengräberspätzle« wurde mit dem Glauser-Preis für den besten Debütkrimi 2018 ausgezeichnet.

Dieses Buch ist ein Roman. Handlungen und Personen sind frei erfunden. Ähnlichkeiten mit lebenden oder toten Personen sind nicht gewollt und rein zufällig. Im Anhang findet sich ein Glossar.

HARALD J. MARBURGER

HEIDABIMBAM!

Kriminalroman

emons:

Bibliografische Information der Deutschen Nationalbibliothek
Die Deutsche Nationalbibliothek verzeichnet diese Publikation in der Deutschen Nationalbibliografie; detaillierte bibliografische Daten sind im Internet über http://dnb.d-nb.de abrufbar.

FSC
www.fsc.org
MIX
Papier aus verantwortungsvollen Quellen
FSC® C083411

Umschlagmotiv: Valentino Sani/Arcangel.com
Umschlaggestaltung: Nina Schäfer, nach einem Konzept von Leonardo Magrelli und Nina Schäfer
Gestaltung Innenteil: César Satz & Grafik GmbH, Köln
Lektorat: Christiane Geldmacher, Textsyndikat, Bremberg
Druck und Bindung: CPI – Clausen & Bosse, Leck
Printed in Germany 2019
ISBN 978-3-7408-0660-6
Originalausgabe

Dieser Roman wurde vermittelt
durch die Agentur Petra Eggers, Berlin.

Für Emma und Noemi,
die zauberhaftesten Zwillinge unter der Sonne

Man soll den Teufel nicht an die Wand malen, sonst kommt er.
Wilhelm Hauff (1802–1827),
schwäbischer Märchendichter und Romancier

Der grüne Diamant ist nicht für Menschen da.
Kolumbianisches Sprichwort

Prolog

Willkommen in Muggenpfuhl. Stellen Sie sich eine typische schwäbische Kleinstadt vor, mitten im tiefsten Winter. Es ist noch früh am Morgen. Über den Schornsteinen der hübschen Fachwerkhäuser steht Rauch wie erstarrt in der eisigen Luft. Eine frostige Windböe wirbelt Schnee durch verwinkelte, enge Backsteingassen. Vereinzelte Autos schieben sich wie in Zeitlupe durch die Innenstadt.

Blickt man auf die große Kirchturmuhr, könnte man den Eindruck gewinnen, dass selbst die Zeit stehen geblieben ist. Die Zeiger sind nämlich genau um sieben Uhr fünfundvierzig festgefroren. Das Thermometer neben dem Schaufenster eines gut aufgeräumten Optikerladens, der auch noch für Hörgeräte wirbt, zeigt minus zweiundzwanzig Grad an. Eine weitere Windböe bläst Schneeflocken an den hohen, mit Stacheldraht bewehrten Mauern eines kleinen Polizeipostens vorbei. An seiner Eingangspforte warnt ein Anschlag eindringlich vor den Gefahren des Erfrierens. Daneben wirbt ein Gefängnishotel um Gäste, die ihre Nacht in »authentischen Zellen« verbringen können.

Die Flocken tanzen weiter bis zu einem kleinen Friedhof, wirbeln unter seinem schmiedeeisernen Tor hindurch, das ein großes Vorhängeschloss und eine Kette geschlossen halten, an Eiszapfen vorbei, die fast bis zum Boden reichen. Einige sinken auf schneebedeckte Grabmäler und Marmorengel nieder, die anderen weht der Wind in Richtung des angrenzenden städtischen Krankenhauses.

Dann geht es die Innenstadt hinunter, vorbei an einem verwaisten Dorfbrunnen, einem malerischen Hotel und einer Trattoria. Die daumennagelgroßen Eiskristalle passieren eine Bäckerei und eine Sparkasse und fangen sich schließlich in den Trauerweiden am Ufer eines kleinen zugefrorenen Stadtsees, die immer mehr wie explodierte Zuckerwattestangen aussehen.

Zu sehen ist niemand, doch von überallher sind angestrengte Geräusche zu hören. Sie stammen von Schneeschaufeln und Scheibenkratzern, die über Gehsteige und Autoscheiben rutschen. Präzise, akkurat, schwäbisch. Nach einer Weile kehrt wieder Ruhe ein. Der Wind flaut ab. Nichts bewegt sich.
Wie wahrscheinlich ist es wohl, dass ebendiese Kleinstadt zum Schauplatz eines ungeheuerlichen Smaragddiebstahls werden wird? Ungefähr so wahrscheinlich, wie dass der Bodensee gefriert? So viel sei verraten: Angefangen hat alles schon viel früher. Und ganz woanders ...

Kolumbien, 1995
Sierra Nevada de Santa Marta

Airao ist auf dem Weg, die Welt zu retten. Mit tapferen kleinen Trippelschritten folgt er seinem Vater Nahuango, der mit großem, raumgreifendem Tritt den schmalen Felspfad durchmisst, sodass Airao kaum folgen kann. Über ihnen wachsen wuchtig und massiv die ewigen Gipfel der Anden auf. Der Geruch nach Schnee liegt in der Luft. Obwohl ein kalter Wind weht, sind beide barfuß. Während das seinem Vater jedoch nichts auszumachen scheint, tritt der kleine Airao vorsichtig auf.

Der Weg ist steinig, und Erdwurzeln und Schlingpflanzen ziehen sich durch die Erde wie Adern unter einer Steinhaut. Sie gehen immer ohne Schuhe, damit sie den Kontakt zur Mutter Erde nicht verlieren. So hat es Airao von seinem Vater gelernt. Alles ist mit allem verbunden.

Sein Vater ist Nahuango, der große *Mamú*, der Schamane ihres Stammes, und eines Tages soll Airao in seine Fußstapfen treten. Sein Vater kann viel. Er ist der Einzige, der schon in den Kolonien war, die mehrere Tagesreisen entfernt, südlich des kleinen Dorfes, liegen – bei ihren »kleinen Brüdern«. Sie kommen nie ins Dorf, denn sein Vater traut ihnen nicht. Er verwischt seine Spuren, sodass sie ihm nicht folgen können.

Trotzdem lernt er ihre Sprache. »Sie werden kommen, Sohn. Ob wir wollen oder nicht. Das ist die Bestimmung der kleinen Brüder.«

Obwohl er erst acht Jahre alt ist, hat Airaos Ausbildung bereits begonnen. Im Moment scheinen ihm die Fußstapfen seines Vaters allerdings viel zu groß.

Nahuango, den sonst nie etwas aus der Ruhe bringt, ist mitten in der Nacht aufgeschreckt aus unruhigem Traum. »Wir müssen zur *Eswama*. Etwas … ist dort.« Mehr hat er nicht gesagt.

Die Eswama ist eine heilige Höhle, versteckt, hoch in den Bergen. Dort bewahren sie ihre Heiligtümer auf.

Sein Vater hat gelernt, auf die Stimmen der Geister zu hören, und sie sind früh am Morgen aufgebrochen.

Mittlerweile sind sie seit drei Stunden unterwegs. Mitgenommen haben sie nur das Nötigste. Etwas Wasser, Maisbrot und Koka.

Der Dschungel ist erfüllt von unsichtbarem Leben. Geheimnisvoll rauschen die Palmblätter, verborgen im Dunst, der wie Maniokbrei träge von der Höhe herunterschwappt. Affen beobachten sie gleichmütig von den tief hängenden Ästen riesiger Mahagonibäume. Papageien, versteckt in wilden Bananensträuchern, kreischen ihnen hinterher.

Die runden Hüttendächer ihres kleinen Dorfes sind längst im aufziehenden Nebel verschwunden. Der Weg ist stetig steiler geworden. Sie sind bald am Ziel.

In der Höhle lagern die Masken der Tairona, die Sonnenmaske, die es ihnen erlaubt, ihren Geist auf die Reise zu schicken, die Maske der Mutter, die unsichtbar macht, und … die Herzen der Erde. Ohne sie können sie ihre magischen Tänze nicht tanzen. Und ohne die schaffen sie es nicht, die Welt im Gleichgewicht zu halten.

Yulúka. Das Gleichgewicht aller Dinge. Etwas, das ihre kleinen Brüder in den Tälern nicht verstehen wollen. Sie, die mit ihren Baggern Wunden ins Fleisch der Erde reißen, die Augen von Mutter Erde mit Giften verschmutzen und ihren Atem mit schwarzem Rauch verpesten. Wenn Airao und sein Vater nicht wären, dann wäre das nichts weniger als das Ende der Welt. Davon ist Airao zutiefst überzeugt.

Vor ihm verschwimmt sein Vater im Nebel und zwischen den Felsen. Er kann ihn kaum noch erkennen. Seine Haut hat die Farbe der Steine angenommen. Airao sieht nach unten auf seine Füße. Auch sie werden langsam granitgrau. Er fühlt sich jetzt eins mit dem Berg. Einzig das flatternde Leinenkleid und sein hoher weißer Hut verraten ihm, wo sein Vater ist. Links und rechts des Wegs sucht er nach Spuren. Er versteht den Wind und kann die Erde lesen. Und etwas beunruhigt ihn zutiefst. Das kann Airao fühlen.

Dann erscheint sie im Nebel: die Brücke. Airao hat eine Heidenangst vor ihr. Aneinandergebundene Palmstämme, glitschig vom Morgentau, über einem Hunderte Meter tiefen Abgrund. Alles schaukelt und zittert. Ganz unten schlängelt sich ein kleiner Fluss durch karges Gestein.

Airaos Herz klopft wie wild. Jeder Schritt eine Überwindung. Ein Fehltritt – der Tod.

Endlich ist er drüben. Zwischen Felsdolmen klafft ein fast unsichtbarer Spalt. Die Höhle. Eben noch sieht er einen weißen Zipfel Leinen im Eingang verschwinden – dann ein Schreckensruf.

Zögernd betritt Airao den Eingang. Fahles Licht umfängt ihn. Er folgt einem schmalen Höhlengang, der sich rasch verbreitert, und erstarrt. Wie ein Stück Abfall, achtlos auf den Boden geworfen, liegen dort ihre zwei heiligen Masken im Schmutz. Er eilt weiter, bis er die Haupthöhle erreicht. Dort, wo bislang auf einem Steintisch aufgereiht die Herzen der Erde geruht hatten, ist … nichts.

Stattdessen daneben: die Überreste einer kleinen Feuerstelle. Eine verrostete Pfanne. Essens- und Verpackungsreste. In ihrer heiligen Höhle. Unfassbar. Die Diebe haben nach ihrem frevelhaften Diebstahl auch noch hier gegessen.

Airao fühlt den Blick seines Vaters auf sich ruhen. Noch nie hat er ihn so angesehen. Trauer, Verzweiflung, Abschied und noch etwas anderes liegen in seinen Augen.

»Vater, was passiert jetzt? Ist das schlimm für uns?«

Die singende Stimme seines Vaters hallt brüchig von den Felswänden. »Viel schlimmer ist es für die kleinen Brüder. Airao, die Herzen der Erde sind ein mächtiges Werkzeug für uns. Sie helfen uns, mit Mutter Erde zu sprechen, um so ihre Wunden zu heilen. Doch für alle anderen sind sie ein Fluch. Wir müssen sie wiederfinden.«

Nachdenklich dreht er eine leere Konservendose in der Hand. Darauf ist das Bild eines Löffels zu sehen, auf dem ein runzliges, viereckiges Teigstück liegt. Darunter steht ein verschnörkelter Text. Jesuitische Missionare haben den Vater einst Lesen gelehrt. Stockend liest er: »Meine Original Schwäbischen Maultaschen. Spitzenqualität seit 1970.«

An diesem Tag endete die Kindheit des kleinen Airao.

Augen im Teppich

»Herrschaftszeite! Kannsch jetzt mol Ruh gebe!«, flucht Wilhelm Schiedinger.

Am letzten Tag seines überaus schwäbischen Lebens schläft der reichste Einwohner von Wald, einem kleinen Dorf in Oberschwaben, schlecht. Der Name rührt vermutlich daher, dass es rings um das Dorf tatsächlich nur Wald gibt. Wald im Westen, Wald im Osten und Wald im Norden.

Nachdem er sich eine Weile erfolglos in dem riesigen Mahagonibett mit den fein ziselierten Schnitzereien herumgewälzt hat, steht er schließlich auf. Seit dem Tod seiner Frau Gundula ist das Bett viel zu groß für ihn.

Der Wind bläst laut ums Haus, die Dachbalken knarren, und seine Blase drückt ihn. Es ist nicht ganz klar, ob sich Schiedinger mit seinem Fluch auf den Wind oder seine Blase bezieht. Die ist immerhin schon achtzig Jahre alt oder, um es mit den maliziösen Worten seines vermutlich überbezahlten Hausarztes auszudrücken: »Das Alter ist die Krankheit, an der man zuletzt stirbt.«

Er schreckt zusammen, als die Glocke des unpraktisch nahe gelegenen Kirchturms anfängt zu läuten, und schlägt sich das Schienbein am barocken Betthocker an.

»Herrgottzzz…!« Er verkneift sich den Fluch. Vielleicht gibt's ja doch einen Gott, der ab und zu zuhört.

Ein Ankleidespiegel mit Goldbordüre zeigt einen hageren alten Mann in weißem Nachthemd mit grauem Haar, das sich wie ein verstrubbelter Heiligenschein um seine Stirnglatze gruppiert. Darunter ein hartes, verkniffenes Gesicht. Er schneidet eine Grimasse, reibt sich das Schienbein und schlüpft in seine Pantoffeln.

Eine gute Ausrede, um nicht in die Kirche zu gehen, hat er jedenfalls nicht. Sein Haus, ein riesiger, im Jugendstil erbauter, finsterer Klotz, liegt nur dreihundert Meter Luftlinie von der

Pfarrkirche entfernt. Neben einem Klosterinternat, das eine Schule für höhere, seiner Meinung nach völlig durchgeknallte, Töchter beherbergt. So ist das in diesen kleinen Dörfern. Alles ist viel zu nah.

Im Haus ist es kalt. Der Winter hat gerade erst angefangen, seine eisigen Zähne zu zeigen. Aber: Warum unnötig Geld für die Heizung ausgeben, wenn es auch lange Unterhosen gibt? Dieser Geist hat ihn groß gemacht. Und reich. Leider fehlt er seiner verzogenen Nachkommenschaft völlig.

Er hat zwei Söhne. Beiden sind die schwäbischen Tugenden irgendwann im Laufe ihrer Adoleszenz abhandengekommen. Er ist dagegen gewesen, sie auf ein College in England zu schicken, aber seine Frau hat sich durchgesetzt. Schon was diese Engländer essen ... Heilig's Blechle! Fische mit Chips und Essig – also wirklich. Zurückgekommen sind sie mit einem Haufen wirrer Ideen, die nur eines gemein haben: Sie kosten Geld. Als ihm sein Jüngster damit kam, dass er einen Firmenjet brauche, hätte er ihn fast mit seinem Gehstock verprügelt. Apropos Gehstock: Den hat er in der Schlafzimmerecke vergessen.

Ächzend tastet er sich die Treppe hinunter. Das Licht lässt er aus, um etwas Strom zu sparen. Wehret den Anfängen, denkt er noch, dann vertritt er sich im Dunkeln ein Bein und stürzt beinahe die Stufen hinunter. Ein stechender Schmerz fährt ihm in den Rücken. Schiedinger hatte zwei Bandscheibenvorfälle, und in seinen alten Knochen sitzt die Gicht.

Den Rest der Strecke zum Klo legt er humpelnd zurück. Sein Schatten folgt ihm bucklig und riesig. Auf der Toilette wartet die nächste unangenehme Überraschung. Als er sich auf den ebenfalls mit Bordüren (violett!) verzierten Lokus niederlassen will, stellt er fest: Es geht nicht. Er muss sich einen Nerv eingeklemmt haben.

»Herrgottsackzementaberau!«

Wilhelm Schiedinger, Besitzer einer weltweit agierenden Firma von Steckregalen, kann sich nicht einmal auf die Toilette setzen. So sieht das aus. Jämmerlich.

Der Wind bläst so heftig, dass die Rollladen klappern. Schiedinger hört ein helles Klirren. Klingt, als ob ein Dachziegel heruntergekommen wäre. Und gleich noch mal. Im Geiste überschlägt er bereits die Kosten für den Handwerker und flucht halblaut vor sich hin. Ganz vorsichtig, beide Hände am Waschbecken, versucht er, sich mit zusammengebissenen Zähnen zu setzen.

Es ist Samstag, sein Hausarzt ist im Urlaub (definitiv überbezahlt!), und den Sanka will er wegen einer solchen Lappalie schon gar nicht rufen. Er muss sich nur das Gerede der Leute im Ort vorstellen. Wald hat zwar nur knapp über zweitausend Einwohner, doch die tratschen für ihr Leben gern. Kein Wunder – außer einem Trimm-dich-Pfad, *einem* Café, einem kleinen Weiher hinter dem Internat für ungeliebte Töchter gibt's hier nicht besonders viel.

Schiedinger schnauft schwer. Es klappt. Der Adler ist gelandet. Erleichtert entspannt er sich ein bisschen.

Er braucht dringend einen Schnaps und einen Moment allein mit seinen Lieblingen. Da gibt's nämlich ein paar Dinge, die seine Söhne nicht wissen. Und er denkt nicht im Traum daran, seine kleinen Geheimnisse mit ihnen zu teilen.

Stirnrunzelnd begutachtet er das Resultat seiner Sitzung. Jämmerlich. Resigniert betätigt er kurz die Spülung. Unglaublich, was die meisten Menschen für Wassermengen verschwenden.

Vorsichtig humpelt er weiter durch den großen Salon. Ein Dienstmädchen, eine fröhliche Afrikanerin, macht hier einmal die Woche sauber. Sie erinnert ihn an seine Frau, und er hat es nicht übers Herz gebracht, sie zu entlassen.

Unter dem großen Kristalllüster humpelt er zu der Rückwand aus dunklem Mahagoni. Ein Blitz erleuchtet sekundenlang den Saal. Einen Moment glaubt er, jemanden zu sehen. Dort, im Schatten des Kanapees. Sein Herz schlägt ihm bis zum Hals. Er zwingt sich, ruhiger zu atmen. Zu dumm, seine Brille hat er natürlich auch nicht mit.

Ein Herzinfarkt, vor dem ihn sein Hausarzt seit Jahren

warnt, ist das Letzte, was er jetzt gebrauchen kann. Vor allem: in Unterhosen und Nachthemd.

Gott sei Dank verfügt das Anwesen über eine hochmoderne Alarmanlage. Überall ums Haus sind Bewegungssensoren angebracht. Praktisch jede Außentür wird von Kameras überwacht. Die hätten sich schon gemeldet.

Sein Atem geht bereits etwas ruhiger. Seine Schätze warten auf ihn.

Er drückt auf eines der Paneele in der Mahagoniwand. In diesem Augenblick nimmt er einen merkwürdigen Geruch wahr. Es riecht irgendwie süßlich und alt. Verwest. Als wäre etwas unter dem Kanapee gestorben.

Vielleicht Schimmel in den Wänden, überlegt er düster.

Er hätte sich nie dazu überreden lassen dürfen, diesen alten Kasten zu kaufen. Aber seine Frau hatte sich auf Anhieb in den Altbau verliebt. Groß, geräumig und mit viel Platz für die Kinder. Bloß dass die nur einmal im Jahr vorbeikommen, um sich ihren Weihnachtsscheck abzuholen. Mit viel Wald ringsherum zum Spielen. Ha! Viel Wald in Wald. Wenn das kein Witz ist!

Ein Teil der Wand gleitet zischend zurück, und Schiedinger ist in seinem Reich. Zwei indirekte Strahler gehen an, als er eintritt, und hüllen den Raum hinter der Schiebewand in ein märchenhaftes Zwielicht. Hier lagern, hängen und stehen die Früchte Schiedingers größter und geheimster Leidenschaft: seine Kunstsammlung. Hier spielt Geld für ihn, nun ja, *fast* keine Rolle.

Zwei über fünfhundert Jahre alte Samurai-Rüstungen bewachen schweigend den Eingang. Kampflustige Fratzen starren ihn unter den Helmen an. Liebevoll streicht er darüber. Sie sind makellos erhalten, und Schiedinger hat sie, man könnte sagen, günstig erstanden. Die meisten seiner Schmuckstücke und Kunstwerke hat er unter der Hand gekauft. Wo sie herkommen, hat ihn nie besonders interessiert. Er hat gutes Geld dafür bezahlt und damit basta.

In der Mitte, auf einem schweren Basalt-Tisch, funkeln eine

Kristallkaraffe und zwei Gläser. In der Karaffe schimmert golden ein ausgereifter Edelbrand aus sizilianischen, im Holzfass gelagerten Mandarinen. Schiedinger schenkt sich einen Fingerhut voll ein, genießt das rauchige, leicht süßliche Bukett und lässt seinen Blick durch den kleinen Geheimraum wandern. Feiner Staub funkelt silbern im Licht. Er kneift die Augen zusammen. Wo kommt der denn her? Hier gibt's eine separate Klimaanlage mit speziellen Luftfiltern, die genau so etwas verhindern müsste. Vielleicht muss er sich doch von seiner Putzfrau trennen. Sentimentalität hin oder her.

An der Wand hängt ein echter Monet, eine märchenhafte Seenlandschaft, die ihn immer wieder in ihren Bann zieht. Daneben hüpfen wunderbar flauschige Schafe über einen Weidezaun, beobachtet von einem Hahn. »Hähnchens Schaftraum in Öl«, ein Heinrich von Zügel aus dem 19. Jahrhundert, während des Zweiten Weltkriegs spurlos verschwunden und dank eines polnischen Zwischenhändlers in seiner Kunstsammlung wiederaufgetaucht.

Ein Rippenkrug aus Achatglas aus dem 15. Jahrhundert und eine reich verzierte, wunderbar gearbeitete Schale aus dem Eberswalder Beuteschatz fangen funkelnd das Licht.

Am beeindruckendsten ist jedoch der Wandteppich. Er zeigt eine Jagdszene aus dem 16. Jahrhundert. In filigranster Feinarbeit hineingestickt sind dort der Graf von Hohenzollern, seine Frau und mehrere Leibeigene. Alles vor dem grandiosen Hintergrund des Donautals.

Aber irgendetwas stimmt nicht. Schiedinger braucht einen Moment, um sich darüber klar zu werden. Der Safe, der wie ein bulliger schwarzer Fremdkörper in der Ecke des Zimmers hockt, ist offen! Dort bewahrt Schiedinger Schmuckstücke im Wert von über zwei Millionen Euro auf.

Das Zimmer schwankt vor seinen Augen. Sein Herz verdoppelt seinen Schlagrhythmus.

»Das darf doch nicht wahr sein!«

Er stürzt zu dem Bollwerk aus doppelwandigem Stahl mit Elektronikschloss, Marke Burg-Wächter. Eigentlich nicht aufzubrechen. Trotzdem steht er sperrangelweit offen. Die Einzige, die neben ihm die Kombination gekannt hat, war … seine Frau.

»Gundel?«, haucht er in den schummrigen Raum, in dem die Schatten viel zu dunkel sind. Dann schilt er sich selbst einen Idioten. Jemand ist hier drin gewesen und hat irgendwie den Tresor aufbekommen. Und das war sicher nicht seine tote Frau. Auch wenn er ihr das zugetraut hätte.

Vorsichtig späht er in den schwarzen Schacht hinein, als könne ihm jeden Augenblick etwas ins Gesicht springen. Mit zitternden, schweißnassen Fingern entnimmt er dem Tresor eine schmale Schmuckkassette mit außergewöhnlich seltenen Münzen und ein Etui mit einem Perlenhalsband. Alles noch da. Befreit atmet er aus. Bleibt nur noch sein absolutes Lieblingsstück.

Als er nach der in schwarzen Samt geschlagenen Schatulle greift, weiß er bereits, was ihn erwartet. Er spürt es am Gewicht. Er klappt den Deckel auf, doch statt eines prächtigen Goldrings mit einem wunderbar gearbeiteten Smaragd ist da nur ein … Zettel. Kopfschüttelnd hält Schiedinger ihn gegen das dämmrige Licht. Da steht in krakliger Schrift ein kurzer Satz auf Lateinisch, den er zwar versteht, der aber keinen Sinn ergibt.

Ein Rascheln von dort, wo die Rüstungen stehen, lässt ihn herumfahren. Die Samurai-Maske grinst ihn fies an. Was, fährt es ihm eiskalt durch den Sinn, wenn der Täter immer noch hier ist? Er ist nur ein Achtzigjähriger im Nachthemd. Unbewaffnet. Leichte Beute!

Ein Flüstern erklingt aus Richtung des Teppichs. Die Figuren darauf scheinen sich zu bewegen.

»Nein, nein, nein …!«

Schiedinger dreht sich alles. Das Blut steigt ihm in den Kopf. Der faulige Geruch wird schwer und drückend. Die Decke wellt sich. Wird er jetzt verrückt?

In den Ohren klingt es ihm wie lautes Trommeln. Ist das sein Herzschlag? Oder ist das Geräusch real?

Der Schweiß bricht ihm aus allen Poren. Er bekommt keine

Luft mehr. Unsichtbare Hände drücken ihm die Kehle zusammen. Panisch greift er sich an die Gurgel.

Das Letzte, was er sieht, ist, wie sich im Wandteppich auf einmal ein paar Augen öffnen und ihn mit einem hungrigen Blick anstarren.

»Jesses, Maria und Josef, der Deifel isch do! Und es isch a Indianer!«, keucht er, bevor er auf dem Boden zusammenbricht.

Ignoramus et ignorabimus

Ein paar Stunden später, die Sonne arbeitet sich gerade den vereisten Walder Kirchturm hinauf, ist das Gebäude ein Tatort. Allerdings wissen die zwei Polizisten, die aus dem Haus kommen, nicht so recht, was sie mit diesem Fall anfangen sollen. Beide sehen aus, als ob sie lieber woanders wären.

»Und was soll das jetzt heißen?« Ratlos dreht Polizeimeister Schmähle den abgerissenen Zettel in der Beweismittelhülle zwischen seinen behandschuhten Fingern und kratzt sich am Hinterkopf. Seine Polizeiuniform hängt schief an seinen schlaksigen Schultern. Es sieht aus, als müsste sie dringend gebügelt werden. In seinen schwarzen Haaren, die sich zur Stirn hin bereits lichten, hängt Baustaub. Argwöhnisch mustert ihn sein zehn Jahre älterer Kollege, Polizeiobermeister Schmälzle. Dessen Uniform ist sauber, spannt aber vor allem um den Bauch. In der Hand hält er einen in Alufolie eingeschlagenen Leberkäswecken, der in der Kälte dampft.

»Sag mal, hast du auf dem Revier geschlafen?«

»Wie kommst du denn jetzt da drauf?«

»Weil du den halben Polizeiposten dabeihast.«

»Und wenn?«, erwidert Schmähle trotzig und klopft sich Baustaub aus seiner Jacke. Im Revier finden gerade umfangreiche Restaurierungsarbeiten statt.

»Stress dahoim? Wie geht's der Mutter?« Es ist ein offenes Geheimnis, dass Schmähle immer noch bei seiner Mutter wohnt.

»Das geht dich gar nix an. Konzentrieren wir uns lieber auf den Fall! Also: Was, denkst du, soll der Zettel?«

»Weiß ich doch nicht. *Du* hast doch die Fortbildung in der Spurensicherung gemacht.«

Da Wald über keine eigene Polizeistation verfügt, sind die beiden vom acht Kilometer weit entfernt gelegenen Muggenpfuhl hierhergerufen worden. Bis jetzt stellt sich das Ganze recht unübersichtlich dar. Ein anonymer Anrufer hat kurz nach fünf den Notarzt alarmiert. Der fand die Haustür unverschlossen, den Hausherrn tot in einem Geheimraum voller antiker Kunst. Neben einem offenen Tresor mit einem merkwürdigen Zettel in der zusammengeballten Hand. Klarer Fall für die Polizei.

»He! Herr Kollege! Hörst du jetzt mal auf mit Fressen?«

Schmälzle hat sich vor dem Hauseingang auf einer Steinbank neben einem kunstvoll angelegten Wasserspeier niedergelassen und beißt hingebungsvoll in sein belegtes Brötchen. Vom Wasserspeier herab starrt ihn neben einer Überwachungskamera eine Fledermaus mit Menschenkopf an. Kauend starrt Schmälzle zurück.

»Komische Dekoration hat der Schiedinger hier.«

Sein Kollege reibt sich die lange, von der Kälte rote Nase.

»Das ist Kunst. Das verstehst du nicht. Der hat ja die ganze Hütte voll mit dem Zeug. Wer weiß, was das wert ist. Bin gespannt, was der Experte sagt.«

»Ich weiß nur, dass ich nix weiß!«, gibt sein Kollege vergnügt zurück. »Außer«, er hebt den Zeigefinger, »dass der Walder Metzger einen ziemlich guten Leberkäs macht!«

»Konzentrier dich. Ich hab das Gefühl, dass das was zu bedeuten hat.«

»Ja, was Lateinisches. Und zwar handschriftlich.« Zwischen zwei Bissen sieht sich Schmälzle das abgerissene Blatt Papier genauer an. Die Schrift ist gestochen scharf. Sieht aus, als ob sich jemand Mühe gegeben hätte. *»Ignoramus et ignorabimus«*, steht da. »Der Caruso würd das jetzt wissen, was das heißt. Der kann nämlich Latein! Der isch Italiener. Die können das alle«, schmatzt er mit leichter Wehmut.

»Jo, aber der ist weg. Und außerdem moinet bloß die Dumme, die Gscheide wisset alles.«

»Ja, und? Was soll das deiner Meinung nach heißen, Hochallerwertester?«

»Keine Ahnung, aber rat mal, wer's weiß«, grinst Schmähle.

»Der Kommissar?«

»Ha noi, der doch nicht. Google!« Stolz zieht Schmähle sein

neues Smartphone hervor. Es ist ein iPhone7, und es steckt in einer rosafarbenen Hülle. Die Sonne spiegelt sich im Display.

»Und die Verpackung hat's gratis dazugegeben?« Skeptisch begutachtet sein Kollege das Smartphone.

Schmähle schirmt das Display gegen die Sonne ab. »Verbrechensbekämpfung auf dem neuesten Stand«, sagt er stolz.

»Gib net so an. Bloß weil du ein neues Handy hast, woischt no lang net alles.«

»Muss ich auch nicht. Es reicht, wenn ich weiß, wo's steht.«

Eifrig tippt Schmähle auf seinem Telefon herum, dann runzelt er die Stirn. »Jetzt hör dir das an: ›*Ignoramus et ignorabimus*‹ ist ein Ausspruch des Physiologen Emil Heinrich Du Bois-Reymond, der als Ausdruck der Skepsis gegenüber den Erklärungsansprüchen der Naturwissenschaften bekannt geworden ist. Er bedeutet: ›Wir wissen es nicht und wir werden es niemals wissen.‹«

»Na super!« Schmälzle verdreht die Augen. »Mir würd's schon reichen, wenn wir wüssten, warum wir hier sind. Ich mein, ist doch merkwürdig, dass die nicht mehr mitgenommen haben …«

»Vielleicht haben sie ja. Kann man bei dem ganzen Krempel, den der eingelagert hat, unmöglich wissen.«

Bis auf den Inhalt einer Schatulle, die neben dem Hausbesitzer auf dem Boden lag und in der vermutlich ein Schmuckstück war, scheint nämlich nichts zu fehlen. Was den anonymen Anrufer angeht, konnte die Rettungsstelle in Sigmaringen auch nicht viel mehr sagen, als dass es sich um eine jungenhafte Stimme mit irgendeiner Art von Akzent handelte. In diesem Moment gibt Schmähles Smartphone eine Reihe von Tönen von sich. Es sind die Anfangstakte von »Take My Breath Away«, dem Soundtrack von »Top Gun«. Der Polizist bekommt einen roten Kopf und drückt schnell auf die Stummtaste. Nicht schnell genug. Seinem Kollegen gelingt es trotzdem, einen Blick aufs Display zu erhaschen.

»Neue SMS-Nachricht von Pony1978«, blinkt da.

»Welcher Gaul schreibt dir denn um die Zeit Nachrichten?«

»Das geht dich gar nix an.« Hastig steckt Schmähle sein Smartphone in die Tasche.

»Net sauer werden. I hab doch bloß a Späßle gemacht.«

»Konzentrieren wir uns besser auf den Fall. Also: Wer bricht ein, schreibt einen Zettel auf Latein und lässt aber die ganze Beute liegen?«

»Vielleicht hat der Schiedinger das selber geschrieben?«, mutmaßt Schmälzle und lockert den Gürtel seiner Hose.

»Hajo, klar! Kurz bevor er einen Herzinfarkt gehabt hat. Wenn's überhaupt einer war …«

Die Haustür geht auf. Eine junge schwarz gekleidete Frau tritt heraus. Sie hat Piercings im Gesicht, und ihre rot-schwarzen Haare sind an einer Kopfseite rasiert.

»So, wir sind hier fertig. Anselm, kommst du?« Sie zieht eine Rollbahre hinter sich her, an deren Ende ein junger, schlaksiger Mann in einem schlecht sitzenden schwarzen Anzug schiebt. Anselm und Julia Gottesacker betreiben zusammen das einzige Bestattergeschäft in Muggenpfuhl. Auf der Bahre in einem Leichensack liegt der ehemalige Hausherr. Schmälzle wickelt sein Semmelpapier zusammen und steht ächzend auf.

»Dank schee, Julia. Ihr bringt ihn dann direkt zur Gerichtsmedizin in Sigmaringen?«

»Okidoki«, antwortet die Punkerin fröhlich. »Ich hab gelesen, der Caruso kommt wieder ins Ländle.«

»Ach, echt?« Schmälzle hört mit Kauen auf. »Wann denn?«

»Keine Ahnung, aber da ist ein Riesenartikel im ›Seeboten‹. Sogar mit Foto. Hab ich vorhin gelesen. Wollt ihr die Zeitung haben?«

»Na klar. Aber bloß, wenn's keine Umstände macht …«

»Ach, woher denn. Ich muss nur mal kurz …« Sie hilft Anselm, den Verstorbenen in den Leichenwagen zu verladen. Danach kommt sie, eine Kladde und eine schmale Zeitung in der Hand, zurückgeschlendert. Sie nickt Richtung Leichenwagen. »Wieder ein neuer Fall?«

»Wissen wir noch nicht. Ich hoff's mal nicht.« Schmälzle nimmt mit der freien Hand die Zeitung in Empfang. Der »Seebote« ist eins von diesen Lokalblättern, die fast nur aus Werbung bestehen. Eifrig vertieft er sich in die Lektüre.

»Jetzt guck dir das an. Da ist sogar ein Foto vom Caruso.« Neugierig späht ihm sein Kollege über die Schulter.

Zweitgrößter Smaragd der Welt kommt nach Überlingen
Gelungene Kooperation mit dem Museo di Roma

»Furia« heißt der 9,8 Kilogramm schwere Edelstein, der Anfang Januar in der Städtischen Galerie Überlingen ausgestellt werden soll. Er stammt aus den Tiefen des kolumbianischen Dschungels, hat über 49.000 Karat und ist Gegenstand unzähliger Mythen und Legenden. Der Smaragd befindet sich derzeit im Tresor des Museo di Roma, teilte die Kuratorin des Museums, Angelica Fiorelli, mit. Ihr Vater, der kürzlich verstorbene Archäologe und Schatzsucher Dottor Orlando Fiorelli, war es, der den Smaragd einst einer Bande von Räubern abnahm und dem Museum vermachte. Unter der Bedingung, dass er bis zu seinem Tod im Tresor verbleibt. Der Grund: Angeblich soll ein Fluch auf ihm liegen, der seine Besitzer in den Wahnsinn treibt. Für Kuratorin Fiorelli kein Grund, den Stein im Tresor zu verstecken.
Er ist ein lebendiges Stück Geschichte, und als solches muss er behandelt werden.
Der Smaragd wird unter strengsten Sicherheitsvorkehrungen, begleitet von italienischen Spezialkräften, an den Bodensee verbracht. Capitano Francesco Caruso leitet die Aktion. Caruso spielte bereits eine wichtige Rolle bei der Zerschlagung eines italienischen Drogenrings in Muggenpfuhl und ist mit den örtlichen Verhältnissen bestens vertraut. Der Smaragd wird im Rahmen der Ausstellung »Altes Amerika« zu sehen sein.

»Da guck an. Da ist er, der Caruso.« Mit einem fettigen Daumen deutet Schmälzle auf zwei Fotos, die unter dem Artikel abgebildet sind. Das erste zeigt einen schmächtigen, etwas zerstreut wirkenden uniformierten Polizisten mit fliehenden Haaren, dem die Polizeimütze ins Gesicht gerutscht ist und der einer schwarzhaarigen, gut aussehenden Frau die Hand schüttelt. Darunter steht: »Kuratorin Angelica Fiorelli und Capitano Caruso«.

»Heidenei. Das isch ja mol a Hübsche.« Schmähle pfeift anerkennend durch die Zähne und betrachtet interessiert das zweite Bild. »Und wer ist das da?«

Ein distinguiert aussehender älterer Herr mit kurz geschnittenem Henriquatre-Bart und hochgezogenen Augenbrauen starrt arrogant zurück. Er trägt einen altmodischen karierten Anzug mit breiter Krawatte.

»Ihr Vadder, wie's aussieht.«

Die Bildunterschrift weist ihn als »Dottor Orlando Fiorelli, Archäologe und Schatzsucher – Entdecker des Smaragds« aus.

»Vielleicht kommt der Caruso bei uns vorbei? Wenn er schon mal hier ist …«, sagt Schmälzle.

»Und vielleicht bringt er auch die hübsche Schwarzhaarige mit.«

»Jaja, träum weiter … Was soll die denn hier?«

»Mhm-mhm!«, räuspert sich Sonja und winkt mit ihrer Kladde. »Ich will euch ja nicht bei euren Ermittlungen stören … Aber unsere Kundschaft wartet nicht gern.«

Schmähle unterschreibt die Überweisungsformulare für die Gerichtsmedizin. Sonja deutet auf einige kaputte Dachziegel am Boden. »Hat ganz schön gestürmt gestern Nacht. Da ist das halbe Dach runtergekommen.« Etwas glänzt neben den moosüberzogenen Tonscherben in der frühen Morgensonne. Schmähle sieht es sich genauer an.

»Jetzt leck mich doch …« Er zieht eine Beweismitteltüte aus der Jackentasche und hebt das glänzende Objekt vorsichtig damit auf. »Das hat der Wind aber sicher nicht runtergeblasen. Es sei denn, er wäre mit dem Glasschneider unterwegs.« Vorsichtig untersucht er das Objekt. Sonja sieht ihm gespannt dabei zu. Es handelt sich um ein Stück Fensterglas. Eine der Bruchkanten sieht merkwürdig glatt aus. Als der Beamte es gegen das Licht hält, kann er in einer Ecke den Schriftzug »VELUX« erkennen, ein Dachfensterhersteller. Triumphierend wedelt er seinem Kollegen mit dem Beutel vor der Nase herum.

»Schmälzle! Jetzt wissen wir schon mal, wie die hier reingekommen sind. Ich wette, auf dem Dach hat der Schiedinger keine Alarmanlage.« Dann kommt ihm eine Idee. »Könnten das nicht dieselben sein, die schon in Großschönach den EC-Automaten rausgesprengt und die Bank in Bittelschieß überfallen haben? Du weißt schon, die Schlumpfbande.«

Der junge, schlaksige Mann kommt um den Leichenwagen herum und ruft: »Sonja, kommst du dann? Vom Rumliegen wird die Leich auch nicht hübscher.«

»Komm schon, Anselm. Also, ich muss wieder los. Ihr macht das schon.«

»Gute Fahrt, Sonja.« Als sie weg ist, pult sich Schmälzle hinter vorgehaltener Hand ein Stück Fleischkäse aus den Zähnen. »Also ich seh hier nirgends eine Bank. Und auch keinen EC-Automaten.«

Nachdenklich studiert Schmähle das Stück Scheibe. »Vielleicht haben die jetzt ihr Konzept geändert?« Hoffnungsvoll späht er zum Dachfirst, als läge dort oben, in luftigen fünfzehn Metern Höhe, die Antwort.

»Der Trend geht ja zur Diversifizierung …«

Schmälzle starrt ihn verständnislos an. »Zu was?«

»A bissle mehr mache, falls was schiefgeht.«

»Davon versteh ich nix. Ich weiß bloß: Dem Chef gefällt das bestimmt nicht.« Düster schüttelt Schmälzle den Kopf.

Seit vier Monaten erschüttert eine beispiellose Überfall- und Einbruchserie die Region um Muggenpfuhl. Mehrere Banken, eine Tankstelle und ein EC-Automat wurden überfallen. Die bisherigen Ermittlungsergebnisse sind dünn. Weiterführende Spuren: Fehlanzeige. Dass die Bande bei ihren Überfällen die Masken von Schlümpfen aufhat, trägt nicht zur Verbesserung der Situation bei. Mehrere Regionalzeitungen und die Stuttgarter Zeitung haben das Phänomen bereits aufgegriffen und ausgiebig bespöttelt. »Kommissar Gargamel und die bösen Schlümpfe«, »Schlumpfbande führt Polizei an der Nase herum«, »Provinzposse in Oberschwaben«, so einige Überschriften der wenig schmeichelhaften Artikel.

Dabei geht die Bande immer gleich vor. Nach ihren Raubzügen flüchten die Schlumpfgangster in meist nahe gelegene Wälder. Dort lösen sie sich scheinbar in Luft auf. Selbst sofort eingeleitete Durchkämmungen bringen nichts. Diebe wie Beute sind spurlos verschwunden. Die Polizei in Muggenpfuhl – wie immer: ratlos.

»Können die nicht in Stuttgart einbrechen? Oder in Berlin? Was wollen die denn bloß hier auf dem Land?«

»Vielleicht gefällt ihnen ja die gute Luft?«, mutmaßt Schmälzle. Dann knufft er seinen Kollegen in die Seite. »Jetzt komm, Max! Da gibt's noch ein paar zum Vernehmen. Die Söhne kommen gleich. Schauen wir mal, was sie zum Sagen haben. Vielleicht wissen die, was in dem Käschtle drin war.«

Reise mit Hindernissen

Wir lassen die ratlosen Polizisten in Muggenpfuhl zurück und begeben uns elfhundert Kilometer weiter Richtung Süden, nach Rom. Ein paar Tage später macht sich dort ein Smaragdtransport auf den Weg. Von mysteriösen Diebesbanden, die in Schwaben ihr Unwesen treiben, ahnt man freilich nichts. Noch nicht.

An der Piazza di Santo Pantaleo gleitet auch *kein* schwarzer, gepanzerter Sicherheitstransporter aus der Tiefgarage des Museo di Roma, wie man das an dieser Stelle vielleicht erwarten würde. Es folgt ihm auch *kein* schwarzer BMW mit verspiegelten Scheiben. Stattdessen quält sich ein quietschend bunt angemalter Minibus die Auffahrt hinauf. In der ersten Morgensonne erstrahlen allerlei handgemalte Eistüten, Erfrischungsgetränke und fröhliche Kindergesichter an der Seite des Fahrzeugs. Der unter dem Dach angebrachte Schriftzug *»Bibite-Gelati-Panini caldi«*, ein verschnörkeltes Signalhorn aus Messing und eine Schiebe-Glasscheibe, hinter der sahniges Eis und kühle Getränke zu warten scheinen, lassen *fast* keine Zweifel an der Natur des Fahrzeugs aufkommen. Einzig die beiden schwarz gekleideten, muskulösen Fahrer mit den verspiegelten Sonnenbrillen stören das Gesamtbild ein bisschen.

Der leise Zweifel wird jedoch gleich wieder zerstreut, als sich eine rote Ente mit einem fröhlichen Hupen hinter den Bus setzt. Am Steuer sitzt eine Nonne neben einer äußerst gut aussehenden Frau.

Die beiden ungewöhnlich farbenfrohen Fahrzeuge lassen die neoklassizistische Silhouette des Museums im winterlichen Dunst hinter sich und reihen sich in den fließenden Verkehr am Corso Vittorio Emanuele ein. Zu dieser Zeit ist auf den Straßen Roms noch nicht viel los, sodass sie zügig den nördlichen Außenring der Stadt erreichen. Eine Dreiviertelstunde später sind sie bereits auf der Autobahn Richtung Florenz und Mailand. Capitano Caruso ist zufrieden.

»Das klappt doch wie am Schnürchen.«

Er versucht, sich eine Tasse Kaffee aus der Thermoskanne in einen lächerlich kleinen Becher zu schütten, den er zwischen den Knien balanciert. Dass er dazu noch am Steuer sitzt und einen Rock trägt, macht die Sache nicht einfacher. Kuratorin Angelica Fiorelli sieht ihm eine Weile zu, dann greift sie ihm mit einer resoluten Bewegung zwischen die Beine, nimmt seine Tasse an sich und schenkt ihm ein.

Sie ist eine römische Schönheit. Lange schwarze Haare umrahmen ein ovales Gesicht mit einem schelmischen Grübchen am Kinn. Einzig ihre Adlernase ist etwas zu lang und das Kinn etwas zu spitz, was ihr einen herben, leicht herrischen Zug verleiht. Ihre braunen, schräg stehenden Augen haben einen spöttischen Ausdruck und scheinen von innen heraus zu leuchten. Sie trägt ein schlichtes schwarzes Etuikleid. Auf ihrer wohlgeformten, athletischen Schulter prangt etwas, was auf den ersten Blick aussieht wie ein Schmetterlingstattoo. Bei näherem Hinsehen entpuppt es sich jedoch als drei miteinander verbundene Muttermale, die erstaunlich genau die Form eines Falters nachbilden. Ihre Handgelenke sind braun gebrannt und sehnig.

Angelica war nicht immer Kuratorin. Früher war sie zusammen mit ihrem Vater viel in Lateinamerika unterwegs. An den Ausgrabungsstätten von Cuzco, San Agustín und Tierradentro, wie sie Caruso erzählt hat. Vielleicht war es dieses abenteuerliche Vorleben, das sie bewogen hat, auf seinen Plan einzugehen. Obwohl sie beileibe nicht mit allen Details einverstanden war. So hat sie sich standhaft geweigert, ein Nonnenkostüm anzuziehen. Den Transport des Smaragds hat sie persönlich überwacht. Für das Unternehmen »Gelato caldo«, das »heiße Eis«, hat Caruso den Eiswagen Marke Giovanni geordert, der fröhlich vor ihnen hergondelt. Darin liegt, verstaut in einer einen Meter fünfzig mal einen Meter fünfzig großen Holzkiste mit der Aufschrift *»Stracciatella – Si raffreddi bene«*, ein Smaragd, der etliche Millionen Euro wert ist.

»Ich gehe davon aus«, erklärt ihr der Capitano, »dass es kriminelle Kräfte gibt, die diesen Stein an sich bringen wollen. Davon muss man bei dieser preislichen Größenordnung einfach ausgehen. Das Verbrechen schläft nie. Während die potenziellen Diebe aber einen voll gepanzerten, gut geschützten Transport erwarten, haben wir etwas viel Besseres.« Er nimmt einen tiefen Schluck aus seinem Kaffeebecher. »Anonymität.«

Angelica zieht eine Augenbraue in die Höhe und nickt zu dem bunten Eiswagen, der auf der Autobahn vor ihnen herschaukelt. »Das nennen Sie anonym?«

»*Sicurezza tramite segretezza.* Sicherheit durch Täuschung. Ich nenne das: umgekehrte Psychologie. Alles eine Frage der Erwartung. Vielleicht könnte sich ein wirklich gewiefter Dieb so ein Täuschungsmanöver vorstellen. Aber niemand käme auf die Idee, so etwas *tatsächlich* zu machen. So was gibt es nur in Filmen mit George Clooney. Timing und Erwartung. Das ist alles.«

Selbstzufrieden fächert sich Caruso etwas Luft zu. Unter einer weißen Ordenshaube sieht nur seine spitze Nase hervor. Er ähnelt einem Frettchen, das sich als Nonne verkleidet hat. Angelica hat darauf bestanden, zusätzlich zwei professionelle Material- und Personenschützer zu engagieren. Wie aufs Stichwort meldet sich knisternd das Funkgerät an Carusos Mittelkonsole. Die Kommunikation läuft selbstverständlich verschlüsselt ab. Darauf legt Caruso großen Wert.

»Hier spricht …«, eine kleine Pause, in der deutlich zu spüren ist, dass der Security-Spezialist Schwierigkeiten hat, sich in seine neue Rolle einzufinden, »… Happy Hippo. Alles ruhig. Das Eis ist heiß.«

Eine zweite, ebenfalls etwas unglücklich klingende Männerstimme vermeldet: »Hier Calippo Fizz. Keine Fremdbeobachtung. Keine Wagen, die uns folgen. Das Eis ist heiß.«

Caruso blinzelt Angelica zu und nimmt das Mikrofon aus seiner Magnethalterung.

»Don Gelato hier. Verstanden! Over und out.«

Zufrieden hängt er wieder auf. »Sehen Sie? Perfekte Tarnung.«

»Capitano Caruso, ich weiß es sehr zu schätzen, dass Sie diese Aufgabe übernommen haben. Es ist ein glücklicher Zufall, dass Sie gerade in dieser Gegend über so profunde Kenntnisse von Land und Leuten verfügen. Und auch so kurzfristig disponibel waren.«

Caruso ist sichtlich geschmeichelt. »Nun ja, ich bekämpfe das Böse, wo immer es sich zeigt. Selbst in Schwaben. Abgesehen davon gibt mir das die Gelegenheit, ein paar alte Freunde wiederzutreffen.«

Vor einem Jahr hat Caruso in Muggenpfuhl einen haarsträubenden Fall gelöst, in dem ein dicker, toter Mafioso mit Rauschgift im Bauch und zwei konkurrierende Bestatter eine zentrale Rolle spielten. Geholfen hatten ihm dabei die Dorfpolizisten Schmälzle und Schmähle. Seitdem ist Caruso vom Tenente zum Capitano befördert worden. Das Einzige, was sich für ihn allerdings wirklich geändert hat: Sein Schreibtischstuhl verfügt jetzt über eine pneumatische Feinregulierung, Armlehnen mit Softpad-Auflage und eine flexible Lendenwirbelstütze. Außerdem hat er eine bessere Aussicht auf die Pinien im Park, gegenüber der Polizeistation am Piazza Bligny in Rom. Capitano Manzanetti, sein Vorgesetzter, der glücklicherweise gleichzeitig sein Schwager ist, hat ihm nicht nur den Job bei der Polizei besorgt, sondern kennt auch sein außergewöhnliches Talent, sich in Schwierigkeiten zu bringen.

»Francesco, es ist besser, du hältst dich von allem fern, was irgendwie mit Gewalt zu tun hat. Das letzte Mal wärst du ums Haar gesprengt, gegrillt und erschossen worden. Und: Gute Einsatzpläne zu schreiben ist auch eine Herausforderung.«

Als Caruso ihn mit seinem neuen Projekt konfrontierte, war er zuerst skeptisch gewesen. Andererseits: Was sollte bei einem Museumstransport schon schiefgehen?

Draußen ziehen die sanften Hügel der Toskana vorbei. Der Winter hat den zerzausten Wipfeln der Pinien einen gelben Anstrich verliehen, kahle Olivenstöcke und spitze Zypressen zeichnen streng geometrische Muster in den harten Boden. Auf den Anhöhen im Norden schimmert Schnee. Die aufgehende

Sonne strahlt warm durch die Scheibe und fängt sich glitzernd auf einem spiralförmigen Ohrring. Ein Werk aus der Tradition der Tairona, einem präkolumbianischen Stamm, erklärt Angelica auf die Frage Carusos.

»Die Spirale war ein wichtiges Zeichen in dieser Kultur. Genauso wie die Fledermaus und der Frosch. Man weiß heute nicht mehr, was genau damit bezweckt wurde. Vermutlich waren sie Bestandteile ritueller Handlungen. Die Tairona hatten eine reiche Mythologie und viele Legenden.«

Vorsichtig nippt Caruso an seinem Kaffee. »Apropos Legenden. Was hat es denn mit diesem Smaragdfluch auf sich? Nicht dass ich als Mann der Aufklärung an so etwas glauben würde …«

Angelica schürzt die Lippen. »Nun, viele davon sind mehr Geschichten als valide Aussagen. Es gibt allerdings einige immer wiederkehrende Elemente. Das ist zum Beispiel El Sombreron. Ein großer Mann ohne Gesicht, mit weitem Hut und einem Umhang aus Schatten. Es heißt, wer den Smaragd berührt, den komme er besuchen. Und dann verdunkle sich die Welt. Man verliere die Orientierung und finde nicht mehr aus der Dunkelheit heraus.«

Caruso fasst nach unten in die Ablage und zieht eine winzige Taschenlampe heraus. Er lässt sie mehrmals aufblinken und blinzelt ihr zu. »Geisterproblem gelöst?«

Angelica verdreht die Augen. »Nehmen Sie diese Dinge nicht auf die leichte Schulter. In vielen Legenden steckt ein Körnchen Wahrheit. Wir wissen bis heute nicht, wo dieser Smaragd überall war und was er gesehen hat, bevor ihn mein Vater in Kolumbien entdeckte. Auch Dinge können ein Gedächtnis haben, wissen Sie?«

»Ein Mann mit Riesenhut klingt auf jeden Fall nicht besonders bedrohlich …«

»Das täuscht. Andere Berichte erzählen von den *tres brujas*, den drei Hexen. Eine im Wasser, eine in der Luft und eine in der Erde. Grässliche Geschöpfe der Nacht, die sich von Kinderblut und den Ängsten der Menschen nähren. Es heißt, sie seien Gestaltwandlerinnen. Wunderschöne Frauen, doch monströs in ihrer Hexengestalt.«

»Das heißt: Sie könnten auch eine Hexe sein?«

Angelica sieht irritiert hoch. Dann fällt der Groschen. »Wow! Signor Capitano, war das eine Art *Kompliment*?« Sie lacht belustigt auf.

Caruso überholt einen Lieferwagen, der sich zwischen sie und den Eistransporter geschoben hat. Es ist gegen zehn, und der Verkehr auf der Autobahn hat spürbar zugenommen. Das grüne Hügelland um Mailand weicht den ersten Ausläufern des Alpengebirges, dessen steinerner Rücken unter der Erde hervorschaut wie das Rückgrat eines Urwelttiers. Es wird kälter.

»Reine Deduktion, liebe Signorina Curatrice. Sind diese Smaragdgeister alle so bösartig?«

»Zu den freundlicheren Erzählungen gehört sicher die vom *pollo maligno*.«

»Dem bösen Hähnchen?« Carusos falsche Wimper rutscht in die Höhe.

»Ja, genau. Es taucht manchmal an Orten auf, an denen der Smaragd war. Es ist ein schwarzes Hähnchen, das eigentlich nichts macht, außer wild hin und her zu rennen und zu gackern. Aber es bringt jedem, der es sieht, Unglück. Man sagt, es gackere so laut, dass man davon völlig konfus würde.«

»Erinnert mich an einen Hahn aus meiner Studienzeit. Der hat mich auch konfus gemacht, sorgte aber zumindest dafür, dass ich rechtzeitig zum Unterricht kam.« Caruso lächelt versonnen in sich hinein.

Langsam schlängeln sich die beiden Fahrzeuge frisch gebahnte Alpenserpentinen hinauf.

»Und dann ist da noch das goldene Baby, El Tunjo. Kolumbianische Archäologen behaupten, es in Bogotá gesehen zu haben. Es tauchte ebenfalls im Zusammenhang mit dem Smaragd auf. Es sieht aus wie ein nacktes Baby, aber seine Haut ist aus Gold.«

»Aus Gold.« Caruso schüttelt verwirrt den Kopf.

Angelica nickt. »Es heißt, wenn man das Baby tauft und füttert, dann defäkiert es Edelsteine und Goldbrocken.«

Caruso ist fassungslos. »Heißt das jetzt, was ich meine, das es heißt?«

»Ja, es kackt Gold«, bestätigt Angelica trocken.

»So was nehmen die Leute ernst?«

»In vielen lateinamerikanischen Legenden kristallisieren sich typisch ländliche und religiöse Motive. Das Baby wird als arm und bedürftig dargestellt und kann nur durch die Taufe von seinem Fluch erlöst werden.«

Eine Zeit lang fahren die beiden schweigend.

»Zusammenfassend könnte man also sagen, dass dieser Smaragd eine ganze Armee von lateinamerikanischen Sagengestalten im Gepäck hat?«

»Ja, das trifft es ganz gut. Es handelte sich immer um Erscheinungen, die eng mit den Orten verbunden sind, an denen der Smaragd auftauchte.«

Caruso sieht in den Rückspiegel. Dort verschwinden gerade die letzten Gipfel der weiß bekränzten Alpen. Ein Verkehrsschild weist darauf hin, dass es noch einhundert Kilometer bis Friedrichshafen sind.

»Na, dann hoff ich, dass wir die Geister erfolgreich abgehängt haben.«

Draußen zieht ein winterlicher Tag an der Frontscheibe vorbei. Doch unter dem eisigen Firnis lauert bereits das Verhängnis, und sein Auslöser ist niemand anderer als Caruso selbst.

Das Precrime-Programm

Auf dem Polizeirevier Muggenpfuhl herrscht dicke Luft. Und zwar in doppeltem Sinne. Baustaub zieht in dicken Schwaden durch die Gänge. Ein Bauarbeitertrupp eilt, geführt vom Bauleiter, an Bürotüren vorbei. Eine Gruppe bebrillter Studenten, die einem weißhaarigen Herrn mit Nickelbrille folgt, kommt Schmälzle und Schmähle entgegen. Die Studenten grüßen höflich, bevor sie wieder in den Eingeweiden des Polizeireviers verschwinden.

Auf der Schreibtischunterlage von Kommissar Eisele hat sich eine dünne rote Schicht Zementstaub abgesetzt. Der Kommissar pustet den beiden Polizisten eine Wolke entgegen. Er ist um die fünfzig, hat eine Stirnglatze, akkurat geschnittene weiße Haare und tief liegende Augen, die ihm einen leidenden Ausdruck verleihen. Das Leder seines Schreibtischstuhls quietscht, als er sich nach vorn beugt.

»Also?«

Schmälzle setzt sich gerade hin und räuspert sich. »Die Befragung der Söhne vom Schiedinger hat nicht viel ergeben. Außer dass sie mir ziemlich geldgierig vorgekommen sind. Laut ihrer Aussage hatten sie keine Ahnung, was ihr Vater da angesammelt hat. Denen sind fast die Augen aus dem Kopf gefallen, stimmt's nicht, Max?«

»Genau. Authentisch gierig, würd ich sagen!«

»Die Leich ist jetzt in Sigmaringen in der Pathologie«, fährt sein Kollege fort. »Bis jetzt sieht's aus, als ob der Tote einen Herzinfarkt gehabt hat. Wer den Notruf gewählt hat, wissen wir noch nicht, aber wir sind dran. Neben dem Toten lag eine leere Schatulle. Was und ob da was drin war, wissen wir auch noch nicht. Aber: Da kann eventuell der Sachverständige weiterhelfen. Der Tote hatte außerdem einen Zettel in der Hand, auf dem ein lateinischer Spruch stand. Ob der was zu bedeuten hat, wissen wir aber auch noch nicht.«

»Gibt's auch ebbes, das ihr wisst?«, seufzt der Kommissar. »Hat der Sachverständige noch was gesagt?«

Umständlich kramt Schmälzle seinen Notizblock hervor.

»Es handelt sich wohl zum großen Teil um sogenannte Raubkunst aus den letzten drei Jahrhunderten. Geschätzter Wert: über fünf Millionen. Da muss jetzt überprüft werden, wem da was gehört.«

»Und das haben die Diebe einfach liegen lassen?« Der Kommissar runzelt ungläubig die Stirn.

»Wenn's überhaupt Diebe waren …«, lässt Schmälzle den Satz unvollendet im Raum hängen. Schmähle meldet sich zögerlich.

»Es sieht so aus, als ob jemand das Dachfenster aufgemacht hätte.«

Schmälzle wirft ihm einen bösen Blick zu. »Das können wir aber noch nicht mit Sicherheit sagen. Ein kaputtes Fenster beweist noch nix. Der Sturm hat ja das halbe Dach abgedeckt. Außerdem ist es gar nicht so einfach, da hochzukommen.« Eine Ader auf der Stirn des Kommissars fängt an zu pochen.

»War das vielleicht wieder diese gottsakrische Schlumpfbande?«

»Das glauben wir nicht. Häuser haben die bis jetzt noch nicht überfallen. Wir überprüfen aber auf jeden Fall, ob's da Verbindungen gibt«, antwortet Schmälzle hastig. »Wir ermitteln sozusagen in alle Richtungen.«

Der Kommissar zerrt eine Ausgabe des »Südboten«, dem Muggenpfuhler Lokalblatt, hervor und wedelt damit herum.

»Wisst ihr eigentlich, was ich mir alles anhören muss, seit diese Erzlumpen mir 's Leben schwer machen? Und was die in den Zeitungen alles schreiben?«

»Je öfter man in der Zeitung kommt, desto mehr Leut putzet 's Fiedle mit einem ab«, sagt Schmähle mitfühlend.

Der Kommissar schlägt mit der Zeitung auf den Schreibtisch. »Damit ist jetzt Schluss. Ab heute bekommt ihr nämlich Unterstützung.«

»Wir stellen noch jemanden ein?« Schmälzle fällt die Kinnlade herunter.

»Sagen Sie bloß, die haben endlich doch noch eine Stelle bewilligt.« Vor Aufregung verschluckt sich Schmähle.

Der Kommissar winkt ab. »Ha wa! Ihr kennt doch das Landratsamt in Stuttgart. Bei denen gugget die Mäus mit verheulten Augen aus em Brotkorb. Wir bekommen Unterstützung. Aber«, der Kommissar senkt bedeutungsvoll die Stimme, »es ist kein Mensch! Es ist, und jetzt kommt's, ein –«

Das Rattern eines Presslufthammers unterbricht ihn. Der Staub auf dem Aktenschrank fängt an zu vibrieren und rieselt dann leise zu Boden. Ein Stück Putz fällt von der Decke. Ergeben warten die drei, bis das Rattern verstummt.

Der Kommissar fasst unter den Schreibtisch und zieht ein metallenes Pillendöschen aus der Schreibtischschublade. Mit einem Schluck Wasser spült er zwei pinkfarbene Pillen hinunter.

»Was gehen die mir auf den Geist …!«

»Wie lang dauert das denn noch?«, fragt Schmälzle und nickt nach unten.

»So lang, wie's halt dauert.« Der Kommissar rollt mit den Augen. »Heute Morgen sind die Archäologen gekommen. Die Zelle im Keller dürfen wir nicht betreten. Es könnte sein, dass die sogar unter Denkmalschutz gestellt wird. Und bitte: die Toilette drüber auch nicht benutzen. Die funktioniert immer noch nicht.«

Schmähle ist fasziniert. »Dann sind wir bald ein Polizeiposten-Gefängnishotel-Museum?«

Der Polizeiposten Muggenpfuhl besteht nämlich zur Hälfte aus einem Hotel, allerdings mit separaten Eingängen. Das hatte sich die Stadtverwaltung einfallen lassen, nachdem die Kriminalitätsrate im Dorf so niedrig war, dass man den Posten schließen wollte. Zu allem Überfluss wurde kürzlich von einem Klempner, der eigentlich nur die Toilette reparieren wollte, ein historischer Brunnen entdeckt, der sich unter einer der Zellen im Keller befindet. Er soll aus der Römerzeit stammen und wird nun fachmännisch freigelegt.

»Was ich eben sagen wollte: Ihr bekommt Unterstützung von H.O.R.S.T.«

»Horst? Welcher Horst? Einer aus der Gegend?« Misstrauisch äugt Schmälzle zum Schreibtisch.

Schmähle ist die Sache ebenfalls nicht geheuer. »Und wieso betonen Sie das so komisch?«, fragt er argwöhnisch.

»Ha noi! Kein Horst. Das steht für ... Moment ...«, der Kommissar blättert in einer Broschüre auf dem Schreibtisch, »... ›*Home Observation Research and Systematic Targeting*‹. Das ist eine Maschine.«

»Wow! Ein Roboter? So wie der Judge Dredd?«, meldet sich Schmähle eifrig zu Wort.

Der Kommissar starrt ihn verständnislos an. »Wer?«

»Ha, so eine Art Superpolizist. Der hat so einen Anzug mit ganz speziellen Waffen ...«

Der Kommissar dreht die rot unterlaufenen Augen zur Decke. Man kann ihm ansehen, dass ihm die Sache an die Nerven geht. Resigniert betrachtet er ein Einweckglas auf dem Schreibtisch. Darin schwimmt ein in Formaldehyd eingelegter Gallenstein.

»Nein, Schmähle. Da kommt kein Terminator. Ich spreche von einem sogenannten Precrime-Programm. Verbrechensbekämpfung zwo Komma null, falls ihr das schon mal gehört habt.« Er zieht einen bunt bedruckten Zettel hervor und liest vor: »›Das Verfahren basiert auf einem geheimen Algorithmus, der umfänglichstes Datenmaterial analysiert und Querverbindungen herstellt. H.O.R.S.T. meldet Verbrechen, *bevor* sie passieren.‹ Das ist der Wahnsinn! Der denkt mit, der kann selbstständig Entscheidungen treffen. Das ist eine künstliche Intelligenz. Und: In Berlin kommt das schon sehr erfolgreich zum Einsatz.«

Schmälzle kratzt sich am Kopf. »Net wohr!«

Schmähle lacht auf. »Hajo, klar, das ist doch wie in diesem Film mit dem Tom Cruise.«

»Jetzt hör mal auf mit deinen Filmen«, fährt ihn sein Kollege an. »Du hast eindeutig zu viel Freizeit. Wir sind doch kein Kino!« Entrüstet wendet er sich wieder dem Kommissar zu. »Chef! Wofür brauchen wir so was?«

»Ganz einfach. Das Landratsamt möchte endlich mal handfeste Erfolge sehen. Hier wird nur ermittelt und ermittelt, und am Ende kommt dann nix raus. Seh ich vielleicht so aus, als ob ich am Samstagmorgen hier sein will?« Der Kommissar schlägt mit der Hand auf die Tischmatte. »Bestes Beispiel: diese Schlumpfbande. Die macht uns zum Gespött im ganzen Ländle. Ihr seid da jetzt schon wie lang dran? Drei Monate?«

»Zweieinhalb. Und da waren viele Feiertage«, gibt Schmälzle beleidigt zurück.

»Herrgott noch mal! Ihr seid Polizisten, keine Steuerberater. Manchmal hab ich das Gefühl, ihr konzentriert euch einfach nicht aufs Wesentliche.«

»Sie waren in letzter Zeit aber auch net oft da«, meldet sich Schmähle zaghaft.

Der Hals des Kommissars schwillt an. »Ich kann mich nicht um jeden Hennefurz kümmern. Erstens muss einer den ganzen Mist hier koordinieren, zweitens hab ich's an der Gall. Bringet mol a paar anständige Ermittlungsergebnisse mit, dann sag ich euch scho, ob ihr aufm Holzweg seid.«

Schmälzle will gerade protestieren, da meldet sich Schmähles Smartphone. Der frisch implementierte Richard Sanderson intoniert gefühlvoll »Dreams are my reality«. Schmähles abstehende Ohren werden rot, und er versucht hektisch, die Stummtaste zu drücken.

Sanderson schafft es so gerade bis »fantasy«, als Schmähle sie endlich findet.

»Seht ihr, genau das mein ich. Ihr seid nicht bei der Sach. Die Informatiker sind grade weg. Therese Knöpfle steht zur Verfügung, um das Datenmaterial in die dafür vorgesehene Maske einzutragen. Die freut sich übrigens genauso sehr wie ich, am Samstag zum Schaffe. So! Und jetzt raus hier. Macht euch an die Arbeit. Und wehe, es gibt keine Resultate. Dann ist das hier bald nur noch ein Museumshotel.«

Die beiden trotten geknickt zur Tür, als der Kommissar sie noch einmal zurückruft.

»Ihr dreht mir jeden Stein zweimal um! Bleibt dran an dem

Schiedinger. Das könnte eine heiße Spur sein. Oder zumindest a lauwarme.«

Dann sticht es ihn in die Seite, und er winkt die beiden Polizisten nach draußen. Auf dem Gang kann Schmälzle nicht mehr an sich halten.

»Du bist doch der letzte Grasdackel. Musst du das blöde Handy-Ding überall mit dir rumschleppen? Jetzt denkt der Kommissar, wir haben's nicht im Griff, und stresst uns den ganzen Monat«, giftet er seinen Kollegen an.

»Na ja, wenn du mal an was anderes denken würdest als ans Essen, hätten wir vielleicht schon eine Spur, du Klefflescheißer«, gibt dieser bissig zurück.

»Hajo! Das sagt grad der Richtige. Wer ruft dich denn dauernd an? Du bist ja mehr am Rumtippen als an sonst was.«

Schmähles halb kahler Kopf wird rot. »Ich hab's dir schon mal gesagt: Das geht dich gar nix an. Jeder hat das Recht auf seinen Intimbereich.«

Schmälzle rollt mit den Augen. »Das heißt Intimsphäre, du Obergscheidle.« Dann geht ihm auf einmal ein Licht auf. »Moment mal! Du hast Stress mit der Mutter, Klingeltöne wie aus dem Saunaclub und schickst ständig irgendwelche Nachrichten. Machst du etwa dieses Onlinedating?«

Schmähles Kopf nimmt die Farbe einer vollreifen Tomate an.

»Wie gesagt, Herr Kollege. Das geht dich einen feuchten Furz an«, gibt er steif zurück.

»Ich lach mich schlapp! Und wie läuft's denn so mit der Brautwerbung in Muggenpfuhl? Schon den passenden Deckel entdeckt? Bloß uffpasse, dass er net zu einer Mülltonn gehört«, feixt Schmälzle.

Jetzt ist Schmähle beleidigt. »Weißt du was, Berthold: Du bist ein Schoofseggl.«

Die beiden sind vor dem Zimmer der Polizeisekretärin angekommen. Unter einem Milchglasfenster steht dort in erhabenen Lettern: »Therese Knöpfle, Sekretariat«.

Die Besitzerin des Büros ist alles andere als glücklich. Sie ist eine resolute Dame um die vierzig mit modischer Brille und kurzer Pagenkopffrisur. Als die zwei eintreten, spießt sie sie mit einem Blick durch schildpattumrandete Gläser auf. Auf ihrem Bildschirm dreht sich ein metallischer Kopf hin und her.

»H.O.R.S.T. 2000 – Für eine Zukunft ohne Verbrechen«, läuft ein Rolltitel in Endlosschleife über die untere Bildschirmhälfte.

Von den Plänen des Kommissars ist sie wenig begeistert.

»Könnt ihr mir mal erklären, wo ich die Zeit hernehmen soll, diesen ganzen Datenkram einzugeben? Ich hab drei Kinder, die müssen zur Schul und ab und zu auch mal was Warmes essen.« Therese hat nur eine Halbtagsstelle und flexible Arbeitszeiten.

»Versteh ich total!« Schmälzle nickt verständnisvoll.

»Nachdem dieser Informatiker jetzt den halben Vormittag herumprogrammiert hat. Der hat vielleicht geflucht. Unmögliche Netzwerkumgebung, veraltete Geräte und so weiter. Ich hab hier noch«, sie deutet auf eine Ablage, in der sich bunte Mappen stapeln, »zwei Diebstähle, sechs Bußgeldbescheide, eine Sachbeschädigung und die Kioskbesitzerin am Stadtsee. Die erzählt mir, in der Hecke gegenüber spukt's. Sie hätt da letzte Woch einen drin sitzen sehen, und als sie nachgeguckt hat, sei er verschwunden. Wann genau soll ich denn das alles bearbeiten?«

»Ähh jo! Wir hätten da einen dringenden Fall …«, räuspert sich Schmähle.

Therese rollt die Augen.

»Isch klar. Hajo, super, dass ihr mir so gut zugehört habt.«

Schmälzle zuckt entschuldigend mit den Achseln. »Allerhöchste Priorität! Befehl vom Chef.«

Therese seufzt ergeben. »Na, dann gebt mir mal, was ihr habt. Schauen wir mal, was der Horst kann.«

Sie drückt auf eine Taste, und der metallische Roboterkopf verwandelt sich in eine Eingabemaske. Es dauert über zwei Stunden, bis Therese, zusammen mit den beiden Polizisten, Personendaten, Uhrzeiten, Überfallorte, Zeugenaussagen, Ermittlungsergebnisse, Personenbeschreibungen und die anderen tausend Kleinigkeiten eingegeben hat, die das Programm verlangt. Endlich drückt Therese auf die Entertaste.

»*Processing*«, blinkt eine Zeile auf dem Monitor.

»Was bedeutet das jetzt?«, fragt Schmälzle und runzelt die Stirn.

»Hajo, dass der Horst am Schaffe ist, vermut ich mal«, antwortet Schmähle.

Therese beginnt, ihre Bleistifte zu spitzen. Sie benutzt dazu eine altmodische Handkurbelmaschine. Fasziniert sehen ihr die Polizisten zu. Nach fünf Minuten sind die meisten ihrer Stifte spitz, ansonsten ist nichts passiert. Ratlos starren die drei in den Monitor, auf dem immer noch in hypnotischer Gleichförmigkeit »*Processing*« blinkt.

Schmälzle gähnt. »Der Horst hat 's Schaffen aber auch nicht erfunden.«

»Ha, das weißt du doch nicht, was da für hochkomplexe Vorgänge ablaufen, du Hamballe«, rügt ihn sein Kollege. »Der gleicht jetzt alle Daten mit allen anderen Daten ab, die er im Internet findet. Das hat schon seinen Grund, warum sein Rhythmus geheim ist.«

Auf dem Bildschirm ploppt folgende Meldung auf. »Warnung! Das H.O.R.S.T.-Programm konnte nicht korrekt installiert werden.«

Therese legt ihre frisch gespitzten Bleistifte weg und lugt über ihre Brille.

»Das glaub ich jetzt nicht! Noch mal geb ich den Krempel ganz sicher nicht ein.«

»Vielleicht braucht der Horst ja noch a bissle. Das ist ja auch ein sehr komplizierter Fall«, mutmaßt Schmähle.

Weitere fünf Minuten vergehen. Therese ist mit den Stiften fertig und fängt an, Unkraut und welke Blätter aus den diversen Topfpflanzen zu zupfen, die auf ihrem Schreibtisch stehen. Schmälzle wird's zu bunt.

»Das ist doch albern. Jetzt klicken Sie halt mal auf irgendwas.«

Therese betätigt die Entertaste. Jetzt steht da: »Ist das Problem gelöst? Oder wollen Sie einen Freund fragen?«

Schmähle kratzt sich am Kopf. »Hast du einen Freund, der so ebbes kann?«, fragt er Schmälzle.

»Ha noi! Lombagruschd, verreckter!«

Therese klopft mit einem manikürten Fingernagel auf die Schreibtischplatte.

»Und der blöde Informatiker isch scho weg. Der isch extra aus Stuttgart gekommen.«

»Weiß man doch, dass von do nix Rechts herkommt«, schimpft Schmälzle.

Der Bildschirm springt wieder um.

»Wollen Sie mit dem Programm fortfahren oder abbrechen?« Therese klickt auf »Fortfahren«. Auf dem Bildschirm blinkt wieder der Schriftzug *»Processing«* …

»Na also, geht doch …«, brummt Therese.

»Na, ich weiß nicht …« Skeptisch beäugt Schmälzle den Monitor. Eine Schar Enten marschiert von ganz oben nach unten. »Das sieht eher so aus, als ob's dem Horst langweilig ist.«

»Das ist bloß der Bildschirmschoner«, klärt ihn Therese auf.

In diesem Augenblick klingelt das Telefon. Therese schnappt sich ihr Headset.

»Wenn das wieder diese Kioskbesitzerin ist, dann erzähl ich ihr was. Wenn ihr mich fragt …« Sie formt mit Daumen und kleinem Finger eine Flasche und macht eine bezeichnende Geste. Dann drückt sie einen der Knöpfe an ihrem Telefon. »Polizeiposten Muggenpfuhl. Was kann ich für Sie tun?« Selbst auf die Entfernung können die Polizisten eine erregte Stimme hören, die aus dem Kopfhörer schreit.

»Jetzt schreien Sie mir mal net so ins Ohr … langsam … Der Reihe nach bitte.« Sie macht sich Notizen und murmelt dabei halblaut vor sich hin. »Aha! Ein Eistransporter … Bei der Grillhütte. Und dann … was?« Konzentriert hört sie zu. Ihre Augen werden dabei immer größer. »Net wahr! Tatsächlich?« Die beiden Polizisten wollen gehen, doch Therese winkt ihnen zu bleiben. Nach drei Minuten ist das Telefonat vorbei. »Also: Das war ein gewisser Josef Müller, Landwirt in Deisendorf. Dem ist grad auf einem Feld ein Eistransporter in seinen Traktor gefahren. Eine Nonne war auch in den Unfall verwickelt und …«, sie sieht auf ihre Notizen, als könnte sie es immer noch nicht recht glauben, »eine seiner Kühe wurde verprügelt. Es gibt wohl zwei Leichtverletzte. Die Nonne hat nach euch verlangt. Namentlich.« Sie wirft den beiden einen strengen Blick über den Rand ihrer Brille zu. »Ihr sollt sofort herkommen. Und zwar mit einem Transporter. Es handelt sich um so was wie die nationale italienische Sicherheit ...« Die beiden Beamten sehen sich an.

»Caruso!«

Was zuvor geschah

Los geht der Ärger kurz nach Friedrichshafen. Geografisch bildet der Boden hier einen natürlichen Falz, der noch aus der Eiszeit stammt. Der Bodensee funkelt im kalten Mittagslicht wie ein gefrorener Diamant.

Eine Ente und ein italienischer Eiswagen passieren die mit schneebedeckten Weinreben bestandenen Hügelketten von Hagnau.

»Das gibt's ja nicht«, staunt Angelica. »Der ist ja fast zugefroren. Schauen Sie, da sind überall Leute auf dem Eis.«

Caruso deutet auf die Temperaturanzeige im Wagen. Die springt gerade von minus siebzehn auf minus achtzehn Grad.

»Kalt genug ist es dafür jedenfalls. Wer weiß, vielleicht hat's was mit dem Klimawandel zu tun.«

In der Tat bedarf das Überfrieren des Bodensees einer ganzen Reihe klimatischer Besonderheiten, denn eigentlich ist der See ein riesiger Ofen. Im Sommer speichert er die Wärmeenergie von einhundertsiebenundfünfzig Millionen Tonnen Steinkohle. Die gibt er dann im Winter langsam wieder ab. Das sorgt normalerweise dafür, dass die Wassertemperatur nie unter fünf Grad sinkt. Setzt der Winter allerdings zu früh und zu hart ein, in Verbindung mit schwachen Luftbewegungen, kalten, klaren Nächten und einem historisch niedrigen Wasserstand, kann das Wasser bis zu einer Tiefe von dreißig Zentimetern gefrieren. So wie jetzt.

Und wenn Caruso wüsste, welche bösen Überraschungen ihn auf dem eisigen Wasser erwarten, würde er vermutlich auf der Stelle wenden. Stattdessen gibt er Gas und treibt die Ente weiter hinein ins Schwabenländle.

Der Bodensee und seine Besucher verschwinden zwischen schneebedeckten Hügeln und weißen Häusernestern. Grimmige Hausbesitzer in einfarbigen C&A-Winterjacken schieben Schneeschaufeln vor sich her. Irgendwo schlägt eine Kirchenglocke zweimal. Bis dato haben die beiden ungleichen Fahrzeuge ohne nennenswerte Zwischenfälle zwei Länder passiert, bei Chiasso die Schweizer Grenze und bei Bregenz den Rhein. Der gefrorene See schnürt sich zu einem schmalen, etwa vierzig Kilometer langen Finger ab, dessen Spitze auf Friedrichshafen zeigt. Ihr Ziel Überlingen liegt ungefähr auf Höhe des Fingergelenks.

An einer kleinen Esso-Tankstelle in Unteruhldingen müssen sie wieder tanken. Caruso und Angelica steigen aus, die Smaragdkistenwache bleibt reglos sitzen. Caruso klopft an die Scheibe. »Darf ich Ihnen etwas mitbringen? Einen leckeren Cappuccino vielleicht?«

Happy Hippo und Calippo Fizz schütteln mit eiserner Miene die Köpfe und erklären Caruso, dass sie leider nicht aussteigen könnten. Wegen der Sicherheit und wegen des Eises, das ja heiß sei. Schadenfroh beobachten sie, wie Caruso am angerosteten Tankdeckel des Eismobils herumzerrt. Zehn Minuten später wird ihnen der Spaß vergehen. Gründlich. Caruso nimmt sich einen großen Cappuccino mit und begleicht die beiden Tankrechnungen. Der Tankstellenpächter beobachtet die verkleidete Nonne, die gut aussehende italienische Frau und den Eiswagen mit den beiden finster dreinblickenden Security-Männern und murmelt: »Aus denen Lumpa machsch au koi Papier! Wer braucht denn um die Jahreszeit Eis!«

Doch der Smaragdtransport ist schon wieder auf dem Weg. Caruso sitzt am Steuer und nippt von seinem wohlschmeckenden Cappuccino. Angelica zieht ein kleines Buch aus ihrer Handtasche, die sie zwischen sich und Caruso auf die Mittelkonsole gestellt hat. Dann stemmt sie die gebräunten Knie gegen das Handschuhfach und liest. Auf der Vorderseite des Buches ist eine bizarre goldene Gesichtsmaske abgebildet. Der Titel lautet *»Signos amerindios«*.

»Sagen Sie mal, Signorina Angelica, glauben Sie eigentlich selber an diese Geschichten, die man sich über Ihren Smaragd erzählt?«

Angelica sieht auf. »Ich glaube, dass unbelebte Materie, ähnlich wie wir Menschen, eine Art Gedächtnis hat: Sie nimmt Gefühle, Gedanken und Taten auf. Nicht wie Menschen mit ihrem Gedächtnis, eher wie ein Schwamm. Es gab dazu Anfang der Neunziger eine ganze Reihe von Experimenten. Dabei haben Wissenschaftler die Molekülstruktur von Wasser untersucht, nachdem dieses von Menschen mit guten und mit schlechten Gedanken bedacht wurde. Ergebnis: Das Wasser mit den guten Gedanken bildete wunderschöne, geometrische Molekülstrukturen, das schlechte Wasser nahm seltsame, zerrissene, hässliche Formen an.« Sinnierend wirft sie einen Blick in den Rückspiegel. »Manche Dinge merken sich, was man mit ihnen macht. Und«, fügt sie hinzu, »manche Dinge gehören an bestimmte Plätze.«

»Ich glaube an Logik und Deduktion«, erwidert Caruso. »Hinter vielen uns unerklärlichen Dingen steht einfach der Mangel an Wissen. Jede Wirkung hat ihre Ursache, jedes Verbrechen seinen kriminellen Kopf.« Er versucht, seinen halb leeren Cappuccino neben Angelicas Tasche auf die Konsole zu stellen.

»Wenn Sie das sagen, Capitano ...« Die Kuratorin nimmt die Knie vom Handschuhfach. »Die meisten lateinamerikanischen Gottheiten kümmern sich nicht um die Menschen. Sie sind einfach nur da. Schlimm wird es, wenn die Götter anfangen, sich für uns zu interessieren.«

Caruso hat es endlich geschafft, seinen Kaffeebecher zu platzieren. Doch als er sich wieder zurückbeugt, bleibt er an einem Bügel von Angelicas Tasche hängen. Der Cappuccino ergießt sich über ihre Beine, sodass sie erschrocken zusammenzuckt. Im vergeblichen Bemühen, das Desaster aufzuhalten, reißt Caruso die Tasche mit sich, und ihr Inhalt entleert sich in den Fußraum.

»Attenzione!«

Schminktiegelchen, Lippenstift, eine Geldbörse. Flink wie ein Wiesel taucht Angelica ab und sammelt halblaut fluchend den Tascheninhalt wieder ein.

»Ich wusste, dass das passieren würde. Konzentrieren Sie sich bitte auf die Straße, Signor Capitano.«

»Mi scusi tanto.«

Die Straße wird zusehends ländlicher. Links und rechts des Straßengrabens sind jetzt Felder und kleine Flüsse zu sehen, einige nur einen Meter breit. Dann verändert sich etwas im kleinen Innenraum der Ente, ohne dass Caruso hätte sagen können, was genau. Ist es die Sonne, die viel zu hell strahlt? Oder die Luft im Auto, in der ein fauliger Geruch wie nach vermoderten Früchten hängt? Irritiert nestelt er an seiner Schwesternhaube. Der Schweiß bricht ihm aus. Er sieht hektisch in den Rückspiegel. Der Eistransporter folgt ihnen nach wie vor. Für einen Moment sieht er das Gesicht des Fahrers im Rückspiegel. Der verzieht gerade die Lippen zu einem dämonischen Lächeln. Caruso hebt irritiert die Hand und winkt nach hinten.

»Attenzione, una poiana!«, ruft Angelica.

Ein Schatten gleitet über das Auto. Ein großer Bussard stößt auf etwas auf der Straße herunter. Es handelt sich offenbar um ein überfahrenes Kaninchen, hundert Meter vor ihnen. Caruso erhascht einen starr in den Himmel gerichteten Blick und ein Gemenge von blutigen Knochen. Er reißt den Lenker herum. Die Ente schlingert um das Kaninchen, dann hält der Wagen wieder die Spur.

Als Caruso erneut in den Rückspiegel blickt, sieht er etwas Beängstigendes. Irgendetwas passiert mit dem Kaninchen. Zuerst bewegt sich der Kopf und dreht sich ruckartig in seine Richtung, dann drücken sich eins nach dem anderen seine Beine unter dem Fellhaufen hervor. Das Kaninchen richtet sich auf. Dann macht es einen Schritt und noch einen Schritt. Es wird immer schneller und fängt an, der Ente hinterherzujagen.

»Da … da …«, stammelt Caruso entgeistert. Dann drückt er das Gaspedal durch.

Angelica quietscht erschreckt auf und legt ihm die Hand auf den Arm. *»Tutto bene?«*

Als Caruso wieder in den Rückspiegel sieht, ist da nur der Eistransporter. Er atmet langsam aus.

»Ich weiß nicht … da war irgendetwas …«

Dann sieht er so etwas wie einen Fleck auf der Frontscheibe. Irritiert reibt er mit seinem Ärmel darüber. Der Fleck will nicht verschwinden. Angelica wird aufmerksam und sagt etwas zu ihm. Ihre Worte kann er nicht verstehen. Hohl und verzerrt hallen sie im Auto wider, wie in einem Tunnel.

Angestrengt späht er zur Frontscheibe hinaus. Links sieht er eine Gruppe von Nonnen vor einem herrschaftlichen Anwesen. Alarmiert schaut er zu Angelica, die die Nonnen ebenfalls bemerkt hat. Was haben hier mitten im Grünen Nonnen zu suchen? Angelica deutet auf ein Schild. »Zisterzienserkloster Birnau«, steht da.

Caruso nickt beruhigt. Dann stellt er auf einmal fest, dass da gar kein Fleck auf der Frontscheibe ist. Es ist eine kleine schwarze Wolke. Sie hängt etwa zehn Meter über dem Auto, was Caruso ziemlich niedrig vorkommt. Er schaut noch einmal genauer hin. Und dann sieht er es: Die Wolke hat ein Gesicht. Und sie beginnt tiefer zu sinken.

Caruso drückt aufs Gas. Hänge mit Weinreben, brachliegende Felder und hohe Weiden wischen am Seitenfenster vorbei. Der Eistransporter fällt zurück und schließt dann wieder auf. Das Funkgerät fängt an zu piepen. Caruso beachtet es nicht. Er sieht nur, wie sich die Wolke immer weiter senkt. Hastig reißt er das Lenkrad herum und biegt scharf rechts ab. Der Wagen verlässt die geteerte Straße, hoppelt mit ausbrechendem Heck über das Schotterbankett auf ein Waldstück zu.

Eine Klaue greift ihm ins Lenkrad. Caruso dreht den Kopf. Dort sitzt keine Kuratorin mehr, sondern ein Wesen, das direkt einem Alptraum entsprungen scheint. Der Kopf bedeckt mit zottligen Haaren, das Kinn spitz und unnatürlich verlängert, die Augen blutunterlaufen und riesig. Der Mund klafft auseinander, und mörderisch spitze Zähne schnappen nach ihm. Speichel rinnt über schorfige Lippen.

Caruso ringt mit dem Hexenwesen und versucht gleichzeitig, den Wagen auf dem Feldweg zu halten. Links und rechts rasen die Schatten von hohen Tannen und mächtigen Eichen vorbei. Das Tageslicht bleibt unter einem Walddach zurück. Genauso wie die Wolke. Caruso beschleunigt die Ente auf Höchstgeschwindigkeit. Das sind immerhin fast hundert Stundenkilometer. Das kleine Auto ächzt und quietscht ob der ungewohnten Belastung. Caruso kann die Wolke zwar nicht mehr sehen, weiß aber, dass sie immer noch da oben ist. Im Dunkel neben ihm beginnen zwei rote Punkte zu glühen. Caruso glaubt, uralte Flüche zu hören, gesprochen in einer unmenschlichen Sprache.

Dazwischen hektische Stimmen, die absurderweise rufen: »Das Eis ist heiß! Das Eis ist heiß!«

Eine knorrige Hand aus Holz greift zu ihm herüber. Caruso fuchtelt wild in der Luft herum und trifft auf etwas Weiches. Das grässliche Wesen lässt von ihm ab. Eine Bugwelle von Gräsern und Schneematsch mit sich ziehend, bricht der Wagen endlich wieder aus dem Wald heraus. Doch der Alptraum ist noch nicht vorüber. Aus dem Nirgendwo taucht plötzlich ein monströses Tier neben Carusos Fahrzeug auf. Es ist groß und schwarz. Teufelshörner ragen aus einem schuppigen Kopf. Weitere dieser höllischen Wesen rotten sich zusammen und bilden eine undurchdringliche Linie. Caruso bremst scharf ab. Er hat noch ein ganz anderes Problem. Heiß war ihm schon die ganze Zeit, doch jetzt hat die Hitze eine neue Qualität erreicht. Er sieht einen dünnen Rauchfaden von seiner Schwesterntracht aufsteigen.

»Cazzo, la mia gonna sta bruciando.«

Sein Kleid steht in Flammen. Er stößt die Tür auf und taumelt nach draußen. Die Hitze ist unerträglich. Hektisch reißt er sich die brennenden Fetzen vom Leib. Dann sieht er aus den Augenwinkeln eine Bewegung. Aus dem Dickicht am Waldesrand bricht ein monströses, kunterbuntes, klingelndes Gefährt und hält direkt auf ihn zu. In letzter Sekunde kann sich Caruso mit einem großen Satz in Sicherheit bringen, dann kracht das Gefährt frontal in einen Traktor. Der Knall ist ohrenbetäubend, Glas splittert, Eisverpackungen fliegen durch die Luft. Zwei Airbags werden ausgelöst.

Dann … Stille. Als sich Caruso benommen aufrappelt, stellt er zu seinem Schrecken fest, dass er direkt vor einem der schwarzen Höllentiere gelandet ist. Mit tellergroßen Augen starrt es ihn hungrig an und öffnet langsam sein riesiges Maul. Caruso tastet wild um sich herum. Der Griff seines Regenschirms fällt ihm in die Hand. Er holt aus.

»Nimm das, du Untier.« Dann fällt ihm der Himmel auf den Kopf, und die Welt wird schwarz.

Überraschendes Wiedersehen

»Kruzifix! Hier sieht's ja aus wie im Krieg!«, entfährt es Schmähle zwei Stunden später.

»Und zwar in einem Kuhkrieg«, ergänzt Schmälzle.

Als der Polizeibus eine Stunde später, nach etlichen waghalsigen Wendemanövern im Wald, endlich den in Blaulicht getauchten Schauplatz der dramatischen Ereignisse erreicht, bietet sich den beiden Polizisten ein bizarres Bild. Mitten auf dem Feld ein hoffnungslos verbeulter, rauchender Eiswagen, dessen Kühler sich in die Seite eines Traktors gebohrt hat. Daneben ein Krankenwagen, um den herum etwa ein halbes Dutzend Kühe grasen. Eine hübsche schwarzhaarige Frau versucht, ihren Besitzer, einen bulligen, rotgesichtigen Bauer in blauer Latzhose, Winterjacke und Strohhut, zu beruhigen. Schmähle pfeift anerkennend.

»Heidenai, des isch aber mal ein steiler Zahn.«

»Pass no auf, dass du deine Zähn drin behälscht. Der sieht nicht aus, als ob mit dem gut Kirschen essen isch.«

Ein Sanitäter versorgt zwei schwarz gekleidete Männer, die auf einem übrig gebliebenen Heuballen sitzen. Einer trägt bereits eine Nackenstütze, der andere bekommt gerade einen Kopfverband umgelegt. Der Sanitäter winkt ihnen zu. Schmähle kurbelt die Scheibe herunter.

»Die beiden werden's überleben. Aber mitnehmen tu ich sie trotzdem.«

»Alles klar. Wenn was ist: Polizeiposten Muggenpfuhl. Oifach arufe!«

Ein Stück weiter vorn steht eine kirschrote Ente mit geöffneten Türen. Darin, in einer zerfledderten Schwesterntracht, ein sichtlich zerknirschter Caruso mit einem Kühlpack am Kopf.

»Amici«, begrüßt er die beiden Polizisten mit einer Umarmung. »*Che piacere!* Und: *Che casino!* Eigentlich sollte das ja eine *sorpresa* … eine Überraschung werden.«

Schmälzle inspiziert Carusos Beule. »Der hat aber ordentlich zugelangt, der Bauer.«

Schmähle sieht sich verwundert um. »Also die Überraschung ist Ihnen gelungen. Was ist denn genau passiert?«

Caruso berichtet den beiden kurz von seiner Mission und was vorgefallen ist.

Schmälzle ist schockiert. »Jetzt leck mi doch am Fiedle. Heißt das«, er dämpft seine Stimme, »heißt das, dass dieser gottsmillionisch teure Smaragd immer noch in diesem Schrotthaufen ist?«

Er deutet auf die Überreste des Eiswagens, dessen Fahrer gerade auf einer Trage in den Krankenwagen verfrachtet werden.

Der mit der Halskrause macht eine wütende Geste in Carusos Richtung und ruft: *»Il gelato è caldo, cretino! Vai a farti benedire!«*

Dann versucht er, auf den Boden zu spucken, kommt aber wegen seiner Halskrause nicht hin.

Caruso sieht ihm bedrückt hinterher. »Ich weiß nicht, was über mich gekommen ist. Entweder treibt tatsächlich der Geist des Smaragds sein Spiel mit mir, oder es sind kriminelle Mächte am Werk, deren Vorgehen ich bis jetzt noch nicht verstehe.«

Hinter ihm tippt sich Schmähle mit einer bezeichnenden Bewegung an die Stirn. »Herr Caruso, sind Sie sicher, dass es Ihnen gut geht? Das war eine lange Fahrt, und der Schlag auf den Kopf war sicher auch nicht so ganz ohne.«

»Halb so wild. Mir geht's gut ...« Er verzieht das Gesicht. »Also den Umständen entsprechend. Und: Ich bin inkognito hier. Niemand weiß, dass der Smaragd Rom schon verlassen hat. Sicherheit durch größtmögliche Geheimhaltung.«

Schmähle deutet skeptisch auf die rauchenden Überreste des Eiswagens.

»Öhhh ... also so richtig geheim ist das jetzt hier nicht mehr.«

Unglücklich nickt Caruso und fährt im Flüsterton fort: »Deshalb hatte ich Sie gebeten, nicht zu viel Aufhebens um die Sache zu machen. Je mehr Menschen von dem Smaragd wissen, desto gefährlicher wird es. Abgesehen davon: Wenn das an die Öffentlichkeit kommt, kostet es mich meinen Ruf.«

»Wir verraten nix«, versichert Schmähle eifrig.

»Du vielleicht nicht, aber was ist mit dem da?«

Sein Kollege nickt in Richtung des Bauern. Der hat seine Unterhaltung mit der Kuratorin beendet und stapft geradewegs auf sie zu, eine Mistgabel in der Hand. Schmähle holt einmal tief Luft und tritt ihm in den Weg.

»Das ist jetzt eine Behördenangelegenheit. Das hier ist ein Kollege von uns. Wenn Sie den oder die Dame noch mal alanget, greift Ihr Zahbirschd morgen ins Leere!«

Der Beamte richtet sich zu schlaksigen eins sechsundachtzig auf und funkelt den Bauern drohend an.

Der lacht und zeigt ein paar gelbe Zähne. Den Polizisten weht eine Fahne entgegen, die garantiert nicht vom übermäßigen Kuhmilchkonsum kommt.

»No koin Stress! Wenn der«, er nickt zu Caruso hinüber, »meine Viecher in Ruh lässt, mach ich ihm auch nix. Ich weiß zwar net, was das für eine Angelegenheit sein soll, bei der man nackt Kühe verprügelt, aber nachdem die Sach mit dem kaputten Traktor geregelt ist, gibt's eigentlich kein Grund mehr für mich, warum ich hier noch in der Kälte rumstehen soll.«

»Ach so … das ist geregelt?«, fragt Caruso ungläubig.

»Hajo. Das bezahlt alles die junge Frau.« Der Bauer wedelt zufrieden mit einem Scheck.

»Na, da leck mich doch am Socken.« Schmälzle pfeift durch die Zähne, als er den Betrag sieht.

»Obwohl …« Die Augen des Bauern funkeln. »Den psychischen Schaden, den meine Heidemarie wegen Ihnen erlitten hat, den hab ich jetzt nicht miteingerechnet. Ich wett, die gibt jetzt zwei Tag nur saure Milch. Und schauen Sie sich bloß mol den Acker an. Da müsst ich eventuell doch no was draufschlagen.«

»Ha no, jetzt werd ich aber au langsam bös! Der Fisch isch butzt!« Schmälzle schiebt seinen dicken Bauch nach vorn. »Sie wissen schon, dass das Alkoholverbot auch fürs Treckerfahren gilt, oder? Sollen mir mal einen kleinen Test mit Ihnen machen? Mir hendt alles dabei.«

Der Bauer winkt ab. »Passt scho. Mir sind zwar Schwaben,

aber net gierig, gell.« Er blinzelt den Polizisten zu. »Aber«, er zieht seine buschigen Augenbrauen drohend zusammen, »wenn mit dem Scheck was net stimmt, dann sehen wir uns wieder. Komm, Heidemarie, wir gehen.«

Er gibt einer der Kühe einen Stoß in Seite. Die wirft Caruso noch einen letzten vorwurfsvollen Blick zu, dann trottet sie gehorsam dem Bauer hinterher.

»Uff!« Erleichtert atmet Schmähle auf. »Da bin ich jetzt aber froh, dass der koin Ärger gmacht hat.«

»*Buongiorno, Signori*«, erklingt eine rauchige Stimme.

»Darf ich vorstellen«, sagt Caruso, »Signorina Fiorelli, Kuratorin des Museo di Roma.«

Angelica reicht Schmähle die Hand. Sie spricht gebrochen Deutsch mit einem leichten Schweizer Akzent.

»Nicht so förmlich. Ich bin Angelica. Das war sehr mutig, sich dem Herrn in den Weg zu stellen. Ihre Frau muss sehr stolz auf Sie sein.« Schmähle wird rot bis über beide Ohren und stottert.

»Das war doch gar nix. Wir haben nur unsere Pflicht getan. Mein Name ist Single, und ich bin noch Max. Also ich meine, ich bin Max, Single.«

Angelica wirft ihre langen Haare zurück und lacht ein glockenhelles Lachen.

»Dann müssen sich die Damen ja beeilen, Max Single. Wenn Sie mich entschuldigen: Ich muss mich kurz mit dem Capitano besprechen.«

Sie zieht Caruso ein Stück hinter den Eiswagen und redet in schnellem Italienisch auf ihn ein. Schmähle kann die Augen kaum von ihr lassen.

»Du, Berthold, *signorina* heißt doch Fräulein, oder?«

Schmälzle stößt ihm den Ellenbogen in die Seite.

»Hörst du jetzt auf? Das ist ja peinlich. Jetzt halt hier nicht Maulaffen feil. Der Smaragd muss weg. Und zwar schnell.« Besorgt beobachtet er den Waldrand, als erwarte er jeden Moment einen Überfall. Nach einigen Minuten kommen Caruso und Angelica zurück. Sie sind zu demselben Schluss gekommen.

»Da gibt's allerdings ein winziges Problem«, erläutert Caruso. »Wie mir Signorina Fiorelli eben berichtet hat, verfügt der Tresor des Überlinger Museums fatalerweise über eine Zeitschaltung.« Er sieht unglücklich auf die Uhr. »Die verriegelt ihn in weniger als zehn Minuten. Danach kann ihn bis morgen früh niemand mehr öffnen. Das schaffen wir nicht. Gibt es eventuell in Muggenpfuhl einen sicheren Ort, wo wir den Smaragd eine Nacht lang lagern können, bis wir das geklärt haben?«

Die beiden Polizisten überlegen angestrengt. Schmälzle kratzt sich am Kopf.

»Na ja, wir könnten ihn vielleicht erst mal auf dem Polizeiposten deponieren ... Das Problem ist: Bei uns wird grad umgebaut.«

»Aber ich könnte die ganze Nacht drauf aufpassen«, meldet sich Schmähle eifrig. »Ich schlaf öfters da.«

»Er meint: nicht nur während der Arbeit«, witzelt Schmälzle.

»Haha! Wer nix woisch, kann denka, was er will! Ich hab auch schon eine Idee, wo wir den Smaragd bei uns verstecken können. Da findet ihn garantiert keiner.«

»Ach was? Und wo soll das sein?«, fragt sein Kollege.

»Wirst schon sehen, du Plaggeischt!«

Caruso reibt sich die Hände. »Wundervoll. Wäre doch gelacht, wenn wir dem sogenannten Fluch nicht einen Streich spielen können. Jetzt müssen wir das gute Stück nur noch umladen.«

Leichter gesagt als getan.

»Jesses, Maria und Josef. Der wiegt ja eine Tonne«, stöhnt Schmähle, als sie die mit Spanngurten gesicherte Holzkiste zu dritt aus dem Eiswagen herausbugsieren.

»Lassen Sie sich von der Kiste nicht täuschen«, sagt Caruso. »Da ist ein Stahltresor drin.«

»Wenn's hilft!«, ächzt Schmälzle.

Fünf Minuten später ist die Kiste im Polizeibus, und die vier machen sich auf den Weg zurück nach Muggenpfuhl.

Ein sicheres Versteck

Es dunkelt bereits, als sie den angenehm warmen Heizungskeller des Polizeipostens betreten. Schmälzle und Schmähle stöhnen unter der Kiste.

»Pass jo auf, dass du die Gespenster nicht weckst«, bemerkt Schmähle.

»Jaja, schwätz du bloß«, keucht Schmälzle. »Das sind auf jeden Fall gwammbedde Smaragdgeister.«

Auf der Fahrt hat ihnen Caruso von den Legenden erzählt, die sich um den Stein ranken. Die beiden stellen die Kiste ab. Außer ihnen ist niemand mehr hier. Therese Knöpfle hat Feierabend, die Studentenmannschaft und die Handwerker sind weg, und der Kommissar ist schon um zwölf gegangen. Trotzdem sind sie vorsichtshalber durch die Hintertür im Hof gekommen.

»Besser, wenn niemand weiß, was wir hier machen«, flüstert Schmähle.

»Vor allem der Chef net.«

Angelica schaut sich neugierig um. Es riecht nach Öl. Außer einem verstaubten Boiler, diversen Gas- und Wasserzählern und einem Schrank für Putzmittel enthält der Heizungskeller nichts Ungewöhnliches. Am hinteren Ende des schlauchförmigen Raums befindet sich eine blaue Metalltür. Schmähle öffnet sie vorsichtig und späht hinaus. Schmälzle gibt ihm einen Stoß.

»Jetzt lauf scho, du Bachel! Isch kein Mensch mehr hier. Außerdem haben wir eine super Ausrede. Wir schaffet hier!«

Hinter der Tür öffnet sich ein schmaler Gang, der von mehreren Neonröhren erhellt wird. Auf dem Boden liegt eine dicke Schicht Baustaub. Eine Schubkarre voller merkwürdiger Instrumente lehnt verlassen unter einer verstaubten Überwachungskamera an der Wand.

Neugierig inspiziert Angelica eine Wasserwaage, ein eisernes Pendel und diverse Spatel. »Finden hier Ausgrabungen statt?«

Schmähle wirft sich in die Brust. »Ja, das ist so was wie eine

Sensation. Wir sind der einzige Polizeiposten im Ländle mit eigenem römischen Brunnen.«

Links und rechts gehen mehrere schwere Metalltüren ab. Auf Kopfhöhe haben sie alle ein verriegelbares Sichtfenster mit einer Nummer.

»Für alle, die so was noch nie gesehen haben: unsere Gefängniszellen«, spöttelt Schmälzle.

Angelica fährt mit dem Finger über das fast blinde Sichtfenster. »Die werden nicht so häufig benutzt, oder?«

»Na ja, Kleinstädt haben auch ihre Vorteile.« Schmälzle zuckt mit den Achseln. »Aber den Dreck haben die Archäologen gemacht.«

Caruso sieht sich irritiert um. »Sie wollen den Smaragd aber jetzt nicht einfach einschließen, oder? Wir brauchen ein wirklich sicheres Versteck. Gibt's hier irgendwo einen Tresor, der groß genug für unsere Kiste ist?«

Zielstrebig marschiert Schmähle den Gang entlang, vor einem kleinen Schlüsselschrank an der Wand hält er an. Er fischt einen Sicherheitsschlüssel heraus und dreht sich mit strahlenden Augen um.

»Wir haben keinen Tresor! Wir haben was viel Besseres!«

Zwanzig Minuten und ein paar deftige schwäbische Flüche später baumelt die wertvolle Kiste quietschend an einem Seilzug über einem fünf Meter tiefen, kürzlich freigelegten römischen Brunnenschacht. Schmähle hängt halb über dem Brunnen und dirigiert die Kiste vorsichtig zur Mitte. »Was den Römern recht war, ist für uns genau richtig«, quetscht er zwischen zusammengepressten Zähnen hervor.

Auf dem Grund des Brunnens haben die Archäologen einen Bauscheinwerfer installiert, der die bemoosten Wände beleuchtet und ihre Gesichter in unwirkliches fahles Licht taucht.

»Pass bloß auf, dass der Haken nicht rausgeht«, ächzt Schmälzle, der hinter ihm mit seinem ganzen Körpergewicht am Seil hängt.

Caruso versucht zu helfen, wobei sein Einsatz zumindest kilomäßig nicht ins Gewicht fällt. Der Hauch eines frischen, orientalisch anmutenden Parfüms wogt durch die Zelle. Angelica, die sich gerade auf der Toilette frisch gemacht hat, drängt sich an Caruso und Schmälzle vorbei und fasst mit an. Dabei berührt sie Schmähles Hand. Das bringt sein emotionales Gleichgewicht so durcheinander, dass er fast in den Brunnen fällt.

»Herrgott, Schmähle! Jetzt konzentrier dich!«, herrscht ihn sein Kollege an.

»Seien Sie vorsichtig«, haucht die Kuratorin Schmähle ins Ohr. »Smaragde sind im Gegensatz zu Diamanten zerbrechlich. Ein harter Schlag, und sie sind für immer zerstört.«

»Verstanden, Signorina Angelica«, stottert Schmähle. »Ich pass auf wie Fuchs und Has gleichzeitig.«

Zusammen gelingt es ihnen, die Kiste zu stabilisieren. Langsam ruckt sie immer weiter nach unten, während Schmälzle und Caruso Seil nachgeben. Endlich setzt sie mit einem satten, irgendwie endgültigen Geräusch auf.

»So! Da unten steht sie erst mal sicher. Die kommt so leicht nicht wieder rauf.«

Schmähle lässt das Seil ein paarmal hin- und herschwingen, bis sich der Haken aus der Kistenverankerung löst, und holt es dann Stück für Stück wieder ein.

Schwer atmend stehen die vier am Rand des Brunnens. Angelica fischt etwas aus ihrer Tasche. Es glitzert silbern, als sie es in den Brunnen wirft.

»Eine alte römische Tradition. Wirft man eine Münze in einen Brunnen, darf man sich etwas wünschen. Sie kennen doch sicher die Fontana di Trevi?«

»Na klar, das ist dieser Geldbrunnen in Rom«, sagt Schmälzle. »Da schmeißen die Touristen jedes Jahr über eine Million Euro rein.«

»Die Legende sagt: Wirft man eine Münze, kehrt man sicher nach Rom zurück. Wirft man zwei, entfacht man die Liebe eines Römers. Oder einer Römerin. Und bei drei heiratet man die betreffende Person. Man muss allerdings wirklich fest dran glauben.«

Sie lacht wieder ihr helles Lachen. Schmähle bekommt rote Ohren, was aber nur Schmälzle auffällt. Draußen versammelt sich die Gruppe im Gang. Einer fehlt.

»Wo ist denn mein Kollege?« Fragend sieht sich Schmälzle um.

»Ich glaube, der überprüft noch was am Brunnen«, sagt Caruso.

»Soso!« Schmälzle hat da eine andere Idee, was sein Kollege drinnen macht.

»Ich geh ihn mal holen.« Als er wieder in die Zelle kommt, steht Schmähle mit zusammengekniffenen Augen am Brunnenrand.

»Das machst du jetzt nicht!«

Doch Schmähle hat bereits drei Ein-Euro-Stücke aus der Tasche geholt. Er überlegt kurz, dann tauscht er zwei der Münzen gegen Fünfzig-Cent-Stücke aus.

»Hat niemand gsagt, was das für Münzen sein müssen«, grummelt er.

Es klappert, als die drei Geldstücke unten aufkommen. Schmälzle verdreht die Augen und seufzt.

»Schmähle, du bist doch ein Granadadaggl. Jetzt komm raus da!«

Der Schlüssel dreht sich dreimal im Sicherheitsschloss der schweren Stahltür. Es klickt, als drei Stahlbolzen einrasten. Zufrieden steckt Caruso den Schlüssel ein.

»So! Smaragd gesichert!«

Schmähle hat von irgendwoher einen alten Klappstuhl aufgetrieben und stellt ihn klappernd neben die Tür. Strahlend wendet er sich an Angelica. »Ich und mein Kollege werden heute Nacht abwechselnd Wache sitzen. Ich gebe Ihnen mein Wort, eher schwimmt ein Weddzschtoi die Donau runter, als dass dieser Smaragd hier rauskommt.«

Angelica starrt Schmähle verständnislos an.

Schmälzles Gesicht verfinstert sich bei seinen Worten zusehends. »Er meint, wir sitzen uns jetzt die ganze Nacht auf diesem Kreuzbrecher den Hintern platt und bewachen Ihren

Riesensmaragd. Aber dass eins klar ist: Wenn der Chef zurückkommt, muss der Smaragd weg sein.«

Was Schmälzle noch nicht weiß: Es ist bedeutend einfacher, einen Smaragd loszuwerden, als ihn wiederzufinden.

Caruso strahlt. »*Meraviglioso*, ganz *meraviglioso*! Keine Sorge: Bis dahin sind wir längst wieder verschwunden. Ich weiß gar nicht, wie ich euch danken soll, Männer.«

»Ach«, verlegen winkt Schmähle ab, »das ist doch selbstverständlich. Sie haben uns das letzte Mal auch ganz schön aus der Patsche gholfen. Stimmt's nicht, Schmälzle?« Er gibt seinem Kollegen einen Stoß in die Rippen.

»Ja, machen wir gern. Aber du übernimmst die erste Schicht, das sag ich dir. Mir hängt der Magen in den Kniekehlen. Ich könnte einen ganzen Hirsch verschlingen.«

»Das ist unser Stichwort. Ich werde jetzt Signorina Fiorelli mitnehmen. Wir checken ins Hotel Deutscher Kaiser ein, dort hatte ich bereits das Vergnügen zu logieren. Gegenüber gibt es eine Trattoria, und eine gewisse Donna Elvira macht dort phantastische Spätzle. Wenn irgendwas ist, können Sie mich jederzeit erreichen.«

»Äh … ich komm vielleicht nach der Ablösung noch auf einen Sprung vorbei. Nur um zu gucken, ob alles in Ordnung ist.« Linkisch winkt Schmähle der Kuratorin hinterher.

Eine ereignislose Nacht voller Ereignisse

In Muggenpfuhl bricht eine weitere eisige Nacht an. Der Smaragd ruht sicher verstaut im Brunnen des Polizeireviers. Wie sicher, wird sich noch zeigen. Von Zeit zu Zeit fauchen kalte Windböen durch die Straße, was die Temperatur noch um einige Grade nach unten drückt. Die Kälte ist trocken, was sie etwas erträglicher macht. Nur wenige Menschen sind unterwegs. Mit hochgeschlagenem Kragen eilen sie gebückt zu ihren beheizten Stuben oder in die nächste Kneipe.

Die Dunkelheit kriecht durch die kleinen Backsteingassen, umhüllt den Kirchturm mit einem weichen Schleier wie ein Verpackungskünstler, fließt das Obertor hinunter, eine Doppeltoranlage aus dem 13. Jahrhundert, und sammelt sich in den dunklen Ecken des Rathausbrunnens. Die klirrende Winterluft ist voller Verheißungen.

Eigentlich passiert nicht viel, aber manchmal reichen bereits winzige Dinge, um verborgene Räderwerke in Bewegung zu setzen.

Eines dieser Rädchen befindet sich gerade mitten im Wald, in der Nähe von Sauldorf. Es handelt sich um Helmut Klemmle, Installateur von Beruf und gewohnt, die Dinge selbst in die Hand zu nehmen. Er hat sein Haus mit einem Kamin aufgerüstet und ist gerade dabei, ein Klafter Brennholz zu kaufen. Da gibt es allerdings noch einen anderen Interessenten, und der will aus irgendeinem Grund ausgerechnet sein Holz. Sein Konkurrent ist eher klein und stämmig und sieht gemein aus. Er hat eine Glatze, aber dichte Haare auf den Unterarmen. Seit fünf Minuten wogt die Diskussion schon hin und her. Dem Mann von der Forstverwaltung wird's allmählich zu dumm. Zwischen den Eichenstämmen dunkelt es bereits, und er hat nicht die geringste Lust, mit seinem VW Polo in der Finsternis zurückzufahren. Auch ihm ist aufgefallen, dass dem zweiten Interessenten, einem gewissen Matheis, Jäger von Beruf, zum einen viel an diesem Holzklafter liegt und dass er zum Zweiten ziemlich bösartig aussieht. Er riecht förmlich nach Ärger.

Nachdem der Forstverwalter erfolglos versucht hat, Helmut Klemmle zu überzeugen, doch einfach die Finger von diesem Klafter zu lassen, nimmt er die beiden auf die Seite.

»Jetzt höret mal her. Mir isches scheißegal, wer das Holz kriegt. Aber dahoim wird die Supp kalt. Und ich frier mir hier das Fiedle ab. Also: Machet das jetzt unter euch aus. Ich geh in fünf Minuten.«

Der kleine Kahle und der Installateur verschwinden erregt diskutierend hinter einem Busch. Kurz danach kommt der Kahlköpfige pfeifend zurück, drückt dem Forstbeamten zwei Fünfzig-Euro-Scheine in die Hand und lädt den Klafter aufs Auto. Gerade als der Beamte losfahren will, wankt ihm Helmut Klemmle vor den Kühler. Sein Kopf ist blutüberströmt. Das führt zuerst ins Krankenhaus, wo die zwar schmerzhafte, aber ungefährliche Platzwunde vernäht wird, dann zu einer Anzeige auf dem Sigmaringer Polizeirevier und schließlich zu einer kalten Suppe. Ein Sigmaringer Beamte gibt die Anzeige pflichtschuldig in den Rechner ein, und von dort erreicht sie kurz darauf das Polizeidienstnetz. Über die verschlungenen Datenknoten des Internets landet sie schließlich auch in Muggenpfuhl. Ein anderes Rädchen ist Schmähle. Er wird gleich der hübschen Kuratorin nachstellen und ihr dabei Rotwein aufs Kleid schütten. Keine große Sache. Es sei denn, wir schauen genauer hin … Langsam kriecht die Dunkelheit um die Laterne vor der Trattoria Sorentino. Von drinnen dringt Gelächter.

Schon seit geraumer Weile tritt dort eine schlaksige Gestalt im Schatten nervös von einem Fuß auf den anderen. »Jetzt mach schon rein, du Bedbronzer, du elends Grischkendle.« Dann gibt sie sich einen Ruck und tritt in den Lichtkreis der Laterne.

Schmähle hat sich umgezogen und hergerichtet. Seine wenigen Haare sind steil nach oben gegelt, und zu einer weißen Jeans mit weitem Aufschlag trägt er ein Hemd mit hohem Kragen und Camp-David-Aufnäher sowie ein schwarzes Sakko, das schon bessere Zeiten gesehen hat. Er sieht aus wie der Absolvent einer amerikanischen Highschool, der zum Schulball unterwegs ist. Nur dass er fünfzehn Jahre zu spät dran ist.

»Komm schon, Max! Du schaffst das.«

Dann öffnet er die Tür und tritt ein. Eine Woge Zigarettenrauch schlägt ihm entgegen. Die Trattoria ist nur mäßig besetzt. Ein Pärchen teilt sich kichernd eine Schüssel Spaghetti, die Mitglieder der Kleinkunstgruppe Muggenpfuhl stoßen gerade lärmend mit dem Buchhändler und Kulturbeauftragten der Stadt, Abel Eygster, an. Eine Gruppe Kartenspieler sitzt an einem der Tische am Fenster. Alles Männer, alle dunkelhäutig. Italiener, Türken und Kroaten. Ein oder zwei kennt Schmähle beruflich. Und zwar aus der Zelle.

»*Guardate un pinguino*«, lästert einer der Männer. Die anderen lachen.

Schmähle wird rot. »Das hab ich gehört«, sagt er, aber nicht besonders laut.

Luigi, der mittlere Sohn der Besitzerin, kommt gerade aus dem Hinterzimmer. Er trägt Cowboystiefel und eine Elvis-Tolle. Freundschaftlich schlägt er Schmähle auf die Schultern und fährt den Mann an: »Willst ein paar hinter deine *orecchie*? Das isch ein Freund der *famiglia*, *cretino*.« Er wendet sich an Schmähle. »Ist heut Familienzusammenführung? Oder gibt's wieder einen Kriminalfall?« Seine Augen glänzen.

»Darüber darf ich nix sagen. Es ist auf jeden Fall sehr wichtig, dass ich mit dem Capitano Caruso spreche.« Luigi nickt zu einer Reihe Zierpflanzen zwischen den Tischen. »Der sitzt hinter dem Gemüse. Mit einer voll heißen *zozzona*. Wenn Sie uns brauchen können: Wir sind wie Pfadfinder – allzeit breit.« Er lacht meckernd.

Carusos Kopf taucht zwischen den Topfpflanzen auf. Er sieht Schmähle und winkt ihn zu sich. »*Buona sera*, lieber Kollege. Setzen Sie sich doch zu uns. Signorina Fiorelli und ich wollten zwar demnächst aufbrechen, aber dann trinken wir noch einen mit Ihnen.«

Angelica trägt ein schwarzes Kleid und einen goldenen Anhänger. Sie sieht hinreißend aus.

»Äh … Abend. Ich wollt nur mal vorbeischauen, ob bei Ihnen alles in Ordnung ist.«

»Sie haben sich ja richtig hübsch gemacht«, lacht Angelica. Schmähles Ohren glühen.

»Äh, ich bin zwar Polizist, aber auch wir haben ein Privatleben.«

Angelica rückt einen Stuhl weiter und macht ihm Platz.

»Ich nehme an, dass Ihr Kollege die zweite Wache übernommen hat?«

»Jaja, Frau Fiorelli. Da brauchen Sie sich keine Sorgen zu machen. Ihr Smaragd ist bei uns in den besten Händen. Den Schmälzle kriegt so leicht keiner vom Stuhl.«

In dem Moment kommt Donna Elvira, die Chefin der Trattoria, an den Tisch. Sie trägt ein großes Tablett mit einer Kristallkaraffe und mehreren Gläsern. Ächzend drängt sie sich mit ihren hundertfünfzehn Kilo zwischen den Stühlen hindurch.

»Platz mache.« Klirrend stellt sie das Tablett ab. »Hier kommt der *tinto*. Für den Capitano und seine Freunde.« Sie tätschelt ihm die Schulter. »Er hat uns sehr geholfen.« Sie zieht eine Augenbraue hoch und taxiert die Kuratorin mit einem kritischen Blick. »Also, machen Sie ihm keinen Ärger, *non gli crei casini.*«

Die Kuratorin schenkt ihr ein bezauberndes Lächeln, aber mit ihrer Stimme hätte man Stahl schneiden können. »Ich schlage vor, Sie kümmern sich besser um ihre Nudeln.«

Donna Elvira rümpft die Nase und dreht sich entrüstet um. Als sie sich an Schmähle vorbeidrückt, kommt dieser aus dem Gleichgewicht, fuchtelt mit seinen langen Armen herum und stößt die Karaffe mit Wein um. Der *tinto* ergießt sich über die weiße Tischdecke und über das Kleid von Angelica.

»Jesses. Das tut mir aber … Der geht bestimmt nicht mehr raus.«

Angelica zieht ein Tuch aus ihrer Handtasche, wischt sich notdürftig sauber und ringt sich ein Lächeln ab. »Nicht schlimm. Wir wollten sowieso gerade gehen, nicht wahr, Capitano?«

»Ähh … wie Sie wünschen. Tut mir leid, werter Kollege. Wir sehen uns morgen.«

Schon sind sie verschwunden. Einzig der süße Geruch eines orientalischen Parfüms hängt noch einen Moment in der Luft wie ein nicht eingelöstes Versprechen.

Auf dem Tisch – ein altes Zippo-Feuerzeug, das Angelica in der Eile vergessen hat. Schmälzle hebt es auf und stürzt den beiden hinterher. Als er vor die Tür kommt, passieren sie jedoch bereits die Eingangstür des auf der anderen Straßenseite liegenden Hotels.

»Hemmlarschondzwirn!«, flucht er halblaut.

Er wartet im Dunkel neben der Laterne und beobachtet die Fenster des Hotels. Kurze Zeit später geht tatsächlich das Licht in zwei nebeneinanderliegenden Zimmern an. In einem der Fenster kann er kurz die dünne Silhouette Carusos erkennen. Wenig später erscheint im Fenster daneben die von Angelica. Sie öffnet den Vorhang und sieht heraus. Schmähle drückt sich enger an die Wand. Dann zieht Angelica die Vorhänge wieder zu, und das Licht erlischt. Schmähle verharrt reglos. Nichts rührt sich. Die Hauptstraße ist menschenleer.

Nach einer Weile, als er sich sicher sein kann, dass ihm niemand dabei zusieht, untersucht er das Feuerzeug. Das silberne Metall ist leicht angelaufen. Auf der Seite ist ein Adler aufgeprägt. Darunter steht *»Encendedor«*, was, so vermutet Schmähle, wahrscheinlich Feuerzeug heißt. Er lässt es aufschnappen, und der Geruch nach Benzin steigt ihm in die Nase. Er ist sich sicher, dass es von Angelica ist, obwohl es eindeutig ein Männerfeuerzeug ist. An der Unterseite spürt er etwas. Er hält das Feuerzeug ins Licht der Laterne und kneift angestrengt die Augen zusammen. Es sind Initialen, kunstvoll auf den Metallboden graviert.

Da steht: »E. Z.«. Fest presst er die Faust mit dem Feuerzeug zusammen. Wer ist »E. Z.«? Ein unbekanntes, aber schmerzliches Gefühl steigt in ihm auf. Es könnte sich dabei um Eifersucht handeln, was er aber keinesfalls zugeben würde.

In diesem Moment glaubt er, oben an Angelicas Fenster eine Bewegung auszumachen. Angestrengt versucht er, mehr zu erkennen. Ist das der Schatten einer Topfpflanze, oder sind es zwei

Personen, die eng umschlungen im Fensterkreuz stehen? Hat Angelica etwa Besuch? Männerbesuch?

Die Tür der Trattoria öffnet sich. Ein kleiner Mann torkelt heraus, in dem Schmähle den Buchhändler erkennt. Ohne ihn zu sehen, stolpert er an ihm vorbei und pfeift eine schiefe Jazz-Version von »Singin' in the Rain«. Er hat neben einem Haufen Geld einen Hüftschaden, was ihm einen unheimlichen Watschelgang verleiht.

Als Schmähle wieder nach oben schaut, ist nichts mehr zu sehen. Die schwere Gardine bewegt sich noch ein letztes Mal, dann ist alles ruhig. Kopfschüttelnd verlässt er seinen Posten und schilt sich selbst einen Idioten. Wahrscheinlich haben ihm seine übermüdeten Augen einen Streich gespielt.

Die Dunkelheit fließt weiter, an marmornen Grabsteinen hinauf, an verwitterten Marmorengeln hinunter, folgt den rechten Winkeln von Holzkreuzen und legt sich über Grabmäler. Das schmiedeeiserne Tor zum Friedhof steht offen. Quietschend schwingt es hin und her. Nichts Ungewöhnliches, könnte man denken. Ein genauerer Blick zeigt jedoch, dass das Vorhängeschloss mit gebrochenem Gelenk am Tor baumelt.

Die Nacht sickert unter der schweren Pforte des Polizeipostens hindurch, windet sich wie ein Nebel den Linoleumgang entlang, vorbei an den Milchglasscheiben der Büros.

In Therese Knöpfles Zimmer ist ein ungleichmäßiges Brummen zu hören. Es klingt wie eine dicke Hummel, die sich verirrt hat, und kommt unter ihrem Schreibtisch hervor. Den Computer hat Therese Knöpfle angelassen, als sie kurz nach dreizehn Uhr fluchtartig das Büro verlassen hat, um ihren Jüngsten an der Bushaltestelle in Brunnhausen aufzulesen. Seitdem ist ihr Rechner im Stand-by-Modus, und der Lüfter – der dringend gereinigt werden sollte – brummt vor sich hin.

Plötzlich geht der Bildschirm an. Blaues, gespenstisches Licht beleuchtet ein Post-it an seiner Unterseite. Darauf steht: »Finger weg. Der Horst rechnet noch!« Der Schriftzug »Precrime 2000« erscheint auf dem Schirm und dreht sich langsam in einer

Möbiusschleife. Darunter leuchtet die Meldung »Zwei Treffer gefunden!«. Der Drucker fängt an zu rattern.

Weiter unten im Bauch des Reviers wacht ein einsamer, dicker Polizist im Gang hinter dem Heizungskeller. Das Neonlicht flackert einen Moment. Dann ist es wieder hell. Ein regelmäßig wiederkehrendes Geräusch weist darauf hin, dass Schmälzle vielleicht nicht ganz so aufmerksam ist. Er schnarcht. Wie gesagt, eine ereignislose Nacht. Dann wird es Tag.

Ein unmöglicher Diebstahl

Das Geräusch, mit dem sich der silberne Sicherheitsschlüssel im Doppelzylinderschloss dreht, ist äußerst befriedigend. Die Stifte springen einer nach dem anderen auf, das Stahlgewinde dreht sich mit geschmeidiger Schwere um den Zylinder, und dann öffnet sich die Stahltür mit einem sehr sicheren Knarren.

Schmälzle und Schmähle haben beide tiefe Ringe unter den Augen. Schmähle ist die halbe Nacht ziellos durch Muggenpfuhl marschiert, getrieben von unterschiedlichsten Gefühlen. Schmälzle hat bis um sieben Uhr früh vor der Tür der Gefängniszelle Wache gehalten. Beide sind froh, dass ihr wertvoller Gast bald wieder weg ist. Angelica telefoniert offensichtlich genervt mit jemandem. Sie sieht ebenfalls übermüdet aus, was Schmähle, der sie aus den Augenwinkeln betont unauffällig beobachtet, nicht entgeht. Heute trägt sie eine Jeans mit einer weißen Bluse und einem schwarzen Blazer darüber. Ihre dunkle Haut kontrastiert äußerst vorteilhaft mit der Bluse. Darunter kann man die dunklen Schatten ihre Brüste sehen. Offensichtlich trägt sie keinen BH. Als sie ihr Smartphone vom Ohr nimmt, sieht Schmähle schnell woandershin.

»Das Museo di Roma«, erklärt sie den dreien. »Sie wollen wissen, warum in drei Teufels Namen ihr Smaragd noch nicht in Überlingen ist. Ich habe ihnen gesagt, es handle sich um ein alternatives Sicherheitskonzept und dass sie sich keine Sorgen machen müssen, weil der Smaragd pünktlich zur Ausstellungseröffnung dort sei.«

Sie zieht eine Augenbraue in Richtung Carusos in die Höhe, der als Einziger ausgeruht aussieht. Seine Uniform ist frisch gebügelt, und er ist bester Laune. »Nochmals vielen Dank für eure Hilfe, liebe Kollegen! Ich weiß nicht, was ich ohne euch gemacht hätte. Sobald der Smaragd sicher im Tresor ist, komme ich zurück, und dann wird gefeiert. Versprochen. Wollen wir?«

Er lässt Schmälzle den Vortritt, und hintereinander betreten die vier die Zelle. Acht Augenpaare spähen in die Tiefe. Was sie dort sehen, ist nicht das, was sie erwartet haben. Genau genommen ist es schlicht unmöglich.

»Herrgottsackzementaberau!«, entfährt es Schmälzle. »Das glaub ich jetzt nicht.«

»Impossibile!«

Caruso kneift, kreidebleich geworden, die Augen zusammen. Sicherheitshalber reibt er sie. Hilft auch nicht. Dort unten in der Tiefe steht immer noch die Kiste von gestern. Allerdings ist sie offen, der Deckel nach außen geklappt. Dahinter schimmert das Metall eines sehr schweren Tresors, dessen Tür ebenfalls offen steht. Allen schwant Schlimmes. Die Kuratorin muss sich auf die Pritsche setzen. Schmähle ist sofort an ihrer Seite und wedelt ihr mit seiner Mütze Luft zu.

»Schmälzle, geben Sie mir das Seil. Schnell!«, drängt Caruso. »Ich muss da runter.«

Er schlingt sich das Seil zweimal um die Hüfte, und Schmälzle kann es gerade noch greifen, da ist Caruso schon auf dem Weg nach unten.

»Net so hudla, Herr Caruso, wenn Sie sich das Genick brechen, hilft das auch niemand.«

Caruso baumelt ein paarmal hin und her. Dann ist er unten. Hastig stößt er die Bretter weg und steckt den Kopf in den Tresor. *»Cazzo! Merda! Impossibile!«*

Sein Kopf taucht wieder auf. Seine wenigen Haare stehen ihm wirr vom Kopf.

»Der Smaragd ist weg. Stattdessen war das hier drin.« Er schwenkt einen abgerissenen weißen Zettel in der Hand.

»Haidaguggugg abbr au!«, ruft Schmälzle von oben herunter. »Sagen Sie bloß, das ist Latein?«

»Woher wissen Sie das?«, kommt die entgeisterte Antwort von unten.

Als Caruso wieder oben ist, berichtet ihm Schmälzle in aller Kürze vom Treiben der Schlumpfbande. Dann schließt sich das an, was man gemeinhin als Spurensicherung bezeichnet. Nur definitiv hektischer und vielleicht auch ein klitzekleines bisschen weniger professionell durchgeführt, als man es aus diversen Vorabendserien kennt. Nachdem auch Schmähle und Angelica hinuntergeklettert sind, fördert das Ganze Folgendes zutage:

1 x Stück eines handschriftlichen Zettels,
1 x aufgebrochene Kiste,
3 x Spanngurte (à 2 m),
1 x geöffneter Panzerschrank 450 x 505 x 450 mm,
3 x Münzen (1 x 1 Euro, 2 x 50 Cent),
1 x Stück einer Vespertüte.

Abgesehen davon ist absolut nichts in dem Brunnenschacht. Nichts außer Erde und Schmutz. Bemerkenswert ist, dass der Safe keinerlei Spuren von Gewaltanwendung zeigt. Es ist ein Stahltresor der Sicherheitsstufe 4, inklusive Sprengstoff-, Schweiß- und Schneidbrennsicherung mit fünfzehn Zentimeter dicken Seitenwänden aus Panzerstahl. Die Vespertüte, die wohl einer der Archäologen hier verloren hat, ist vom örtlichen Metzger. Das Preisschild ist jedenfalls von letzter Woche.

»Wieso sind da so viele Münzen drin?«, grübelt Caruso. »Signorina Angelica, Sie haben doch nur eine reingeworfen, oder?«

Angelica zuckt ratlos mit den Schultern.

Schmälzle räuspert sich und gibt seinem Kollegen einen Stoß in die Rippen.

Schmähle bekommt einen roten Kopf. »Also, ich hab auch noch mal zwei ...«, ein weiterer Rippenstoß von hinten, »Herrgott, ist ja gut jetzt! Drei Münzen. Ich hab auch noch mal drei Münzen in den Brunnen geworfen.«

»Das macht zusammen mit Angelicas Münzen vier. Das heißt, es fehlt eine.«

Die Kuratorin verdreht die Augen. »Ist das jetzt wichtig?«

»Signorina Angelica, in dieser Situation ist alles wichtig. Das kleinste Indiz kann uns helfen. Schmälzle, lassen Sie mich wieder runter!«

Doch auch die erneute Durchsuchung des Brunnens führt zu keinem Ergebnis. Die Münze bleibt verschwunden. Eine Stunde später sitzen die vier verschwitzt und schmutzig im Aufenthaltsraum. Schmähle macht den Kaffeeautomaten an.

Daneben steht seit Weihnachten ein riesenhafter Snackautomat mit der kryptischen Bezeichnung »Sielaff SÜ 2020«. Doch heute hat niemand Lust auf Süßes.

Der Kaffeeautomat gurgelt vor sich hin und spuckt schließlich einen Schwall Milch aus. Dann verstummt er. Auf dem Display erscheint eine Fehlermeldung. Schmälzle wuchtet sich aus seinem Plastikstuhl.

»Ich geh ins Büro von Therese. Die hat eine Kaffeemaschine. Die geht wenigstens. Die ist nämlich noch analog.«

»Ne discere cessa«, liest Caruso von dem Papierfetzen ab, der in einer durchsichtigen Beweismitteltüte steckt. Dann springt er auf und läuft im Kreis herum. »Das heißt so viel wie: ›Hör nicht auf, zu lernen.‹ Aber was bedeutet das?« Er hält das Papier gegen das Licht. »Jemand treibt sein Spiel mit uns.«

Auf Angelicas Wangen glühen zwei hektische rote Flecken. »Wen interessiert das. *Dov'è il mio smeraldo?* Ihnen ist klar, dass Sie dafür verantwortlich sind, Capitano? Sie mit Ihrer … Strategie.« Sie spuckt das Wort auf den Linoleumboden. »Idiotisch.«

»Ich weiß, ich weiß.« Zerknirscht sieht Caruso nach unten. Dann hebt er langsam den Kopf. Seine Augen funkeln. »Wir werden Ihren Smaragd wiederfinden. Wer immer das war, und ich betone, ich glaube nicht an irgendwelche Geister, muss Spuren … irgendetwas hinterlassen haben. Fassen wir noch einmal zusammen: Der Smaragd befand sich in einem Hochsicherheitssafe, der wiederum in einer Kiste war …«

Er stockt und starrt in die Ecke. Dann blinzelt er, steht auf, marschiert zur Wand und wischt dort mehrfach durch die leere Luft.

»Alles okay, Herr Caruso?« Schmähle beobachtet ihn besorgt.

»Sì, sì … ich hab nur kurz geglaubt, dass da etwas … Ach, vergessen Sie's.« Er setzt sich wieder auf den Stuhl. »Also, die Kiste lagerte auf dem Grund eines vier Meter tiefen Brunnenschachts in einer abgeschlossenen Zelle, die auch nur über einen Ausgang verfügt. Und die wurde die ganze Zeit bewacht. Haben Sie doch?«

Schmähle nickt unglücklich. »Also ich kann das für mich auf jeden Fall bestätigen. Was der Kollege gemacht hat, das müssen Sie ihn selber fragen. Aber«, gibt er zu bedenken, »selbst wenn er zwischendurch mal kurz eingenickt sein sollte, was unwahrscheinlich ist: Das hätte der sicher gemerkt, wenn da jemand die Tür aufgemacht und einen kiloschweren Smaragd rausgetragen hätte. So bequem ist der Stuhl nicht.«

Caruso zerknüllt seinen Kaffeebecher. »Kommen wir noch einmal zurück zu dieser kriminellen *gruppo dei puffi*, wie nennen Sie das … Schlümpfebande. Die treibt also schon seit Monaten hier ihr Unwesen, richtig?«

»Ja, genau. Bis jetzt haben sie aber eher Banken überfallen. Die tauchen auf wie Gespenster, rauben die Bank aus, und dann sind sie spurlos verschwunden. Neulich haben sie vermutlich in einem Dorf hier um die Ecke eingebrochen. Da lag auch so ein Zettel im Tresor.« Eifrig zieht Schmähle sein Smartphone aus der Tasche. »Warten Sie, den hab ich fotografiert. Was der Spruch bedeutet, haben wir aber selber rausgekriegt. Da steht sinngemäß: ›Wir werden niemals irgendwas wissen.‹«

Konzentriert betrachtet Caruso das verwackelte Foto auf Schmähles Handy. »Das ist eindeutig die gleiche Handschrift. Und sehen Sie sich mal die Linierung an. Das sieht aus, als ob es aus einem Schulheft stammen würde. Und zwar aus demselben. Als ob uns der Verfasser damit etwas sagen will.«

Schmähle nickt begeistert. »Hajo! Nämlich dass wir Latein lernen sollen.«

Schweigen. Zwei Minuten vergehen. Caruso murmelt vor sich hin, während er seine Unterlippe knetet. Es sieht aus, als ob er etwas sagen wollte. Doch dann legt er nur wieder die Hand an die Lippen.

Schmähle dreht seine Dienstmütze ratlos zwischen den Händen.

»Wie, *in nome del cielo*, ist dieser Smaragd aus dem Brunnen rausgekommen?«, entfährt es Caruso.

Entnervt springt Angelica schließlich auf. »Es reicht! Ich muss dem Museum Bescheid sagen. Die Versicherung muss informiert werden. Und die *richtige* Polizei muss sich darum kümmern.« Sie zückt ihr Smartphone und will aus dem Zimmer, als Schmälzle zurückkommt.

Er ist außer Atem, strahlt aber übers ganze Gesicht. In der Hand hält er einen Computerausdruck, mit dem er fröhlich herumwedelt. »Ihr werdet's nicht glauben. Der Computer, also dieses Verbrechensbehinderungs-Programm, hat was ausgerechnet. Morgen soll diese Schlumpfbande wieder zuschlagen. Und jetzt haltet euch fest: Es hat gleich noch eine Liste mit Werkzeug rausgegeben, was wir alles brauchen, um sie zu schnappen. Das heißt: Mir machet net mol ebbes Falsches. Mit a bissle Glück finden wir die Schlumpfbande *und* den Smaragd. Da wird sich sogar der Kommissar freuen.«

»Das ist ja *fantastico*!« Caruso springt begeistert auf. »Dann würde ich sagen, wir bereiten uns vor.«

Dass er die ganze Zeit von einem goldenen Säugling beobachtet wurde, der mit überkreuzten Babybeinen auf dem Süßigkeitenautomaten saß, verschweigt ihnen der Capitano wohlweislich, denn außer ihm hat ihn niemand gesehen.

Unter kriminellen Schlümpfen

Bei den Schlümpfen ist es kühl, und es tropft von der Decke. Kein Wunder, denn wir befinden uns gut zwei Meter unter der Erde. Ein akkubetriebener Bauscheinwerfer zerrt eine mit Verschalungsbrettern ausgelegte Rampe und einen kurzen, schlammigen Gang aus dem Dunkel. Dort parken zwei 80er-Enduro-Motorräder in militärischer Tarnfarbe akkurat nebeneinander. Ihre Reifen sind schlammverschmiert. Daneben lehnen diverse Schaufeln, Eimer, Spitzhacken, ein Steinbohrer, Stechbeitel, Klopfholz, Einhandsäge mit einem Woodcarver-Sägeblatt, ein Hammer mit einer flach gewölbten Spitze, eine Hohldexel und drei Äxte. Mehrere Stützbalken sind in den Boden gerammt. Es riecht streng nach Fuchskot und anderen tierischen Ausscheidungen.

Weiter vorn verbreitert sich die Höhle zu einem annähernd viereckigen Raum von der Größe eines Garagenstellplatzes. An der Decke der Höhle sind mehrere Löcher, die zu höher gelegenen Fuchsgängen führen. Auf dem Boden sind ebenfalls Verschalungsbretter ausgelegt. Sie sind bedeckt von Holzresten, als wäre hier vor Kurzem gesägt worden. Zwei Bierbänke stehen an der Wand. Darauf liegen mehrere Reisetaschen und drei eingerollte Schlafsäcke. In der Mitte ein improvisierter Tisch aus mehreren Holzkisten, daneben zwei Gasflaschen.

Ein riesenhafter Mann in blauer Latzhose mit der Maske von Schlaubi Schlumpf sitzt auf einer der Bierbänke und überprüft eine Banane. Er dreht sie hin und her, hält sie gegen das spärliche Licht und legt sie augenscheinlich zufrieden zu zwei anderen neben eine ausgebreitete Landkarte.

Ein weiterer Mann sitzt an einem Campingtisch, raucht und zählt Geld. Auf seinen Knien liegt eine Pumpgun. Er ist klein und kräftig und trägt die Maske von Papa Schlumpf. »Bist du dann endlich fertig? Ich verreck unter dieser Maske«, fragt er ungeduldig. Seine Stimme ist heiser und kratzig.

Eingeschüchtert zieht Schlaubi Schlumpf den Kopf zwischen die Schultern. »Jawoll, Vadder, äh … Papa Schlumpf! Äh … vielleicht solltest du hier unten nicht rauchen.«

»Vielleicht solltest du hier unten nicht rauchen«, äfft ihn Papa Schlumpf nach. »Sonst noch was? Soll ich vielleicht auch noch statt Spätzle Salat essen?«

»Ich mein ja nur wegen dem Gas.« Schlaubi Schlumpf nickt zu einer der Taschen.

»Ach? Bist du jetzt auch noch Sprengstoffexperte? Das ist 'ne Propangasflasche, du Bachl. Die explodiert nur, wenn du sie aufdrehst.«

»Brauchen wir die heute? Wie soll das überhaupt laufen?«

»So wie sonst auch. Wir marschieren rein, holen uns das Geld und verschwinden. Die haben keinen EC-Automaten, also brauchen wir auch das Gas nicht. Das müsste sogar so ein Beddbronzer wie du verstehen.«

»Ist ja gut. Du musst nicht immer so gemein sein. Immerhin sind wir verwandt.« Schlaubi Schlumpf zieht unter seiner Maske die Nase hoch.

»Allmachds Jenseids Goddes Dobbelwegga! Fängst du jetzt gleich an zu heulen? Wie viel Geld verdienst du als Jäger im Monat?«

»Na so tausendfünfhundert brutto.«

»Und wie viel hast du in den letzten vier Monaten hier verdient?«

»So um die sechzigtausend?«

»Siehst du? Das wird heute unser letzter Bruch. Dann machen wir Pause. Die Bank ist ideal. Genau so, wie wir sie brauchen. Nur ein paar hundert Meter vom Wald entfernt.«

»Ich weiß nicht … Ich hab heut irgendwie kein gutes Gefühl …« Schlaubi Schlumpf spielt nervös mit seinen Fingern.

»Haidawäddr! Das Leben isch koi Schlotzer! Deswegen sind wir ja Profis. Es geht nicht darum, die Bank zu überfallen. Das ist einfach. Jeder Idiot kann das. Banane unter die Jacke – fertig. Glaub mir, Bankangestellte wollen nicht herausfinden, ob du wirklich eine Kanone hast.«

»Du kannst leicht schwätza, wo du der Einzige bist, der eine richtige Knarre hat«, murrt Schlaubi Schlumpf.

»Wirkt sich positiv aufs Strafmaß aus, du Briahmichl. Irgendwann wirst du mir dafür danken.«

Dass das heute ist, hätte sich Papa Schlumpf natürlich nicht im Traum vorgestellt. »Worum's geht, sind die ersten Stunden *nach* einem Überfall. Da werden nämlich statistisch die meisten Bankräuber eigsackt.«

»Eigsackt. Haha!«, kichert Schlaubi Schlumpf, offensichtlich beruhigt.

»Bisch dabbig? Was ist daran denn witzig?«

»Nix. Ich bin bloß nervös.«

»Mit unserem System können wir so viele Banken überfallen, wie wir wollen. Die Bullen sind einfach zu blöd. Die werden uns niemals kriegen.«

»Bloß das Graben ist immer so anstrengend.«

»Ohne Schweiß kein Preis. Jeder arbeitet hier gemäß seiner ganz speziellen Fähigkeit. Eddie kann gut fahren, und du kannst gut graben. Apropos, wo bleibt er eigentlich so lang?«

»Ich glaub, er ist zurück.«

Von oben ertönt das gedämpfte Brummen eines Zweitaktmotors.

»Na dann, mach ihm auf. Worauf wartest du noch?«

Schlaubi Schlumpf eilt in den hinteren Teil der Höhle, quetscht sich an den zwei Enduros vorbei und stemmt eine Holzklappe auf. Tageslicht fällt in den Eingang und erhellt den Rest der Höhle. Brillenschlumpf kneift in der morgendlichen Helligkeit die Augen zusammen. Ein baugleiches Motorrad im Camouflage-Look rollt langsam eine schmale Erdrampe herunter.

An seinem Ende hängt an einer Kette die Fußmatte eines Autos. Auf dem Motorrad sitzt ein drahtiger Fahrer mit einem Motorradhelm auf dem Kopf. Er muss den Kopf einziehen.

»Hat dich jemand gesehen?«, fragt Papa Schlumpf.

»Nur ein paar Rehe und ein Bock. Fünfzehnender mindestens. In dem Dreckskaff alles wie immer. Ach ja, da gibt's seit heute einen Hähnchenstand, direkt gegenüber der Bank. Den Deppen sind die Hähnchen ausgegangen. Scheiß-Spätzlefresser. Außerdem waren ein paar Pilzsucher unterwegs. Also nix los im Wald – aber den Bock muss ich mir merken.«

»Besser, du konzentrierst dich auf die Arbeit«, grunzt ihn Papa Schlumpf an.

»He! Immer entspannt bleiben. Ich mach grade die ganze Arbeit, während du hier rumsitzt und Däumchen drehst. Ich bin nicht dein Sohn«, zischt Eddie und setzt den Helm ab.

Er ist um die vierzig, hat Aknenarben auf den Wangen und leicht schräg stehende Augen. Seine Haare hat er zu einem Pferdeschwanz gebunden.

»Und«, wirft Schlaubi Schlumpf ein, »wir haben gesagt: Die Masken bleiben immer auf.«

»Leck mich mit deinen Schlumpfmasken.« Eddies Augen funkeln gefährlich. »Weißt du, wie heiß es unter dem Helm ist? Ich schwitz mir doch nicht schon vorher das Hirn raus. Das überlass ich deinem Vater.« Er spuckt auf den Boden.

Schlaubi Schlumpf richtet sich zu seiner vollen Größe auf und macht einen drohenden Schritt nach vorn.

Eddie greift hinter sich und zieht ein kleines bösartiges Neck Knife aus dem Gürtel.

»Hast du ein Problem?«

Papa Schlumpf lädt die Pumpgun durch. Es klickt sehr nachhaltig. »War's das dann, Graf Geggale? Wenn's ein Problem gibt, klären wir das hinterher. Also: aufsitzen. Jeder weiß, wo er parken soll?«

Die beiden anderen nicken.

»Jetzt ist Zahltag!«

Eddie setzt seine Schlumpfmaske auf, Schlaubi Schlumpf verteilt die Bananen. Eddie winkt verächtlich ab. »Behalt dein Obst, du Schlumpfspacko. Ich bin Selbstversorger.«

Dann packt jeder der Männer eine der Sporttaschen aufs Motorrad. Einer nach dem anderen rollen sie nach draußen. Papa Schlumpf verschließt den Höhleneingang. Es wird finster.

Dann passiert längere Zeit nichts.

Wasser tropft von der Höhlendecke und sammelt sich in einer Pfütze. Irgendwo im Wald hämmert ein Specht ein Loch in einen Baum. Ein neugieriger Fuchs trottet vorbei, schnuppert angelegentlich an der Bodenklappe und verzieht sich nach einer Weile wieder. Die Sonne wandert etwa fünf Grad weiter westwärts. Wolken ziehen vorbei. Dann ertönt das Geräusch zweier hochdrehender Motoren. Sie nähern sich schnell. Hektisch wird die Klappe aufgerissen, und zwei der drei Enduros kehren zurück.

Papa Schlumpf ist außer sich. Mit einer wütenden Bewegung fegt er den Stadtplan vom Tisch. »Das gibt's doch nicht. Das war eine verdammte Falle. Jemand muss uns verpfiffen haben.«

Schlaubi Schlumpf trottet in die Ecke. »Ja, wie diese nette alte Frau Eddie fertiggemacht hat, das war schon beeindruckend. Und wie dieser dicke Polizist ihn umgehauen hat, als er wegfahren wollte.«

Irritiert fährt Papa Schlumpf herum. »Auf welcher Seite stehst du eigentlich?«

»Ich hab's dir ja gesagt, dass heute ein schlechter Tag ist«, sagt Schlaubi Schlumpf vorwurfsvoll.

Auf einmal erklingen von oben Stimmen. Papa Schlumpf erstarrt.

»Das kann nicht sein. Niemand kann uns hier finden. Die Tarnung ist perfekt.« Jemand läuft direkt über die Luke. »Vielleicht sind die nur zufällig hier«, flüstert Schlaubi Schlumpf zurück.

Stocksteif verharren die beiden in der Dunkelheit. »Sie können uns hier nicht finden. Das ist unmöglich. Unmöglich!«

Mit angehaltenem Atem lauschen die beiden Bankräuber. Etwas rollt klackernd das Belüftungsrohr hinunter. Es klingt wie eine Stahlmurmel. Es dauert ein paar Sekunden, dann fällt ein metallischer Gegenstand aus einem der Deckenlöcher genau zwischen sie. Als Papa Schlumpf sieht, was es ist, ahnt er, dass der Tag noch viel schlimmer werden wird als bisher.

Wie man einen Schlumpf fängt

Sauldorf ist ein kleiner Ort mit sechshundert Einwohnern, nur etwa fünfzehn Minuten von Muggenpfuhl entfernt. Es gibt einen Kindergarten, eine Schule und sehr viel Wald.

Die Entfernung zur Autobahn beträgt siebzehn Kilometer, der nächste Bahnhof ist in Sigmaringen (dreiundzwanzig Komma acht Kilometer). Der Flughafen liegt in Stuttgart, fünfundachtzig Kilometer entfernt. Ein kleiner Flugplatz befindet sich in Friedrichshafen, dreißig Kilometer näher. Alles mögliche Fluchtwege, über die potenzielle Bankräuber kommen oder entkommen könnten. Ein großes Waldgebiet, der Birkenbühl, erstreckt sich östlich des Dorfes, nur wenig mehr als einen Kilometer vom Ortszentrum entfernt. Im Ortskern selbst gibt es ein Fliesen- und Natursteingeschäft, einen Metzger, ein Lebensmittelgeschäft mit Poststelle und eine Sparkasse.

Gegenüber der Sparkasse steht seit sieben Uhr früh ein Hähnchenimbiss: ein gelb-weißer Seco-Grillwagen mit Klapptisch an der Verkaufsseite, einem Infrarotgrill mit zweiundzwanzig Grillspießen, einem Lautsprecher nebst Megafon sowie einer Doppelfritteuse. Im orangefarbenen Licht des Grills drehen sich leere Spieße. Die Hähnchen haben die frischgebackenen Grillmeister in der Eile vergessen.

»Ich kann ja nicht an alles denken. Wir können von Glück sagen, dass der Verleiher noch einen Grillwagen dahatte. Außerdem hatte ich so auch schon genug Zeug zum Besorgen«, rechtfertigt sich Schmähle.

Er hat geduscht und seine Haare mit Gel zum Scheitel gekämmt. Ein Hauch eines teuren Herrenparfüms liegt in der Luft. Schmälzle schnuppert, spart sich dann aber einen Kommentar. Er hat ein dringenderes Problem.

»Jaja, schwätz du bloß. Jetzt haben wir schon einen Grillwagen – aber trotzdem nix zum Beißen. Ich hab seit gestern Nacht nix mehr gefuttert und einen Kohldampf, dass ich Spätzleteig roh essen würde. Ich versteh ja vieles nicht – aber das mit dem Friseur versteh ich überhaupt nicht.«

Sinnierend mustert Schmähle die leeren Grillspieße. »Das hat ja auch einer ausgerechnet, der *a bissle* mehr Rechenleistung hat als du. Da muss man der Technik einfach mal vertrauen. Die weiß schon, was sie macht.«

»Soll sie Spätzle machen, dann hat mein Magen auch was davon«, grummelt Schmälzle. Schmähle rückt sein Headset zurecht, das Caruso heute Morgen ausgeteilt hat, und zieht noch einmal den Ausdruck hervor, auf den sie ihre ganze Hoffnung setzen. Dort steht:

Precrime – Programm Version: 2.01
Wahrscheinlichkeitsanalyse bezügl. Schlumpfbande

Zusammenfassung:
Nächster Raub (86 %)
Ort: Sparkasse Sauldorf (76 %)
Errechneter Zeitpunkt: Montagvormittag (74 %)
Voraussichtlich benötigtes Equipment: 6 x Audiologger + Messeinheit, 1 x Bodenradar, 1 x Tränengasgranate, 1 x geländegängiger Jeep (69 %)

Es folgen eine Reihe obskurer Codezeilen und die Meldung:

Schwerer Rechenfehler. Bitte starten Sie das Programm erneut!

Darunter steht ohne weiteren Kommentar eine Adresse in Überlingen.

Johannes Remynger, Frisuren für jede Gelegenheit, Überlingen (56 %)
Schwerer Rechenfehler!
Schwerer Rechenfehler!

Schmälzle späht ihm über die Schulter. »Also«, er deutet mit dem Kopf auf einen Computer mit mehreren großen Antennen, der auf einer Anrichte neben der Fritteuse vor sich hin blinkt, »ich find's ja generell gut, dass wir dieses Echozeug dahaben, aber was der Überlinger Friseur da soll, muss mir mal einer erklären.«

»Das wird sich schon finden. Wichtig ist jetzt, wie der Caruso gesagt hat, optimale Tarnung und Überraschungseffekt.«

Caruso hat nämlich früh am Morgen, bei einer improvisierten Lagebesprechung im Grillwagen, aus dem ungewöhnlichen Equipment folgenden Schluss gezogen: »Es ist glasklar: Die Bande will mit Hilfe eines unterirdischen Tunnels in die Bank einbrechen. Ich habe ein bisschen recherchiert: Ein Audiologger ist ein Gerät, das auf den Boden gesetzt wird und Geräusche unter der Erde aufzeichnet. Die laufen dann hier auf diesem Rechner zusammen. Macht man das an mehreren Stellen, kann der Computer den Ort genau lokalisieren. Das Gerät benutzen vor allem Kanalarbeiter. So können sie feststellen, ob es irgendwo ein Leck gibt.« Er zeigt auf ein Gerät, das aussieht wie ein Minirasenmäher auf zwei Rollen mit einem Display. »Auch der Bodenradar deutet auf einen Angriff von unten hin.« Er dreht sich zu Schmälzle und Schmähle. »Wir setzen die Logger im Umkreis von zweihundert Metern um die Bank. Schmälzle und Schmähle, Sie überwachen den Computer. Sobald sich etwas tut, geben Sie Bescheid. Angelica – Sie übernehmen den Bodenradar. Ich hab mir da bereits eine passende Verkleidung überlegt.«

»Nonne können Sie vergessen.«

»Keine Sorge! Ihre Verkleidung ist den hiesigen Verhältnissen angepasst«, beruhigt er sie. »Ich mach sie nur ein bisschen … älter.« Angelica verdreht die Augen.

»Ähh …«, meldet sich Schmähle zu Wort. »Also, die Angelica ist für so was nicht ausgebildet. Das könnt gefährlich werden.«

Angelica wirft ihre Haare zurück und schenkt ihm ein anmutiges Lächeln, aber ihre Augen blitzen. »Machen Sie sich um mich keine Gedanken. Ich kann gut auf mich aufpassen.«

Caruso klopft Schmähle beruhigend auf die Schulter. »Keine Sorge: Wenn alles funktioniert, *hören* wir die Bande, lange bevor sie hier ist.« Er blinzelt Angelica zu. »Mit etwas Glück haben Sie heute Abend Ihren Smaragd zurück.«

Bis jetzt ist allerdings wenig zu hören. Abgesehen von Abwasserkanälen, die beständig rauschen, und einigen großen Lkws, die durch das Ortszentrum pflügen wie Schlachtschiffe. Auch sonst passiert nicht besonders viel. Ein Motorradfahrer, der nicht einmal seinen Helm absetzt, will ein Hähnchen haben. Als er die leeren Hähnchenspieße sieht, winkt er jedoch ab und braust wieder davon.

Schmähle kontrolliert zum wiederholten Mal den Sitz seiner Dienstwaffe, einer P1000, Double Action. Auf die hat er ein Laserzielsystem aufgeschraubt, das sich ständig in seiner Schürze verfängt. Zur Sicherheit hat er aus der Asservatenkammer des Reviers noch eine Schrotflinte mitgenommen, die er unter der Theke abgelegt hat.

Caruso sitzt auf einer Bank gegenüber der Sparkasse und liest Zeitung. Er trägt einen grauen Trenchcoat, einen Humphrey-Bogart-Hut und sieht aus, als wäre er über Nacht um dreißig Jahre gealtert. Das liegt an einer Tube Theaterschminke, künstlichen Falten aus Latexmilch und grauer Haartönung. Eine ältere Frau mit Kopftuch und einem klobigen Einkaufstrolley wartet vor dem Bankeingang. In dem Trolley verbirgt sich das Bodenradar. Angelicas Aufgabe besteht darin, in der Bank nachzusehen, ob es bereits irgendwelche Tunnel oder andere Hohlräume darunter gibt. Caruso hat dringend davon abgeraten, die Bankangestellten zu informieren, um zu verhindern, dass diese sich durch ungewöhnliches Verhalten verraten.

Es ist kurz nach neun. Die Bank öffnet. Eine gelangweilte Angestellte schließt die Glastür auf und rückt einen Aufsteller neben den Eingang. »Wir bieten Perspektiven«, steht in rot-weißer Schrift darauf. Sie wirft kurz einen Blick zu dem alten Mann, der mit seiner Zeitung auf der Bank sitzt, gähnt diskret und begibt sich wieder nach drinnen, gefolgt von Angelica. Durch die Glasfenster können die Polizisten sehen, wie sie mit ihrem

Einkaufstrolley scheinbar ziellos durch die Filiale irrt, bevor sie sich an einen der Kundentisch stellt, um umständlich ein Überweisungsformular auszufüllen.

Währenddessen nimmt das dörfliche Leben Fahrt auf. Bauern fahren ihre Traktoren aus der Scheune, Handwerker essen Fleischkäsesemmeln, eine Gruppe Schüler ist auf dem Weg in die Auentalschule im benachbarten Stadtteil Rast. Mehrere Personen betreten die Bank, eine Hausfrau, die ihren Hund an einem Hydranten anleint, ein älterer Herr, der eine handgeschriebene Überweisung in den dafür vorgesehenen Briefkasten wirft, und zwei Teenager, die im Vorraum der Bank herumalbern. Keiner sieht aus wie ein Schlumpf.

»Schmähle, bitte kommen! Hören Sie schon was?«, knistert Carusos Stimme im Headset. Auf Tarnnamen hat er diesmal verzichtet.

»Nix außer ein paar Klospülungen«, antwortet Schmähle. »Die lassen sich ganz schön Zeit.«

Eine halbe Stunde vergeht. Die Situation wird komplizierter. Angelica verlässt die Bank wieder und stellt sich in den Vorraum. Sie zuckt unglücklich die Schultern in Richtung des Grillwagens.

»Keine Geräusche. Nirgends. Ich kann nicht länger drinbleiben. Die haben schon angefangen zu tuscheln«, ertönt ihre Stimme im Headset.

Auch kommen jetzt immer öfter hungrige Passanten zum Grillwagen. Eine Gruppe Handwerker will nicht so einfach gehen. »Ich sag's jetzt noch mal: Die Hähnchen sind noch nicht da. Der Lieferant hat sich verspätet«, sagt Schmälzle genervt.

»Vielleicht müsst ihr die Eier selber ausbrüten.« Ein Handwerker lacht.

»So wie die aussehet, könnten sie bestimmt sogar welche legen«, scherzt ein anderer.

Schmähle wird rot. »Haha! Dummschwätzer. Wenn ich mir für jeden blöde Witz ebbes kaufen könnt, bräucht ich hier nicht in der Kälte rumstehen. Und jetzt verzupft eich!«

Von der Metzgerei zieht ein unwiderstehlicher Geruch nach frisch gebackenem Leberkäse die Straße hinauf. Schmälzle, der zunehmend einsilbiger geworden ist, wird bleich. Sein Bauch gibt beunruhigende Geräusche von sich.

»Herrgott!«, flucht der Polizist. »Es geht nicht mehr. Ich *muss* jetzt was essen. Falls ich irgendwelche Schlümpf seh, schick ich sie zu euch.« Er reißt sich die Schürze herunter, öffnet die Hintertür des Grillwagens und marschiert die Straße hinunter. Caruso schaut ihm von der Bank verständnislos hinterher. Im Headset von Schmähle klickt es.

»Was ist bei Ihnen los?«

»Ähh … Kollege Schmälzle hat Hunger. Da kann man den nicht mal mit einem Panzer aufhalten.«

Im nächsten Moment passieren mehrere Dinge auf einmal. Gerade als Schmälzle um die Straßenecke verschwunden ist, steht plötzlich wie aus dem Nichts ein Mann neben dem Grillwagen. In der Hand hält er eine Einkaufstasche von Lidl, die andere hat er unter seiner Motorradkombi verborgen. Langsam dreht sich eine Maske in Schmähles Richtung.

»Jesses …«, haucht er.

Was ihn da anstarrt, sieht aus wie ein ziemlich böser Schlumpf. Zwei schwarze Augenbrauen ziehen sich über seine Plastik-Augenbögen. Es ist Muffi Schlumpf. Irgendwo tief drinnen in den Löchern funkeln zornige Augen. Schmähle schnappt nach Luft, als der Schlumpf den Kopf schief legt und ihn unverwandt ansieht. Dann legt er seinen Zeigefinger auf die Lippen.

»Da … da … argh!«, stottert Schmähle in sein Mikrofon.

Hektisch nestelt er unter seiner Schürze herum. Zwei weitere Schlümpfe nähern sich auf der anderen Straßenseite, einer von rechts, ein anderer von links. Das Dorfleben scheint einzufrieren. Der Einzige, der sich bewegt, ist Caruso. Er steht auf und geht über die Straße. Dabei rempelt er aus Versehen einen der Handwerker an, die immer noch auf der anderen Straßenseite herumlungern. Der Mann taumelt zurück und versperrt einem der Schlümpfe den Weg. Der macht den Fehler, den Mann grob aus dem Weg zu schubsen.

»He! Mir sind hier net in Schlumpfhausen. Und Fastnacht isch au scho vorbei.«

Der Handwerker, ein Bodenleger, schubst zurück. Sofort entsteht ein tumultartiges Gedränge. Währenddessen läuft der Schlumpf neben dem Grillwagen über die Straße und steuert direkt auf den Bankeingang und Angelica zu. Hinter ihrem Rücken zieht die freundliche ältere Dame in einer geschmeidigen Bewegung zwei Stöcke aus ihrem Einkaufswagen. Auf einmal schallt Schmähles Stimme über den Platz.

»Hier spricht die Polizei! Hände hoch und stehen bleiben! Das gilt besonders für Schlümpfe.« Er überlegt kurz. »Eigentlich gilt's nur für Schlümpfe.«

Der grimmig aussehende Schlumpf bleibt wie angewurzelt stehen, dreht sich wieder um und starrt zum Grillwagen. Dort sieht er den Hähnchengriller, der mit irgendetwas auf ihn zielt. Und er steht direkt im Schussfeld.

Blitzschnell lässt der Schlumpf seine Tasche fallen und zieht die Hand unter der Lederjacke hervor. Das schwarze Metall einer Pistole schimmert in der Morgensonne. Dann schnellt er wie eine Schlange nach vorn und will die ältere Dame an der Schulter packen, um sie zwischen sich und den Hähnchengrill zu bringen. Doch die ist nicht mehr da. Seine Hände greifen ins Leere, und er stolpert nach vorn.

Irgendetwas trifft hart an seinem Handgelenk auf, und er muss die Waffe fallen lassen. Die ältere Dame sieht überhaupt nicht mehr nett aus. Und alt irgendwie auch nicht. In den Händen hält sie zwei etwa unterarmlange Stöcke aus Rattan, ein extrem widerstandsfähiges Holz, das nicht splittert.

Schlaubi Schlumpf fasst hinten an seinen Gürtel und zieht etwas Glänzendes hervor. Schmähle stockt der Atem. Verzweifelt versucht er, mit seiner Pistole ein Ziel zu finden. Der Ziellaser blitzt auf. Der Schlumpf fuchtelt wild vor sich herum und drängt Angelica bis an die Scheibe der Sparkasse, hinter der ängstliche Angestellte, das Handy am Ohr, das Geschehen verfolgen.

Im Polizeiposten Muggenpfuhl gehen mehrere Notrufe ein. Allerdings nimmt keiner ab, denn die Polizei ist ja bereits vor Ort. Und Therese Knöpfle hat heute ihren freien Tag. Rufbereitschaft hat sie zwar, aber der Anrufbeantworter leitet die Anrufe nach Brunnhausen um, wo sie gerade ihren Jüngsten davon abhält, mit der Schneeschaufel das Küchenfenster einzuschlagen.

Nachdem sie weder den Kommissar noch Schmälzle noch Schmähle erreicht, verständigt sie schließlich entnervt die Polizeidienststelle in Sigmaringen.

Und es sieht so aus, als ob die Muggenpfuhler Eingreiftruppe, insbesondere Angelica, dringend Unterstützung gebrauchen könnte. Der Grund ist das Neck Knife von Muffi Schlumpf. Man nennt es so, weil es mit einer Klingenlänge von zwölf Zentimetern so klein ist, dass man es um den Hals tragen kann. Gerade das macht es aber umso gefährlicher. Man sieht es kaum. Es verschwindet fast vollständig in der Hand, nur die Spitze ragt hervor. Dazu ist es beidseitig geschliffen und scharf wie ein Rasiermesser. Es gehört zu den sogenannten *tactical weapons*, und Spezialeinheiten benutzen es im Nahkampf. Da ist selbst so ein kleines Messer gefährlicher als eine Schusswaffe. Die muss man erst ziehen, entsichern, damit zielen und auch noch treffen. Ein kleines Messer verletzt sofort. Dazu kann der Stoß aus jeder beliebigen Richtung, aus jedem Winkel kommen. Die Verteidigung gegen so einen wilden Angriff ist reine Glückssache. Es sei denn, man hat einen Stock.

Angelicas Stöcke liegen scheinbar schwerelos in der Luft, dann lässt sie sie einmal um die Handgelenke kreisen. Muffi Schlumpf macht das, was man im Fachjargon als »schnetzeln« bezeichnet. Er hackt kreuz und quer in Richtung Angelica. Die Stöcke beschreiben eine rasend schnell geschlagene doppelte Acht. Schmähle stockt der Atem. Für ihn sieht die Kuratorin wie die Göttin des Krieges aus. Für alle anderen wie eine Mittsechzigerin, die gerade völlig ausrastet. Die Handwerker johlen. Einer der Stöcke trifft den Schlumpf hart am Kopf. Der andere sein Knie und reißt ihm die Beine weg. Das Messer wird ihm aus den Händen geschlagen. In dem höllischen Wirbel aus Hartholz geht der Schlumpf zu Boden.

Plötzlich ertönt ein unglaublich lauter Knall. Papa Schlumpf hat seine Pumpgun abgefeuert. Die Handwerker stieben auseinander. Jeder versucht sich in Deckung zu bringen. Angelicas Gegner nutzt die Schrecksekunde. Er krabbelt auf allen vieren auf die Straße und kommt taumelnd auf die Beine. Genau in diesem Moment kommt Schmälzle, der den Knall gehört hat, herbeigeeilt, eine große Tüte in der Hand, gefüllt mit herrlich duftigen Quarktaschen, zwei ofenfrischen Semmeln mit extragroßem Fleischkäse und einem Brötchen mit Camembert. Der Schlumpf prallt auf ihn, verheddert sich in Schmälzles Tüte und will sich losreißen.

»Ha no!«

Schmälzle, der das Gefühl hat, dass ihm jemand seine Einkäufe vom Mund rauben will, holt aus und gibt ihm eine schallende Backpfeife. Der Schlumpf geht zu Boden und bleibt liegen. Die beiden anderen Schlümpfe flüchten, während Papa Schlumpf, wild mit seiner Pumpgun herumfuchtelnd, die Handwerker in Schach hält. Hinter dem Hof, vor dem der Hühnerbrater parkt, ertönt ein Röhren. Motoren springen an.

Kurz darauf keucht die Stimme Carusos in Schmähles Headset. »Die *puffi* haben *motorini*. Wir nehmen die Verfolgung auf. Folgen Sie uns.«

Ein paar Sekunden danach bricht ein riesiger Geländewagen zwischen den Höfen heraus und hält mit quietschenden Reifen neben Caruso. Der zwängt Angelicas Trolley auf die Rückbank und wirft sich ungeschickt ins Auto. Angelica gibt Vollgas. Reifenquietschend folgt der Jeep den Bankräubern. Klappernd fällt ein Teil der Stoßstange ab, als Angelica eine Bordsteinkante trifft.

»Auweia, ob die von dem Autohaus gewusst haben, worauf die sich da einlassen?«, keucht Schmähle, als die beiden in fieberhafter Eile den Grillwagen startklar machen. Schmälzle schlägt die Klappe zu.

»Hoffentlich hat der Caruso Vollkasko gnommen.«

Mit durchdrehenden Reifen folgen die beiden dem Jeep, der dorfauswärts gefahren ist. Zwei Querstraßen weiter erstrecken sich weite vereiste Felder, an deren Ende grünschwarz und gefroren der Birkenbühl-Wald beginnt.

»Da vorn!« Schmähle deutet zum Waldrand.

Dort liefern sich Angelica und die beiden Schlümpfe ein erbittertes Rennen. Angelica prescht mit Vollgas neben den beiden Motorrädern her und versucht, ihnen den Weg abzuschneiden. Doch die beiden schlagen wilde Haken und weichen ihr immer wieder aus. Während ihr Jeep auf die verzweigten Feldwege angewiesen ist, brausen die Enduros einfach über die Wiese. Caruso lehnt sich aus dem Auto und feuert einmal in die kalte Luft. Einer der Fahrer zuckt zusammen und hätte fast die Kontrolle über sein Motorrad verloren. In letzter Sekunde kann er es stabilisieren.

Ein kleiner Bach, der zwischen den Feldern entlangkriecht, erschwert die Verfolgung. Die Enduro-Fahrer reißen einfach die Lenker nach oben und hüpfen mehr oder weniger elegant über die Bachfurche. Angelica bremst scharf ab.

»*Che pasticcio!* Das ist zu tief. Da bleiben wir stecken.« Sie schlägt das Lenkrad scharf ein. Die Stoßdämpfer quietschen. Mit sechzig Stundenkilometern holpert sie am Bach entlang, bis sie endlich eine Stelle findet, wo sie ihn überqueren können. Caruso beobachtet verzweifelt, wie der Wald die beiden Motorradfahrer verschluckt. Angelica gibt Vollgas. Eine halbe Minute später folgt ihnen zögernd ein Hähnchengrillwagen unter das Dunkel des Tannendachs. Niemand zu sehen.

Schmälzle schaltet die Scheinwerfer ein. Schmähle späht zum Fenster hinaus.

»Fahr langsamer, ich seh sonst nix.«

»Wenn ich noch langsamer fahr, rosten wir fest.«

Nachdem sie mehrfach abgebogen sind, gelangen sie zu einer Lichtung im Wald. Hier endet der Waldweg. Caruso steht neben dem Jeep und sucht nach Spuren.

Nichts.

»*Impossibile.* Sie müssen hier entlanggefahren sein.« Er dreht sich einmal im Kreis. Außer Eichen, Buchen und Linden ist nichts zu sehen. Er blinzelt einen Moment irritiert, als er einen goldenen Schimmer zwischen Bäumen verschwinden sieht.

»Der zweite Fahrer hatte eine Matte an seinem Motorrad«,

meldet sich Angelica resigniert aus dem Jeep. »Die zieht er hinter sich her, um die Spuren zu verwischen.«

»Das Waldgebiet ist riesig«, verlautbart Schmälzle, der an seinem Fleischkäsewecken schlingt. »Das reicht von hier bis Meßkirch und Ruhestetten.«

Die zwei Kleinstädte liegen vierzehn Kilometer auseinander und begrenzen den Wald im Süden und im Norden.

»*Porca miseria!* Soll das heißen, wir haben sie verloren?« Angelica dreht sich wütend im Kreis herum. »Hat sie vielleicht der Erdboden … gefressen?«

»Ich glaub, es heißt ›verschluckt‹«, verbessert sie Schmähle schüchtern.

Angelica wirft ihm einen bösen Blick zu.

»Weg ist weg! Auch der beschde Katz kommt amol a Maus naus«, stellt Schmälzle kauend fest. »Wir können ja schlecht untern Boden gucken, oder?« Er stampft auf den Boden. »Das isch nämlich schwäbischer Boden. Der isch solide.«

Caruso erstarrt, dann schlägt er sich mit der flachen Hand vor die Stirn. »Aber natürlich … *Grazie mille*, lieber Kollege. Sie haben mich auf eine Idee gebracht.« Er stürzt zum Jeep und kommt gleich darauf mit dem umfunktionierten Einkaufstrolley zurück. »Wir haben uns geirrt. Diese Ausrüstung war nicht für die Bank. Sie ist für den Wald.«

Schmähle und Schmälzle holen die restlichen Audiologger aus dem Auto und platzieren sie im Umkreis der Lichtung. Und tatsächlich: Die Logger registrieren Geräusche unter dem Boden. Der Rechner lokalisiert ihre Position im Schatten einer großen Eiche. Caruso legt den Zeigefinger auf die Lippen. Dann rollen er und Angelica den Bodenradar vorsichtig über die vereiste Erde. Der Bildschirm des Bodenradars zeigt einen etwa sechs Quadratmeter großen Hohlraum darunter. Schmälzle deutet aufgeregt auf eine Stelle ein paar Meter vom Baum entfernt. Dort befindet sich ein Loch im Boden. Es sieht aus, als stamme es von einem verwaisten Fuchsbau. Caruso scharrt das schneebedeckte Laub davor weg und bedeutet den anderen, ihm die Tränengasgranate herzubringen.

Die Granate, im Fachjargon Reizstoffwurfkörper genannt, ist ein handgroßer metallischer Zylinder mit einem Sicherungsring. Caruso zieht den Sicherungsstift und lässt die Granate in den Fuchsbau rollen. In ihrem Inneren vermischen sich verschiedene chemische Komponenten und bauen Druck auf. Nach genau vier Sekunden löst die Granate aus, und in Sekundenschnelle verbreitet sich unter der Erde eine zwanzig Kubikmeter große Wolke aus Chlorbenzylidenmalonsäuredinitril, kurz CS genannt. Das farblose Gas gehört zu den sekundären Aerosolen, riecht nach Pfeffer und reizt Augen und Schleimhäute.

Am Rand der Lichtung, etwa drei Meter vom Fuchsbau entfernt, tritt weißlicher Dampf aus dem Boden. Es sieht aus, als wäre unter der Erde ein Geysir ausgebrochen, nur dass er kein Wasser speit, sondern Rauch. Husten und Keuchen ist zu hören. Jemand hämmert an Holz. Die Schneedecke zittert. Vorsichtshalber weicht Caruso ein Stück zurück.

Unter einer Schicht gefrorenen Laubs zeichnen sich auf einmal die Formen einer türgroßen, perfekt getarnten Klappe ab. Eine Sekunde später fliegt sie nach oben. Zusammen mit einem Schwall ätzenden Nebels taumeln zwei wild um sich schlagende Gestalten hervor, denen noch die Schlumpfmasken vom Hals hängen. So fängt man einen Schlumpf. Oder mehrere.

Und so lautet ihre Geschichte:

»Muffi Schlumpf«, von beherzten schwäbischen Handwerkern bis zum Eintreffen der Gesetzeskräfte festgehalten, heißt eigentlich Eduard Dumitrescu, Bedarfsbeschäftigter rumänischer Konvenienz, auch bekannt unter seinem Spitznamen »Beton-Dan«, arbeitet in Ringgenbach in einer Müllentsorgungsanlage und betont (als seine Oberlippe so weit abgeschwollen ist, dass er wieder sprechen kann), dass er nur der Fahrer gewesen sei. Angeworben in einer zwielichtigen Kneipe von den beiden anderen Schlümpfen, denen er die Hauptschuld zuschiebt.

»Papa Schlumpf« und »Schlaubi Schlumpf« sind Vater und Sohn. Sie heißen Matheis und Xaver Fleisch und sind beide hauptberufliche Jäger. Als Kopf der Bande fungierte Papa Matheis, sein Sohn war eher zuständig für körperliche Arbeit. Der

Senior-Jäger, aufgrund eines früheren Bankrotts seines Bauernhofes immer in Geldnot, hegte offensichtlich schon seit Jahren den Plan, Banken zu überfallen. Sehr gelegen kam ihm dabei der Umstand, dass er die Waldgebiete kannte wie seine Westentasche. Zusammen mit seinem Sohn suchte er dort alte Fuchsbauten und machte sie zu Schlupflöchern. Immer in der Nähe der Banken, die sie überfielen. Die Beute selbst verstauten sie dann in ausgehöhlten Holzstrünken, die sie am nächsten Tag von den dafür ausgewiesenen Holzplätzen zur Befeuerung abholten. Die Idee mit den Schlumpfmasken kam Matheis Fleisch, wie er bereitwillig zugab, während eines unglaublich langweiligen Kindergeburtstages eines seiner Enkelkinder.

Nach einer profunden Tatortuntersuchung, bei der auch die Sigmaringer Polizei, die dreißig Minuten nach Therese Knöpfles Notruf vor Ort war, tatkräftig mithalf, kann die gesamte Beute der Bande bis auf ein paar tausend Euro sichergestellt werden. Einziger, aber bitterer Wehmutstropfen: Von einem übergroßen Smaragd oder weiterem Diebesgut fand sich keine Spur. Auch deutet die kollektive Ahnungslosigkeit der Schlumpfbande diesbezüglich darauf hin, dass ihre Ermittlungen in einer Sackgasse stecken.

Auf der Suche nach neuen Wegen

Der nächste Tag dämmert grau und eisig vor den Fenstern des Polizeipostens herauf, und die Ahnung ist zur Gewissheit geworden: Die Schlumpfbande hat nichts mit dem Smaragddiebstahl zu tun. Ein herber Rückschlag für unsere Ermittler, die sich die halbe Nacht um die Ohren gehauen haben. Der Geruch nach Schweiß und feuchten Dienstuniformen liegt in der Luft. Es riecht nach Niederlage. Schmähle legt nach langem Vernehmungsmarathon müde die Beine auf den Schreibtisch.

»Und was sollen wir jetzt machen?«

In dem kleinen Büro ist es stickig. Caruso fällt jeden Moment vom Stuhl. Angelica ist bereits vor einer Stunde frustriert wieder zurück ins Hotel, um sich hinzulegen. Schmälzle gähnt ungeniert.

»Von einem Ochs kann man nicht mehr verlanga wie a guads Schtück Rindfleisch«, sagt er.

In diesem Moment öffnet sich die Tür, und Kommissar Eisele tritt ein. Er hält die Hände hinter dem Rücken und fixiert die beiden Polizisten scharf. Rasch nimmt Schmähle die Füße vom Tisch.

»Kann mir hier mal einer von euch Doigaffe erklären, wer euch erlaubt hat, einen Grillwagen zu mieten, die Asservatenkammer zu plündern und in Sauldorf in der Gegend rumzuschießen?«

Schmälzle und Schmähle sind bei seiner Rede immer weiter in ihre Bürostühle geschrumpft. Schmälzle räuspert sich.

»Äh, Chef, also das war so …«

Er stockt, als der Kommissar, übers ganze Gesicht strahlend, eine Magnumflasche Auerbach-Sekt hinter dem Rücken hervorzieht.

»Ich hab bloß a Späßle gmacht, ihr Granadabuaba, ihr Donderblitze. Das habt ihr gut gmacht!«

Die beiden Polizisten atmen erleichtert auf.

Dann fällt Eiseles Blick auf Caruso, und seine buschigen

Augenbrauen ziehen sich zusammen. Er verbindet keine besonders guten Erinnerungen mit dem italienischen Polizisten. Als Caruso das letzte Mal hier war, hat er Muggenpfuhl in kürzester Zeit in ein blutiges Chaos gestürzt.

»Was macht der denn hier?«

Schmähle steht so schnell von seinem Stuhl auf, dass er umkippt.

»Der Herr Caruso macht grad Urlaub in der Gegend und ist bloß zufällig hier.«

Caruso nickt ihm dankbar zu.

Schmälzle fragt sich kurz, ob es in der Hölle, in die man fürs Vorgesetzteanschwindeln kommt, Leberkäswecken gibt.

Der Kommissar entspannt sich.

»Aha! Also hat Sie die gute Luft wieder hergebracht? Ja, da können wir uns schon was drauf einbilden«, sinniert er selbstgefällig. »Wir sollten sie in Dosen füllen und verkaufen. Ich hab gelesen, das machen die in Kanada auch.«

Er schüttelt Caruso die Hand.

»Sì sì, Signor Commissario! Che buona idea! Die Luft ist wirklich ganz *eccellente* hier.«

Der Kommissar droht ihm mit dem Zeigefinger.

»Dass Sie mir meine Männer net vom Schaffe abhalten. Und nix anstellen, gell.«

Er zwinkert ihm zu, dann dreht er sich wieder zu Schmälzle und Schmähle.

»Ich halt's mit meinem Vadder: Net gschimpft isch genug globt. Die Schlumpfbande ist gefasst, und jetzt braucht sich niemand mehr 's Maul über uns verreiße. Ich hab's ja gesagt: Bleibt an dem Schiedinger dran.«

Irritiert starren ihn die beiden Polizisten an.

»Zur Feier des Tages hab ich diese Kleinigkeit dabei.« Er hebt die Sektflasche in die Höhe. Dann fällt ihm die gedrückte Stimmung auf. »Was lasset ihr denn alle so den Riesl nabhenga? Das war ein großer Erfolg für unseren kleinen Polizeiposten. Darauf muss man anstoße! Ich darf jo leider net.« Er verdreht leidvoll die Augen. »Ihr wisst ja …«

»Die Gall«, intonieren Schmälzle und Schmähle gleichzeitig.

»Ganz genau. Und deshalb hat mir mein Hausarzt einen einwöchigen Kururlaub verordnet. Auf Teneriffa. Die Meerluft würd mir guttun, hat er gesagt. Ich muss mich jetzt a bissle von den strapaziösen Ermittlungen erholen, gell?«

Die beiden Polizisten sehen sich vielsagend an.

»In dieser Zeit übernimmt Polizeiobermeister Schmälzle als höchster Dienstrang kommissarisch die Leitung des Polizeipostens. Berthold, ich kann mich auf dich verlassen?«

»Jawoll, Chef«, antwortet Schmälzle geschmeichelt.

»Wenn irgendwas saudringend ist, und ich mein wirklich saudringend, dann könnt ihr mich im Notfall erreichen. Und zwar über Telefon oder über Computer. Wie genau das geht, hab ich vergessen, aber das sagt euch dann die Frau Knöpfle.«

Als er ein paar Minuten später weg ist, ergreift Schmähle erbost das Wort. »Des isch doch zum Hennamelken! Fährt der in Urlaub, wo wir doch die ganze –«

»Sei net so a Neidhammel«, erwidert Schmälzle vergnügt und faltet die Hände über dem Bauch. »Endlich haben wir mol unsere Ruh.«

Die hält genau fünf Minuten, dann steht Therese Knöpfle in der Tür. Und im Gegensatz zum Kommissar ist die wirklich sauer. Mit in die Hüften gestemmten Fäusten funkelt sie die beiden wütend an.

»Also ich hab ja nix dagegen, wenn ihr zu euren Einsätzen fahrt, aber wär's zu viel verlangt, wenn ihr Allmachtsgranadadaggl mir vorher Bescheid sagt? Bei mir hat 's Telefon Sturm geläutet, und ich hab keinen erreicht.«

Schuldbewusst senken die zwei Polizisten die Köpfe. Schmähle wirft ihr einen zerknirschten Blick zu.

»Das tut uns voll leid, Frau Knöpfle. Das ging alles so schnell. Da haben wir null dran gedacht.«

»Hajo, klar. Wer nix denkt, kann au nix vergessa. Soll ich mich jetzt beruhigen? Das ist doch kein Kindergarten hier.« Sie stampft mit dem Fuß auf. »Das ist eine Polizeistation. Und zwar a anständige. Da muss ich mir doch keine blöde Sprüch von den Sigmaringern anhören. Kreuzdonnerwetternochamol!«

Es ist ein offenes Geheimnis, dass das Landratsamt den Polizeiposten lieber heute als morgen schließen und sie der Polizeistation in Sigmaringen angliedern würde.

»Wenn ich's schaff, mich um drei Kinder und euren Krempel zu kümmern, dann werdet ihr's wohl schaffen, mir Bescheid zu sagen, wenn ihr unterwegs seid!«

Wo sie recht hat, hat sie recht.

Caruso versucht, sich hinter seinem Computer so klein wie möglich zu machen. Keine Chance. Ein spitzer Fingernagel zielt genau zwischen seine Augen.

»Ist das schon wieder die Schuld von *dem* da? Ich hab dem Kommissar nix erzählt von verkleideten Nonnen, die Kühe verprügeln. Das glaubt mir ja eh keiner. Und der Kommissar hat schon genug um die Ohre.«

Schmähle verdreht die Augen. »Bestimmt. Der Arme muss jetzt sogar in Kur. Nach Teneriffa!«

Schmälzle räuspert sich. »Der Herr Caruso macht bloß a bissle Urlaub am Bodensee. Ich versteh ja, dass Sie sauer sind, Therese. Aber ich versicher Ihnen, unter neuer Leitung – also unter *meiner* – wird so ebbes nicht mehr vorkommen. Ehrenwort.«

Therese beäugt ihn misstrauisch. »Ich hab schon gehört, dass du hier kommissarisch tätig sein sollst.«

»Sozusagen kommissarisch als Kommissar«, grinst Schmälzle. »Der Mann für alle Fälle.«

»Na, dann bau bloß koin Mist. Und hoffet bloß, dass wir den Kommissar nicht im Urlaub anrufen müssen. Ich hab da so ein neumodisches Programm installiert bekommen, von dem der Deifel weiß, wie's funktioniert. Da kann man über den Computer schwätza. Mit Video.«

Schmähle lässt den Korken knallen und füllt Sekt in alte Pappbecher, die er in seiner Schreibtischschublade gefunden hat.

»Jetzt nimm erst mal einen Schluck, Therese. Immerhin haben wir diese gottsakrische Schlumpfbande geschnappt.«

Die vier stoßen an. Therese nimmt einen Schluck und verzieht das Gesicht.

»Bestimmt aus em Aldi«, bemerkt sie, so trocken wie der Sekt. »Ich mach jetzt wieder meine Arbeit. Und das Gleiche würd ich euch auch empfehlen.«

Bevor sie geht, dreht sie sich noch einmal um und schnuppert in die Luft. »Und machet um Himmels willen mol a Fenster auf. Hier riecht's ja wie im Pferdestall.«

Trotz geöffneter Fenster bleibt die Stimmung eingetrübt. »Mach mal 's Scheunentor zu. Sonst rennt die Goiß raus!«, rügt Schmähle seinen Kollegen, der schon wieder gähnt.

»Ich bin jetzt der Chef. Ich darf das.«

Caruso betrachtet fasziniert das Milchglasfenster an der Tür. Er legt den Kopf schief und gibt sich selber eine Ohrfeige.

»Alles okay?« Schmähle beobachtet ihn besorgt. »Der ist wirklich trocken, der Sekt, gell?«

Caruso zuckt zusammen und strafft sich. »Ähh ... ja, *tutto bene*! Wir können im Moment tatsächlich nichts anderes tun, als abzuwarten. Es sind noch drei Tage bis zur Eröffnung der Ausstellung. Bis dahin müssen wir den Smaragd gefunden haben.«

Schmähle horcht auf. »Heißt das, Sie und die Angelica bleiben noch in Muggenpfuhl?«

»Ohne den Smaragd können wir nicht zurück. Das Gute ist: Ich denke, wir haben es mit einem Serientäter zu tun. Er wird wieder zuschlagen.«

»Na, ob das so gut ist ...«, bemerkt Schmälzle skeptisch. »Wir müssen uns jetzt auch a bissle um unsere eigene Arbeit –«

Schmähle fällt ihm mit strahlenden Augen ins Wort. »Wir werden Sie natürlich nach besten Kräften unterstützen. Es ist ja auch a bissle unsere Schuld, dass der Smaragd jetzt weg ist, net wahr, Herr Kollege? Meinen Sie, ich kann der Angelica in der Zwischenzeit a bissle die Gegend zeigen?«

Schmälzle rollt mit den Augen, während Caruso weiter geistesabwesend auf das Milchglasfenster an der Tür starrt.

»Nun ja, sie ist schon erwachsen. Sie könnten sie einfach

fragen. Aber beeilen Sie sich. Nach ihrem Mittagsschlaf wollte sie spazieren gehen.«

»Das mach ich. Hajo, das mach ich.«

»Und, äh ... haben Sie zufälligerweise auch gerade eine alte Frau mit einer schwarzen Katze auf dem Flur gesehen?«

Schmähle im Rausch der Gefühle

Sich in einem schwäbischen Dorf zu verlieben ist kompliziert. Zum einen sind naturgemäß die Auswahlmöglichkeiten beschränkt, zum anderen sind die gern zitierte Nähe und der Bekanntheitsgrad unter der dörflichen Bevölkerung oft eher hemmend. Es mag schon stimmen, dass man all seine Nachbarn kennt, aber kaum einer redet davon, was ist, wenn man sie nicht leiden kann. Ähnlich verhält es sich mit missglückten Dates. Die begegnen einem auf Schritt und Tritt, während sie sich in einer Großstadt einfach zwischen den Hochhäusern verlieren. Da ist eine Frau von außerhalb wie ein strahlender Komet, der durch einen nebligen grauen Nachmittagshimmel pflügt. Eine Sensation.

Es ist gegen elf Uhr vormittags, als Schmähle das Polizeirevier verlässt. Max Schmähle ist seit sieben Jahren Polizist, wohnt seit einunddreißig Jahren bei seiner Mutter und ist seit drei Tagen verliebt bis über beide Ohren. In Spanien ist das keine Seltenheit, hat er kürzlich gelesen. Also das mit dem »bei Mutti wohnen«. Seine betagte, aber resolute Frau Mutter hat dazu ihre eigene Meinung. »Bei denen isch es schee warm. Die krieget zu viel Sonn. Da werdet die faul, und dahoim krieget se jo alles an den Ranza nahdrage.«

Dass Spanien eine Wirtschaftskrise durchmacht, ist ihr nur schwer vermittelbar. Na ja, die Gute ist immerhin bereits über siebzig. Von Altersweisheit ist allerdings wenig zu spüren. Gerade kriselt es ganz gewaltig im Schmähle'schen Haushalt. Dass er sich mit Frauen trifft, ist seiner Mutter ein Dorn im Auge. Ebenso, dass er nach Mitternacht heimkommt.

Im Moment ist ihm das aber alles völlig egal. Mit großen, beschwingten Schritten, den Kragen seiner Polizeijacke hochgeschlagen, lässt er den Polizeiposten hinter sich und folgt der Straße in nordwestlicher Richtung. Tänzelnd weicht er den Schneehaufen aus und achtet darauf, nicht in gefrorene Pfützen zu treten. Der Geruch nach kaltem Rauch liegt in der Luft.

An der ersten Querstraße biegt er ab und steht in einer freundlichen, ruhigen Siedlung. Sauber aufgeräumte Vorgärten mit weiß glasierten Apfel- und Birnbäumen säumen verschneite Sandkästen und verlassene Schaukeln. Er geht bis zum Ende der Straße. Hier, in einem zurückgesetzten orangefarbenen Reihenhaus, dessen Farbe bereits abblättert, wohnt er. Genauer gesagt: Er bewohnt das Untergeschoss. Seine Mutter herrscht über den ersten Stock. Hier ist er aufgewachsen. Das Haus ist nur zwei Steinwürfe von der Polizeistation entfernt. Er hat sich oft eingeredet, dass er deswegen noch nicht ausgezogen ist. Andererseits ist Muggenpfuhl so klein, dass *alles* nur ein paar Steinwürfe von irgendwas entfernt ist. Es sind, wie er sich eingestehen muss, wohl eher Bequemlichkeit und die Sorge um seine Mutter, die bereits zwei Bandscheibenvorfälle hatte, die ihn hierhalten. An ihren schlechten Tagen muss er ihr die Treppe hinauf- und hinunterhelfen. Zum Arzt gehen will sie deswegen trotzdem nicht.

»Erscht wenn I mein Kopf unterm Arm trag.« Schwäbische Sturheit eben.

Er leert den überquellenden Briefkasten. Werbungen. Teppich-Kibek, Lidl, Aldi, Bonprix. Korrespondenz einer alternden Witwe. Schmähles Vater ist schon vor fünfzehn Jahren gestorben. Seitdem hat Schmähle junior alles Mögliche ausprobiert, er hat Essen ausgeliefert, war Gabelstaplerfahrer bei CCeberit, dem ersten örtlichen Großunternehmen, dann hat er eine Zeit lang beim zweiten örtlichen Großunternehmen, einem Küchenhersteller, im Akkord Küchenschränke zusammengeschraubt. Bis er dann bei der Polizei gelandet ist. Mit klammen Fingern öffnet er die Haustür.

»Mudder?«

Niemand zu Hause. Der Geruch nach Kohl schlägt ihm entgegen. Ihm fällt ein, dass heute ihr Friseurtermin ist. Umso besser. Er sieht zur Standuhr am Ende des Flurs, die neben der Treppe hinter einer verstaubten Glasscheibe träge die Zeit vertickt. Zwanzig vor zwölf. Mist!

Gleich links ist seine Wohnung. Nachdem sein Vater gestorben ist, haben sie das Untergeschoss ausgebaut. Er hat zwei hintereinanderliegende Zimmer, eine kleine, bereits in die Jahre gekommene Einbauküche und ein Bad, die beide vom Vorzimmer abgehen.

Schmähle durchquert den Eingangsbereich, streift seine Schuhe ab, wirft im Vorbeigehen seine Jacke an die Garderobe und schlüpft durch die Tür am anderen Ende. Das zweite Zimmer ist größer. An der Wand hängen zwei »fast echte« Samuraischwerter, günstig ersteigert auf eBay. Daneben Durotans Axt aus »World of Warcraft«. Relikte aus einer größtenteils ereignislosen und immer noch nicht ganz abgeschlossenen Jugend.

Er umrundet eine kleine Ausziehcouch vor einem Flachbildschirm nebst angeschlossener Playstation und schlägt sich den Zeh an zwei Zehn-Kilo-Hanteln an, die halb unter sein Bett gerollt sind. Fluchend hüpft er auf einem Bein zu seinem Computer. Es ist ein alter Medion, der beim Laufen Geräusche macht wie ein Staubsauger. Er zieht seine Hose aus und wirft sie auf den Wäschestapel, den ihm seine Mutter säuberlich auf sein Junggesellenbett drapiert hat. Auf der Bettwäsche räkelt sich Biene Maja. Schmähle verschwindet im Bad. Die Dusche röchelt, der Wasserhahn rauscht, die Klospülung gurgelt. Fünf Minuten später steht Schmähle geschniegelt und gebügelt wieder im Türrahmen.

»Schnell, schnell, schnell …« Der Computer ist hochgefahren. Schmähle öffnet ein Fenster. Dort steht: »Willkommen, Student, bei der FLIRTUNIVERSITÄT. Finde endlich jemand, der zu dir passt.«

Schmähle macht gerade einen sündhaft teuren Online-Flirtkurs. Seine Erfolge sind bis jetzt überschaubar. Da ist Patrizia, die sich aber selbst Pony1978 nennt, auf Pferde steht, Dauergast auf dem Reiterhof in Brunnhausen ist und einen gigantischen Überbiss besitzt. Die hat er nach etlichen SMS und WhatsApp-Nachrichten einmal *gedated*, wie man das heute nennt. Im Reiterstübchen in Brunnhausen. Alles ging gut, bis er sich selbst aufs Pferd setzte und einen spektakulären Überschlag hinlegte, sehr zur Belustigung des angrenzenden Stübchens, das durch eine Glasscheibe vom Voltigierplatz getrennt ist. Seitdem sind Schmähle und sein geprellter Steiß auf Abstand zu Pony1978 gegangen.

Mit ein paar anderen Frauen steht er noch in lockerem Kontakt (zumindest hofft er, dass es sich um Frauen handelt). Kürzlich hat er gelesen, dass sich auch Männer als Frauen ausgeben. Ihn schaudert. Die Anonymität bringt auch Nachteile.

Schmähle klickt sich durch, bis er auf die letzte Mail seines Coaches trifft. Der heißt Orlando und schreibt:

Lieber Max, jedes Date ist anders, sei flexibel. Hier kommen ein paar Vorschläge, was ihr zusammen unternehmen könntet und wie du bei IHR die VOLLE Punktzahl holst.

Warum Orlando bestimmte Wörter großschreibt, ist Schmähle ein Rätsel. Vielleicht, damit man's besser lesen kann?

1. Mietet euch für einen Tag ein Boot und fahrt GEMEINSAM aufs Meer.
2. Plane ein Picknick im Freien.
3. Fahrt nach Paris oder Venedig.
4. Unterschätze die Wirkung von Duft nicht. Frischer Lavendel, Parfüm, Duftkerzen oder Öle helfen bei romantischer Stimmung.
5. Frühstückt GEMEINSAM im Bett.
Und GANZ wichtig: Bring ihr BLUMEN mit!

Dahinter Smileys und Rosen. Schmähle runzelt die Stirn. Welches Meer? Vielleicht der Bodensee? Nennt man ja auch »Schwäbisches Meer«. Schmähles Erfahrungen beschränken sich diesbezüglich aufs Tretbootfahren. Und da wurde pro Stunde abgerechnet. Warum sollte man einen Tag lang Tretboot fahren, grübelt er. Picknick im Freien? Wo lebt denn dieser Orlando? Draußen hat es minus sechzehn Grad. Paris oder Venedig! Ha! Geht's noch? Als Flirtcoach scheint man ja gut zu verdienen. Duftkerzen – Fehlanzeige. Lavendel? Schmähle runzelt die Stirn. Wo bekommt man denn Lavendel her? Bis zum DM neben dem Stadtsee ist es zu weit. Das schafft er nicht. Doch dann fällt ihm etwas ein. Mutti sei Dank – er hat Lavendel! Und die wichtigste Frage: Wo bekommt er um die Zeit Blumen her? Der Blumenladen am Ort hatte Mittagspause. Obwohl ... Er kennt einen Ort, an dem er um die Zeit an Blumen kommt. Er würde einfach einen kleinen Umweg laufen.

Es ist drei viertel eins, als Schmähle wieder vor die Haustür tritt. Er riecht wie eine Mottenkiste. In seiner Jacke stecken die Lavendelbeutel aus dem Kleiderschrank, die seine Mutter recht effektiv zur Ungezieferbekämpfung einsetzt.

Der letzte Punkt auf der Liste bereitet ihm immer noch Kopfzerbrechen. »Frühstückt GEMEINSAM im Bett«. Schmähle ist sich nicht sicher, ob das zum gegenwärtigen Zeitpunkt eine gute Idee ist.

Dann tauchen die Mauern des Friedhofs vor ihm auf. Das schwere Gittertor steht offen. An einem der Flügel baumelt das rostige Vorhängeschloss. Einer der Bügel ist nach unten gebogen. Es ist ein altes, nicht eben stabiles Schloss, doch als Polizist kann Schmähle an so etwas nicht einfach vorbeigehen. Es sieht aus, als ob jemand gegen das Tor getreten hätte. Jemand, der es ziemlich eilig gehabt hat, auf den Friedhof zu kommen.

Schmähle runzelt die Stirn und sieht sich suchend um. Vor ihm erstreckt sich ein Schachbrettmuster verwaister Gänge, links und rechts begrenzt von schneebedeckten Grabsteinen und Steinengeln. Eisige Boten eines langen Schlafs.

Friedhöfe in Schwaben haben um diese Jahreszeit etwas Deprimierendes. Eingefrorener Geiz, Bigotterie und Enthaltsamkeit machen den Boden hart. Die Schornsteine des geschlossenen Krematoriums stechen in den grauen Himmel, der voller Schnee hängt. Mit Grauen erinnert er sich an das letzte Mal, als er hier auf dem Friedhof war. Eine verschwundene Leiche hatte sie hierhergeführt, und bei der Suche nach ihr waren sie beinahe umgekommen.

Er schüttelt die Erinnerungen ab. Los jetzt! Er hat zu tun. In der Luft tanzt der Hauch eines angenehmen Parfüms, und er muss an Angelica denken. Was für eine Frau. Exotisch, kultiviert, sportlich und sehr sexy.

Ein Farbfleck weiter vorn an einem frischen Grab lässt ihn aufmerksam werden. Ein Trauerstrauß! Weiße Chrysanthemen und lila gesprenkelte Nelken. Schmähle kennt sich mit Blumen nicht besonders gut aus. Auf jeden Fall ist der Strauß bunt. Betont gleichgültig marschiert er Richtung Grab und dreht dabei den Kopf in alle Richtungen wie ein Storch. Niemand zu sehen. Beiläufig bückt er sich nach unten, als müsste er sich die Schuhe schnüren. Dann schnappt er sich den Trauerstrauß, bekreuzigt sich und reißt mit einem entschuldigenden Blick zum Himmel die lila Trauerschleife ab.

Er will sich gerade aufrichten, als er aus den Augenwinkeln eine Bewegung wahrnimmt. Verdammt! Da vorn ist jemand! Schnell duckt er sich zwischen die Grabsteine und späht vorsichtig an einem steinernen Engel vorbei. Kurz sieht er eine schlanke, hochgewachsene Gestalt in einem beigen Mantel und einer Pelzmütze, unter der schwarz glänzendes Haar hervorschaut. Das gibt's doch nicht. Ist das etwa …? Schmähle bleibt fast das Herz stehen. Da ist Angelica! Was in drei Teufels Namen macht die denn hier?

Er duckt sich noch weiter hinter einen verwitterten Grabstein, der einen gewissen Herbert Bertram Säule beherbergt. Darunter steht neben der Jahreszahl 1932: *»DE OMNIBUS DUBITANDUM«*. Nachdem er seinen ganzen Mut zusammengenommen hat, gibt er sich einen Ruck und huscht einen Grabstein weiter, den Blumenstrauß in der schweißnassen Hand hinter dem Rücken verborgen. Vorsichtig späht er über nassen Marmor. Da! Zwei Reihen vor ihm wippt die weiße Pelzmütze zwischen den Grabmälern. Angelica bleibt stehen, bückt sich, dann geht sie zwei Schritte weiter und bückt sich wieder. Es sieht fast so aus, als ob sie nach irgendetwas sucht. Schmähle hält den Atem an. In diesem Moment fängt sein Smartphone wieder an zu klingeln.

»*I just called to say I love you …*«, kann Stevie Wonder noch singen, bevor Schmähle es aus seiner Jacke genestelt und den richtigen Knopf gedrückt hat.

Er späht wieder um die Ecke. Niemand mehr da.

»*Buongiorno*, Signor Max!«, ertönt eine warme Stimme hinter ihm. Erschreckt fährt er herum und fällt fast über eine Schneeschaufel, die der neue Friedhofsgärtner neben dem Grab liegen gelassen hat. Da steht sie. Direkt vor ihm. Und sieht hinreißend aus. Eine schwarze Strähne fällt ihr vorwitzig in die Stirn. Die Kälte hat zwei rote Flecken auf ihre Wangen gezaubert. Dunkle Augen mustern ihn belustigt.

»Äh … Grüß Gott, Frau Angelica«, stottert er und lässt die Blumen schnell hinter dem Grabstein verschwinden. »Was machet Sie denn hier?«

»Oh, ich mag Friedhöfe. Wir haben im Italienischen ein Sprichwort: ›*Una bella morte onora tutta la vita.*‹ Ich wollte hier nur ein bisschen Ruhe finden. Der ganze Stress mit dem Smaragd. Das zerrt an den Nerven.«

»Sie haben sich aber super geschlagen! Das war sehr beeindruckend. Peng! Zack! Weg!« Schmähle fuchtelt mit den Armen und schlägt beinah ein Grablicht herunter.

»Ach, das …« Sie winkt bescheiden ab. »Mein Vater war der Meinung, dass man sich auch als Archäologin durchsetzen können muss.«

»Ich habe selbst auch Kampfkunsterfahrungen.«

»Ach, wirklich?«

»In der Schule Kampfringen und dann zwei Jahre Judo im Verein.«

»Wow! Da sind Sie ja ganz schön gefährlich.« Sie blinzelt ihm zu. Schmähle wirft sich in die schmale Brust.

»Ich hab gelernt, mein Chi zu kontrollieren. Wie ein weiser Mann einmal gesagt hat: ›Lerne zu stehen. Dann lerne zu fliegen.‹«

»War das nicht Mr. Miyagi in ›Karate Kid‹?

»Das könnt scho sein, dass der das auch gesagt hat … Aber was ich eigentlich sagen wollte: Machen Sie sich wegen Ihrem

Smaragd keine Sorgen. Der Caruso findet den schon. Der hat schon ganz andere Sachen gefunden.«

Angelica schnuppert in die kalte Winterluft. »Hier riecht's irgendwie merkwürdig, finden Sie nicht auch? Irgendwie nach Mottenkugeln …«

»Echt? Also ich riech nichts.« Schmähle fasst unauffällig in seine Jackentasche und entledigt sich der Lavendelbeutel. Diesem Date-Coach würde er was erzählen! Die beiden laufen ein Stück nebeneinander auf dem vereisten Weg.

»Ähh … Frau Angelica. Ich hab mir gedacht: Möchtet Sie vielleicht ein bisschen was von der Gegend sehen?«

Ausflug mit Geistern

Die Gegend um Muggenpfuhl ist reich an Sehenswürdigkeiten. Auch wenn die einzig wahre Sehenswürdigkeit für Schmähle neben ihm am Steuer einer roten Ente sitzt. Angelica hat darauf bestanden, selbst zu fahren, und Schmähle, der sich ab und zu in den Arm kneift, um sicherzugehen, dass das kein Traum ist, grinst selig zum kleinen Fenster hinaus, während er Angelica sagt, wo sie abbiegen muss.

Ihr Weg führt sie durch die verschneiten Täler des Donautals, hoch hinauf zur Burg Wildenstein, einer trutzigen Festung mit Jugendherberge und einem Imbiss, von der man eine phantastische Aussicht ins Donautal hat. Die Burg galt weithin als modernste Festung Schwabens und diente vor allem im 16. Jahrhundert als Herberge für die rundum wohnenden Adligen, wenn wieder einmal ein Bauernkrieg oder eine Fehde ausgebrochen war.

Gedankenverloren lässt Angelica ihren Blick über die felsigen Massive der Schwäbischen Alpen schweifen. Unten schlängelt sich das weiß-blaue Band der Donau durch felsige Klüfte. Ein Schwarm Krähen schwingt sich krächzend vom Dach der Burgkapelle in die kalte Nachmittagsluft. Im Innenhof der Burg sitzt nur ein Seniorenpärchen an den verwaisten Tischen. Im fahlen Winterlicht zwischen den dunklen Wäldern wirkt die Burg wie verwunschen, verloren im Schnee. Ein kalter Wind weht über die Burgzinnen. Angelica fröstelt.

»Ist Ihnen kalt?« Unauffällig rückt Schmähle näher an die Kuratorin heran.

»*Un pochettino.*« Angelica richtet sich auf und drückt ihren schlanken Rücken durch. »*Grazie mille* für diese *vista meravigliosa.*« Ihre Augen funkeln unternehmungslustig.

»Was halten Sie davon, wenn wir uns etwas zu essen holen und an den Bodensee fahren? Ich würde wahnsinnig gern einen Spaziergang auf dem Eis machen.«

Schmähle macht sich auf und kommt kurz darauf mit einer großen Tüte warmer Snacks und zwei Cola zurück. Als er wieder auf dem Beifahrersitz Platz genommen hat, nimmt sie ein Brötchen aus der Tüte und verstaut den Rest im Kofferraum. Das findet Schmähle zwar etwas sonderbar, verkneift sich aber eine Bemerkung. Vielleicht ist das so eine Art italienische Picknick-Tradition.

Den Rest der Fahrt sagt Angelica wenig. Dafür dreht sie aber das Radio voll auf. Begleitet von Radio Sieben und den ewigen Charts von DAMALS, HEUTE und MORGEN bahnt sich der Citroën 2CV seinen Weg durch die winterliche Landschaft. Es dunkelt bereits, als sie nach Überlingen kommen. Schmähle dirigiert sie zu einem Parkplatz in der Nähe der Seepromenade. Angelica holt die Tüte aus dem Kofferraum, nimmt sich noch ein Brötchen, und zusammen schlendern sie Richtung See. An einem Kiosk knüllt sie die Tüte zusammen und wirft sie in einen eisernen Abfallkorb.

»Wow! Sie haben ja ganz schön Appetit!«, bemerkt Schmähle.

»Das muss die frische Luft sein. In Rom ist es zwar wärmer, aber dafür sind die Abgase um diese Jahreszeit sehr unangenehm.«

Dann taucht der See auf. Angelica ist sprachlos. Große Eisschollen bedecken die Seeoberfläche. Kein Boot schaukelt. Keine Yacht kreuzt den See. Keine Enten. Nichts rührt sich. Das Eis lässt die untergehende Sonne in Myriaden Lichtfunken zerstieben. Ganz hinten kann man die Umrisse von Konstanz erkennen.

»Ist der wirklich komplett zugefroren?« Sie blickt über die phantastische Eislandschaft.

»Ich weiß nicht. Auf jeden Fall nennt man das Seegfrörne. Gab's das letzte Mal 1963. Hat mir jedenfalls meine Mutter erzählt. Da war das Eis so dick, dass man über den ganzen See laufen konnte.«

»Incredibile!«

»Jo, war auch überall in den Zeitungen. Sogar im Fernsehen haben sie's gebracht.« Das ist leicht untertrieben.

»Bricht eine neue Eiszeit an?«, fragten lokale und überregionale Medien, als der See vor vier Wochen langsam zuzufrieren begann. Kurzzeitig kam es sogar zu panikartigen Hamsterkäufen. Klimaforscher machten den Golfstrom und die veränderten klimatischen Bedingungen dafür verantwortlich, Klimaskeptiker witterten eine Verschwörung der Regierung. Unfälle blieben nicht aus. Obwohl die Behörden davor warnten, das Eis zu betreten, mussten sie einen Mercedesfahrer bergen, der sich in den Kopf gesetzt hatte, mit seinem neuen SUV über die Eisfläche zu fahren. Sein Gefährt ruht jetzt in hundertvierzig Metern Tiefe auf dem Grund des Sees. Den Gastronomen und Cafébesitzern ist's recht, denn die Seegfrörne sorgt für einen stetig wachsenden Zustrom an Touristen.

Schweigend marschieren Schmähle und die Kuratorin nebeneinanderher. Ab und zu begegnen ihnen kleine Gruppen von Eistouristen. Aber die feuchte Kälte hat die meisten Touristen in die Cafés an der Promenade getrieben. Um die Pflanzen am Ufer hat der Frost phantastische Skulpturen geformt. Unbeweglich hängen kleine Boote und Yachten am schneeglasierten Pier, ihre Taue biegen sich unter riesigen Eiszapfen, die orangeroten Bojen scheinen wie festgeklebt. Eine Zeit lang ist nur das Knirschen von gefrorenem Kies zu hören. Ein Bootshaus wächst neben ihnen auf. Wie gefrorene Sardinen liegen dort Kajaks nebeneinander. Schmähle wirft einen sehnsüchtigen Blick auf ein eingeschneites Tretboot. Den Punkt kann er wohl ebenfalls streichen.

»Angelica?«

Die Kuratorin steigt gerade zum Ufer hinunter. Vorsichtig tastet sie sich mit dem Fuß zwischen gefrorenen Schilfgräsern entlang. Das Eis knackt, aber es hält. Langsam verlagert sie ihr Gewicht, bis sie mit beiden Füßen daraufsteht.

»Obacht, sonst liegen Sie drin.«

Schmähle ist die Böschung hinuntergeklettert und stakst ihr ungelenk hinterher. Besorgt mustert er die Eisplatte, unter der grünliches Moos schimmert. Sie deutet nach unten. »Sehen Sie das? Sieht ein bisschen aus wie ein Smaragd. Wussten Sie, dass die Qualität eines solchen Steins durch seine Unreinheit zustande kommt?«

»Öhh … nein.« Schmähle folgt ihr mit zögerlichen Trippelschritten.

»Das nennt man seinen *jardin*, seinen Garten. Über Jahrmillionen geformt, zwischen Erdspalten und tausend Tonnen Stein gepresst, ist er das Herz des Smaragds, seine Seele. So verbirgt sich in der scheinbaren Unvollkommenheit etwas Kostbares.«

»Wie bei Perlen.«

»Ja, genau.« Angelica wendet sich um und strahlt ihn an. »Sie verstehen mich.«

Schmähle läuft fast in sie hinein. Das Eis knackt.

»Ich … ja. Angelica. Ich möchte Ihnen etwas …« Er macht einen unbeholfenen Schritt auf sie zu, rutscht aus und fällt auf den Hintern. Sein Kopf wird feuerrot.

»Oh Gott, haben Sie sich wehgetan?«

»Ach was, das …« Er versucht, aufzustehen. Es klappt nicht. »Herrgott no mol!« Er versucht es noch einmal. »Ich glaub, ich steck fest.«

Angelica will ihm helfen, findet aber auf dem Eis keinen Halt. Eine genauere Bestandsaufnahme ergibt: Das Eis hat zwar gehalten, allerdings ist durch den Aufprall Schmähles Hinterteil durchgebrochen und steckt jetzt knapp unter der Wasseroberfläche fest. Wie ein Krebs auf dem Rücken macht Schmähle rudernde Bewegungen. Doch es hilft nichts. Er steckt fest. Die Sonne sinkt tiefer. Ein schneidender Wind beginnt zu wehen. Das Eis gibt unheimliche Geräusche von sich. Die beiden sind etwa fünfzig Meter von der Uferpromenade entfernt. Ringsum ist keine Menschenseele zu sehen. Nach längerem Gezerre gibt Angelica auf.

»Bleiben Sie hier, ich hole Hilfe.«

»O… o… okay. Ich lauf nicht weg«, bibbert Schmähle. »Aber keine Behörden, wenn's geht. Das ist jetzt a bissle peinlich.«

Angelica zieht eine Augenbraue in die Höhe. »Ich seh mal, was ich machen kann.«

»Das wär … wär schön. Und wenn Sie sich beeilen würden. Ich spür meinen Hintern nicht mehr.«

Angelica stapft in die schnell aufziehende Dämmerung, während Schmähle versucht, sein Zähneklappern unter Kontrolle zu bekommen. Angelica ist schon außer Sichtweite.

Ein verirrter Brachvogel stolziert vorbei und beäugt Schmähle neugierig. Ein Schwarm Schwäne zieht pfeilgerade über den dunkelnden Himmel wie ein lebendiger Kondensstreifen. Eisiger Wind kommt auf und trägt Schnee, Nebel und einen stechenden, fauligen Geruch heran. Wie Nadeln pieken ihn Schneekristalle ins Gesicht.

»Auch das noch!«, flucht Schmähle.

Durch sein Hin- und Hergerutsche hat er die Eisfläche blank gewischt. Plötzlich glaubt er *unter* sich eine Bewegung wahrzunehmen. Angestrengt versucht er den Oberkörper zu drehen. Da unten schwimmt irgendwas. Ihm wird schmerzlich klar, dass sein Hintern exponiert ins Wasser hängt. Der Schatten nähert sich mit schlängelnden Bewegungen. Diesmal von vorn.

»Jesses Maria und Josef.«

Sein Blut gefriert zu Eiswasser. Das Ding hat einen Menschenkopf mit langen Haaren. Verzweifelt versucht Schmähle den Hintern aus dem Wasser zu bekommen.

»Angeliii…«, piepst er in die Dämmerung. Dann klappt der Kopf auf wie ein riesiges Maul, und zwei Augen, schwärzer als die Nacht, öffnen sich.

»Iiiiihh …!«

»Alles in Ordnung?«, ertönt eine Stimme direkt neben ihm. Der Schatten verschwindet. Schmähle blickt sich verwirrt um.

»Äh … ja.«

Angelica steht direkt vor ihm. Die Kälte hat ihr Gesicht rot gefärbt, das von Schmähle ist eher blau. Über der Schulter trägt die Kuratorin ein Seil. »Das ist alles, was ich auftreiben konnte. Ich hab's in einem Bootshaus gefunden.« Sie schlingt ihm das Seil um den Oberkörper und macht einen fachmännischen Knoten.

»Mensch, Signorina Angelica! Was Sie alles können.«

»Hat mir mein Vater beigebracht. So, und jetzt machen Sie sich steif. Ich weiß nicht genau, wie lange das Eis noch hält.«

»O... okay. Keine Sorge. Ab Hüfte abwärts ist alles so steif, da könnten Sie ein Schnitzel damit klopfen.«

»Sie wissen schon, dass man das auch falsch verstehen könnte?«

»Was? Ojemine, so hab ich das nicht gemeint.«

»Das war nur ein Witz.« Sie zieht das Seil hinter sich her, bis es straff gespannt ist. Es reicht bis knapp dorthin, wo am Ufer Gräser und Büsche durch das Eis sprießen und sie einen leidlich guten Stand hat.

»Auf drei!«, ruft sie ihm zu.

»Okay. Aber langsam. Sonst renkt's mir 's Kreuz aus«, ruft Schmähle ängstlich zurück.

»Uno, due ...« Sie legt sich ins Seil. Aus der Dunkelheit kommt ein Ächzen, ein schnalzendes Geräusch ist zu hören, es klingt, als ob sich der Deckel eines Einweckglases löst.

»Ich bin raus.« Schwankend kriecht Schmähle aufs Eis, richtet sich langsam auf und winkt ihr. »Uns Schwaben kriegt man net so leicht klein.« Dann geben seine Beine wieder nach, und er kippt vornüber. Unglücklich setzt er sich auf. »Äh. Könnten Sie mir eventuell aufhelfen? Meine Füß machet irgendwie net, was sie sollen.«

Eine Stunde später sitzen die beiden in einem der Cafés an der Strandpromenade, und Schmähle trinkt seinen dritten Glühwein. Seine Ohren sind rot, und seine lichten blonden Haare stehen ihm wirr von der Stirn. Er hat auf der Toilette versucht, sich einigermaßen herzurichten. Der Erfolg ist überschaubar. Mit dem Handfön hat er seine Hose halbwegs trocken bekommen, aber sein Hemd ist durchgeschwitzt und voller Flecken. Er sieht aus, als ob er sich auf einem Feld herumgewälzt hätte.

»Geht's wieder mit den Beinen?«

»Jo. Zumindest hab ich wieder ein Gefühl in den Haxen.«

»Sie können froh sein, dass Sie sich keine Erfrierungen zugezogen haben.«

»Also … das müssen Sie jetzt nicht unbedingt meinen Kollegen erzählen«, sagt der Polizist kleinlaut.

Angelica beobachtet versonnen, wie sich der Schein der Laternen in ihrem Rotwein fängt. Schmähle sieht gebannt zu, wie er sich in ihren Augen spiegelt.

»Seien Sie unbesorgt: Ich erzähl's niemandem.«

»Sie sind aber auch wirklich eine sehr patente Frau. Darf ich fragen, warum Sie so gut Deutsch sprechen?«

»Ich war, als ich klein war, öfter in Deutschland. Mein Vater hatte hier geschäftlich zu tun.«

»Der ist ja ein Doktor.« Ein Schatten zieht über ihr Gesicht. »Also, das hab ich in der Zeitung gelesen«, fügt er hastig hinzu.

»Ja, es würde ihn sicher freuen, wenn er wüsste, dass sein Smaragd endlich ausgestellt wird.« Sie lächelt gedankenverloren. »Ganz sicher würde ihn das freuen … wenn wir ihn nicht verloren hätten!« Ihre Gesichtszüge werden hart.

»Angelica! Ich versprech Ihnen: Wir werden Ihren Smaragd wiederfinden. Wenn der Caruso sagt, wir müssen abwarten, bis der Dieb wieder zuschlägt, dann hat er sicher recht damit.«

»Ich hoffe es. Es ist schön zu sehen, wie Sie ihm vertrauen.«

Schmähles Ohren werden noch röter. »Ja. Der Caruso ist schon sehr speziell. Aber sonst ein Pfundskerl.« Schmähle holt tief Luft. »Eigentlich wollt ich Ihnen ebbes anderes sage: Mir lebet hier so weit weg von der großen Welt, dass einem alles Neue besonders vorkommt. Aber wenn man einer Perle begegnet, dann weiß man auch, dass es eine ist. Mit oder ohne Garten. Und Sie sind so eine.«

Sie legt ihre Hand auf seine. »Das ist sehr nett, dass Sie das sagen.«

Schmähle nimmt seinen ganzen Mut zusammen. »Darf ich … darf ich Sie was fragen, Frau Angelica?«

»Ja, was denn?«

»Ich hätt da einen Vorschlag fürs Frühstück …«

In diesem Moment piept das Smartphone der Kuratorin. »Einen Augenblick, das ist das Museum. Da muss ich rangehen.«

Sie steht auf und stellt sich neben die Tür des Cafés. Dort nestelt sie ihr Smartphone heraus und spricht schnell auf Italienisch hinein. Kurz darauf kommt sie wieder an den Tisch.

»Alles gut«, nimmt sie Schmähles Frage vorweg. »Ich habe meine Kollegen beruhigen können. Was halten Sie davon, wenn wir noch ein bisschen in der Innenstadt spazieren gehen?«

Zeitungsmonster

Es ist kurz vor achtzehn Uhr. Gebückt huscht der Überlinger Juwelier Alfons Junginger zwischen seinen Auslagen herum. Mit Wischtuch und einer kleinen Sprayflasche entfernt er fettige Fingerabdrücke und andere Hinterlassenschaften seiner Kunden, von denen die wenigsten in den Genuss dessen kommen, was hinter dem Sicherheitsglas liegt. Seine Schätze.

Mit seinem schmalen Gesicht, den roten Augen, die unruhig hinter einer runden Brille hin- und herhuschen, und seinem fransigen grauen Backenbart hat er etwas von einer alten Maus. Er sieht aus, als wäre er geradewegs aus dem 18. Jahrhundert gefallen. Aus einem Roman von Charles Dickens.

Jungingers Herz schwillt an vor Stolz. Seine Kostbarkeiten. Er ist der erste Juwelier in Überlingen, er hat die besten Quellen und die beste Ware. Zuverlässige Zwischenhändler aus Bogotá reservieren die schönsten Smaragde nur für ihn, von einem so einzigartigen Grün und mit so köstlichen »Jardins«, dass künstlich hergestellte Stücke daneben wirken wie fadenscheiniges Fensterglas. Scouts in Afrika liefern ihm die größten und schönsten Diamanten exklusiv. Manche seiner Quellen sind nicht ganz legal, aber solche kleinlichen Bedenken verblassen vor dem Glanz seiner Edelsteine. Sosehr er edles Gestein liebt, so sehr hasst er etwas anderes.

Zeitungen. Und die Schmierfinken, die sich jeden Tag neue Lügengeschichten aus den Fingern saugen. Nichts passt in seinem Empfinden weniger zusammen als die zeitlose Pracht seiner Schmuckstücke und die verlogene Schnelllebigkeit von »Fake News« oder wie das heutzutage heißt. Vor drei Jahren musste er fast schließen, als der »Südbote«, ein überregionales Schmierblatt, eine ungewohnt kritische Reportage über »Blutdiamanten« und Jungingers angebliche Verwicklungen darin veröffentlichte. Wer die beste Ware wollte, durfte eben nicht zimperlich sein. So sieht er das. Seine schönsten Stücke, darunter vor allem herrliche Smaragde, hat er auf dunklen Wegen bekommen, die sich in keinem Zertifikat wiederfinden. Aber was soll's? Seine Stammkunden wissen, dass er nur erstklassige Ware anbietet. Doch einige Neider sehen das anders und haben ihm den Rücken gekehrt. Sollte sie der Teufel holen. Er hat zu kämpfen gehabt, um wirtschaftlich wieder auf die Beine zu kommen. Alles nur wegen eines Artikels. Verständlich deshalb sein Zorn, als die Eingangsklingel läutet und ein Auslieferer mit einem Pack Zeitungen unter dem Arm hereintritt.

»I bring hier den ›Seeboten‹. Dürft ich die bei Ihnen auslegen?«

Alfons Junginger wird bleich.

»Sie … widerliches Subjekt. Sie elender Verleumder! Verlassen Sie sofort mein Geschäft.«

»Jetzt höret Sie aber auf! Ich mach hier auch bloß meinen Job. Ich bin zwar Aufstocker, aber deswegen muss ich mich noch lang nicht dumm agosche lasse.«

»Das nennen Sie Job? Lügen unter die Leute bringen ist ein Job? Sie sind …«, er ringt um Worte, »ekelerregend.«

»Jetzt langt's, Sie arroganter Arsch. Lecket Sie mich am Fiedle. Das hat der Götz von Berlichingen gesagt. Und der hat recht gehabt.«

Mit diesen Worten schleudert ihm der Bote eine Handvoll Zeitungen in den Laden.

»Da! Die können Sie behalten.«

»Raus! Oder ich ruf die …«

Junginger will ihm nachsetzen, als ihm ein übel riechender Hauch ins Gesicht fährt. Was ist denn das für ein Gestank? Wahrscheinlich der Zeitungsbote! Vermutlich wusch er sich nicht. Schwer atmend schlägt er die Tür zu, schiebt den Riegel vor und lehnt seine Stirn gegen das kühle Sicherheitsglas. Als er sich wieder beruhigt hat und sein Herz wieder einigermaßen im Takt schlägt, dreht er sich um und will die Zeitungen aufheben. Doch auf dem Boden ist nichts. Verwirrt runzelt der Juwelier die Stirn, geht auf die Knie und späht unter die Auslage. Nichts. Das ist doch nicht möglich! Hinter der kleinen Theke, auf der die Kasse steht, raschelt etwas. Junginger springt auf die Füße. Davon wird ihm schwindlig. Die Kasse verschwimmt einen Moment vor seinen Augen. Es raschelt noch einmal. Lauter diesmal. Es klingt, als würde Knochen über trockenes Papier schaben.

»Ist da wer?«, fragt er zögerlich in den leeren Raum.

Als Antwort raschelt es wieder. Er tastet nach seinem Spazierstock, der immer griffbereit im Schirmständer neben der Garderobe ruht. Es ist ein schönes Stück mit einem silbernen Knauf in Form eines Affen. Der Schweiß läuft ihm in die Augen. Seit wann ist es denn so heiß hier? Er drückt auf einen verborgenen Knopf am Knauf, und ein silberner Degen gleitet aus dem Holz. Man verbringt nicht sein ganzes Berufsleben mit Gaunern, Schmugglern und Halsabschneidern, ohne gewisse Vorkehrungen zu treffen.

Schwankend kommt er auf die Beine. Mit einem Sprung hüpft er um die Ecke. Und dann sieht er es. Die Zeitungen flattern nach oben und bilden die Silhouette eines Menschen. Der Anzeigenteil schlingt sich, wie von unsichtbaren Wirbelwinden geblasen, um unsichtbare Beine, der Wirtschaftsteil bildet den Unterkörper, und dort, wo der Kopf ist, kann er die Schlagzeile des heutigen Tages lesen: »Schlumpfbande verhaftet!«

Das Zeitungsding macht einen Schritt auf ihn zu. Juwelier Junginger wechselt in die »Gardestellung«. Zahlen sich die zwei Jahre Fechtunterricht doch noch aus. Er macht einen schnellen Ausfallschritt und sticht zu. Es raschelt, als die Klinge durchs Papier fährt. Er fühlt keinen Widerstand und taumelt einen halben Schritt nach vorn. Er fängt sich jedoch wieder und weicht im Kreuzschritt zurück. Sein Herz hämmert rasend. Er holt aus zu einer *battuta*, einem Klingenschlag, dann stößt er in einer blitzschnellen *flèche* zu, einem Sturzangriff, bei dem man sich in den Gegner hineinfallen lässt. Doch seine Klinge findet kein Ziel, die Zeitungen blättern einfach auseinander und gleiten raschelnd zu Boden. Sein Stoß geht ins Leere. Vom eigenen Schwung getragen, stolpert er über sie hinweg und reißt dabei eine Auslage herunter. Dann erklingt wieder dieses schabende Geräusch, das gleich darauf in ein grausiges Flattern übergeht.

Mit angstvoll aufgerissenen Augen dreht sich der Juwelier langsam um. Wie hungrige Vögel schweben die Zeitungsteile hinter ihm in der Luft und schlagen dabei wild mit ihren Seiten. Dann stürzen sie sich auf ihn. Er weicht, ziellos mit seiner Klinge herumfuchtelnd, zurück und schafft es noch, die Sportseite in zwei Hälften zu teilen. Doch dann legen sich die Veranstaltungstipps über sein Gesicht, und er kann nichts mehr sehen. Er versucht, die Zeitungsseiten wegzureißen, doch die fühlen sich überhaupt nicht mehr wie eine Zeitung an. Eher wie weiches, klebriges Plastik. Es legt sich um seine Nase, seine Augen und seinen Mund. Er bekommt keine Luft mehr.

Schwankend torkelt er noch zwei Schritte umher, wischt weitere Schmuckstücke und einen Aufsteller mit Strass-Anhängern herunter und geht schließlich inmitten von funkelndem Glas zu Boden. Die Zeitungen sinken herab. Aus den Augenwinkeln sieht er, dass der kleine dickwandige Stahltresor unter der Theke offen steht. Den öffnet er nur zu ganz besonderen Gelegenheiten und keinesfalls während des Geschäftsbetriebs. Außerstande, sich diesen Umstand zu erklären, verliert er das Bewusstsein.

Als der Zeitungsbote auf seiner Runde wieder an dem Geschäft vorbeikommt, sieht er den Juwelier auf dem Boden liegen und alarmiert die Polizei.

Spätzle des Grauens und weitere sonderbare Ereignisse

Um sieben Uhr am nächsten Morgen kämpft sich eine blasse Sonne den bleigrauen Himmel hinauf. In der Nacht hatte es minus dreiundzwanzig Grad, und von der Dachrinne des Hotels Deutscher Kaiser hängen armdicke Eiszapfen. Straße und Gehweg davor haben sich über Nacht in Eisbahnen verwandelt. Auf dem Gehsteig verteilt ein hochgewachsener, dünner Mann in Winterjacke mit einer Handschaufel akribisch Streusalz und Kiesel aus einer Aldi-Vorratspackung. Die paar lichten Haare, die unter seiner Pelzmütze hervorlugen, hat die Kälte schon fast festgefroren.

Hans Gluck arbeitet bereits seit vierzehn Jahren im Hotel, aber so einen harten Winter hat er noch nicht oft erlebt. Gluck ist erster Rezeptionist, bevorzugt allerdings den Titel Concierge. Auch wenn es sich bei der Hotelgaststätte um kein Sterne-Etablissement handelt, blickt man doch auf eine fast hundertsiebzigjährige Geschichte zurück.

Stirnrunzelnd begutachtet er den verblassten Schriftzug am Haus. Müsste man auch mal wieder streichen. Noch dazu sind gerade internationale Gäste da. Ein italienischer Detektiv, bereits zum zweiten Mal, und eine Museumschefin aus Rom, wenn er das richtig verstanden hat. Was sie hier machen, weiß er nicht, geht ihn auch nichts an. Solange sie hier sind, sollen sie sich fühlen wie in einem Sternehotel. Und in solch einem Haus wird Diskretion großgeschrieben.

Auf der anderen Straßenseite öffnet gerade Donna Elvira ihre Trattoria, und er grüßt freundlich hinüber. Merkwürdig. Normalerweise sperren die erst um elf auf. Elvira bemerkt ihn nicht. Auch sonst scheint sie nicht ganz da zu sein. Anders kann er sich nicht erklären, dass sie trotz der Eiseskälte nur einen dünnen Morgenrock trägt, der für Hans Glucks Geschmack viel zu viel von dem zeigt, was drinsteckt. Und … sind das Pantoffeln? Sie zerrt einen Eimer hinter sich her, gefüllt mit warmem Wasser, das in der Kälte dampft. Dann holt sie eine kleine Leiter und einen Fensterabzieher. Dabei scheint sie in ein angeregtes Gespräch mit jemandem vertieft zu sein und lacht ab und zu laut auf. Sehr sonderbar. Außer ihm ist weit und breit niemand zu sehen. Hingebungsvoll putzt sie die schneebedeckte Außenscheibe der Trattoria. Hans Gluck, der viel von schwäbischen Traditionen hält, insbesondere von der Kehrwoche, schüttelt den Kopf.

»Man kann's auch übertreiben.«

Salvatore, der jüngste ihrer Söhne, sieht das offensichtlich ebenso. Er versucht, die widerstrebende Donna wieder in die Trattoria zu bugsieren. Gluck hat genug gesehen und macht, dass er ins Warme kommt. Drinnen zieht es ihn zuallererst in die Küche. Heute steht »Rindergeschnetzeltes mit Spätzle« auf der Speisekarte. Hannelore, ihre Stammköchin seit zwei Generationen, ist bereits am Werkeln. Sie ist eine kleine, stämmige Frau in einer blauen Schürze.

»Morgen, Hans! Bringst du mir den Spätzleteig? Ich hab ihn aufs Regal in der Vorratskammer gestellt.«

»Hajo, natürlich.«

Das Geheimnis eines guten Spätzleteigs, das weiß Hans Gluck, liegt im richtigen Timing. Der Teig muss quellen. Dazu muss er abgedeckt genau fünfzehn Minuten ruhen, am besten bei moderater Temperatur.

Er steigt eine kleine Treppe hinunter. Die Tür zum Vorratsraum steht offen. In diesem Moment nimmt Gluck einen sonderbaren Geruch wahr, der hier unten nichts verloren hat. Es riecht nach vergorenen Früchten, als hätte jemand einen Korb mit Äpfeln irgendwo vergessen, die dann in der Dunkelheit verfault sind. Einen großen Korb! Er runzelt die Stirn. Der Geruch ist einem Etablissement wie dem »Deutschen Kaiser« definitiv nicht angemessen. Er hält seine lange Nase in die Luft und schnüffelt misstrauisch. Aber so schnell, wie er gekommen ist, ist der Geruch auch schon wieder verschwunden. Eigenartig.

Auf einem Holzregal steht der Topf mit dem Spätzleteig, fachmännisch abgedeckt mit einem bestickten Tuch, das ein

Dosengummi an seinem Platz hält. Als er den Topf herunternehmen will, ruckt er einmal. Gluck zuckt zurück, als hätte er sich verbrannt. »Saggradi, was ist denn das jetzt?«, entfährt ihm ein Fluch. Vorsichtig gibt er dem Topf einen Stups. Nichts passiert. Er will wieder zugreifen, da ruckt der Topf zum zweiten Mal.

»Jetzt hör aber auf …« Es sieht aus, als wäre da etwas drin. Etwas Lebendiges. Grauenvolle Bilder von Ratten schwirren ihm durch den Kopf. Hört man ja öfters von Lokalitäten, wo so etwas vorkommt. Sogar ganze Großbäckereien. Aber doch nicht hier! Er nimmt seinen ganzen Mut zusammen und greift nach dem Topf. In diesem Moment drückt etwas von unten gegen das darübergespannte Tuch. Er lässt den Topf fallen. Krachend landet er auf dem Boden, bleibt aber Gott sei Dank aufrecht stehen. Geister hin oder her. Wäre schade um den Spätzleteig gewesen, zuckt es ihm durch den Kopf.

»Zom Donndrwäddr abbr au! Hend se do drin einen verkocht?«, flucht er.

Das Tuch wölbt sich weiter nach oben. Hans Gluck bleibt beinahe das Herz stehen. Was immer unter dem Tuch ist, es will raus. Er macht einen Schritt nach hinten, stolpert über eine Kiste und fällt auf den Hintern. Auf allen vieren schiebt er sich weiter weg vom Topf Richtung Tür. Sein Herz schlägt wie eine Trommel.

Mit einem klatschenden Geräusch löst sich der Gummi von der Umrandung. Mit schreckgeweiteten Augen verfolgt Gluck fassungslos, wie sich etwas in dem Topf aufrichtet. Unter dem Tuch kann er verstörende Konturen erkennen. Es sieht aus wie ein kleines Kind. Gluck tastet wild um sich herum und bekommt einen Kehrbesen zu fassen. Eine kleine weiße Hand aus Teig kommt suchend unter dem Tuch hervor und zieht es mit einem Ruck herunter. Gluck stößt einen erstickten Schrei aus, als er sieht, was es ist. Es ist eine winzige Gestalt mit Armen und Beinen, doch auf ihren Schultern sitzt der Kopf einer Ratte. Mit einem kieksenden Geräusch hüpft das Rattenkind aus dem Topf und taumelt auf ihn zu. Verzweifelt strampelt Gluck mit den Beinen und sticht mit dem Kehrbesen zu. Das kleine Teigwesen hüpft quiekend zur Seite. Irgendwie schafft er es, auf die Beine zu kommen, und stürzt panisch aus dem Vorratskeller.

Zwei Stockwerke weiter oben erwacht Caruso aus unruhigem Schlaf. Er hat bohrende Kopfschmerzen und schlecht geträumt. In seinem Traum folgte er einem Mann mit einem riesigen Hut. Er war sich sicher, dass es sich um den Smaragddieb handelte. Als er ihn dann in die Enge getrieben hatte, drehte sich der Mann plötzlich um, und Caruso musste zu seinem Schrecken erkennen, dass unter dem breitkrempigen Hut gar kein Gesicht war, sondern nur Schwärze. Stocksteif und verschwitzt blieb er dann mitten in der Nacht in seinem Bett liegen, in der Gewissheit, dass ihm der Mann ohne Gesicht aus seinem Traum bis ins Zimmer gefolgt war. Um genau zu sein, hing er unter der Decke und starrte ihn augenlos an.

Beim Anziehen grübelt Caruso darüber nach, ob es in seiner Familie Fälle von plötzlicher Geisteskrankheit gegeben hat. Aber außer einer Tante, die sich irgendwann im Zuge fortschreitender Demenz für einen Kühlschrank gehalten hatte, fällt ihm niemand ein. Sie liebte es, mit rohem Fleisch in den Taschen herumzulaufen. Wird er vielleicht verrückt? Oder hat ihn der Fluch des Smaragds ereilt?

Das Gefühl, alles wie durch eine beschlagene Scheibe zu sehen, lässt ihn auch während des Frühstücks nicht los, und das merkwürdige Gefühl, beobachtet zu werden, hat ihn begleitet. Die halbrunden Buntglasfenster spenden kaum Licht. Außer ihm ist niemand hier. Die Theke mit frischem Frühstück ruht im Halbdunkel. Geweihe sprießen aus den Wänden wie vorzeitliche Relikte. Hat sich da eben die Tapete bewegt? Caruso kneift die Augen zusammen. Aus der Küche kommt lautes Scheppern und Geschrei. Im nächsten Moment stürzt der Hotelportier durch die Schwingtür, über und über mit einer Art klebrigem Schleim bedeckt, in der Hand einen Kehrbesen. »Die Spätzle … die sind verhext«, bringt er noch hervor, bevor er mit einem Gurgeln über dem Büfett-Tisch zusammenbricht. Im Herunterrutschen reißt er die Tischdecke mit. Semmeln, Kaffeetassen und Untersetzer, Marmeladentöpfe und Frühstücksflocken verteilen sich scheppernd auf dem Boden. Caruso ist bereits auf dem Weg zu ihm. Am Boden fühlt er seinen Puls. Er schlägt schnell, aber regelmäßig. Obwohl es im Speisesaal kalt ist, schwitzt der Portier.

Caruso rüttelt ihn. »Können Sie mich hören? Geht es Ihnen gut? Was ist denn passiert?«

Die Augen des Portiers flattern. Seine Stirn glüht. Er greift krampfhaft Carusos Arm.

»Geister … Da war ein Spätzlegeist … So ein teigigs Butzawaggele.«

»Alles gut. Sie sind in Sicherheit«, versucht Caruso ihn zu beruhigen.

Die Augen des Portiers gehen plötzlich ganz weit auf, und sein Blick ist klar.

»Ach, und wer ist dann der Mann mit Hut hinter Ihnen?« Caruso fährt herum, als hätte ihn etwas gebissen. Da ist nichts. Der Hotelbedienstete rappelt sich auf und wankt brabbelnd Richtung Ausgang. »Warum tut ihr mir das an? Ich war doch stets euer treuester Verfechter.«

Aus der Küche ist ein Heulen zu hören, das lauter und lauter wird, bis es sich zu einem Schrei steigert. Dann stürmt eine füllige Frau in weißer Schürze durch die Schwingtür. Sie fuchtelt mit den Händen, als versuchte sie, irgendetwas zu verscheuchen.

»Haut ab, ihr Drecksviecher! Das ist eine ehrbare Küche. Ich schuld euch nix«, kreischt sie.

Sie rennt durch den Speisesaal, reißt die Tür am anderen Ende auf und stößt fast mit der Kuratorin zusammen. Angelica mustert fassungslos das Durcheinander, aus dem sich Caruso gerade erhebt.

»Santo cielo, che è successo?«

In diesem Moment geht der Feueralarm los. Caruso wischt sich Müsliflocken von seiner Uniformjacke. Vor dem Fenster fällt etwas von oben herunter, und es gibt einen dumpfen Schlag.

Caruso späht hinaus. Eine der Angestellten hat angefangen, die Bettwäsche nicht nur auszuschütteln, sondern die Kissen aus dem Fenster zu werfen.

Caruso zieht Angelica hinter sich her. »Kommen Sie mit. Schnell! Vielleicht können wir etwas herausfinden, was uns weiterbringt. Vielleicht finden wir so etwas wie ein Muster.«

Es dauert eine Weile, bis sie alle Hotelangestellten aufgetrieben haben.

Hans Gluck, der sich in einen Wandschrank eingeschlossen hat und erst nach längerem Bitten die Tür öffnet, hat eine Spätzlegestalt gesehen, die aus einem Topf gesprungen ist. Fledermäuse mit dem Gesicht eines Steuerprüfers haben die Köchin verfolgt, eines der Zimmermädchen hat die Kissen aus dem Fenster geworfen, in der festen Überzeugung, dass sie brennen.

Resigniert schüttelt Caruso den Kopf. »Brennende Kissen, Fledermäuse, ein Teigkind ... Das ergibt alles keinen Sinn. Lassen Sie uns aufs Revier gehen. Hier können wir nichts mehr tun.«

Die Runde, die sich im Aufenthaltsraum des Polizeipostens zusammenfindet, ist bleich und schweigsam. Schmähle riecht wieder wie eine Parfümerie, aber Schmälzle fällt das nicht einmal auf. Er starrt verbissen seinen Fleischkäsewecken an.

Therese Knöpfle steckt den Kopf zur Tür herein und rümpft die Nase. »Schee, dass die Herren auch da sind! Bei mir steht's Telefon nicht mehr still. Mich rufen ständig irgendwelche Leut an, die Geistergeschichten erzählen.« Sie blättert in ihrem Notizblock. »Donna Elvira sitzt mit ihrem Mann beim Kaffeetrinken, obwohl der schon vor zwanzig Jahren verstorben ist. Außerdem glaubt sie felsenfest, dass grad Sommer ist. Ihre Söhne wissen nicht, was sie jetzt machen sollen. Der Metzger sagt, sein Kühlraum sei verhext. Er hört Stimmen, aber immer wenn er nachguckt, ist keiner drin. Dazu sind zwei Schnitzelwecken spurlos verschwunden.«

Schmälzle wirft einen kritischen Blick auf sein Brötchen.

»Im ›Deutschen Kaiser‹ hat's einen Feueralarm gegeben«,

fährt sie fort, »da dreht offensichtlich das Hotelpersonal komplett durch. Die sehen alle Gespenster.«

Caruso hebt den Kopf. »Wir kommen gerade von dort. Die Lage ist so weit unter Kontrolle. Kein Feuer.«

Therese verschränkt die Arme. »Ach, dann können Sie mir vielleicht erklären, was hier los ist?«

»Äh … wenn ich's nicht besser wüsste, würde ich sagen: Die Geister sind los.«

Therese stemmt die Hände in die Hüften. »Ach was! Soll ich das den Leuten so sagen? Berthold?«

Schmälzle hört endlich auf, sein Frühstück anzustarren, und ergreift das Wort. »Am besten, Sie versuchen sie erst mal zu beruhigen. Und wenn's nicht besser wird, sollten Sie einen Arzt rufen. Wir arbeiten an einer Lösung.«

»Dann arbeitet mal schneller. Sonst müssen wir den Kommissar anrufen. Und das wollt ihr bestimmt net.«

Sie schlägt die Tür hinter sich zu.

Caruso räuspert sich und steht auf. »Liebe Freunde, vielleicht sollte jeder von uns berichten, ob auch ihm in jüngster Zeit Unerklärliches widerfahren ist. Wie Sie ja wissen, sind diese bizarren Sinnestäuschungen schuld, dass wir überhaupt erst hier sind.« Caruso senkt die Stimme. »Und das Problem ist, sie haben immer noch nicht aufgehört. Ich sehe immer noch Gespenster.«

Caruso erzählt ihnen von dem goldenen Baby, das er sogar im Wald gesehen hat, und von dem Mann mit Sombrero, der ihn bis ins Hotelzimmer verfolgt hat.

»Hajo«, sagt Schmähle, »das erklärt manches.«

»Was erklärt denn das?«, fragt Schmälzle unwirsch.

»Dass der Herr Caruso so einen zerstreuten Eindruck gemacht hat«, gibt Schmähle beleidigt zurück. Schmälzle schnauft einmal tief durch. »Ich glaub ja wirklich nicht an so ein Zeug, aber als Sie von dem goldenen Baby erzählt haben … Genauso eins saß vorher da oben auf dem Kaffeeautomaten. Das hat immerzu nach meinem Fleischkäswecken gegrapscht. Als ich den aber nicht hergegeben hab, war's auf einmal weg.«

»Der frisst sogar den Geistern ihr Essen weg«, lacht Schmähle.

»Bitte bleiben Sie bei der Sache. Das ist eine ernste Angelegenheit«, mahnt Caruso.

»Genau. Würde der Kollege sich mal konzentrieren und nicht den ganzen Tag mit seinem Handy rumdaten, wären wir vielleicht schon weiter.«

Schmähle bekommt einen roten Kopf und hätte fast seinen Kaffee umgestoßen.

»So a Läddageschwätz! Außerdem geht dich mein Privatleben rein gar nichts an!«

»*Calma!* Kein Streit bitte, liebe Kollegen. Ist Ihnen auch etwas Sonderbares passiert, Max?«

Schmähle linst kurz zu Angelica, die den Disput schweigend verfolgt hat. Dann erzählt er von seinem Erleben auf dem Bodensee, spart aber den Teil mit Angelica aus.

»Ach, und was hast du denn am Bodensee gemacht?«, will Schmälzle wissen.

»Ich hab der Signorina Angelica a bissle die Schönheiten Schwabens gezeigt.«

Schmälzle verschluckt sich an seinem Kaffee. »Ha! Jetzt platzt mir aber gleich der Kragen. Hier geht's drunter und drüber, und der Herr Busierschdengel fährt zum Sightseeing an den Bodensee.«

Angelica steht auf und geht zum Fenster. »Ich will mich ja nicht einmischen, Sie sind hier die Profis. Aber haben Sie schon einmal in Erwägung gezogen, dass wir es hier mit Mächten zu tun haben, die wir mit unserer Wissenschaft einfach nicht erklären können? Vielleicht ist das eher eine spirituelle Frage?«

Die anderen schweigen. Nach einer Weile räuspert sich Schmälzle.

»Also, wenn einem der Ranzen wehtut, geht man zum Doktor ... Aber welcher Doktor hilft gegen Geister?«

»Na ja, ein Geisterarzt vielleicht«, antwortet Schmähle zaghaft.

»Kennen Sie so jemanden?«, fragt Caruso, der, die Hände auf dem Rücken gefaltet, wieder angefangen hat, unruhig im Zimmer hin- und herzugehen.

Schmälzle schüttelt den Kopf. »Also ich nicht …«

Schmähle tippt auf seinem Smartphone herum. »Ich scho«, strahlt er. »Meine Mutter hört sich jeden Freitag so eine Horoskopsendung auf Südwest 3 an. Ihr wisst schon, mit Tarotkarten und so. Die haben da ein richtiges Medium. Gundel Sternklar heißt die. Die macht auch Fernheilungen und Geisterbeschwörungen. Übers Radio. Und wie ich grad herausgefunden hab«, er zeigt stolz auf das Display seines Smartphones, »wohnt sie hier in Muggenpfuhl.«

Gundel Sternklar

Das Erste, was an Gundel Sternklar auffällt: Sie ist keine Frau. Darüber täuschen auch das Batikhandtuch, das sich das Medium wie einen Turban um den Kopf geschlungen hat, und der dicke Alpaka-Umhang, den es sich über den massigen Oberkörper geworfen hat, nicht hinweg. Gundel wohnt auf einem Hügel, in einem zurückgesetzten Häuschen, ganz im Norden Muggenpfuhls, und begutachtet skeptisch die Gruppe, die sich auf der kleinen, mit allerlei mystischen Symbolen verzierten Holzveranda aneinanderdrängt. Aus dem angrenzenden Waldgebiet steigt Rauch in die eisige Luft.

Schmälzle stupst ein vergoldetes Räuchergefäß in Form eines dicken Elefanten an, das von einem Balken baumelt.

»Net alange, bitt schön!«

Gundel Sternklars Stimme ist hoch, aber melodiös. Unter dem Batiktuch stehen blonde, seidige Haare hervor. Auf einer langen, spitzen Nase sitzt eine dicke Hornbrille, unter der zwei intelligente Augen von irritierend grüner Farbe hervorlugen. Das Medium hat etwas von einem dicklichen Hamster. Eindeutig männlich.

Schmähle blinzelt verblüfft. »Ähmm ... Sie sind ja gar keine Frau.«

Das Medium zieht eine Augenbraue in die Höhe. »Und wer sind Sie? Ein Obergscheidle?«

»Ähh. Also ich mein ja bloß. Meine Mudder hört immer Ihre Sendung. Und dann der Name ...«

»Ach so, Ihre Mutter ist ein Fan ...« Gundel zieht das letzte Wort, dass es klingt wie »Fäääähn«. »Autogrammkarten und Amulette hab i drin. Gibt's zum Sonderpreis von einmaligen fünf Euro. Den Text können Sie mir dann diktieren.«

»Ähhh, eigentlich sind wir wegen ebbes anderem hier.«

»Ach, und wegen was?«

»Sie sind doch ein Hellseher. Warum sagen Sie's uns net?«,

meldet sich Schmälzle, dem der Zirkus in der Kälte schon zu lange dauert.

Jetzt gehen beide Augenbrauen in die Höhe. Gundel mustert Caruso in seiner Uniform, Angelica in ihrem schwarzen Kleid und die beiden Polizisten. »Also, wenn ich mir Sie so anschau, dann sind Sie vom Kostümverein und sammeln für bedürftige Kinder, die nix zum Essen haben, weil *Sie* ihnen alles weggefressen haben.«

»Passet Sie auf, was Sie sagen. Sie sprechen mit einem Polizisten.«

»So wie Sie aussehen, eher mit zweien.«

Caruso tritt einen Schritt nach vorn zwischen die beiden. »*Buongiorno*, mein Name ist Francesco Caruso von der Guardia Civile in Rom. Bitte verzeihen Sie, dass wir Sie belästigen. Sie sind unsere letzte Hoffnung.« Er erläutert Gundel kurz die Sachlage, und es gelingt ihm, das Medium zu besänftigen.

»Sodele, sodele, also ein ... Smaragdfluch-Problem.« Gundel fasst sich ans Kinn und atmet tief durch. Beim Ausatmen lässt er ein tiefes Brummen hören. »Na dann, kommet mal mit rein. Und bitte die Schuh ausziehen!«

In einem kleinen überhitzten Zimmer mit blassblauen Wänden drängen sich Schmähle, Schmälzle und Angelica auf einem mit altmodischen Stickereien versehenen Sofa zusammen. In der Ecke bullert ein alter Holzofen. Die Luft durchzieht ein Geruch nach Gewürznelken.

Caruso sitzt zusammen mit Gundel an einem alten runden Holztisch, dessen abgenutzte Oberfläche eine karminrote Decke verhüllt. Die Mitte des Tisches teilen sich ein grinsender Totenschädel mit einer Kristallkugel, ein Weihrauchschwenker und ein Kaffeedeckchen. Einige Zähne des Totenschädels sind goldüberkront. An der Wand hängt ein silberverbrämtes Bild, das einen Mann mit einer Sonnenbrille und einem Blumenkranz um den Hals zeigt. »Thomas G. Hornauer«, steht darunter.

Auf einer kleinen Anrichte steht auf einem Stapel Zeitungen ein teures Mikrofon, das an eine Anlage angeschlossen ist.

Gundel reibt sich die Hände. »Zuerst müssen wir allerdings das Finanzielle klären.«

Caruso sieht zur Kuratorin, die dreht ergeben die Hände nach oben und nickt.

»Ha!«, kommt es halblaut von Schmälzle neben ihr. Er nickt, als ob er sich in etwas bestätigt fühlt.

»Für eine normale Geisteraustreibung müsste ich Ihnen zweihundertfünfzig Euro berechnen. Aber da es sich hier offensichtlich um einen internationalen spirituellen Notfall handelt, ich eigentlich keine Zeit hab und mich auch nicht vorbereiten kann, wird's a bissle teurer mit dreihundert Euro zuzüglich Mehrwertsteuer.«

Schmälzle schnappt nach Luft.

Ungeduldig wedelt Caruso mit der Hand. »*Sì, sì*, jetzt fangen Sie schon an.«

»Nicht so eilig. Zuerst müssen wir uns reinigen.«

»Die Schuh haben wir doch schon ausgezogen. Sollen wir noch mehr ausziehen?«, fragt Schmähle.

»Ich zieh mir nix mehr aus!« Schmälzle verschränkt grimmig die Arme.

Gundel wirft ihm einen vorwurfsvollen Blick zu. »*Spirituelle Reinigung*, Sie grädigr Grasaff. Nur so kann eine *exactio* funktionieren.«

Das Medium steht ächzend auf und setzt sich an eine kleine Hammondorgel neben dem Kamin. Zum blechernen Klang eines automatischen Schlagzeugs beginnt er ein merkwürdig disharmonisches Motiv zu spielen und wiegt sich dabei hin und her.

»Das vertreibt nicht nur Geister«, flüstert Schmähle Angelica zu, die die ganze Zeremonie mit steinernem Gesicht beobachtet. Er verstummt, als Gundel anfängt, monoton zu rezitieren.

»Man hat erkannt, wenn der Intellekt herrscht, gibt es kein Entrinnen. Ein Schauer soll von oben durch uns hindurchgehen. Von oben bis nach ganz unten. Durch unsere Fußsohlen bis zu den Haarspitzen.« Mit spitzen Fingern fischt er eine

Schachtel Streichhölzer aus seinem Umhang und zündet den Weihrauchschwenker an. Ein stechender, drückender Gestank zieht durch den kleinen Raum. Caruso fängt an zu husten und wedelt den Rauch mit der Hand weg. »*Hypericum perforatum*, Johanniskraut und eine Prise Brennnessel. Vertreibt die bösen Geister«, erklärt Gundel.

»Todsicher! Das stinkt ja fürchterlich.« Schmälzle ist grün um die Nase geworden.

»Sonst würd's ja auch nicht helfen«, bemerkt das Medium spitz. »Ich denke, wir sind jetzt alle gereinigt.«

Gundel nimmt seine Brille von der Nase und fängt an, sie umständlich zu putzen. Nachdem er fertig ist, lässt er seine Eulenaugen über die Gruppe schweifen. »Kurz zum Verständnis: Man kann einen einmal ausgesprochenen Fluch nicht brechen. Das ist nicht möglich.«

»Heißt: Geld zurück«, wirft Schmälzle ein.

Gundel beachtet ihn nicht. »Man muss den Fluch binden. Und deshalb habe ich *das* hier.« Er zieht einen dicken grün schillernden Bindfaden hervor.

»Aha.« Caruso starrt ihn verständnislos an. Aus einer Schublade unter dem Tisch fördert das Medium einen großen Kristall in Form einer etwa dreißig Zentimeter hohen Pyramide zutage und stellt ihn in die Mitte des Tisches. Daneben legt er einen herkömmlichen Grillanzünder. Hinter ihnen beginnt Schmälzle auf einmal, wild mit den Füßen zu scharren. Sein Gesicht ist ganz weiß geworden. Er fixiert eine Stelle an der gelben Wand. »Äh … tätet ihr euch beeilen. Dieses Goldbaby ist wieder da. Bloß diesmal ist es zwei Meter groß. Und nett sieht's auch nicht mehr aus.« Er fuchtelt abwehrend mit den Händen und verpasst Schmähle dabei aus Versehen eine.

»Mensch, Berthold. Reiß dich zusammen. Da ist nix.«

Gundel springt mit einer Geschmeidigkeit auf, die man seiner massigen Gestalt nicht zugetraut hätte. »Treten Sie bitte alle an den Tisch. Das muss jetzt schnell gehen. Der Geist ist hier.«

Flink wie ein Wiesel bindet ihnen Gundel je ein Stück des

grünen Fadens um den Daumen. Die Enden verbindet er dann mit der Pyramide. Von oben bilden die vier jetzt die Speichen eines Rades, dessen Nabe der Kristall ist.

Mit donnernder Stimme rezitiert Gundel: »*Iudica, Domine, iudicantes me; impugna impugnantes me. Apprehende clipeum et scutum et exsurge in adiutorium mihi.*«

Das wiederholt er zweimal, während er um den Tisch herumspringt und dazu auf eine kleine Kindertrommel schlägt. Dann entzündet er mit dem Grillanzünder die Fäden, die sich knisternd bis zum Kristall brennen. Es macht »Puff«, und eine schmale blaue Flammenlinie läuft an den Kanten der Pyramide entlang. Rauch steigt auf. Das Ganze sieht äußerst spektakulär aus, hat aber gewisse Nebenwirkungen.

»*Santo cielo*, öffnen Sie ein Fenster. Hier drin erstickt man ja«, hustet Angelica.

Mit tränenden Augen öffnet Caruso ein Fenster und stößt dabei den Stapel mit den Zeitschriften zu Boden. Nach fünf Minuten hat sich der beißende Qualm samt eventuell anwesenden Geistern verzogen.

Mit rot geäderten Augen sieht sich Schmälzle um. Dann breitet sich ein strahlendes Grinsen auf seinem Gesicht aus. »Er ist weg! Der liederliche Goldfratz ist weg.« Er schlägt Gundel auf die Schultern, dass der in die Knie geht.

»Ich helfe immer gern«, antwortet er mit einem feinen Lächeln. »Wenn wir dann schnell das Finanzielle regeln ...«

Caruso zahlt den Mann aus, als sein Blick zufällig auf eine der Zeitschriften fällt, die vor dem Fenster auf dem Boden gelandet sind. Eine Überschrift springt ihm ins Auge. Sie prangt auf einem typischen Werbeblatt vom Bodensee. »Seebote«, steht darüber. Und gleich darunter: »Berüchtigter Latein-Dieb wiederaufgetaucht?«

Caruso hebt die Zeitung auf und beginnt stirnrunzelnd zu lesen. Seine Augen huschen über die Spalten. Seine Augenbrauen ziehen sich zusammen. Strahlend wendet er sich an die anderen.

»Das werden Sie jetzt nicht glauben: Aber vielleicht haben

wir unseren Dieb. Und vielleicht ist das auch das Ende des Smaragd-Fluchs.«

»Die Zeitung kostet übrigens extra«, meldet sich Gundel trocken.

Remy, die Schlange

Auf dem Weg zurück ins Revier machen sie einen Zwischenstopp bei der Bäckerei unter dem Obertor. Drinnen ist es warm und riecht angenehm nach Frischgebackenem. Während die anderen Butterbrezeln und Teigteilchen essen, breitet Caruso die zerfledderte Zeitung auf dem Kaffeetischchen aus und liest vor.

»In den späten achtziger Jahren machte ein südfranzösischer Latein- und Sportlehrer namens Jean Remy von sich reden. Tagsüber arbeitete er an einer teuren Privatschule in Nizza, am Collège Spéciale Ségurane, doch nachts war er ein Dieb und beraubte die Eltern der Schüler, die nichts lernen wollten. Da er besagten Schülern auch privat Nachhilfestunden gab, nutzte er die Gelegenheit, die örtlichen Gegebenheiten auszuspionieren. Insgesamt beging er über zwei Dutzend Diebstähle und erbeutete dabei Schmuck und Wertsachen im Wert von mehreren hunderttausend Euro.«

»Sehr clever.«

»So eine Art erweiterte pädagogische Maßnahme«, kichert Schmälzle, auf dessen Teller sich zwei ofenfrische Croissants und eine Teignudel den Platz streitig machen.

Caruso bedeutet ihm zu schweigen. »Neben seinen Lateinkenntnissen hatte Jean Remy aber noch eine andere Fähigkeit: Er war ein überaus begabter Fassadenkletterer. Zu seinen Opfern kam er immer übers Dach.«

Schmähle merkt auf. »Aha! Genau wie der Dieb beim Schiedinger.«

»Und das ist noch nicht alles: An jedem Diebstahlsort hinterließ er einen Zettel mit einem lateinischen Sinnspruch.«

»Mich laust der Aff! Also dupfegleich wie bei uns«, schmatzt Schmälzle.

Caruso nippt vorsichtig an seinem dampfenden Kaffee. »Manche Diebe sehen sich als so eine Art Künstler. Sie legen

Wert auf eine Signatur, etwas, was ihren Diebstahl zu etwas ganz Persönlichem macht. Hier heißt es: ›Nachdem er eine mehrjährige Haftstrafe abgesessen hatte, verliert sich seine Spur.‹

Skeptisch rührt Angelica in ihrem Latte macchiato. »Ich will Ihnen ja den Spaß nicht verderben, aber wie wahrscheinlich ist es, dass ein Siebziger-Jahre-Dieb aus Nizza in Schwaben Diebstähle begeht?«

»Meine Liebe«, sagt Caruso nachsichtig, »ein großer Detektiv hat einmal gesagt: ›Wenn man alle logischen Lösungen eines Problems eliminiert, ist die unlogische, obwohl unmöglich, unweigerlich richtig.‹ Es könnte sich auch um einen Nachahmungstäter handeln. Aber wie wahrscheinlich ist es, dass jemand so eine absurde Diebstahltechnik kopiert?«

Schmälzle kratzt sich am Kopf und beißt in ein Teigteilchen. »Aber mal noch eine andere Frage: Wie kommt der Überlinger Schreiberling eigentlich da drauf? Von uns kann er's ja nicht gewusst haben.«

»Gut analysiert, lieber Kollege. Hier steht: ›Gestern Abend wurde in Überlingen der Juwelier und Schmuckmacher Junginger überfallen. In seinem Tresor wurde ein Zettel mit einem Lateinspruch gefunden.‹ Daraufhin hat der Journalist angefangen zu recherchieren.«

Schmälzle sieht von seinem Gebäck auf. »Momentamol, warst du nicht gestern in Überlingen?«

Schmähle wird rot. »Wir haben nur einen kleinen Spaziergang gemacht. Sonst ist nix passiert. Ich weiß nicht mal, wo diese Schmuckhandlung ist.« Caruso nippt selbstzufrieden an seinem Cappuccino.

»Wie ich es Ihnen vorausgesagt habe: Der Dieb wird wieder zuschlagen. Und es würde mich nicht wundern, wenn es sich bei dem gestohlenen Schmuckstück bei diesem Herrn Schiedinger ebenfalls um einen Smaragd handelt.«

»Wie kommen Sie denn da drauf?«, fragt Angelica.

»Weil ich glaube, dass wir es mit einem auf Smaragde fixierten Dieb zu tun haben. Er ist davon besessen. Irgendwie muss er von unserem Transport Wind bekommen haben. Um dann, als wir am wenigstens damit gerechnet haben, zuzuschlagen.« Er klatscht mit der Faust in seine offene Hand. »Jetzt stellt sich nur noch die Frage: Wie finden wir ihn?«

»Also: Wenn sich in Überlingen so ein Spezialkletterdieb rumtreibt, dann weiß ich, wen wir fragen müssen«, verkündet Schmähle stolz.

La trattoria folle

An der schweren Holztür der Trattoria Sorentino baumelt das *»Chiuso«*-Schild, das der Frost bereits mit einem eisigen Rand verziert hat. Die dicken alten Vorhänge sind zugezogen. Drinnen passieren merkwürdige Dinge. Ein alter Plattenspieler dudelt eine Opernmelodie aus »Die Hochzeit des Figaro«. Es herrscht schummriges Halbdunkel, der schale Geruch von Zigaretten und alter Pasta liegt in der Luft. Donna Elvira hat sich in Schale geworfen. Sie trägt ein schwarzes Abendkleid, das um die Hüfte etwas spannt, hat einen Schleier auf dem Kopf und ist barfuß. Mit geöffneten Armen tanzt sie selbstvergessen über den frisch gebohnerten Boden der Trattoria. Drei Augenpaare linsen hinter der Theke hervor. Ihre Söhne haben sich vorsichtshalber in Sicherheit gebracht. Salvatore fährt sich verstört durch seine blonden Haare. Er ist immer noch erkältet und trägt einen Schal.

»Ich glaub, bei der *mamma* sind ein paar Sicherungen durchgebrannt. Ich hab mal gelesen, man darf die Leut dann nicht ansprechen.« Auch Sohn Nummer zwei, Luigi, ist die Sache nicht geheuer. Mit leicht zitternden Fingern zündet er sich eine Zigarette an.

»Ach was? Du kannst lesen? Du guckst doch bloß im ›Playboy‹ die Bildle an. Es ist ganz klar: Die *mamma* hat sich bestimmt beim Scheibenputzen verkühlt. Die war ja bloß im Nachthemd unterwegs.«

»Wieso hat die das überhaupt gemacht?«

»Kannst sie ja fragen, *bruttarello*.«

Donna Elvira vollführt eine waghalsige Pirouette am Arm eines Unsichtbaren und lacht glücklich auf.

»Jetzt schwätzet net so einen Soich, ihr *pazzi*«, meldet sich Giovanni, der älteste der drei. Er ist extra von der Arbeit in die Trattoria gekommen und trägt noch einen Blaumann, auf dem in weißen Lettern »CCeberit« gedruckt ist. Er ist der Einzige, der nicht im Familienunternehmen arbeitet. Seine Firma, das CC steht für Clean Closet, ist ein Hersteller von Sanitäreinrichtungen rund ums Klo und der größte Arbeitgeber in Muggenpfuhl.

»Das nennt sich Nervenzusammenbruch. Und wir müssen jetzt den Sanka rufen.«

Salvatore schüttelt den Kopf. »Pfff! Ich ruf da nicht an. Der *mamma* fehlt nix. Die hat doch gesagt, dass der *papá* zu Besuch ist. Halt als Geist.«

»Ha! Glaubst du noch an Geister, du *bambino*?«, spottet Luigi und wirft seine Elvis-Tolle zurück. Donna Elvira legt den Kopf zur Seite, als lausche sie einer unhörbaren Stimme. Ihren drei Söhnen läuft ein Schauder über den Rücken.

Luigi schluckt und flüstert: »Ihr habt ja wohl auch gesehen, dass die drüben im Hotel alle durchgedreht sind. Hätt nicht viel gefehlt, dann wären die auch noch zum Fenster rausgesprungen.«

»Na ja, besser Geister als ein Nervenzusammenbruch«, brummt Giovanni, dem der Gedanke, dass seine Brüder die Trattoria alleine managen müssen, überhaupt nicht gefällt. Ein übler Gestank weht zu ihnen herüber.

»*Mannaggia*, was stinkt denn da so? Salvatore, hast du wieder die Biotonn nicht geleert?« Giovanni hasst Unzuverlässigkeit. Und volle Mülleimer.

Salvatore zieht beleidigt die verstopfte Nase hoch. »Ich riech nix.«

»Die muss jeden Abend geleert werden. Sonst kommt 's Amt und macht den Laden dicht.«

»Erstens hab ich die gestern geleert«, protestiert Salvatore. »Und zweitens wär sowieso der Luigi dran gewesen.«

Der Angesprochene antwortet nicht. Stattdessen starrt er seltsam schweigsam in die Ecke neben der Eingangstür, in der es selbst für diesen frostigen Wintermorgen viel zu dunkel ist.

»Eh ... *fratelli* ... Wer hat denn die komische Type reingelassen?«

»Welchen Typ denn?«, fragt Giovanni und späht über die Theke. »Da ist niemand.«

»Ha doch, da steht einer in der Ecke mit einem riesigen Hut und guckt rüber.«

»Willst du mich jetzt …« Dann sieht er auch etwas.

»Das ist kein Typ, das ist eine alte Frau. Aber die hat so viel Haare, dass man ihr Gesicht nicht sehen kann.« Er tastet unter dem Tresen nach dem Baseballschläger, den Donna Elvira dort in Verwahrung hat. Es klickt im Dunkel, als Luigi sein Klappmesser aufschnappen lässt.

»*Fratelli*, ihr macht mir Angst. Ich seh überhaupt nix«, kommt die klägliche Stimme von Salvatore. Er nestelt sein Smartphone heraus und strahlt direkt in die Nische.

»Seht ihr? Nix.«

Die anderen beiden entspannen sich. Dann zieht Luigi scharf die Luft ein und deutet mit zitterndem Finger zu Donna Elvira. »*Cazzo*, die sind bei der *mamma*.«

Donna Elvira steht zusammengesunken in einem fahlen Lichtstrahl, der durch einen Ritz in den dicken Vorhängen dringt. Hektisch blinzelnd verfolgt Luigi das Unglaubliche, was sich da vor seinen Augen abspielt. Hinter seiner Mutter wächst eine hagere Gestalt in die Höhe, bis fast unter die Decke, ein dunkler Mantel und ein breitkrempiger Hut, unter dem nichts als Schwärze lauert. Neben ihm richtet sich eine gebückte Frau auf. Zumindest hofft er, dass es eine Frau ist.

Als das Gesicht in den Lichtstrahl kommt, zuckt es zurück, und Luigi glaubt ein Zischen zu hören. Aber er hat trotzdem genug gesehen. Das Gesicht ist zerstört, mit schartigen Narben und einem riesigen Mund, bizarr überproportioniert, der unter einer Nase hängt, die nur aus zwei Löchern zu bestehen scheint.

Es gibt mehrere Möglichkeiten, evolutionstechnisch auf so eine Situation zu reagieren. Entweder man verharrt bewegungslos mit eisgefüllten Adern. In der Natur nennt sich das Totstellreflex, mit dem manche Tiere versuchen, ihre Jäger auszutricksen. Oder das Gehirn schaltet auf Angriff.

Der Totstellreflex ist bei den Söhnen der Donna Elvira nicht besonders ausgeprägt. Mit einem unartikulierten Schrei flankt Luigi mit gezücktem Klappmesser über die Theke, dicht gefolgt von Giovanni, der den Baseballschläger wie einen Tennisschläger über dem Kopf hält. Zusammen stürmen sie auf Donna Elvira zu, die aussieht, als ob sie gerade aus einem Traum erwacht.

In diesem Moment reißt Salvatore die Vorhänge auf. Grellweißes, vom Schnee reflektiertes Licht fällt in die Trattoria. Geblendet schließen Giovanni und Luigi die Augen. Als sie sie wieder aufmachen, sind da keine Gespenster mehr, nur eine ziemlich saure *mamma*.

»Was macht ihr denn da, ihr *fannulloni*?«

Giovanni lässt den Baseballschläger sinken und sieht sich verständnislos um. Luigi versteckt das Klappmesser schnell hinter seinem Rücken. Nicht schnell genug! Donna Elvira streckt die Hand aus. Als ihr Sohn nicht reagiert, gibt sie ihm eine Ohrfeige. Zähneknirschend reicht ihr Luigi das Messer. »Ich hab's euch gesagt. Keine Messer hier in der Trattoria.«

»Aber, *mamma*, da waren Geister ... Wir dachten, die wollten dir ans Leder.«

Donna Elvira hebt drohend die Hand, und Luigi zuckt zurück.

»Erzähl mir nicht so eine *idiozia* ...« Dann fällt ihr auf, dass sie barfuß ist und ihr schwarzes Abendkleid trägt. »*Dio mio*, was hab ich denn da an?«

Sie macht noch eine drohende Geste in Richtung ihres Nachwuchses und stampft erbost die Treppe hinauf. Ihre Söhne bleiben ratlos zurück. Das Klingeln des Telefons schrillt durch die Stille. Die drei schrecken zusammen. Giovanni geht ran.

Er lauscht konzentriert, macht ab und zu »aha«, *»cazzo«* und *»bene«*.

»Wer ist das?«, fragt Luigi.

»*Chiudi la bocca!* Haltet mal eure Gosch. Das ist der dünne *poliziotto*. Der sagt, das Gespensterproblem ist bekannt. Wir müssen jemanden finden, dann hört das auf mit den Geistern.«

»Echt jetzt? Ich hätt die sonst einfach aufgschlitzt.« Luigi sieht enttäuscht aus.

»Und wie willst du das machen, jetzt, wo du kein Messer mehr hast?«, höhnt Salvatore.

»He, *stronzi*!«, unterbricht sie Giovanni. »Das ist keine *barzelletta*! Luigi, ruf den einbeinigen Toni an, und du, Salvatore: Probier's beim Castellano, der mit dem Wettbüro in Sipplingen, du weißt schon, il Polpo. Wir suchen in Überlingen einen gewissen Jean Remy, einen Ex-Knacki, der früher so eine Art Meisterdieb war. Und zwar *subito*!«

Am Ende ist es jedoch Schmälzle, der den verschollenen Kriminellen findet. Und zwar mit Hilfe einer Leberkässemmel.

Wilde Friseure

Schmälzles Leberkässemmel ist perfekt. Das Brötchen frisch aus dem Ofen, goldbraun und duftig, das Innere weich, die Oberseite knusprig. Der Leberkäse – ein Traum. Darauf ein Klecks Tomatenketchup. Dem Beamten läuft das Wasser im Mund zusammen. Er sitzt an seinem Schreibtisch und hat gerade eine Stunde im Computer vergeblich nach Jean Remy gesucht, als er Hunger bekommen hat. Praktisch, dass Therese sowieso gerade auf dem Weg zum Metzger war.

Am Rande bekommt er mit, wie Schmähle am Telefon mit einem der Sorentino-Söhne spricht. Dabei wird sein Gesicht immer länger. Schmälzle ist sich sicher, dass sich sein Kollege nur deswegen so ins Zeug legt, weil er Angelica beeindrucken will. Komisches Frauenzimmer. Hübsch, aber … zu Hause hat sich schon so mancher Rosenstrauß in einen Besen verwandelt.

»… aha. Das heißt, das Einzige, was ihr rausgebracht habt, ist, dass der als was … als Friseur tätig war? Und wie sollen wir den mit dieser Information finden? Na ja, trotzdem danke.« Enttäuscht legt Schmähle den Hörer auf.

Ein Friseur, der Smaragde stiehlt? Also wirklich, denkt Schmälzle. Was das nun wieder zu bedeuten hat? Der ganze Fall kommt ihm vor wie ein heilloses Kuddelmuddel. Diebische Schlümpfe in Erdlöchern, Turnlehrer, die Latein können, und dann auch noch Geister. Die Geschichte mit dem goldenen Baby, das ihm ans Essen wollte, hat Schmälzle mehr mitgenommen, als er sich eingestehen will. Auch wenn es jetzt verschwunden ist – ein leiser Zweifel bleibt. Man hört ja so viel über Demenz und plötzlich ausbrechende Geisteskrankheiten.

Aber – selbst wenn die Welt alles andere als perfekt ist – solange es noch solche Leberkäswecken gibt, gibt es Hoffnung. Das Einzige, was Therese vergessen hat, ist ein Teller. Schmälzle überlegt kurz, ob er in die Küche gehen soll. Sein Magen grummelt. Er inspiziert seinen Schreibtisch. Keine Unterlage in Sicht.

In seiner Jackentasche knistert etwas. Er fördert ein zerknittertes Papier zutage. Die letzte Nachricht von H.O.R.S.T., der danach keinen Mucks mehr gemacht hat. Na ja, so ist das mit der modernen Technik. Wenn man sie mal braucht … Akkurat faltet Schmälzle den Zettel auseinander. Gerade will er seinen Leberkäsewecken drauflegen, da bleiben seine Augen zufällig auf den letzten Zeilen hängen:

Johannes Remynger, Frisuren für jede Gelegenheit, Überlingen (56 %)
Schwerer Rechenfehler!

»Jetzt leck mi doch am Fiedle! Schmähle, ich glaub, ich hab unsern Meisterdieb!«

Keine zehn Minuten und eine eilig verdrückte Leberkässemmel später sind die vier im Streifenwagen unterwegs nach Überlingen. Schmähle fährt. Caruso schmunzelt auf dem Beifahrersitz.

»Johannes ist die deutsche Entsprechung für Jean. Und Remynger mit y ist zumindest ein sehr ungewöhnlicher Nachname. Das ist unser Mann, da bin ich mir so gut wie sicher. Unser Dieb bricht anscheinend nicht nur beim Stehlen schwer mit alten Gewohnheiten. Lieber Kollege, das war eine phantastische Arbeit.«

Schmälzle errötet auf dem Rücksitz. »Na ja, mir kommen die besten Ideen immer beim Essen.«

Die Straße Richtung Bodensee schlängelt sich in endlosen Serpentinen über verschneite Hügel und kleine Wälder. Je näher sie dem See kommen, desto öfter bilden die Bäume kleine Waldnester, schockgefrorene Zeugen des rasch eingebrochenen Winters. Es geht die Überlinger Straße hinab in ein weißes Tal.

Wie ineinander verschachtelte Postkartenmotive tauchen Kleinstädtchen vor ihnen auf. Rot beschindelte Bauernhöfe bilden Trutzburgen gegen das weiße Nichts, das in Wellen dagegen anbrandet. Im Rückspiegel nimmt Caruso kurz ein goldenes Glänzen wahr. Doch als er hinschaut, ist da nichts. Gereizt schüttelt er den Kopf.

»*Maledetti spiriti*«, murmelt er.

Ein Kreisverkehr bringt sie ins Zentrum der Seestadt. An einigen Straßen baumelt noch übrig gebliebene Weihnachtsdeko, obwohl es bereits Mitte Januar ist. Ein deutliches Zeichen dafür, dass die Stadtverwaltung nicht nur mit dem Winterchaos voll ausgelastet ist. Der zugefrorene See hat unzählige Touristen und Schaulustige angelockt. Die Straßen sind verstopft, der Streifenwagen kommt nur im Schritttempo voran. Das gesuchte Friseurstudio liegt im Norden, in der Nähe des Aufkircher Tors, einem der ältesten Teile der ehemaligen Stadtbefestigung.

»Darf ich?«, fragt Schmähle mit glänzenden Augen und hält die Hand über den Knopf, der das Blinklicht und die Sirene aktiviert.

»Auf gar keinen Fall!«, interveniert Caruso energisch. »Wir wollen den werten Jean doch nicht erschrecken.«

Das Friseurstudio liegt an einer Kreuzung. Es ist ein zweistöckiger, in Rot und Schwarz gehaltener, stylisher Flachbau mit einer großen Glasfront zur Straße. »La Serpente – Frisuren für jede Gelegenheit« strahlt ein verschnörkeltes, halb vom Schnee bedecktes Schild.

»*La serpente* heißt auf Französisch Schlange«, stellt Angelica fest.

»Tja, der gute Jean ist eben ein Gewohnheitstier«, lächelt Caruso wissend.

Schmähle steuert den Streifenwagen am Geschäft vorbei und hält ein paar hundert Meter weiter vorn vor einem Geschäft für Orgelpfeifen. Caruso verteilt Kopfhörer an die beiden Polizisten. »Sie beide warten bitte im Fahrzeug.«

»Aber …«, begehrt Schmähle auf.

»Keine Sorge. Mit Angelica an meiner Seite fühle ich mich völlig sicher. Sie würden mit Ihren Uniformen zu sehr auffallen.« Er tätschelt Schmähle die Schulter. »Aber, liebe Kollegen, Sie beide haben eine wichtige Aufgabe: Wenn der Verdächtige versucht zu fliehen, müssen Sie ihn abfangen. Sie können alles hören, was da drin passiert. Ich lass das Funkgerät auf Sendung.«

»Also mir passt das prima«, meldet sich Schmälzle vergnügt

mit einem Blick auf die gefrorene Straße und die dick vermummten Passanten, die sich gegen den kalten Wind stemmen. Caruso und Angelica steigen aus und überqueren vorsichtig die Straße, wobei Caruso fast ausgerutscht wäre. Drüben angekommen, hält er der Kuratorin die Glastür des Friseursalons auf. Eine Welle warmer Luft und der Geruch nach Haarspray schlagen ihnen entgegen. Das emsige Klappern von Scheren ist zu hören. Irgendwo spielt ein Radio ein Lied von Gilbert Bécaud. In kleinen, mit Spiegeln ausgestatteten Nischen arbeiten mehrere Friseure in schwarz-roten Outfits an ihren Kunden. Irgendetwas an ihnen ist merkwürdig, aber Caruso kommt nicht drauf, was es ist. Weiter hinten führt eine schmale Wendeltreppe in den zweiten Stock. An einem kleinen Wandtresen empfängt sie ein grauhaariger Rezeptionist mit einem strahlenden Lächeln.

»Sie wünschen bitte?« Er trägt einen hellen Anzug mit offenem weißen Kragen, der weder zur Jahreszeit noch zu einem Friseur passt. Vor ihm liegt ein lederner Terminplaner.

»Wir suchen nach dem Chef. Wir würden ihn gerne in einer dringenden Angelegenheit sprechen.«

»Ich ruf ihn mal aus.«

Der Rezeptionist zieht ein kleines Mikrofon unter dem Tresen hervor.

»Zweiundzwanzig, zweiundzwanzig. Bitte zum Tresen kommen.« Caruso sieht irritiert zu Angelica. Die schüttelt nur verwirrt den Kopf. Es rührt sich nichts. Der Rezeptionist klopft mit einem manikürten Fingernagel auf den Ledereinband.

»Tja, wahrscheinlich ist er oben. Ich geh mal eben nachsehen.«

Mit großen Schritten eilt der Mann nach hinten. Angelica zupft Caruso am Ärmel und zeigt auf eine eingerahmte Urkunde, die neben dem Tresen an der Wand hängt.

Darauf steht: »Zur bestandenen Friseurprüfung von Johannes Remynger«. Darunter: ein Bild des grauhaarigen Rezeptionisten.

»*Maledetta!* Das war Jean.«

Von oben hört man Glas klirren. Das Klappern der Scheren

verstummt. Die Friseure haben sich umgedreht und starren die beiden feindselig an. Und dann wird Caruso klar, was ihn vorher gestört hat. Einige der Friseure sehen gar nicht aus wie Friseure. Sie sind dunkelhäutig, muskulös und tätowiert. Zwei davon stellen sich ihm in den Weg. Wie der Blitz ist Angelica an seiner Seite. Einer der Friseure will nach ihr greifen, doch sie ist schneller. Sie packt sein Handgelenk, macht eine kurze Bewegung, und der Friseur vollführt auf einmal einen halben Überschlag. Verschreckte Kunden heben die Köpfe. Der andere holt zu einem mächtigen Schwinger aus. Angelica taucht darunter hindurch, hakt sich mit ihrem Arm oberhalb seines Ellbogens ein, dreht sich einmal um die eigene Achse, und der Mann, der fast doppelt so schwer ist wie sie, fliegt durch die Luft, als würde er nicht mehr als eine Feder wiegen. Er kracht gegen eine Glasvitrine und begräbt ein Beistelltischchen unter sich. Das Ganze dauert nicht mehr als ein paar Sekunden. Der Weg ist frei.

»*Grazie mille.* Schneiden Sie Jean den Weg ab. Ich geh oben rum«, ruft Caruso der Kuratorin zu, dann spurtet er los.

Immer zwei Stufen auf einmal nehmend, überwindet Caruso die Treppe. Oben – ein weiterer mit Friseurecken verschachtelter Raum. In einer Ecke ein runder Resopaltisch, umstanden von schwarzen Metallstühlen. Von irgendwo kommt kühle Luft. Ein Fenster steht offen. Davor – ein zerbrochenes Parfümflacon. Jean muss es in der Eile heruntergestoßen haben. Caruso rennt zum Fenster und sieht eben noch, wie der Rezeptionist mit affenartiger Gelenkigkeit an einer Dachrinne herunterturnt und sich auf den Rand eines kleinen Restmüllcontainers an der rückwärtigen Seite des Gebäudes fallen lässt.

»Verdächtiger flieht Richtung Süden, Rückseite des Gebäudes. Wiederhole: Rückseite des Gebäudes.« Caruso macht eine kurze Kniebeuge und dehnt sich.

Er späht zum Fenster hinaus. Die rostige Dachrinne läuft etwa einen halben Meter davon entfernt an der Mauer entlang. Bis zum Boden sind es knapp fünf Meter. Vorsichtig klettert er auf den Fensterrahmen. Mit einer Hand bekommt er den

Lauf der Dachrinne zu fassen und schwingt sich beherzt nach draußen.

»Schauen wir mal, ob noch was vom Turnunterricht hängen geblieben ist«, knurrt er mit zusammengebissenen Zähnen.

Dann rutscht er vorsichtig nach unten. Der Wind pfeift ihm kalt um die Ohren. Mit quietschenden Reifen biegt das Polizeiauto um die Ecke. Hektisch winkt Caruso in Richtung des Flüchtigen.

»Fahren Sie ihm nach. Er ist in die Straße reingelaufen.« Durch sein Gewinke verliert er den Halt und plumpst vier Meter tiefer in den Restmüllcontainer.

In Schmähles Kopfhörer knackt es. Dann ist eine Serie von italienischen Flüchen zu hören.

»Mir geht's gut! Folgen Sie Jean! *Subito!*«

Schmähle gibt Gas und biegt in die schmale Gasse ein, in der Jean verschwunden ist. Rechts und links fliegen Fachwerkhäuser und zugeschneite Vorgärten an ihnen vorbei.

»Der ist doch längst über alle Berge«, seufzt Schmälzle resigniert.

»Würd ich nicht sagen. Das ist nämlich eine Sackgasse«, feixt Schmähle. Am Ende der Straße ragt eine annähernd sechs Meter hohe, kahle Wand in die Höhe. Vermutlich das Überbleibsel irgendeiner alten Festungsanlage.

»Jetzt leck mich doch am Socken. Da ist er!«

Der Gesuchte steht bewegungslos davor und inspiziert intensiv die Wand. Schmähle bremst so scharf, dass sich Schmälzle den Kopf anschlägt.

»Aua. Pass doch auf. Hast du deinen Taser?«

»Immer am Mann«, grinst Schmähle.

»Was macht der denn da?« Irritiert beobachtet Schmälzle den Dieb, der immer noch bewegungslos ein Dutzend Meter vor ihnen verharrt.

»Keine Ahnung. Los jetzt.«

Schmähle stößt mit gezücktem Taser die Tür auf. »Polizei! Bleiben Sie, wo Sie sind!«

In diesem Moment klettert Jean mit spinnenartiger Behändigkeit und kurzen präzisen Bewegungen die glatte Wand empor, seine Finger krallen sich in unsichtbare Vertiefungen, und seine Füße finden an winzigen Vorsprüngen Halt.

»Das gibt's doch nicht.« Fassungslos starrt Schmähle nach oben, wo sich Jean gerade über die Mauer schwingt. Schmähle setzt einen Fuß an die Wand und zieht sich zu einem Vorsprung. »Was der kann, kann ich schon lang.«

Skeptisch betrachtet Schmälzle seinen Kollegen, der wie ein Frosch an der Wand klebt.

»Jetzt halt net Maulaffe feil. Ich folg ihm über die Mauer – du gehst außenrum.«

»Jaja, isch klar, mit andrer Leut Fiedle isch gut durchs Feuer rudscha!«, grummelt Schmälzle und setzt sich schnaufend in Bewegung. Er läuft ein Stück zurück und klettert dann kurz entschlossen über einen schmiedeeisernen Gartenzaun, stolpert über eine eingeschneite Familie aus Gartenzwergen und landet mit dem Hintern in einem Gemüsebeet.

»Kruzifix!«

Der kleine Garten grenzt an einen Hang. Schmälzle klettert wieder über den Zaun.

»Nieber und rieber. Bin doch net beim Ballett«, keucht er.

Vorsichtig tastet er mit dem Fuß am Zaun entlang. Der Abhang sieht ziemlich steil aus. Schmälzle überlegt gerade, wie in drei Teufels Namen er da hinunterkommen soll, da rutscht er mit dem Schuh auf einer Eisfläche aus, die sich heimtückisch unter dem Schnee versteckt. Er versucht, sich noch festzuhalten, aber vergeblich. Auf dem Hosenboden schlittert er über gefrorene Erdhügel und Steine den Abhang hinunter. Unten bremst ihn eine hüfthohe Steinmauer. Ächzend und stöhnend rappelt er sich auf.

»Herrgottnochmal, das war die Bandscheib!«

Langsam läuft er an der Mauer entlang. Die stößt bald an eine weitere Mauer, die ebenfalls in einen Garten führt. Bäuchlings wälzt er sich darüber. Er befindet sich jetzt auf der anderen Seite der Sackgasse. Dort, wohin der falsche Friseur geflüchtet ist. Das einzige Problem: Er muss wieder hoch. Zwei Weißtannen begrenzen den Hang nach oben. Dazwischen liegen ungefähr fünfzehn Höhenmeter und gefrorene Wiesen mit Wurzeln und Steinen.

»Also heut muss man auch den Tag mid em Zuber naidraga!«, flucht er und macht sich an den Aufstieg.

Er greift sich Farne, Äste und was immer er in die Finger bekommt und robbt Stück für Stück den Hügel wieder nach oben. Oben angekommen lässt er sich zwischen die zwei Tannen plumpsen und verschnauft. Seine Uniform ist versaut, er ist durchgeschwitzt, und dieser Lateindieb ist bestimmt schon längst über alle Berge. In seinem Kopfhörer knackt es.

»Hier Caruso! Hört mich jemand? Konnten Sie den Verdächtigen festnehmen?«

»Ha, jetzt rutsch mir doch den Buckel runter.« Ärgerlich zieht sich Schmälzle den Kopfhörer herunter. »Erst mal einen Stall haben, eh man die Kuh kauft«, grummelt er.

Von der anderen Seite der Tanne kommt ein leises Stöhnen. Schmälzle ist auf einmal wieder hellwach. Vorsichtig schiebt er die Äste zur Seite. Vor ihm, direkt an der Mauer, sitzt der falsche Friseur und hält sich den Rücken. Kampfbereit humpelt Schmälzle hinter dem Baum hervor.

Der falsche Friseur sieht auf und verzieht das Gesicht zu einer schmerzlichen Grimasse. »*Bonjour, Monsieur! Évidement*, wir werden alle nicht jünger … Keine Sorge, ich lauf Ihnen nicht weg. Aber Sie sollten sich vielleicht um Ihren Kollegen kümmern.« Er deutet mit dem Daumen hinter sich.

»Ähh … Berthold«, kommt eine dünne Stimme von jenseits der Mauer. »Könntest du mir mal helfen? Ich häng hier irgendwie fest.«

Schmälzle informiert Caruso und Angelica, und nachdem sie Schmähle, der es immerhin *fast* geschafft hätte, in fünf Meter Höhe von der Wand gepflückt haben, schaffen sie Jean Remy wieder zurück ins Friseurstudio.

Hexenjagd in Muggenpfuhl

Gerüchte verbreiten sich schnell in kleinen Dörfern. Sie sind wie ein Tropfen Öl auf Wasser. In Windeseile huschen sie durch die Gassen, springen vom Bäcker zum Metzger, Handwerker erzählen sie am Tresen, der Blumenhändler hört sie am Marktplatz, sie sickern in die Kommunikationskanäle der kleinen Zeitungen, stämmige schwäbische Hausfrauen geben sie im diskreten Flüsterton auf zugigen Fluren weiter. Das Gerücht breitet sich aus, schwillt an wie ein Gas, und je kleiner das Dorf, desto größer der atmosphärische Unterdruck gefühlter Ereignis- und Bedeutungslosigkeit.

Muggenpfuhl hat nur etwa zwölftausend Einwohner, und viele von ihnen fühlen sich von der Welt nicht ernst genug genommen. Das Gerücht hat Raum, es breitet sich aus. Bald ist die Gespensterplage in aller Munde. Am Ende braucht es dann nur noch eine Flamme, um das Ganze zu entzünden. Und die kommt mit Hängebacken und dem Gesicht einer traurigen Bulldogge in Gestalt von Hans Gluck, zweiundfünfzig Jahre alt, konservativer Vertreter all dessen, was schwäbisch ist, Vorsitzender des Vereins zur Erhaltung der hiesigen Kultur und Tradition.

Normalerweise hat er mit aufrührerischen Aktivitäten nichts am Hut, mag keine Demos und geht nicht zu Politikveranstaltungen. Viel lieber sitzt er zu Hause und sieht sich alte Filme mit Heinz Rühmann und Peter Alexander an. Doch diese Geschichte hat etwas in ihm berührt. Wäre es eine reine Gespensterplage, dann könnte er vielleicht noch darüber hinwegsehen, doch dass sich die Geister an seinen Spätzle, Grundlage der schwäbischen Esskultur, Basis größter kulinarischer Errungenschaften, vergangen haben, das kann er ihnen nicht verzeihen.

»I woiß überhaupt net, ob ich jemals wieder welche essen kann«, verrät er flüsternd und kreidebleich seiner Mutter, die bereits jenseits der neunzig ist, aber noch erstaunlich fit im Kopf.

»Wie siehst du überhaupt aus? Hast du wieder Hasch graucht?« Sie schnüffelt an seiner Livree, die immer noch mit Splätzleteig beschmiert ist.

Gluck dreht sich weg. Er liegt auf ihrem alten Sofa im Halbdunkel ihrer kleinen Zwei-Zimmer-Wohnung. »Ha noi, Mudder! I han doch vor zehn Jahr damit aufghört. Das ist viel schlimmer. Das ist ein Sakrileg.«

»Was für ein Beleg? I würd sage: Du nimmst dir für heute frei und schläfst dein Rausch aus. Dann wasch i dir dein Anzug.«

Viel aufmerksamer hören ihm dagegen die Mitglieder seines Vereins zu. Bei einer eilig einberufenen Krisensitzung stellt sich heraus, dass ihnen teilweise Ähnliches widerfahren ist.

Besonders der Metzger tut sich hervor. »Bei mir sitzen die Geister im Kühlraum. Da traut sich schon keiner mehr nei. Wie soll ich denn da was verkaufen?«

»Ich hab schon en Dutzend Mal bei der Polizei angerufen. Aber da sagen sie mir immer das Gleiche: zu wenig Personal und ob ich was getrunken hab«, meldet sich die Besitzerin des Kiosks.

Hans Gluck schlägt mit der Hand auf den Tisch. »Es hilft nix: Wir müssen die Sach selber in die Hand nehmen.«

»Mein Enkel kennt sich a bissle mit dem Internet aus. Vielleicht sollten wir so einen Häschtäg machen bei diesem Facebook?«, schlägt die Kioskbesitzerin vor.

Der Metzger freut sich. »Hajo, das ist eine super Idee. Damit trommeln wir mal alle zusammen und veranstalten so ein … wie heißt das neudeutsch … Town Hall.«

Als Treffpunkt wird die Trattoria Sorentino festgelegt, was praktisch für Hans Gluck ist, sein Hotel liegt gleich gegenüber. Soziale Medien funktionieren auch in Kleinstädten, und so trifft bald eine immer größer werdende Menge in der Trattoria ein. Die Söhne der Donna Elvira sind Feuer und Flamme, als sie hören, um was es geht, und betätigen sich eifrig als Türsteher.

Ihre Mutter hat sich zu Bett begeben, was ihre Söhne mehr beunruhigt als alles andere. Soweit sie sich erinnern können, ist das erst einmal vorgekommen, seit die Trattoria eröffnet hat. Und das war vor zwei Jahren, als ihr bereits verschiedener Großvater mit einem Kilo Plastiksprengstoff im Bauch unten am Kiesweiher explodiert ist. Da kann man schon mal ein paar Tage freinehmen.

»Das ist voll cool! Wie bei den Ghostbusters«, freut sich Salvatore.

»Ja, von wegen cool.« Giovanni macht den Ausschank. »Ich sag bloß Nervenzusammenbruch.«

Die meisten Gäste haben Durst, und so hat er gut zu tun. Man setzt sich, schüttelt sich die Hände, klopft sich auf die Schultern, um sich Mut zu machen. Nicht alle sind direkt von der Geisterplage betroffen. Aber viele haben zumindest *davon gehört*. Ein spiritueller Führer, für einen Kampf gegen Geister unabdingbar, ist schnell gefunden.

Gundel Sternklar hat sich eine weiße, mit Sternen bestickte Robe übergeworfen und stolziert gravitätisch durch die Reihen. Als die Trattoria so voll ist, dass die hinteren Gäste bereits stehen müssen, ergreift er das Wort. »Es herrscht Aufruhr in der Welt der Geister, aber, Brüder und Schwestern: Habt keine Angst. Hier drin werden uns meine *Hamsas* schützen.« Er hebt beide Hände. Ein wohliges Stöhnen geht durch die Menge. Auf seinen Handflächen trägt er je ein großes hennafarbenes Auge. »*Hamsa* ist arabisch und bedeutet Schutz. Es symbolisiert die Hand der Fatima. Kein Leid wird dem widerfahren, der es trägt. Ich habe«, er hält einen Stapel Postkarten in die Höhe, »für jeden von euch eins dabei. Wer eins erwerben möchte: zwei Euro fünfzig. Ich kann wechseln. Wer möchte eins?« Er wendet sich ab und legt sich eine Hand an die Stirn. Eine Weile ist nur sein schweres Atmen zu hören.

Als sich niemand rührt, springt er plötzlich auf, sodass die vorderen Reihen zurückschrecken. »Aber die Frage ist: Warum jetzt? Was haben wir getan? Bestraft uns das Reich der Geister für etwas? Oder hat jemand die Geister zu uns gebracht?«

Mit großer Geste wirft er seine blonden Haare zurück und fixiert die schweigende Menge.

Hans Gluck, der in der ersten Reihe steht, bricht mit alten Gewohnheiten. Es fällt ihm sichtlich schwer, aber es muss raus. »Ihr kennt mich, ich habe noch nie was Schlechtes über unsere Gäste gesagt. Aber das hat alles erst angefangen, seit dieser italienische Polizist und diese Frau bei uns wohnen. Es ist, als ob die was mitbracht haben.« Er stockt, dann flüstert er: »Ebbes Böses.«

Die Menge schaudert.

Gundel Sternklar hört aufmerksam zu. »Ist der Italiener zufälligerweise Polizist?«, fragt er scheinheilig.

»Woher wissen Sie das?«, meldet sich ein Reporter des »Südboten«, der von seinem Redaktionsleiter hierherbeordert wurde, um herauszufinden, was es mit diesen Geistern auf sich hat.

»Ein Medium weiß vieles, aber nicht über alles darf es sprechen. Das Gleichgewicht muss gewahrt bleiben«, antwortet Gundel kryptisch. »Ich kann dazu nur sagen: Der Fall ist mir bekannt. Es handelt sich um einen Fluch. Weit hergetragen aus fernen Landen.«

»Verdammte Ausländer!«

»Aber was können wir gegen diese Geister tun?«, ruft ein dicker Mann mit Stirnglatze aus dem Publikum.

»Nun«, Gundel wirft seine blonden Haare zurück und fasst sich mit großer Geste an die Stirn, als müsse er intensiv nachdenken, »gegen die Geister können wir wenig tun. Wir müssen der Ursache auf den Grund gehen. Nur so lässt sich der Fluch brechen.«

»Und wie sollen wir das machen?«

»Wir müssen zur Quelle.«

»Zu welcher Quelle?«

»Ins Hotel. Da wohnen die doch«, ruft Luigi.

Einige greifen seine Idee begierig auf. »Ab ins Hotel!«

»Den Geistern werden wir's zeigen.«

Mit großer Geste beruhigt Gundel die Menge. »Langsam,

Freunde, langsam! Ihr wollt doch den Geistern nicht unbewaffnet gegenübertreten, oder?« Aus dem Nichts zaubert er auf einmal einen großen Koffer hervor, den er auf dem Tresen öffnet. »Hier ist alles, was ihr braucht, um euch vor den Geistern zu schützen. Wie gesagt: Ich kann wechseln.« Er klimpert mit einem großen Geldbeutel, den er an einer Kette hinten an der Hose trägt.

Gegen sechzehn Uhr macht sich eine Gruppe von etwa vierzig Personen daran, die Straßenseite zu überqueren. Einige von ihnen halten Postkarten vor sich, andere haben bizarr geformte Medaillons um den Hals, eine ältere Dame trägt sogar ein kleines kristallenes Diadem auf dem Kopf. Draußen ist es schon fast dunkel, die Sonne verschwindet wie im Zeitraffer hinter dem Kirchturm. Ein eisiger Wind weht durch die Gassen. Düster ragt das Hotel vor ihnen auf. Die Fenster sind dunkel. Nach den Vorfällen in der Früh haben die meisten Angestellten das Hotel verlassen und sind noch nicht zurückgekehrt.

Gundel schreitet voran. Er ist guter Laune. Sein Musterkoffer ist so gut wie leer. Der Wind zerrt mächtig an seinem Umhang. Er sieht aus wie eine biblische Gestalt, ein Moses, der gerade dabei ist, das Meer zu teilen.

Vor der hohen zweiflügligen Eingangstür bleibt er stehen und legt dramatisch die Hand an die Stirn. Laut spricht er die Worte:

»I amar prestar aen,
han mathon ne nen,
I amar prestar aen,
han mathon ne nen.«

Das ist zwar Elbisch und aus dem »Herr der Ringe«, aber Gundel ist zutiefst davon überzeugt, dass es nur auf den Glauben ankommt. Und davon sieht er hinter sich eine Menge.

Er rüttelt am Knauf. Die Tür ist verschlossen. Verdammt!

Hinter ihm drängt sich Hans Gluck nach vorn und klappert mit seinem Schlüssel. Er öffnet die Tür, und die Menge, angeführt von den drei Söhnen der Donna Elvira, drängt ins Hotel. Das, was folgt, bringt Schmähle seiner Traumfrau so nah, wie er es sich in seinen wildesten Träumen nicht vorzustellen gewagt hätte, und findet sogar seinen Niederschlag in den überregionalen Medien.

Friseurgeschichten

Im zweiten Stock des Friseurstudios ist es stickig. Schmälzle, von oben bis unten durchnässt, hat seine Jacke zum Trocknen über einen Heizkörper gehängt. Der dicke Polizist lässt den vermeintlichen Friseur nicht eine Sekunde aus den Augen, als erwarte er, dass er jeden Moment wieder zum Fenster hinausturnt. Er sitzt mit den anderen an dem runden Resopaltisch um den Friseurmeister herum. Ein Angestellter bringt ein Tablett mit einer dampfenden Teekanne, winzig kleinen Teetassen und einer Schale, in der eine Zitrone schwimmt. Der bullige Teeträger hat ein kantiges, verschlagen wirkendes Gesicht. Eine Narbe zieht sich von seinem rechten Auge bis zu seiner Oberlippe. Als er das Tablett abstellt, rutscht sein Hemd am Handgelenk hinauf, und Caruso kann kurz ein Tattoo erkennen. Es besteht aus mehreren Punkten und sieht aus wie die Fünfer-Seite eines Würfels.

»*Merci, Guillaume, très gentil.*«

Jean Remy wedelt seinen Angestellten weg. Dann führt er seine Schale zum Mund und schlürft sichtlich genussvoll. Die kleine Schüssel verschwindet dabei fast in seinen riesigen, behaarten Fingern. Als er Schmähles neugierigen Blick sieht, prostet er ihm zu.

»Ayurvedisches Wasser mit Zitrone.«

Schmähle starrt verständnislos zurück.

»Enthält eine Menge Vitamin C, stärkt das Immunsystem und reguliert den Säure-Basen-Haushalt«, erklärt der Friseur.

Caruso, der den Fall in den Restmüllcontainer gut überstanden hat, räuspert sich. »Eigentlich sind wir nicht hier, um über Wasser zu reden, Herr Remynger mit y. Oder sollte ich Jean Remy sagen?«

Er fixiert den Friseurmeister scharf. Jean Remy ist ein gut aussehender, vitaler, braun gebrannter Mittsechziger. Unter seinen strahlend blauen Augen sitzen Lachfältchen. Er hat buschige weiße Augenbrauen, ein markantes Gesicht mit grau melierten Haaren, makellose weiße Zähne, eine ausgeprägte Nase und einen akkurat geschnittenen Victor-Emanuel-Bart. Sein heller Anzug ist schmutzig, trotzdem sieht er darin immer noch unverschämt gut aus. Und: Er scheint nicht im Mindesten beunruhigt.

»Na, ich war etwas in Panik. Alte Gewohnheit.« Jean Remy seufzt. »Ich wusste, dass Sie irgendwann hier auftauchen würden. Ich lese schließlich Zeitung. Ich dachte nur nicht, dass es so schnell gehen würde. Respekt! Manchmal kann man die Vergangenheit einfach nicht abschütteln. Sosehr man es auch versucht.« Er knetet seine langen, sehnigen Hände.

»Ich lebe jetzt seit elf Jahren hier am Bodensee. Das hier«, er macht eine ausholende Handbewegung und deutet auf seine Frisierstühle, »habe ich mir alles allein aufgebaut. Mit nichts als ein paar Euro in der Hand. Versuchen Sie mal, mit Vorstrafen einen Gewerbeschein zu bekommen.«

»War sicher eine harte Zeit. Da kommen doch ein paar Smaragde gar nicht so ungelegen, oder?«, wirft Schmälzle ein. Mit einem lauten Klappern stellt Jean Remy seine Schale zurück auf den Tisch.

»*Écoutez bien*, hören Sie gut zu! Ich habe meine Schuld an der Gesellschaft abgeleistet. Ich saß fünf Jahre im Bagno in Nice. Danach hab ich keine krummen Dinger mehr gedreht. Nichts mehr. Und: Ich hatte damals eine Botschaft. Ich nahm von denen, die genug hatten und die trotzdem nichts lernen wollten. Ich war nie ein gewöhnlicher Krimineller. Pisa-Dieb nannten sie mich, manche sahen darin sogar einen Akt politischen Widerstandes. Dieser *crétin*, der mich da imitiert, ist nur ein Mitläufer, ein opportunistischer Scharlatan, ein müder Abklatsch. Nach dem, was ich gelesen habe, macht er Fehler und arbeitet unpräzise. Ich zu meiner Zeit habe -«

»*Sì, sì*, alles gut und schön«, unterbricht Caruso den Ex-Dieb, der sich in Rage geredet hat. »Aber warum sind Sie dann vorhin weggelaufen?«

»Wie gesagt: Macht der Gewohnheit. Wenn Sie Ihr halbes

Leben lang auf der Flucht vor der Polizei waren, können Sie das nicht einfach ablegen wie ein altes Hemd. Auch wenn Sie eigentlich nichts zu verbergen haben.«

»Ach ja?« Caruso entfernt ein Stück Bananenschale von seinem Revers. »Dann können Sie uns sicher sagen, was Sie gestern Abend zwischen achtzehn und neunzehn Uhr gemacht haben? Zu der Zeit, als ein Juwelier hier um die Ecke beraubt wurde?«

Jean Remy lächelt müde. »Das ist einfach. Ich war auf einer Preisverleihung.«

»Dafür gibt's sicherlich Zeugen, oder?«, meldet sich Schmähle zu Wort. Er notiert wichtig in ein kleines Notizbuch.

Schmälzle sieht ihm zu und verdreht die Augen.

Jean Remy nickt zu einer gläsernen Trophäe.

»Gestern wurde mir der Preis für das beste Friseurstudio in Überlingen verliehen. Ich weiß nicht genau, wie die Quote war, aber reichen Ihnen etwa zwanzigtausend Zuschauer?« Er nimmt eine Fernbedienung vom Tisch, und ein stylisher schwarzer Flachbildschirm im hinteren Teil des Raums erwacht zum Leben. »Südwest 3 war live vor Ort. Ist zwar nur ein Lokalfenster gewesen, aber ein paar Leute haben's bestimmt gesehen.«

Remy strahlt vor gespielter Bescheidenheit. Auf dem Bildschirm flackern in HD die Bilder einer Preisverleihung. Gut aussehende Friseurteams und hübsch gestylte Haarmodels drängen sich vor der Kamera. In der Mitte der strahlende Gewinner: Jean Remy.

Caruso räuspert sich: »Sie verstehen, dass wir das trotzdem nachprüfen müssen.«

Jean Remy wedelt nachlässig mit der Hand. »Tun Sie das. Aber ich verspreche Ihnen: Sie werden nichts finden. Meine Akte ist sauber.« Er streichelt sich die Hände und lächelt überheblich. »Wenn das dann alles wäre ... Ich hatte heute schon genug Frühsport. Und: Meine Kunden warten.« Er macht Anstalten aufzustehen, doch Caruso legt ihm eine Hand auf den Arm.

»Einen Moment noch! Der Täter imitiert Sie. Er macht, was er denkt, was Sie tun würden. In einem Wort: Wir könnten Ihre Expertise gebrauchen.«

»*Oh, mon dieu.*« Mit großer Geste legt sich Jean Remy die Rückseite der Hand an die Stirn. »Daher weht der Wind. Ich fürchte, das wird nichts. Die Polizei und ich … wir werden keine Freunde mehr. *Je suis desolé.* Es tut mir leid. Mit Schmuck kenne ich mich auch nicht aus. Ich habe mich meistens auf Bargeld beschränkt. Alles andere wird man so schwer wieder los. Das hab ich in meiner Laufbahn als Fassadenkletterer vielleicht vier- oder fünfmal gemacht. Aber nur, wenn es wirklich außergewöhnliche Stücke waren. Kein Dieb mit ein bisschen Verstand lässt so was liegen. In meiner aktiven Zeit hatte ich dafür eine Art Kompagnon. Der kannte Gott und die Welt und hat sich darum gekümmert. Enrico hieß er. Eine schillernde Persönlichkeit. Hatte schwäbische Wurzeln, war aber schon in der ganzen Welt herumgekommen. Aber«, seufzt er, »das alles ist schon so lange her, dass ich mich kaum noch erinnere. Ist wahrscheinlich auch besser so. Ich fürchte also, Sie müssen Ihren Dieb schon alleine finden. Also, wenn Sie nicht zufälligerweise einen Haarschnitt oder«, er wirft Schmähle einen ostentativen Blick zu, »eine Haarverlängerung brauchen, würde ich Sie jetzt bitten, mein Geschäft zu verlassen …«

Schmähle starrt beleidigt zurück. »Das ist erblicher Haarausfall«, mault er. »Das sagt nix über mich aus.«

Die anderen machen Anstalten aufzustehen, doch Caruso bleibt sitzen. »*Vingt-deux, vingt-deux*«, sinniert er. »Das haben Sie doch vorher durchgesagt, richtig? Als Sie ihre Durchsage gemacht haben.«

Jean Remy versteift sich. »Ich weiß nicht, wovon Sie sprechen.«

»*Vingt-deux* heißt auf Deutsch zweiundzwanzig«, sagt Angelica irritiert.

»Ganz genau. Aber mit dieser Zahl hat es eine besondere Bewandtnis. Während meiner Ausbildung habe ich ein halbes Jahr in Paris hospitiert, auf dem Revier im achtzehnten Arrondissement, in der Nähe des Flughafens.« Eigentlich hat ihn sein Schwager dahin beordert, weil Caruso ihm den letzten Nerv raubte und er ein paar Monate seine Ruhe haben wollte.

»*Vingt-deux, v'là les flics*, so heißt der Spruch doch richtig, stimmt's? Im 19. Jahrhundert besaßen die französischen Räuber und Verbrecher ein Schwertmesser, dessen Klinge genau zweiundzwanzig Zentimeter lang war. Der Ruf ›Zweiundzwanzig‹ hieß damals so viel wie ›Zu den Waffen!‹. Auch heute noch warnen Ganoven so ihresgleichen vor den Kräften des Gesetzes.« Caruso fixiert den Friseurmeister scharf. »Und das ist noch nicht alles: Das Tattoo, das ich gerade bei ihrem Teeboten gesehen habe: ein sogenannter Quincunx, richtig? Eine Gefängnis-Tätowierung. Ein Zeichen für eine bereits bestrittene oder noch laufende Haftstrafe. Die vier äußeren Punkte symbolisieren die Wände, der mittlere Punkt den Inhaftierten. Also, Signor Remy, jetzt frage ich mich wirklich: Wer sind denn Ihre Mitarbeiter? Und: Sollten wir die vielleicht einmal überprüfen?«

Schmälzle schnalzt mit der Zunge. »Hajo, genau, einige von denen sehen gar nicht wie Friseure aus.«

Die Veränderung, die mit Jean Remy vor sich geht, ist bemerkenswert. Er fällt förmlich in sich zusammen. Langsam lässt er sich wieder auf seinen Stuhl sinken. Dabei huscht sein Blick zu der hölzernen Wendeltreppe, die nach unten führt.

Caruso versteht. Er gibt Schmälzle ein Zeichen, woraufhin der sich oben an der Treppe positioniert, um unerwünschte Zuhörer abzufangen.

Jean Remy entspannt sich etwas. Mit gesenkter Stimme, fast im Flüsterton, fährt er fort. »Was ich Ihnen jetzt sage, muss unter uns bleiben. Die Geschichte hat angefangen, lange bevor ich nach Deutschland gekommen bin. Ich saß wie schon gesagt mehrere Jahre im Gefängnis von Nizza. Das war damals bekannt für seine strengen Regeln und die schlechte Behandlung seiner Gefangenen. Also solidarisierte ich mich mit einigen von ihnen. Um zu überleben. Ich war ja nur ein kleiner Gymnasiallehrer, der eher zufällig auf die schiefe Bahn geraten war. Als Gegenleistung bot ich meinen Helfern einen Ausweg an. Ich versprach, mich um sie zu kümmern, sobald sie wieder draußen wären. Und das habe ich getan. Vier von ihnen arbeiten jetzt hier. Ich verbürge mich für sie! Keiner von ihnen hat seitdem ein krummes Ding gedreht. Dafür lege ich meine Hand ins Feuer.«

»Na, wenn das so ist, dann haben Sie ja auch nix zu befürchten, oder?«, meldet sich Schmähle.

Remy zieht mit leicht zitternden Fingern ein goldenes Zigarettenetui aus der Tasche und zündet sich eine Zigarette an.

»Sie verstehen nicht. Ihre Arbeitsgenehmigungen sind auf sehr …«, er macht eine Pause und bläst würzigen Zigarettenrauch an die Decke, »… sagen wir kreative Weise entstanden. Eine behördliche Untersuchung wäre höchst fatal. Meine Überlinger Kunden mögen solche Überraschungen nicht. Der Imageschaden wäre riesig. Ich müsste vielleicht schließen. Ich stehe bei diesen Menschen in der Schuld. Sie sind so etwas wie meine Familie. Solche Dinge sind niemals leicht.«

»Feine Familie«, grunzt Schmälzle, der den letzten Teil mitbekommen hat, von der Treppe.

Caruso strafft sich. »Nun gut, ich will Ihnen fürs Erste glauben. Wir interessieren uns nicht für Ex-Häftlinge, die als Friseur arbeiten. Wir suchen einen Dieb. Sind Sie bereit, voll mit uns zu kooperieren?«

»Bin ich. Wenn Sie mir zusichern, keine behördlichen Schritte gegen meinen Salon einzuleiten.«

»Einverstanden.«

Die beiden Männer reichen sich die Hand. »Dann können Sie jetzt gleich mitkommen. Es gibt noch jemanden, den wir besuchen müssen. Einen Juwelier.«

Jungingers Liste

Wie ein Anruf bei der zuständigen Polizeidienststelle ergibt, liegt der Juwelier in einer Privatklinik im Nordwesten der Stadt, nur einen Steinwurf vom Bodensee entfernt. Zu fünft quetschen sie sich in den Polizeiwagen und sind knapp zehn Minuten später am Ziel. Die Klinik, ein Klinkerbau in freundlichem Beige, erstreckt sich über mehrere Gebäude. Nach einigem Hin und Her am Empfang, der aussieht wie die Rezeption eines Nobelhotels, haben sie den Patienten ausfindig gemacht.

»Zweiter Stock, Zimmer 2–31. Aber machen Sie bitte kein Aufheben. Unsere Klinik genießt den allerbesten Ruf«, gibt ihnen die Krankenschwester mit auf den Weg.

Caruso bewundert die großzügigen Räumlichkeiten der Klinik, die Gänge sind blitzblank geputzt, überall laden bequeme Sofaecken zum Verweilen ein. Grüne Weihnachtskränze mit LED-Kerzen flackern auf kleinen Beistelltischen. Gut aussehende Ärzte in weißen Kitteln und blau gekleidete Pfleger eilen geschäftig durch die Gänge.

»Also, das nenn ich mal eine Klinik«, raunt Caruso Schmähle ehrfürchtig zu.

»Ja, aber bloß für Privatversicherte. Wer 's Moos hat, kriegt die beschde Ärzt. Ist auch in Schwaben so. Mei Mutter wartet scho seit drei Monat auf einen Termin beim Orthopäden.«

Einen Stock weiter oben ist es mit der Idylle vorbei. Ein gespenstisches Jaulen hallt durch die Gänge. Es dringt hinter der Tür hervor, die ein glänzendes Messingschild als »2–31« ausweist. Irritiert bleiben die fünf davor stehen.

Als sie noch überlegen, wie sie am besten vorgehen, fliegt die Tür plötzlich auf, und eine Krankenschwester stürmt heraus. Zwei rote Flecken glänzen auf ihren Wangen, ihre Haare stehen ihr wirr vom Kopf.

»Also, das gibt's doch nicht! Wie kann man sich nur so gehen lassen! Das ist doch keine Art, Herr Junginger! Ihr Benehmen ist diesem Etablissement nicht angemessen. Ich hol jetzt die Pfleger.« Ohne sie eines Blickes zu würdigen, marschiert die Schwester an ihnen vorbei.

»*Andiamo!* Schmälzle, Sie kommen mit mir. Die anderen warten bitte draußen. Wir wollen unseren Juwelier ja nicht zu Tode erschrecken.«

Caruso tritt vor, Schmälzle folgt ihm. Das Zimmer ist verwüstet. Der Flachbildschirm hängt schief und gesprungen in seiner Halterung über dem Bett, eine Blumenvase ist zerschlagen, von einem Stapel Zeitschriften sind nur noch Fetzen übrig, die im ganzen Zimmer verteilt sind. Das Bett ist umgestürzt und steht hochkant an der Wand. Caruso sieht sich betroffen um.

»*Che diavolo …* Was ist denn hier passiert?«

In diesem Moment taucht ein Gesicht hinter dem Bett auf, als solches nur schwer erkennbar, denn es sieht unter einem Papierkorb hervor. Der Papierkorb macht »Huuu-huuu«, dann taucht eine Hand mit einer Klobürste auf und wedelt wild in ihre Richtung.

»Herr Junginger, hier ist die Polizei. Wir würden ihnen gerne ein paar Fragen stellen«, versucht es Caruso.

»Huuu-huuu.«

»Es geht um den Überfall gestern Nacht …«

»Geht weg, ihr elendes Gelichter! Ihr mit euren Buchstaben. Schwarz auf weiß. Was man besitzt, kann man nach Hause tragen. Es ist nicht alles Gold, was glänzt.«

Er beginnt hysterisch zu kichern.

Caruso gibt Schmälzle ein Zeichen, und zusammen ziehen sie den wild um sich tretenden Juwelier hinter dem Bett hervor. Er trägt ein weißes Hemd, aber keine Hose. Unter dem Papierkorb kommt ein schmaler Kopf mit zerzausten Haaren zum Vorschein. Jungingers fiebrig glänzende Augen irren hektisch umher, seine Pupillen sind geweitet. Er fuchtelt mit den Händen, und seine Augen schweifen immer wieder zur Decke.

»Nehmt eure Finger weg. Sie sind schmutzig. Pech klebt an ihnen.«

»Die sind frisch gewaschen!«, empört sich Schmälzle.

»Herr Junginger, können Sie uns sagen, was gestern vorgefallen ist?«

Der Blick des Juweliers klärt sich einen Moment. »Sie wollen die Steine … meine Steine. Doch sie werden sie nicht bekommen. Die kleinen, miesen Schreiberlinge. Mit ihren Buchstaben, ihren großen und kleinen Buchstaben. Oh, es sind kostbare Steine, glänzende Steine. Aber nur der Affe weiß, wo sie sind.« Er flattert wild mit den Händen und gibt gackernde Geräusche von sich.

Kopfschüttelnd betrachtet Schmälzle den Juwelier. »Also wenn Sie mich fragen: Entweder isch der druff, oder er hat nicht mehr alle Ladde am Zaun.«

Die Tür geht auf, und zwei stämmige Pfleger, gefolgt von einem kleinen quirligen Mann in weißem Kittel, treten ein. Er hat dichte schwarze Haare, intelligente Augen und einen kurzen Kinnbart. Ein Namensschild weist ihn als Dr. César Perez aus. In seiner Hand hält er einen runden Keramikbecher, aus dem ein kurzes metallenes Trinkrohr ragt. Der Kalebasse entsteigt ein würziger Geruch. Der Arzt zieht einmal kräftig daran und mustert die beiden. »Guten Tag, *señores*, ich bin der Stationsarzt. Können Sie mir freundlicherweise sagen, wer Sie sind und was Sie auf meiner Station zu suchen haben?« Er muss lauter sprechen, denn Junginger hat wieder angefangen zu heulen.

»Polizei. Wir ermitteln in dem Überfall auf Herrn Junginger«, antwortet Schmälzle.

»Aha.« Der Arzt nickt. »Ich habe mir schon gedacht, dass das ein Fall für die Behörden ist.«

»Können Sie uns vielleicht sagen, warum der sich so aufführt?«, fragt Schmälzle.

»Nun, wie Sie sehen können, habe ich zwar meinen Matetee dabei, aber keinen Stock, deshalb bin ich auch nicht Dr. House.« Der Arzt kichert. »Mein Anfangsverdacht, dass der Patient unter Drogen stünde, hat sich bislang nicht bestätigt. Die gängigen Drogentests haben nicht angeschlagen. Es könnte sich um eine Psychose handeln. Etwas, das durch den Überfall ausgelöst wurde. Wer weiß, was er gesehen hat, das ihn derartig durcheinandergebracht hat.« Er zieht noch einmal an seinem Trinkrohr. »Aber dafür sind dann die Kollegen ein Stockwerk weiter oben zuständig.« Er tippt sich bezeichnend an den Kopf.

Den beiden Pflegern ist es gelungen, das Bett wieder aufrecht zu stellen und Junginger darauf zu fixieren.

»Geben Sie ihm zwei Milliliter Diazepam. Das sollte ihn etwas beruhigen«, weist der Stationsarzt sie an. In Richtung von Schmälzle und Caruso erklärt er: »Verringert die Aktivität der Nervenzellen im zentralen Nervensystem.«

»Dr. Perez, ich bin Capitano Francesco Caruso von der Guardia Civile in Rom. Dieser Fall steht vielleicht im Zusammenhang mit einer Reihe weiterer grenzübergreifender Verbrechen, die mit ähnlichen mysteriösen Begleiterscheinungen einhergehen.« Er schildert ihm kurz die Begebnisse in Muggenpfuhl, nebst den diversen Geistererscheinungen.

»Faszinierend. So eine Art Massenhalluzination.« Dr. Perez zupft an seinem Bärtchen. »Irgendwie kommt mir das bekannt vor. Ich glaube, ich habe schon mal über so etwas gelesen.« Nachdenklich schlürft der Arzt noch einmal von seinem Matetee. »Ich erinnere mich nicht mehr an den Zusammenhang. Es war auf jeden Fall etwas aus meiner Heimat. Ich komme aus Kolumbien, müssen Sie wissen.«

»Wären Sie so gut, mich zu unterrichten, wenn Sie irgendetwas herausfinden beziehungsweise wenn der Juwelier wieder klar im Kopf ist?«

»Wenn man über jemanden die Wahrheit erfahren will, ist dieser Jemand meiner Erfahrung nach der Letzte, den ich fragen würde.«

Caruso sieht in verständnislos an.

Der Doktor kichert wieder. »Sorry, ist ein Zitat von Dr. House. *Claro*, ich sag Ihnen Bescheid, sobald ich etwas herauskriege.«

Gerade als die beiden hinausgehen wollen, bäumt sich Junginger noch einmal auf und zupft Caruso am Ärmel. »Der Affe … der Affe weiß, wo die Steine sind. Nur der Affe«, flüstert er mit heiserer Stimme. Dann kichert er irr, sackt zurück und fängt übergangslos an zu schnarchen. Die anderen warten gespannt vor der Tür.

»Und?«, fragt Angelica.

»Völlig plemplem. Komplett niebergschnappt! Es ist wie verhext.« Schmälzle schüttelt den Kopf.

»Da könnt man aus der Haut fahren und neben na hogga!«, pflichtet ihm Schmähle bei. »Aber ihr wart da so lang drin. Hat der jetzt gar nix gesagt, was uns weiterhilft, Herr Caruso?«

»Vielleicht doch. Wir sehen uns mal im Juweliergeschäft um.«

Parkplätze gibt's in der Innenstadt keine. Also lassen sie das Auto zwei Querstraßen weiter in einer Sackgasse stehen. Schmähle und Schmälzle gehen voran. Caruso, Angelica und Jean Remy folgen den beiden. Schmähle hat die Adresse des Juweliers in sein Handy eingegeben und hält es jetzt auf Armlänge wie einen Strahlendetektor vor sich.

»Ich sag dir, es ist gleich da vorn.«

»Ha wa, schwätz net. Soll das heißen, wir sind der Punkt da? Der bewegt sich ja grad in die andere Richtung.«

»Ha noi, das ist das Ziel. Da müssen wir hin, du Hamballe.«

»Briamichl.«

»Bruddlr.«

Gutmütig schubst Schmälzle seinen Kollegen. Nach fünf Minuten erreichen sie das Juweliergeschäft. Es liegt in einer belebten Straße, neben einer exklusiven Kleiderboutique, einem teuren Schuhgeschäft und einer Bäckerei.

Caruso schaut sich um. »Also an Geld scheint's den Leuten hier nicht zu fehlen.«

Jean Remy schnalzt mit der Zunge. »Das ist eine sehr exklusive Gegend. Sehr nobel. Einige meiner besten Kunden wohnen hier.«

»Aha … aber der Juwelier war keiner davon?«, hakt Angelica nach.

»Nein, der nicht. Aber den kennt man hier.« Er senkt verschwörerisch die Stimme. »Über den kursieren viele Geschichten. Sie wissen: Ein Friseur hört viel. Gerüchte, Tratsch. Manchmal wird der Frisiersessel zum Beichtstuhl.«

»Und was sagt man so über den Juwelier?«, fragt Caruso.

»Vor Jahren gab es einen handfesten Skandal. Es hieß, er handle mit Blutdiamanten und anderen Steinen, die nach Deutschland geschmuggelt wurden. Das Ganze ist in den Medien ziemlich hochgekocht, und ich glaube, er hatte danach eine Zeit lang einen schweren Stand. Seitdem hat man allerdings nichts mehr gehört. So was vergessen die Leute schnell wieder. Vor allem wenn man die beste Ware im Ort hat.«

Vor dem Juweliergeschäft steht ein frierender Polizist und bewacht den Eingang. Schmälzle stutzt und marschiert kurz entschlossen in die Bäckerei nebenan.

»Musst du jetzt schon wieder essen?«

»Es isch nicht immer alles so, wie's aussieht, du Gischpl.«

Kurz darauf kommt er mit einem dampfenden Becher Kaffee zurück. Unterdessen ist Caruso dabei, dem Beamten die Sachlage zu erläutern, was diesen herzlich wenig interessiert.

»Also, ich sag's jetzt nommol: Das ist ein Tatort. Da kann man nicht einfach reinspazieren. Auch wenn Sie aus«, er wirft einen Blick auf Carusos Dienstausweis, »aus Rom kommen. Wir sind ja hier nicht in der Kirch.«

Schmälzle drängt sich nach vorn. »Isch scho klar, ohne Kopf wärsch du au scheener.«

Der Polizist macht große Augen. »Net wohr, der Schmälzle.«

»Der Häberle.« Die beiden schütteln sich die Hände, und Schmälzle gibt ihm den Kaffee. »Mir kennen uns aus der Polizeischul«, erklärt er den anderen.

»Eigentlich darf ich euch nicht reilasse. Aber die Spurensicherung war eh schon da. Des isch gra Kiddel wi Hos. Oder: Ghupft wie gesprunge, wenn ihr versteht, was ich meine. Wenn ihr euch umsehen wollt: bitt schee. Nur nix alange. Und dank schee für den Kaffee.« Der Beamte folgt ihnen und behält sie vom Ausgang aus im Auge.

Caruso verteilt Einweghandschuhe an die anderen.

»Fassen Sie bitte so wenig wie möglich an. Falls es noch Spuren gibt, wollen wir die nicht zerstören.«

Drinnen ist es stickig. Die Luft ist abgestanden, und es riecht nach Staub, Schweiß und noch nach etwas anderem, das Caruso nicht einordnen kann. Durch die halb heruntergelassenen Stahljalousien dringen die letzten Strahlen einer fahlen Abendsonne. Im Eingangsbereich liegt ein aufgeplatzter Packen Zeitungen.

»Gefunden hat ihn ein Zeitungsbote. Der hat die Zeitungen ausgeliefert. Dabei ist es zu einer Art Streit gekommen. Im Moment ist er unser Hauptverdächtiger«, meldet sich der Polizist von der Tür. »Allerdings«, fügt er hinzu, »war die Tür von innen abgeschlossen, als der Raub oder was immer das auch war, stattgefunden hat.«

Caruso sieht sich aufmerksam um. Zwischen den Glasvitrinen – ein umgestürzter Aufsteller. Auf dem Boden – Papierfetzen, als hätte jemand eine der Zeitungen auseinandergerissen. Schubladen sind herausgezogen, Tische umgestürzt, Werbeprospekte und Verkaufsbücher liegen auf dem Boden. Überall kleben die kleinen weißen Nummern der Beweismittelabteilung.

»Sieht aus, als hätte hier jemand etwas gesucht ...« Caruso späht hinter den Tresen. Dort liegt neben einem offenen Safe eine Art Stockdegen. »Aha! Hier hat offensichtlich ein Kampf stattgefunden. Die Frage ist nur, mit wem?«, murmelt er. »Wissen Sie, was gestohlen wurde?«, wendet sich der Capitano an den Polizisten an der Tür.

»So ganz genau wissen wir das auch noch nicht. Es war auf jeden Fall ein ziemlich depperter Dieb. Der hat das ganze andere Zeug einfach stehen gelassen. Ich mein, wenn man sich schon mal die ganze Arbeit macht ...«

Caruso inspiziert den Tresor. Der ist bis auf ein geöffnetes schwarzes Kästchen aus Kirschbaumholz und einen Zettel leer. Neben dem Kästchen klebt die Zahl »17«. Mit spitzen Fingern nimmt Caruso das schwarze Kästchen heraus.

Angelica tritt nach vorn. »Darf ich mir das mal ansehen?« Vorsichtig hebt sie das Kästchen an. Darin befindet sich eine Füllung aus Schaumstoff, in die eine präzise Vertiefung geschnitten wurde. Die Kuratorin hält das Kästchen gegen das

Licht und wendet es hin und her. »Also, ich denke: Hier war ein ziemlich großer Smaragd drin.«

Caruso schaut ihr über die Schultern. »Woher wissen Sie das?«

Angelica zeigt ihm die Aussparung. Sie verjüngt sich nach unten, und an der Seite erkennt man ein feines Muster. »Sehen Sie das? Der Stein hier drin wurde im sogenannten Emerald Cut geschnitten. Er hatte rechteckige Facetten an der Unterseite.« Sie deutet auf weitere nadelfeine Rillen. »Hier sieht man die Abdrücke eines Treppenschliffs. Smaragde werden wie filigrane, an- und absteigende Treppenstufen geschnitten.«

»Aha! Und daran erkennen Sie, welcher Stein drin war?«

»Ganz genau. Smaragde sind sehr fragil. Deshalb wurde für sie ein spezieller Schliff entwickelt, bei dem sie nicht zerbrechen, der sie aber trotzdem zum Leuchten bringt. Das ist ein sehr charakteristisches Zeichen.«

»Das heißt: Wir können mit Sicherheit sagen, dass hier ein Smaragd drin war?«

Angelica nickt. »Die Frage ist: Bringt uns das irgendwie weiter?«

Von hinten kommt die Stimme Schmälzles. »Herr Caruso, gugget Se mal: Der Junginger hat ja wirklich einen Affen.«

Er hebt den Stock des Juweliers in die Höhe. Der silberne Knauf mit dem Degen zeigt einen stilisierten hockenden Affen, der das Gesicht zu einer grässlichen Fratze verzogen hat.

»Nicht anlangen, du Daggl!«, rügt ihn sein Kollege.

»Schmälzle, Sie sind ein Genie. Das ist es!« Caruso klatscht in die Hände. »Wie hat der Juwelier gesagt: Nur der Affe weiß, wo die Steine sind? Schnell, geben Sie mir den Stock.«

Der Degen ist aus beidseitig geschliffenem Stahl und scharf wie ein Rasiermesser. Vorsichtig dreht Caruso am Knauf. Es bewegt sich nichts.

»Nein, nein … es muss etwas geben …« Seine Finger fahren am Schaft entlang, er ertastet eine winzige Vertiefung. Es klickt, und der Affe klappt nach hinten. Darin, in einer Aussparung, klemmt ein zusammengerolltes Stück Papier. Behutsam faltet

Caruso es auseinander. Die anderen drängen sich hinter ihn. Es ist eine Liste mit durchnummerierten Namen, die an der Oberseite abgerissen ist. Sie fängt bei »Zwei« an und endet bei »Sieben«.

Schmähle stockt der Atem. »Jetzt leck mi doch am Fiedle.« Er zeigt auf die Nummer fünf. Da steht in feiner, säuberlicher Schrift: »Wilhelm Schiedinger – Smaragd-Ring, oval geschnitten«.

»Da ist er ja, unser Schiedinger.«

»Das ist dann wohl der Ring, der in dem Kästle war, was wir bei ihm gefunden haben.«

Einen anderen Namen kennen sie ebenfalls.

»Jetzt guck an, der Juwelier steht auch mit drauf.« Der letzte Eintrag lautet auf den Namen »Clara von Buchhorn-Smith«.

Caruso strahlt. »Endlich, endlich, liebe Freunde, kommt hier etwas Licht ins Dunkel. Die gestohlenen Steine gehören offensichtlich alle zu einer bestimmten Charge. Ich bin mir sicher, dass wir bei genauerer Recherche feststellen werden, dass die anderen auf der Liste ebenfalls bestohlen wurden. Unser Dieb stiehlt sich die Smaragde nach und nach zusammen. Noch liegen seine Motive im Dunkeln – aber wir haben endlich etwas, das uns weiterbringt.«

Der Überlinger Polizeibeamte, der das Ganze gespannt verfolgt hat, räuspert sich. »Also, die Liste müssen Sie aber hierlassen.«

»Kein Problem. Schmähle, würden Sie?«

Stolz zückt der sein Handy und macht ein Foto.

»Jetzt müssen wir nur noch herauskriegen, wer diese Clara ist.« Jean Remy nimmt das Kästchen und wiegt es in der Hand. Ein listiger Ausdruck steht auf seinem Gesicht. »Das kann ich Ihnen sagen. Und wenn der Dieb mich wirklich nachahmt, dann habe ich auch so eine Ahnung, wo der nächste Diebstahl stattfinden wird.«

Während draußen die Nacht aufzieht, legt ihnen Remy in seiner Frisierstube, umgeben von Kunsthaarperücken und Duftflacons, seinen Plan dar und erklärt, wie sie den Dieb dingfest machen können. Was keiner der kleinen Gruppe bemerkt: Der rote Knopf am Tischtelefon, das sie aus Platzgründen auf den Boden gestellt haben, leuchtet. Das bedeutet, dass am anderen Ende der Leitung jemand mithört.

Als Caruso und die anderen gegangen sind und Remy das Licht gelöscht hat, blinkt es noch immer. Eine behandschuhte Hand legt ein Stockwerk tiefer vorsichtig den Hörer auf. Das Licht am Telefon geht aus. Im Frisiersalon ist es jetzt völlig dunkel.

Die Geister schlagen zurück

Vierundzwanzig Kilometer weiter südlich läuft in Muggenpfuhl einiges aus dem Ruder. Eigentlich hat sich Gundel Sternklar bereits als Retter Muggenpfuhls gesehen. Vielleicht sogar als Moderator einer kleinen, aber feinen Sendung im Südwest-Fernsehen. Aber kaum sind die frisch ernannten Geisterjäger im Hotel, geht eine bemerkenswerte Wandlung mit ihnen vor. Hausfrauen haben plötzlich Nudelhölzer in der Hand, einige Männer ziehen Zimmermannshämmer und Stemmeisen hervor, einer der Söhne Donna Elviras einen Baseballschläger. Allzu ausgeprägt ist der schwäbische Glaube an spirituelle Wundermittel offensichtlich nicht. Hilflos versucht Gundel, die Menge zurückzuhalten.

»Das ist ein rein spirituelles Unterfangen, liebe Freunde! Damit werden Sie den Geistern nicht beikommen. Vertrauen Sie auf Ihren festen Glauben und die spirituellen Kräfte Ihrer Amulette …«

Zwecklos. Irgendwo klirrt Glas. Hans Gluck, der Hotelbedienstete, stürzt wie eine tollwütige Bulldogge an ihm vorbei, in seinen Augen ein gefährliches Funkeln. In seiner Hand hat er den Generalschlüssel und beginnt, ein Zimmer nach dem anderen aufzuschließen.

Gundel überlegt, ob er den Rückzug antreten soll. Diese Sache wird nicht gut ausgehen. Dazu muss man weder Medium noch Hellseher sein. Doch seine Neugier ist stärker. Man muss ihm zugutehalten, dass er an ungefähr fünfzig Prozent der Dinge, die er so verbreitet, tatsächlich glaubt.

Vorsichtig tritt er weiter in den Flur, der mit einem abgewetzten roten Teppich ausgelegt ist. Neugierig sieht er sich um. An den Wänden hängen alte Ölgemälde, vermutlich von den ehemaligen Besitzern des Hotels. Es riecht muffig und alt. Die Gruppe hat sich erstaunlich schnell in dem weitläufigen Hotel verloren. Irgendwo hört er noch gedämpftes Stimmengemurmel, aber sonst ist es ruhig. Der Teppich schluckt seine Schritte.

Gemächlich schlendert Gundel weiter ins Innere, wie in einen roten Rachen, der ihn langsam verschlingt. Er biegt irgendwo ab und findet sich auf einem zweiten langen Korridor wieder. Von den Wänden starren ihn die toten Augen von mehreren Zehnendern an. Ihre Geweihe zaubern bizarre Muster an die alte Tapete. Unwillkürlich fühlt er sich an seine Kindheit erinnert. Er war immer der dicke, kleine Junge, mit dem keiner spielen wollte. Aber er hatte andere Freunde gefunden. Unsichtbare Freunde. Und die hatten ihm zusammen mit einer Prise schwäbischen Geschäftssinns bis heute ein gutes Auskommen beschert.

Aber seine Freunde sind heute alle still. Geradeso, als hätten sie Angst vor etwas. Aus einer Bauchtasche kramt er ein silbernes kleines Pendel, das er vor sich in der Luft schwingen lässt. Wären hier Geisterpräsenzen, würde es ausschlagen, doch es bleibt senkrecht. Das beruhigt ihn. Er steigt eine verwinkelte kurze Treppe hinauf, vorbei an einer Vase mit einem Strauch vertrockneter Weidenkätzchen. Vor ihm ein weiterer Gang, den eine Reihe von Wandleuchtern in schummriges Licht tauchen. Da ertönen laute Schreie. Es hört sich an, als ob in einem der Zimmer gekämpft wird. Etwas prallt gegen die Wand.

»Halt ihn, *fratello*. Halt ihn!«, schreit jemand.

Gundel glaubt die Stimmen von einem der Elvira-Söhne zu erkennen. Die Tür fliegt mit einem Krachen so hart gegen die Wand, dass der Putz bröckelt. Und dann wird alles irgendwie unscharf.

Das Chaos nimmt seinen Lauf und empfängt Caruso und sein Team zwei Stunden später mit einem Meer aus blinkenden Lichtern. Der hysterische Anruf Thereses aus dem Revier hat sie erreicht, als sie gerade Jean Remys Haarsalon verlassen haben. Mit eingeschaltetem Blaulicht und halsbrecherischem Tempo haben sie die Strecke trotz gefrorener Straßen in zweiundzwanzig Minuten bewältigt.

Ein Krankenwagen und zwei Feuerwehrautos parken vor

dem »Deutschen Kaiser«. Feuerwehrmänner rollen gerade ihre Schläuche ein. Aus einem der Fenster im ersten Stock raucht es immer noch. Schmähle und Schmälzle sprechen mit dem zuständigen Hauptmann der freiwilligen Feuerwehr. Der ist genauso ratlos wie sie.

»Keine Ahnung, was mit den Leuten los ist. Die sind alle völlig durchgedreht.«

Das Hotel – nicht mehr bewohnbar. Der Flur – verwüstet. Bilder sind heruntergerissen worden, ein altes Sofa ist aufgeschlitzt, ein ausgestopfter Rehbock-Schädel hängt schief an der Wand.

»*Mio dio*, was ist denn hier passiert?«

Hustend drängen sich Caruso und Angelica in ihre Zimmer und holen ihre Koffer heraus. An Schlaf ist nicht zu denken.

»Wir müssen sofort eine Zeugenbefragung durchführen.« Schmälzle sieht sich im Zimmer um.

»Ich würd sagen: ein eindeutiger Fall von Vandalismus und Sachbeschädigung. Wir müssen uns beeilen. Nachher will's wieder keiner gewesen sein.« Paarweise fangen sie die potenziellen Zeugen direkt auf der Straße ab und führen sie in die Trattoria.

Vernehmung, 21:35 Uhr
Salvatore und Luigi Sorentino
Vernehmer: WM Schmähle, Angelica Fiorelli

Salvatore und Luigi haben sich auf direktem Weg in den ersten Stock aufgemacht. Salvatore hat sich am ersten Abend die Zimmernummern von Caruso und Angelica gemerkt. Vorsichtig schleichen sie durch das Hotel. Salvatore nimmt den Baseballschläger fester in die Hand. Ganz wohl ist ihm bei der ganzen Sache nicht. Er hat die Begebenheit in der Trattoria noch nicht vergessen. Vor allem darf er gar nicht dran denken, was ihre mamma mit ihnen macht, wenn sie das rauskriegt. Andererseits ist sie ja der Grund, warum sie überhaupt hier sind. Denn so rich-

tig auf dem Damm war sie heute eindeutig nicht. Irgendetwas hat sie krank im Kopf gemacht. Und dieses Etwas steckt hier im Hotel. Manchmal muss man sich eben über elterliche Ratschläge hinwegsetzen. Die werden ja auch nicht jünger. Dieser seltsam erwachsene Gedanke geht ihm durch den Kopf, als sie vor den Zimmertüren von Angelica und Caruso stehen. Aus einem der Zimmer dringt ein leises Geräusch.

Es klingt, als schabt etwas über Holz. Er zuckt zusammen. »Psst!«, macht er in Richtung seines jüngeren Bruders, der bleich, aber mit glänzenden Augen neben ihm steht. Er hat immer noch Schnupfen und mümmelt durch seine verstopfte Nase.

»Bin ja net taub, du cretino. Was machen wir denn, wenn das der Geist ist?«

Salvatore lässt den Baseballschläger in seine Hand klatschen. »Dann gugget wir mal, wie stabil der Kopf von so einem Gespenst ist.«

»Welches Zimmer war das?«, fragt Schmähle.

Er bildet zusammen mit Angelica das Befragungsteam zwei. Die einzige Möglichkeit, um all der mehr oder weniger aussagewilligen Zeugen Herr zu werden.

»Also, das war das rechte. Zimmernummer 1–08, glaub ich. Oder, Salvo?«

Der nickt unsicher. Über der Stirn hat er eine Schramme, die sich bereits rot und blau verfärbt.

»Ich weiß nicht mehr genau. Das ging alles so schnell.«

»Und das da?«, fragt Angelica.

»Das war, als ich mit dem Geist gekämpft hab«, sagt er stolz.

»Wie seid ihr überhaupt in das Zimmer reingekommen?«, hakt Schmähle nach.

»Das war einfach. Die Tür war offen.«

»Aha.« Schmähle notiert sich das.

Die alte Holztür schwingt lautlos nach innen auf. Im Zimmer herrscht ein diffuses Halbdunkel. Das einzige Licht kommt von den Laternen auf der Straße, die zum Fenster hereinstrahlen. Es riecht nach einem teuren Damenparfüm. Das Zimmer ist nicht besonders groß. An der Wand hängt ein Flachbildschirm, daneben eine alte Kommode, auf der eine Vase mit Trockenblumen steht. Auf dem Bett liegt säuberlich ausgebreitet ein blaues Kostüm. Am beeindruckendsten ist der Kopf eines Hirsches, am Kopfende des Betts. In seinen toten Glasaugen fängt sich das Laternenlicht. Neben dem Bett steht ein alter Schaukelstuhl. Eine Tür auf der rechten Seite führt ins Bad. Die andere verbindet die beiden Zimmer. Etwas schlägt von der anderen Seite gegen die Verbindungstür. Die beiden schrecken zusammen. Auf Zehenspitzen schleichen sie zur Tür und horchen. Nichts. Dann gibt sich Salvatore einen Ruck und reißt die Tür auf. Die beiden stürzen ins Zimmer. Es sieht genauso aus wie das andere. Mit dem Unterschied, dass Carusos riesiger Koffer aufgeklappt auf dem Bett liegt.

Obwohl das Zimmer offensichtlich verlassen ist, stimmt hier etwas nicht.

»Merkst du das …?«, haucht Luigi.

In dem kleinen Zimmer ist jemand. Das spüren beide. Vorsichtig gehen sie weiter.

Auf dem Boden raschelt Silberpapier, Luigi tritt auf eine Tüte aus der Metzgerei.

Er wundert sich einen Moment, dass die einfach so auf dem Boden liegt. Das restliche Zimmer ist nämlich aufgeräumt. Diesen Gedanken verliert er aber gleich wieder. Denn wie von Geisterhand angestoßen, fängt der Schaukelstuhl an wie wild zu schaukeln. In der Luft liegt auf einmal ein beißender, ekelerregender Gestank. Die Tür hinter ihnen schlägt zu. Das Rollo am Fenster rattert herunter. Es wird fast völlig dunkel.

»Sie kommen. Sie kommen!«, kreischt sein Bruder und schlägt mit dem Baseballschläger um sich. Seine Schläge zerteilen die leere Luft.

»Da waren auf einmal überall Fledermäuse mit Menschenköpfen.«

Immer noch verstört schüttelt Luigi den Kopf. »Die kamen direkt aus der Wand raus.«

»Haben Sie die auch gesehen?«, fragt Schmähle.

»Nee. Ich hab bloß gesehen, wie der *damerino* auf einmal voll durchgedreht ist.«

»Luigi, jetzt beruhig dich, da ist doch …« Salvatore stockt. Vor dem Fensterrahmen kann er eine schmale Silhouette erahnen. Ohne zu zögern, stürzt er sich darauf. Der Baseballschläger poltert zu Boden. Er bekommt etwas zu fassen, zieht und zerrt daran. Stoff reißt. Er wird hin und her geschleudert. »Ich hab den Geist«, schreit er.

»Halt ihn, fratello, halt ihn«, kreischt sein Bruder und schlägt mit dem Baseballschläger zu. Der Schlag trifft zwar etwas, gleitet aber dabei ab und erwischt seinen Bruder an der Stirn.

»Das hat mich erst mal ausgeknockt.« Salvatore grinst schief und fährt sich über die Schramme an der Stirn.

»Woher wissen Sie, dass es ein *er* war?«, fragt Angelica.

»Ha, das hat sich einfach so angefühlt. Was immer ich da hatte, es war saustark und beweglich. Als ob man versucht, einen Riesenaal festzuhalten.«

Salvatore zeigt seine Handflächen, die voller schwarzer Flecken sind. Er streckt sie Schmähle vors Gesicht. Der zuckt angeekelt zurück, als ihm ein stechender Geruch in die Nase steigt. »Gell, das stinkt wie die Sau.«

»Und was ist dann passiert?«, fragt Angelica.

»Nix mehr. Ich war ziemlich k.o. Und das unsichtbare Aal-Ding ist wie der Blitz zur Tür raus.«

»Und Sie haben also während der ganzen Zeit keine Geister gesehen?«

»*Niente.* Nix. Keine Ahnung, was die hier alle für Probleme haben.« Geräuschvoll schnäuzt sich Salvatore in ein Taschentuch.

Vernehmung, 21:40 Uhr
Gundel Sternklar
Vernehmer: OWM Schmälzle, Cap. Francesco Caruso

»Ich möchte noch mal betonen, dass ich nur geistiger Beistand war. Mit dem, was da sonst noch im Hotel passiert ist, hab ich nix zu tun.«

»Was ist denn da sonst noch passiert?«, fragt Caruso.

»Ich hatte ja keine Ahnung, dass die das ganze Hotel kurz und klein schlagen. Das sollte ein rein spiritueller Exorzismus werden.«

Schmälzles Augenbrauen ziehen sich zusammen. »Haben Sie dazu auch Schnüre angezündet?«

»Nein, hab ich nicht. Das bei Ihnen war was anderes. Da ging es um einen Fluch. Das sind zwei grundverschiedene Dinge.« Caruso winkt ab.

»Wie Sie ja vermutlich mitbekommen haben, ist in einem der Hotelzimmer ein Feuer ausgebrochen. Haben Sie eine Ahnung, wie es dazu gekommen ist?«

Gundel schildert die Geschehnisse bis zur Zimmertür. »Dann wurde alles irgendwie ... verschwommen. Als würde man durch eine Linse schauen, die alles verzerrt. Der Gang hat sich gedehnt. Und der Gestank.« Er schüttelt sich. »Es roch nach Verwesung, als ob irgendwo ein Tier verendet ist. Die Lampen gingen eine nach der anderen aus. Zack, zack, zack ging das. Ich wusste nur: Etwas kommt auf mich zu. Etwas nicht von dieser Welt.«

»Wie kamen Sie darauf?«

»Die Abdrücke. Im Teppich habe ich Abdrücke gesehen. Ganz deutlich. Und, es waren keine von menschlichen Füßen. Es waren Hufe.«

»Und was haben Sie dann gemacht?«, fragt Caruso müde.

»Ich habe natürlich geistesgegenwärtig meine mentalen Kräfte gebündelt.«

»Und? Hat's funktioniert?« Schmälzle trinkt einen Schluck Cola. Er hat tiefe Ringe unter den Augen.

»Das weiß ich nicht. Ich hab eine Schelle bekommen, dass mir der Kopf gewackelt hat. Und dann erinnere ich mich an nichts mehr. Ah, Moment.« Er hält inne und wirft seine zerzausten blonden Haare zurück.

»Da war doch noch was. Ich glaub, dann ist dieser Hotelportier, der mit dem Spätzletrauma, in das Zimmer reingegangen. Als ich wieder zu mir kam, war ich im Krankenwagen. Da haben sie mich dann zu Ihnen geschickt. Mir fehlt ja sonst auch nix ...«

An einem der Fenstertische sitzt wie ein Häufchen Elend Hans Gluck. Er ist als Nächster dran.

Vernehmung, 23:10 Uhr
Hans Gluck
Vernehmer: OWM Schmälzle, Cap. Francesco Caruso

»Also noch mal«, sagt Caruso. »Warum haben Sie die Zimmer aufgeschlossen?«

»Ich weiß nicht, das war wie ein Zwang. Ich wollte, dass alles rauskommt, was drinsteckt.« Er stockt und sucht nach Worten. »Das alles irgendwie ans Licht kommt. Tut mir leid, ich war den ganzen Tag schon a bissle neben der Spur.«

»Die Feuerwehr sagt, der Brand sei in meinem Zimmer ausgebrochen. Und man habe Sie in unmittelbarer Nähe gefunden. Neben einer Flasche mit Spiritus. Haben Sie dafür eine Erklärung?«

»Ich hab's gesehen.« Glucks Augen leuchten fiebrig.

»Was haben Sie gesehen?«

»Das Hexen-Ding. Es kam aus dem Zimmer, und es war wie eine schwarze Wolke. Und aus der Wolke hat ein Hirschkopf geschaut.«

»Und was ist dann passiert?«

»Dann bin ich ins Zimmer gegangen. Ich wollte es reinigen. Verstehen Sie? Mit Feuer. Rausbrennen wollt ich den verdammten Geist.« Zornig schlägt er mit der Hand auf den Tisch.

Caruso schaut aus dem Fenster auf die rußige Fassade des »Deutschen Kaisers«. »Na, das ist Ihnen gelungen.«

»Ich bin nicht verrückt. Ich hab Beweise.« Gluck kichert.

»Was denn für Beweise?«

»Der Geist hat ebbes verloren.« Gluck nestelt in seiner Jackentasche und zieht einen Gegenstand heraus, den er säuberlich in ein Taschentuch eingeschlagen hat.

Zum Vorschein kommt ein handtellergroßes, flaches Objekt, wie Caruso es noch nie gesehen hat. Unten läuft es pfeilförmig in eine Spitze, darüber thront ein kleiner Götze mit Augen aus farbigen Steinen, der eine halbmondförmige, fein verzierte Haube trägt. Edelsteine und Gold funkeln im Licht der Trattorialampe. Caruso winkt Angelica herüber. Die Kuratorin zieht scharf die Luft ein, als sie sieht, was Caruso in der Hand hält.

»Wo haben Sie das her?«, stößt sie hervor.

Caruso erklärt es ihr, und sie schüttelt verwirrt den Kopf.

»Das ist *impossibile* … Nein, das kann nicht sein.«

»Was denn?«

»Das ist ein *tumi*, ein präkolumbianisches Ritualmesser. Der *tumi* ist das Sinnbild einer Gottheit, die bereits 1200 vor Christus von bestimmten lateinamerikanischen Völkern als Behüter der Gesundheit und der Medizin verehrt wurde.« Sie dreht das Objekt in den Händen. »Ich kann hier jetzt keine Radiokarbondatierung vornehmen, aber ich kann Ihnen sagen, dass dieses Objekt sehr, sehr alt ist. Ich tippe so auf etwa 500 nach Christus.«

»Wollen Sie damit sagen, was immer in unserem Hotelzimmer war, hatte ein über tausendfünfhundert Jahre altes Opfermesser dabei?«

»Es gibt eigentlich nur eine Erklärung, so absurd sie auch klingen mag: Die Geister des Smaragds sind uns gefolgt.«

»Wir müssen diesen verfluchten Stein wiederfinden!«

»Und: Wir müssen Eisele anrufen!«, fügt Schmälzle niedergeschlagen hinzu.

Stille Nacht, unruhige Nacht

Das Hotel, insbesondere die Zimmer von Caruso und Angelica, ist unbewohnbar.

Der Capitano und die Kuratorin haben ihre Habseligkeiten so weit als möglich geborgen. Carusos Koffer, ein schwerer schwarzer Roncato Uno mit Rollen, ist an den Rändern angekokelt, aber sein Innenleben hat nichts abbekommen. Bei Angelica sieht's ähnlich aus. Allerdings: Ihr Schlafplatz ist futsch. Den Anruf beim Kommissar verschieben Schmälzle und Schmähle in seltener Einigkeit auf den nächsten Tag.

»Der kann uns auch morge noch das Fell über die Ohre ziehen«, grummelt Schmälzle.

Die Kirchturmuhr schlägt eins. Ein kalter Wind fegt durch die verlassenen Straßen. Die vier stehen vor der Trattoria. Das »Chiuso«-Schild klappert gegen die Glastür. In der Trattoria gibt es ein Gästezimmer, das Caruso bereits vor zwei Jahren einmal genutzt hat, doch die Umstände sind ungünstig. Donna Elvira hat sich den ganzen Abend nicht sehen lassen. Auch sie hat mit den Geistern zu kämpfen, wie ihm ihre Söhne berichtet haben.

Schmähle sieht skeptisch auf die Uhr. »Also um die Zeit werden Sie hier nix mehr zum Übernachten finden. Es gäbe noch die Variante, im Revier zu schlafen. Aber ich sag's gleich: Bequem ist was anderes.«

»Hören Sie auf den, der kennt sich aus. Kruzifix, ist das kalt!« Schmälzle klemmt die Hände unter die Achseln. »Also bevor wir jetzt hier noch lang rumstehen: Meine Wohnung ist gleich um die Ecke. Nix Besonderes. Einraumwohnung, Parterre. Ich könnt den Capitano mitnehmen. Aber nur den halt ...«

Schmähle hat schon verstanden und nickt seinem Kollegen dankbar zu. »Signorina Fiorelli, es wäre mir eine Ehre, wenn Sie bei mir nächtigen würden. Ich, also ich und meine Mutter, wohnen in einem Haus hier in der Nähe. Da gibt's ein Sofa, das Sie gerne benutzen dürfen.«

Caruso klopft den beiden gerührt auf die Schultern. »*Amici*, das ist überaus nett von Ihnen.« Er sieht zur Trattoria hinüber. »Die schwäbische Gastfreundschaft hat mich immer beeindruckt.«

»Das ist sehr freundlich von Ihnen, Signor Max. *Grazie mille.*«

Die Kuratorin tätschelt Schmähles Arm. Der läuft rot an.

Schmälzle rollt ungeduldig mit den Augen. »Also, wenn dann alle so weit sind, würd ich sagen: Machen wir uns vom Acker, bevor wir hier noch festfrieren.« Spricht's und stapft davon.

Kurze Zeit später folgt ihm das Klappern von Carusos Rollkoffer. Schmähle bleibt allein mit Angelica zurück. Das Licht der Straßenlaterne verleiht ihrem dunklen Haar einen feurigen Schimmer.

Schmähle räuspert sich. »Also, wenn Sie dann so weit sind …«

»Ist diese Nacht nicht wundervoll? ›Alles still! Es tanzt den Reigen Mondenstrahl in Wald und Flur, Und darüber thront das Schweigen Und der Winterhimmel nur.‹ Das ist von einem Ihrer Landsmänner. Theodor Fontane.«

»Wunderschön. Wenn Sie mir dann folgen würden?«

Er reicht ihr einen Arm, und Angelica hängt sich bei ihm ein. Schmähle geht nicht, er schwebt. Alles scheint ihm verzaubert. Durchgedrehte Juweliere, diebische Friseure und brandstiftende Hotelportiers sind auf einmal ganz weit weg. Verschneite Bäume schimmern im Schein der frostüberzogenen Straßenlaternen wie Smaragde. Der unberührte Schnee glitzert märchenhaft, bestreut von tausend Diamanten. Das Ganze endet abrupt vor der Haustür.

»Jesses, die Mudder ist da.«

Angelica zieht eine Augenbraue in die Höhe. »*Che?*«

»Meine Mama …« Er deutet zum ersten Stock. »Die sollte eigentlich auf einem Seniorenausflug sein.« Er legt einen Finger auf die Lippen. »Macht nix, wir müssen nur sehr leise sein.« Auf Zehenspitzen pirschen die beiden den dunklen Hausflur entlang. Unten nestelt Schmähle an seinem Schlüsselbund. »Mei Mudder wohnt oben.« Gerade als er die Tür öffnet, geht über der Treppe das Licht an. Oben steht, schmale Lippen, blassgraue Augen, Lockenwickler in den weißen Haaren, wie eine Erscheinung im rosa Nachthemd, Astrid Schmähle. Die Seniorin späht über die ovalen Ränder ihrer Brille wie über eine Schießscharte.

»Na, wer kommt denn da so spät?«, schnarrt sie heiser. Schmähle zieht den Kopf zwischen die Schultern und murrt.

»Geh wieder schlafen, Mudder. Ich bin's bloß. Ich musste heute länger arbeiten.«

»Jaja, wann reparierst du endlich mal meinen Heizkörper im Schlafzimmer? Da wird's so kalt im Bett …« Dann fällt ihr auf, dass er nicht allein ist.

»Schleppst du jetzt scho wieder irgendwelche Weiber mit?«

»Mudder, das ist bloß eine Arbeitskollegin. Außerdem geht dich das gar nix an.«

»Ha, von wegen. Das ist immer noch mei Haus.« Schmähles Mutter stemmt die Hände in die Hüften.

»Und genau deswegen zahl ich dir jeden Monat Miete.«

»Du wirst schon noch sehen, wo das hinführt.«

»Hajo! In eine eigene Wohnung.«

»Ach, und wer kocht dann für dich?«

Schmähle hält sein Smartphone in die Höhe. »Ich bestell mir beim Amazon eine Kochplatte.«

»Es freut mich sehr, Sie kennenzulernen, Signora«, schaltet sich Angelica ein. »Entschuldigen Sie die späte Störung. Sie sind eine sehr, wie sagt man, *personalità impressionante*, eine beeindruckende Persönlichkeit. Und Rosa steht Ihnen ausgezeichnet.«

Schmähles Mutter errötet zart. »Hach, das ist aber mol nett. Wollen Sie vielleicht noch auf ein Tässle Tee nach oben kommen? Ich hab doch sonst keinen zum Schwätza.«

Sie wirft ihrem Sohn einen vorwurfsvollen Blick zu. Bei einem Tee im Wohnzimmer, serviert aus Porzellantassen (den guten!), entspannt sich die Situation.

Als die beiden eine halbe Stunde später wieder nach unten gehen wollen, hält Schmähles Mutter ihren Sohn am Ärmel zurück und zischt ihm zu: »Die lässt du gefälligst in deinem Bett schlafen.«

»Mudder, halt dich da raus. Das ist meine Sach!«

Schmähle reißt sich los.

»Sei nicht so ein Dabbschädl. Hör auf deine Mutter.«

Während Angelica im Badezimmer ist, bezieht Schmähle rasch sein Bett neu. Der Biene-Maja-Überzug wandert in den Wäschekorb, und Schmähle ersetzt ihn aus Mangel an Alternativen durch Captain America. Er richtet sich gerade auf dem Sofa ein, als er Seide rascheln hört. Angelica trägt ein schwarzes Nachthemd, das Schmähle viel zu viele Dinge sehen lässt.

»Ich bin todmüde. Wo soll ich schlafen?«

»Signorina Angelica, Sie haben meine Welt in Flammen gesetzt. Seit wir uns das erste Mal gesehen haben, brennt mein Herz. Sie sind das wundervollste Geschöpf, das mir in diesem trüben Dorf jemals begegnet ist.«

Das hätte Schmähle gern geantwortet.

Stattdessen stammelt er: »Das Bett hab ich frisch bezogen. Wenn Sie noch was brauchen, einfach Bescheid sage. Ich lieg ja gleich da drüben.«

»*Buona notte*, Signor Schmähle.«

Angelica beobachtet amüsiert, wie er das Klappsofa auseinanderzieht und sich in seine Decke aus grünen Orks (»World of Warcraft«) hüllt.

Nach einer Weile kommt Schmähles Stimme unter der Decke hervor. »Ich mach dann 's Licht aus. Das koscht sonst bloß Strom.«

Das Licht erlischt, und dann ist nichts mehr zu hören außer den leisen Atemzügen Angelicas und Schmähles Gedanken, die übereinanderpoltern wie Mühlsteine. »Ich lieg gleich da drüben.« Blödester Spruch aller Zeiten! Schmähle – du bist so ein Erzdaggl. Irgendwann ziehen ihn die Mühlsteine in den Schlaf.

Gegen vier Uhr schreckt Schmähles Mutter auf, geweckt von einem kalten Luftzug. Als sie zum Fenster hinausspäht, sieht sie Angelica, die gestikulierend draußen im Garten herumspaziert und dabei eine Zigarette raucht. Mit nichts als einem Nachthemd unter ihrem Wintermantel.

»Diese verrückten Italiener ...« Sie schüttelt den Kopf und ist gleich darauf wieder eingeschlafen.

Der Plan

Am nächsten Vormittag machen sich Angelica und Schmähle nach einem reichhaltigen Frühstück wieder auf den Weg zum Revier. Schmähle kann erfolgreich den Punkt »Frühstückt gemeinsam im Bett« abhaken und ist bester Laune. Das Bett war eigentlich seine Klappcouch, und er saß knapp daneben auf seinem viel zu niedrigen Schreibtischstuhl aus Kindertagen, aber man musste ja nicht immer alles so genau nehmen. Die Kuratorin sieht bedrückt aus, und es gelingt Schmähle nicht, sie aufzuheitern. Als sie vorher im Badezimmer war, hat ihm seine Mutter hinter vorgehaltener Hand erzählt, was sie in der Nacht beobachtet hat.

»Draußen in der Kälte rumgerannt ist sie. Halb nackt! Hat geraucht wie ein Schlot und in der Luft herumgefuchtelt.«

»Sie steht halt enorm unter Druck. Sie hat da ebbes verloren, was wir unbedingt wiederfinden müssen. Mehr darf ich dir nicht sagen. Dienstgeheimnis.«

»Jo, jo. Kochen muss sie können. Und sauber muss sie sein.«

Seine Mutter ist wieder ganz woanders. »Zumindest sieht sie besser aus als das, was du sonst so anschleppst. Und als Kuratorin verdient man bestimmt nicht schlecht.«

»Mudder!«

»Ich frag ja bloß ...« Sie zwinkert ihm zu. »Habt ihr schon Pläne? Ich will ja auch nicht ewig auf meine Enkel warten.« Schmähle wird wider Willen rot.

»Mudder! Es ist bloß eine Kollegin.«

»Jaja, scho klar. Ich seh doch, wie du sie ständig angaffst, als wäre sie das achte Weltwunder.«

Blitzlichter flammen auf, als sich Schmähle und Angelica dem Eingang des Polizeipostens nähern. Davor drängt sich etwa ein halbes Dutzend Journalisten. Schmähle sieht sogar eine Fernsehkamera. Ein dicker Mann mit beschlagener Brille in einem abgewetzten Ledermantel drängt sich nach vorn und zückt einen altmodischen Notizblock. »Rudolf Rössle vom ›Südboten‹. Stimmt es, dass im ›Deutschen Kaiser‹ eine Massenpanik ausgebrochen ist? Wegen Geistern?«

»Äh …«, stottert Schmähle. »Also der Ermittlungsstand ist noch nicht final.«

Das Kameraauge nähert sich bedrohlich. Darunter ein Kameramann und dahinter ein kleiner, wichtigtuerischer Redakteur. Beide vom Lokalfernsehen.

»Schlumpfbanden, Geisteraustreibungen … Machen Sie eigentlich auch irgendetwas Sinnvolles mit unseren Steuergeldern?«

»Also das ist jetzt …« Resolut drängt sich Angelica an ihm vorbei, wobei sie gekonnt ihr Gesicht mit ihrer Handtasche abschirmt.

»Kein Kommentar! Kommen Sie, Max.«

Schmälzle und Caruso warten bereits in der Kaffeeküche. Die Stimmung ist angespannt. Caruso späht misstrauisch in seinen Kaffeebecher. Schmälzle nagt grimmig an einer Vanilleschnecke.

»Äh … Berthold? Bist du vor der Tür auch diesen Kerlen von der Presse begegnet?«, fragt Schmähle.

»Die sind schwer zu übersehen. Stell dir vor, die wollten sogar wissen, was ich in meiner Vespertüte hab.« Entrüstet deutet er auf sein Vanillegebäck. »Da vergeht einem ja der Appetit. Es hilft nix: Wir müssen jetzt mit dem Kommissar schwätza.«

Schmähle wendet sich an Angelica. »Also wir beide müsset jetzt mol kurz weg. Wir kommet aber gleich wieder. Hoffentlich.«

Ein paar Minuten später starren sechs Augen gebannt in Therese Knöpfles Bildschirm. Therese, die denkbar schlechte Laune hat, klickt ein hellblaues »S«-Symbol an. Ein kleines Fenster öffnet sich. Darin erscheint neben dem Bild des Kommissars eine längere Nummer, die mit 0034 beginnt. Schmähle ist das Ganze nicht geheuer.

»Also nur dass ich das richtig versteh, Frau Knöpfle: Wir telefonieren jetzt über den Computer, weil das Handy vom Kommissar keinen Empfang hat?«

»Ja, genau, du Blitzmerker. Ich hab's vorher ein paarmal probiert. Da geht nur der Anrufbeantworter ran. Diese Nummer ist nur für absolute Notfälle. Damit kann man Eisele rund um die Uhr erreichen. Das hat der Computertechniker so eingerichtet.«

Aus dem Lautsprecher des Bildschirms kommt ein Knarzen, dann ein melodischer Klingelton, der sich mehrfach wiederholt. Das »S« beginnt langsam auf dem Bildschirm zu rotieren. Dann öffnet sich ein neues Fenster. Es ist in der Mitte zweigeteilt. Auf der linken Seite das Videobild von Schmälzle, Schmähle und Therese, die gebückt und mit mehr oder weniger intelligentem Gesicht in den Bildschirm starren. Auf der rechten eine schwarze Silhouette. Schmälzle wischt sich schnell einen Quarkrest aus dem Mundwinkel.

»Na, das klappt ja besser als erwartet.«

Es knackt, und die schwarze Silhouette verschwindet. Stattdessen erscheint ein überbelichtetes Bild. Es dauert einen Moment, bis die Kamera die Blende nachgeregelt hat. Dann fliegt ein roter Badeball durchs Bild. Die Kamera steht offensichtlich am Rande eines besonnten Pools, in dem neben einigen Kindern ein einsamer Schwimmer mit Sonnenbrille im Bruststil seine Runden dreht. Mit offenem Mund starren die drei Zuschauer aus Muggenpfuhl durchs andere Ende der Kamera. Nichts passiert. Nur der Schwimmer legt eine weitere Bahn zurück.

Schmähle wird's zu dumm. »Hallo? Ist da jemand? Chef? Hallo-ho.«

Keine Reaktion.

»Polizeiposten Muggenpfuhl hier! Kommissar Eisele – bitte melden!«, probiert Schmälzle eine professionellere Variante.

Immer noch nichts. Doch – Moment! Der Schwimmer ändert seine Route. Er steuert jetzt mit langsamen Paddelbewegungen genau auf die Kamera zu. Ein vertrautes Ächzen und Stöhnen ist zu hören. Wasser perlt ab, und ein von Sonnenbrand geröteter Hintern hievt sich aus dem Wasser. Kurz huscht ein lächerlich kleiner Stringtanga durchs Bild.

»Grüß Gott, Herr Kommissar! Wie läuft Ihr Tag denn so?«, sagt Therese Knöpfle spitz.

Der Kommissar zuckt zusammen, als hätte er sich verbrannt, und wickelt sich schnell in ein hellblaues Badetuch. Die Kamera bewegt sich, dann erscheint sein Gesicht, von dem noch Wasser tropft, formatfüllend im Fokus.

»Donnderladdich! Müsst ihr mich so erschrecken? Ich mach grad mein Morgenprogramm. Wo brennt's denn?«

»Also in erster Linie im Hotel«, antwortet Schmälzle kleinlaut.

»Heilandsglomb, kann man euch nicht mal eine Woche allein lassen? Erzählt!«

Schmälzle berichtet von dem überfallenen Juwelier Junginger in Überlingen, bei dem sich ein ähnlicher Zettel wie bei dem Raub in Wald gefunden hat, von H.O.R.S.T., der sie auf die Spur von Jean Remy gebracht hat, und von der Liste, die sie bei Junginger gefunden haben. Den Teil mit Caruso, seinem Riesensmaragd und den Gespenstern lässt er vorsichtshalber aus. Der Kommissar hört schweigend zu. Nur das Gurgeln einer Pooldüse ist zu hören. Als Schmälzle seine Erzählung beendet hat, runzelt der Kommissar die Stirn.

»Also, ganz wichtig: Ihr haltet mir die Press da raus. Wenn da noch ein Name auf der Liste steht, find ich das eine gute Ermittlungsrichtung. Der solltet ihr auf jeden Fall nachgehen. Wenn ihr dabei noch einen Experten an der Hand habt, schadet das bestimmt nix. A gromms Holz gibd au a grads Feur, wie's so schön heißt. Aber warum's im Hotel brennt, das hab ich noch nicht verstanden.«

Schmälzle sieht hilfesuchend zu Schmähle. Der zuckt mit den Schultern.

»Es scheint … also es hat den Anschein, als ob's in Muggenpfuhl spukt.«

Als er von den mysteriösen Erscheinungen berichtet, die die Dorfbewohner heimsuchen, verdüstert sich das Gesicht des Kommissars, und er fasst sich an die Seite.

»Heilandsdonnerwetter! Ihr seid Polizisten, keine Geisterjäger. Von so einem Blödsinn will ich nix hören. Die werden alle einen über den Durst getrunken haben. Ihr haltet euch an die Fakten. Punkt.« Irgendwo im Hintergrund ertönt ein melodisches Signal.

»So, ich muss jetzt weiter zu meiner Shimasu... Shimatso... zu meiner Massage halt. Die ist wichtig für meinen Energiefluss. Und den bringt ihr mir jetzt bitt schee nicht weiter durcheinander.«

Der Bildschirm wird zugeklappt. Im dreitausendsechshundertfünfzig Kilometer entfernten und fünfunddreißig Grad kälteren Muggenpfuhl wird das Bild schwarz. Ratlos sehen sich die Beamten an.

Schmähle grinst schief. »Lief doch ganz gut, oder?«

»Amma Zuaguggr isch koi Arbeit zviel! Ich würd sagen: Machen wir uns mal an die Fakten.«

Nach einer kurzen Besprechung in der Kaffeeküche begeben sich Schmähle und Schmälzle in ihr Arbeitszimmer und arbeiten die Gesprächsprotokolle der am Hotel-Exorzismus Beteiligten durch. Caruso und Angelica bleiben in der Küche. Der Capitano setzt sich an seinen Laptop und nimmt sich Jungingers Liste vor. Angelica recherchiert über das Opfermesser und telefoniert Spezialisten ab.

Nach fünf Minuten geht die Tür zur Kaffeeküche auf: Schmähle kommt mit einem großen Glasgefäß mit allerlei Schokoriegeln, Waffeln und anderen Süßigkeiten herein.

»Nervennahrung. Ich bring das besser jetzt, bevor mein Kollege alles allein frisst.«

Er blinzelt Caruso und Angelica zu und verschwindet wieder. Nach zwei arbeitsamen Stunden finden sich die vier erneut zusammen. Die Bilanz der letzten Nacht: mehrere teils geplünderte, teils zerstörte Zimmer im Hotel Deutscher Kaiser, sieben Personen im Krankenhaus mit Vergiftungserscheinungen. Die Besitzer des Hotels und ein Versicherungsexperte der HOGA waren heute früh schon vor Ort gewesen. Gegen Geister hilft die Versicherung allerdings wenig. Als Hauptschuldigen haben die Experten Hans Gluck ausgemacht. Ihm werden Hausfriedensbruch, Brandstiftung und Vandalismus vorgeworfen. Ansonsten: keine verwertbaren Spuren. Die Zeugenbefragungen haben wenig Sinnvolles ergeben. Erstaunlich immerhin: Der Einzige, der steif und fest behauptet, *keine* Gespenster gesehen zu haben, ist Salvatore Sorentino. Der Geist, oder was immer den Hotelvandalen begegnet ist, hat sich in Luft aufgelöst.

»Vielleicht eine Art Massenhysterie?«, rätselt Caruso. Auch das sonderbare Opfermesser, das Hans Gluck im Zimmer gefunden hat, ist eine Sackgasse. Wie Angelica herausgefunden hat, verfügen nur wenige Laboratorien in Deutschland über die Voraussetzungen zur Analyse von C-14-Proben. Und keins davon liegt in der Nähe. Das einzige, das für ihre Zwecke überhaupt in Frage kommt, ist das Leibniz-Laboratorium für Radiometrische Datierung und Isotopenanalyse in Kiel. Das *tumi* ist mit entsprechender polizeilicher Dringlichkeit bereits auf dem Weg dorthin.

Schmälzle hat zumindest eine kleine Neuigkeit. »Die Feuerwehr hat sich gemeldet: Sie haben auf dem Teppich Spuren einer braunen Substanz gefunden, die sie nicht zuordnen können. Sie haben's jetzt in ein Labor in Sigmaringen gegeben, rechnen aber frühestens in zwei Tagen mit einem Ergebnis.«

Angelica schlägt die Hände über dem Kopf zusammen.

»*Mio dio!* Die Ausstellungseröffnung ist übermorgen. Wenn dieser Smaragd nicht wiederauftaucht, ist meine Karriere ruiniert.«

Carusos Recherche bezüglich Jungingers Namensliste ergab wenig überraschend, dass der mysteriöse Dieb die meisten anderen auf der Liste ebenfalls bestohlen hat.

»Und zwar in den letzten drei Monaten. Zwei Fälle in Stuttgart, zwei am Bodensee und einer in Tübingen. Es handelt sich um einen höchst exklusiven Käuferkreis. Bei allen fand sich eine lateinische Botschaft. Gestohlen wurden, Sie ahnen es …«

»Smaragde«, vollendet Schmähle strahlend seinen Satz.

»Ganz genau. Nur hat keiner das Muster gesehen. Das Gute: Ein Name auf der Liste hat seinen Smaragdschmuck noch. Und einer ist verschwunden.«

Schmälzle grübelt. »Aber das heißt«, er verschluckt sich vor Aufregung fast an seinem Schokoriegel, »das heißt doch, der

Dieb war schon aktiv, *bevor* Sie mit diesem Riesensmaragd überhaupt erst nach Deutschland gekommen sind …«

»Genau. Wir haben es hier mit einem teuflischen Komplott zu tun. Etwas, das von langer Hand vorbereitet wurde. Das einzige verbindende Element sind die Smaragde. Und die Geistererscheinungen.« Caruso überlegt eine Weile. »Was uns allerdings auch nicht weiterbringt.«

»Kann uns vielleicht Horst wieder helfen?«, fragt Schmähle in die bedrückte Stille.

Caruso sieht von seinem viel zu dünnen Kaffee auf. »Ich sage Ihnen, lieber Kollege: Ein Computer kennt nur Zahlen, er arbeitet mit seelenlosen Algorithmen. Was es hier braucht, ist Spürsinn und überlegene Kombinationsfähigkeit eines Detektivs.«

»Aber bei der Schlumpfbande hat's gut funktioniert«, nimmt Schmähle das Programm in Schutz.

»Hier sind finstere Mächte am Werk. Das Ganze geht viel weiter, als wir uns vorstellen können, da bin ich sicher. Da kann uns ein Computer nicht helfen.«

Schmälzle schluckt. »Das sag ich der Therese jetzt besser nicht. Die hat nämlich schon angefangen, die ganzen Zeugenaussagen abzutippen und Horst zu füttern.«

»Liebe Freunde, wir werden diesen Dieb heute Abend fassen. Kollege Schmälzle und ich waren heute früh schon fleißig.« Caruso öffnet einen der Stahlspinde neben der Kaffeemaschine. Darin befinden sich mehrere starke Taschenlampen, Kellneruniformen, Steigeisen, zwei Seile, Tarnschminke und eine teuer aussehende Nachtsichtbrille.

Schmähle ist beeindruckt. »Donnerwetter, wo habt ihr denn das ganze Zeug so schnell hergekriegt?«

»Aus der Asservatenkammer und dem Kostümverleih«, grummelt Schmälzle. »Jemand muss ja schaffe, wenn andere auf Wolke sieben rumschweben.«

Schmähle wird rot. »Was willst du denn damit sagen?«

Angelica wirft einen skeptischen Blick in den Spind. »Ich hoffe, Sie wissen, was Sie tun, Capitano.«

»Das, liebe Frau Kuratorin, weiß ich nie. Und das macht mich so schwer berechenbar.« Er richtet sich auf. »Aber keine Sorge. Mit der Hilfe unseres neuen Verbündeten aus Überlingen werden wir dem Dieb eine Falle stellen, aus der er nicht entkommen wird.« Er breitet einen zerknitterten Plan auf dem Tisch aus. Er zeigt eine kleine grüne Insel am südwestlichen Rand des Bodensees, deren Form entfernt an den Kopf eines Seepferdchens erinnert und die nur über eine schmale Zufahrtsstraße mit dem Land verbunden ist.

»Das hier ist die Insel Mainau, die kennen Sie vermutlich besser als ich.«

Schmähle nickt eifrig. »Hajo, klar, da gibt's doch dieses Schmetterlingshaus.«

»Hier, im südlichen Teil, liegt eine Art Schloss. Wie Jean Remy ja bereits herausgefunden hat, gibt *sie* heute Abend dort ein großes Fest.«

Er legt ein weiteres Blatt auf den Tisch. Es ist das ausgedruckte Foto einer älteren hageren Dame mit hochgeschwungenen Augenlidern, blondierten Haaren und einem herrischen Kinn, die in einen Nerz gehüllt ist. »Gräfin Clara von Buchhorn-Smith. Deutsch-Kanadierin. Sie ist, laut Jungingers Liste, die Letzte, die noch ein Schmuckstück aus seiner Kollektion besitzt. Ein Smaragd-Collier. Morgen reist sie bereits wieder nach Kanada ab. Jean Remy ist der festen Überzeugung, dass der Dieb zuschlagen wird, solange sie noch hier ist. Er wird es heute Nacht auf der Insel Mainau stehlen. Und wir werden das verhindern!«

Clara von Buchhorn-Smith

Um das Folgende besser zu verstehen, muss man ein paar Dinge über Schwaben wissen. Zum einen sind Schwaben ehrenrührig, das heißt, es ist, unabhängig von Stand und sozialer Position, immer wichtig, was »die Leid denket«. Auch wenn die Frage, wer genau »die Leute« eigentlich sind, immer im Verschwommenen bleibt. Ist man reich, hängt man's nicht an die große Glocke. Ist man arm, versteckt man's. Man könnte ja trotzdem reich sein. Übel wird's, wenn der Ehrverlust *coram publico* stattfindet, also in der Öffentlichkeit. Was sich bei wirtschaftlichen Bankrotten meist nicht vermeiden lässt. Gemeine Blicke, Getuschel, Gerede hinter dem Rücken, Bekannte, die sich abwenden, gesellschaftliche Isolation, kurz: Die geballte soziale Missachtung ist gewiss. Diese Dinge vergisst ein Schwabe nicht. Niemals.

An so etwas denkt Gräfin Clara von Buchhorn-Smith gerade nicht, zumindest nicht in erster Linie. Ihr Problem sind die Hühner. Nicht irgendwelches Federvieh, sondern sogenannte Bresse-Hühner. Die werden für das heutige Fest extra frisch aus dem Burgund importiert. Leider ist der Lieferant auf dem Weg, irgendwo kurz hinter Dijon, im Schnee stecken geblieben.

»Verflixt aber auch.«

Ausgerechnet die Hühner. Es scheint, als ob sich an ihrem großen Tag alles gegen sie verschworen hätte. Die Eisskulpturen im Festsaal stehen noch nicht, die Servietten sind in der falschen Farbe, ihr Stylist hat ihr kurzfristig abgesagt, Catering-Mitarbeiter sind krank geworden. Aber die Gräfin ist es gewöhnt, in starker Strömung zu navigieren. Und das nicht nur, weil ihr schwerreicher Mann, Lionel Smith, Eigner eines Containerhafens in Vancouver ist

Clara von Buchhorn kommt eigentlich aus Schwaben. Das »von« stammt aus einer verwickelten, verarmten Linie von Vorfahren, die bis zu den Uldarichern und den Hupaldingern, frühschwäbischen Adelsgeschlechtern, zurückreicht. Ihren Eltern hat der Titel kein Glück gebracht. Ihr Vater, Inhaber eines Hühnerhofs, wurde von den Großmärkten in die Insolvenz getrieben. Clara, damals Sekretärin im elterlichen Betrieb und ein junges, fesches Ding mit dem Drang nach Höherem, hat sich von ihrem letzten Geld ein Ticket über den Großen Teich gekauft. Gelandet ist sie dann in Kanada. Dort hat sie in einer der Reedereien ihres zukünftigen Mannes angefangen, und die verschlungenen Wege der Vorsehung haben sie zusammengeführt. So erzählt sie die Geschichte zumindest immer. Dass dabei auch ein gutes Quäntchen schwäbischer Geschäftssinn und ihr unbändiger Wille zum Glück eine Rolle gespielt haben, lässt sie meistens aus. Nun ja … »Wie man sich bettet, so liegt man«, so hat das ihre Mutter, Gott hab sie selig, immer formuliert.

»Äh … gingen vielleicht auch Perlhühner? Oder Wachteln? Ein Lieferant hier ganz in der Nähe könnte in exzellenter Qualität liefern.«

Mortimer Passeparrien, ihr Faktotum, das sie aus Kanada hierherbegleitet hat, fährt sich durch die spärlichen weißen Haare. Clara richtet sich in ihrem Louis-quinze-Bett auf, das extra für sie eingeflogen und aufgebaut wurde. Sie hat eine ganze Etage im Nordflügel des Barockschlosses okkupiert. Der ist für den Publikumsverkehr ohnehin gesperrt. Eine kleine Geste des Entgegenkommens für ihre mehr als großzügige Spende für die Renovierung der gleich nebenan gelegenen Kirche. Sie lässt den Blick aus dem alten Rundbogenfenster schweifen. Draußen ist alles weiß. In der Ferne ragen die riesenhaften Bäume des Arboretums in die Höhe. Im Innenhof ist immer noch eine festlich geschmückte, zwölf Meter hohe Weißtanne aufgebaut, obwohl Weihnachten schon seit drei Wochen vorbei ist. Aber Christfest hin oder her – heute Abend würde sie strahlen. Heute Abend würden sie *alle* strahlen.

»*Come on, Mort. Don't be like a German train!* Du schaffst das! Sei flexibel«, ermuntert sie den Sechzigjährigen, der seit fast vier Jahrzehnten in ihren Diensten steht. »Du weißt, wie wichtig mir das mit den Hühnern ist.« Sie spricht etwas lauter, weil ihr Hausfaktotum auf einem Ohr nicht mehr gut hört. Was er aber energisch abstreitet, sobald sie das Gespräch in diese Richtung lenkt.

Mortimer seufzt und zieht eine Augenbraue in die Höhe: »Sicher, Madam. Aber denken Sie daran: *Do not worry about people from your past, there is a reason they did not make it to your future …*« Eine Anspielung auf das Schicksal ihrer Familie. Einige Dinge hat Clara immer noch nicht ganz überwunden. Und vergessen schon gar nicht.

»Keine Kompromisse, Mort. Schaff mir die Hühner her.«

»Wie Sie wünschen, Madam. Ihr Frühstück wie immer?«

»Double-double. Thank you.«

Mortimer zieht sich zurück. Clara wirft sich einen Morgenrock über und steigt die breit geschwungene Mahagonitreppe hinunter, die mit einem roten Teppich ausgelegt ist. Unten wendet sie sich nach links. Das Schloss ist hufeisenförmig angelegt. Nord- und Südflügel sind über einen mit Parkettboden ausgelegten Gang miteinander verbunden. Im Südflügel herrscht reger Betrieb. Ein Dutzend Köche sind damit beschäftigt, die Leckereien für ihren unvergesslichen Abend zuzubereiten, Mitarbeiter zweier Catering-Firmen füllen die Kühlschränke. Beluga-Kaviar, Albatrüffel, Kopi-Luwak-Kaffee, Foie gras … Nur die Bresse-Hühner fehlen noch.

Wenn eine Buchhorn-Smith feiert, dann richtig. Der Anlass ihres Besuchs: Ihr Mann hat sich ein kleines Chalet am Bodensee in der Nähe von Friedrichshafen gekauft. Sie sind beide nicht mehr die Jüngsten und wollen zukünftig ihre hoffentlich noch zahlreichen Sommer am Bodensee verbringen. Ihr Mann ist bereits wieder abgereist, doch für sie ist das eine gute Gelegenheit, es den ehemaligen Bekannten, vermeintlichen Freunden und ehemaligen Geschäftspartnern ihrer Eltern heimzuzahlen.

Sie durchquert den kleinen Ausschankbereich des Schlosscafés, der sich links zu einem größeren Raum mit mehreren kleinen schwarzen Holztischen öffnet und rechts von der Kuchentheke begrenzt wird. Am anderen Ende des Raums befindet sich eine weiße Doppelglastür. Sie kann das Grün von hier aus schon sehen.

Als sie die Tür öffnet, schlägt ihr ein Schwall feuchtwarmer

Luft entgegen. Es riecht nach Pflanzen. Vor ihr liegt eine völlig andere Welt. Rings um sie herum wachsen tropische Palmen bis in eine Höhe von fünfzehn Metern. Von oben fällt das weißklare Winterlicht herein, gebrochen von einem mehrstufigen hochtransparenten Kuppeldach aus doppelschaligem Acrylglas, verstärkt mit Stahlträgern.

Unsichtbare Luftbefeuchter arbeiten unter dem Grün riesiger Dattelpalmen. Heizelemente im Boden sorgen für eine gleichbleibende Temperatur und schaffen das Klima, das die diversen Exemplare der Gattung »Arecales« zum Leben brauchen. Das Palmencafé ist einzigartig. Über zwanzig verschiedene Palmenarten wachsen hier zu jeder Jahreszeit.

Zwischen den Palmen haben die Schlossbediensteten festlich dekorierte weiße Tische aufgestellt. Hier soll heute Abend das Hauptevent stattfinden, gekrönt von einer Rede, die sie halten wird. Im hinteren Teil des Cafés bauen Arbeiter dafür gerade eine kleine Tribüne auf, rechts und links davon wachsen zwei von dampfendem Trockeneis gekühlte, riesige Eisskulpturen in die Höhe. Darüber wölbt sich die Glaskuppel. Auf einem der Tische am Kuppelrand wartet ihr Frühstück.

Sie setzt sich und besichtigt zufrieden das Gewusel. Während sie ihren *double-double*, einen Kaffee mit doppelt Milch und doppelt Zucker, schlürft, malt sie sich mit diebischer Freude die Gesichter ihrer ehemaligen Bekannten aus. Ob sie sie wohl wiedererkennen?

Sie trinkt aus und schlendert gedankenverloren durch den Saal. Durch die Schleusentür kann sie einen Blick auf den vereisten Bodensee erhaschen. Der Schlosshügel ist der höchste Punkt der Insel. Er liegt knapp vierhundert Meter über null. Vor ihr fällt das Gelände in sanften Terrassen zum See hin ab. Im Sommer blühen dort Abertausende Rosen. Doch jetzt ist alles weiß. Die Sonne spiegelt sich grell auf den Eisplatten. Manchmal hört man ein dumpfes Knacken und Grollen. Das Eis arbeitet. Heute Nacht soll es wärmer werden. Im Radio warnen sie vor aufziehenden Nebelbänken. Eine gefährliche Kombination. Dramatisch. Genau das richtige Wetter für sie.

»Äh … Frau Gräfin von Buchhorn-Smith. *Excuse me …*«

Ein Mitglied des Mainauer Bankettkomitees steht verlegen mit einem Handy vor ihr. Auf dem Schild am Revers seines tadellos gebügelten blauen Sakkos steht »Holger Schwindle«. Warum die auch für alles ein eigenes Komitee brauchen?

»Sie könnet ruhig Schwäbisch schwätza. Ich versteh Sie schon.«

Holger Schwindle windet sich in seinem Anzug. »Da ist ein Anruf für Sie … Die Polizei ist dran.«

Na, das kann ja heiter werden. Geht das vielleicht aufs Konto ihrer ehemaligen Bekannten? Ein kleiner *reminder* an ihre Vergangenheit?

Wie sich herausstellt, ist es etwas völlig anderes. Als sie mit dem Anruf fertig ist, weiß sie nicht, ob sie amüsiert, wütend oder verwirrt sein soll. So ist sie ein bisschen von allem. Nachdem ihr der mit italienischem Akzent sprechende Polizist klargemacht hat, dass der Smaragd in ihrem Collier vermutlich illegal erworben wurde, hat sie eingelenkt. Diese Art von Skandal braucht sie jetzt, im Moment ihres größten Triumphs, ganz bestimmt nicht. Aber wer hätte das gedacht … Der nette Herr Junginger. Ein Hehler. Nun ja, heißt es nicht, das Leben schreibe selbst die kuriosesten Storys? Und ein paar davon hat sie selbst erlebt.

Sie überlegt, was sie jetzt machen soll. Das Fest absagen? *Ihr* Fest? Einen Rückzieher machen? Nein, auf gar keinen Fall. Ihre für Schwaben ganz untypische Abenteuerlust ist geweckt. Der Geist, der sie einst mit nichts als einer Reisetasche und ihrem besten Kleid über den Ozean trieb, ist aus der Flasche. Sollte der Dieb ruhig kommen. Der Polizist hat ihr bestimmte Dinge aufgetragen, die sie jetzt erledigen wird. Die Ganoven würden schon merken, mit wem sie sich angelegt haben.

Eine fatale Fehleinschätzung, wie sich später herausstellen wird, als sich ihre »Back to the roots«-Party in ein lebensgefährliches Chaos verwandelt.

Neue Spieler

Auch in Muggenpfuhl läutet ein Telefon.

»Geht da mal einer ran, ihr *inetti*?« Elvira Sorentino ist schon fast wieder die Alte.

Sie bereitet gerade ihre berüchtigten »Mafia-Spätzle« zu, eine Mischung aus italienischer Pasta und original schwäbischen Spätzle. Das Schwierigste dabei, da teilt sie ganz die Meinung von Hans Gluck, ist der Teig. Penibel misst sie das Mehl ab. Nachdem sie herausgefunden hat, was in ihrer Abwesenheit passiert ist, hängt der Haussegen im Haus Sorentino schief. Ihre Jungs haben Hausarrest. Sie waren zumindest teilweise an der Verwüstung des Hotels gegenüber beteiligt, obwohl sie beharrlich alles abstreiten. Ungezogene Lausbuben! Das kann Elvira nicht tolerieren. Salvatore rennt immer noch mit Verband herum, und Luigi faselt irgendetwas von Geistern. Was für eine *stronzata*! An das, was mit ihr passiert ist, kann sie sich nicht erinnern. Sie weiß nur, dass sie sehr lange geschlafen hat. Und sie hat von ihrem Mann geträumt. Aber an Geister hat sie noch nie geglaubt. Nur an Menschen mit zu vielen Waffen und zu wenig Gehirn. Endlich nimmt jemand ab. Elvira wendet sich wieder ihren Spätzle zu. Ihr Mann klopft ihr auf die Schultern.

»Gut gemacht, *cara mia*.«

Sie lacht beglückt auf. Durch die Schwingtür beobachtet Salvatore besorgt, wie sie, die Spätzlepresse in der Hand, anfängt mit der leeren Luft zu reden.

Drüben hält Luigi den Hörer in der Hand. »Trattoria Sorentino, Luigi hier.«

Einer der Kontakte, den sie angerufen haben, um Jean Remy zu finden, ist dran. Er hat Neuigkeiten.

Luigi lauscht aufmerksam, dann ruft er seinen Bruder herbei. Der blinzelt verstört unter seinem Verband hervor. »Also, versteh ich das richtig, *fratello*? Il Polpo hat angerufen und gesagt, auf dem Schloss auf der Insel Mainau steigt ein Ding. Bei einer

Party? Und das hat irgendwie mit dem Friseur zu tun, den der Caruso gesucht hat? Dieser Ex-Meisterdieb? Und was haben wir damit zum Schaffe?«

»Du *stronzo*! Der Caruso hat gemeint, das mit den Geistern hört erst auf, wenn der Dieb gefasst ist. Der Friseur war's offensichtlich nicht, sonst hätt's ja schon aufgehört. Oder hast du den Eindruck, dass es der *mamma* besser geht?«

»Noi, die steht in der Küche und schwätzt mit dem Geschirr. Vielleicht hat Giovanni doch recht. Dass die so einen Psychozusammenbruch hat.«

»Schwätz doch keine *merda*. Die *mamma* und ein Zusammenbruch? Im Leben nicht. Ich mein: Es ist doch ganz einfach: Die Geister verfolgen die *mamma*. Caruso verfolgt den Friseur. Der führt ihn zu dem Dieb. Und wenn er den hat, hört der ganze Spuk auf, und die *mamma* wird wieder gesund. *Capisci?*«

»Ist das so ein ›Alles hängt mit allem zusammen‹-Ding?«

»Jetzt hast mich!«

»Und wie kommen wir ins Schloss?«

Sein Bruder grinst überlegen. »Hast du deine alte Lieferantenuniform noch?«

Die Trattoria hat eine Zeit lang auch Essen ausgeliefert. Aber das Geschäft hat sich nicht rentiert. Dafür ist Muggenpfuhl zu klein. Und Trinkgeld gibt's auch zu wenig. Dafür ist es zu schwäbisch.

»Na klar. Wieso?«

»Catering wird doch heutzutage überall gebraucht.«

In einer Winternacht

Ein alter Ford quält sich die kurvenreiche Straße zwischen Überlingen und der Insel Mainau entlang. Die Landschaft rund um den See wirkt schier erdrückt von den endlosen Schneemassen. Es beginnt zu schneien. Das monotone Reiben der Scheibenwischer wird nur unterbrochen vom statischen Knistern des Radios. Um inkognito zu bleiben, haben sie Schmälzles Privatauto genommen. Der Polizist versucht, einen Sender zu finden, und bleibt auf Radio Seefunk hängen.

Die Stimme des Moderators explodiert vor guter Laune. »Weihnachten ist zwar schon vorbei – aber einmal lassen wir ihn noch rollen. Den Coca-Cola-Weihnachtstruck. Einer meiner absoluten Lieblingssongs. Melanie Thornton mit ›Wonderful Dream‹. Aber vorher noch zu zwei Sondermeldungen. Die Polizei warnt davor, den Bodensee zu betreten. Heute Nacht soll es mehrere Grad über null geben. Nachdem die vergangenen Tage Tausende Schaulustige auf dem See unterwegs waren, ich übrigens auch, fängt die Eisfläche an zu schmelzen und wird brüchig. Also, bleibt weg vom Eis! Das kann lebensgefährlich werden. Und jetzt Achtung! Das ist kein Weihnachtsscherz: In Schwaben sind die Geister los. Einwohner der Kleinstadt Muggenpfuhl berichten übereinstimmend von Geistererscheinungen. Auch die Polizei wurde bereits eingeschaltet …«

Schmälzle schaltet das Radio ab. »Mensch, jetzt überholt doch«, murrt er. Doch die rote Ente vor ihm denkt überhaupt nicht daran. Schmälzle folgt ihren Rücklichtern jetzt schon seit einer Viertelstunde. Angelica hat darauf bestanden, selber zu fahren.

Nach der letzten Fahrt mit Caruso hält sie das für sicherer. Schmähle ist selbstredend hocherfreut, sie begleiten zu dürfen. Die Ente reiht sich hinter einem Lkw ein, der sich im Schneckentempo durch die eisige Landschaft quält.

»*Calma*, lieber Freund.« Caruso legt ihm beruhigend die Hand auf den Arm. »Die fahren eben vorsichtig.«

»Ha, von wegen, die haben Schmetterlinge im Motor.«

Kahle Bäume recken ihre gefrorenen Glieder in die eisige Luft. Schneebedeckte Büsche huschen am Wegrand vorbei. Im Scheinwerferlicht sehen sie aus wie gefrorene Igel. Gott sei Dank sind es bis zur Insel Mainau nur noch wenige Kilometer. Jean Remy steckt seinen tadellos frisierten Kopf zwischen den Sitzen hindurch. Der Geruch nach teurem Aftershave begleitet ihn. Sie haben ihn und eine große Tasche mit Ausrüstung an der Überlinger Strandpromenade eingeladen. Er, Caruso und Schmälzle tragen bereits dunkelblaue Kellner-Uniformen. Clara von Buchheim-Smith war so nett, ihnen den Bediensteten-Dresscode zu schicken. »Wie lange kennen Sie diese Angelica eigentlich schon?«, fragt Jean Remy.

Caruso schreckt aus seinen Gedanken auf. »Oh, wir kennen uns noch nicht so lange. Sie bedurfte meiner besonderen Fähigkeiten für den Transport einer wertvollen Fracht.«

»Ach, Sie meinen den Riesensmaragd.«

Schmälzle schnaubt verblüfft. Entgeistert dreht sich Caruso um. »Woher wissen Sie davon?«

»Das war nicht so schwer herauszukriegen. Die Dame kam mir irgendwie bekannt vor. Dann ist mir eingefallen, wo ich sie schon mal gesehen habe. In einem Zeitungsartikel. Ich hab ihn rausgesucht, und dann wurde mir klar, dass es hier nicht nur um irgendwelche Smaragddiebstähle geht. Es geht um Furia, stimmt's?«

»Behalten Sie's für sich«, knurrt Schmälzle.

»Oh, keine Sorge. Ihr Geheimnis ist gut bei mir aufgehoben. Ich hoffe, so gut wie meins.« Er grinst listig und klopft Schmälzle auf die Schulter.

Neben ihnen leuchtet, zwischen Lücken im verschneiten Gebüsch, der See gespenstisch in die Nacht. Nebelbänke wallen über das Eis. Farngewächse, Schilf und Ahornbäume säumen die Straße. Angelicas Ente wird langsamer. Sie biegen auf einen geschotterten Parkplatz am Seeufer ein, den ein Flackern erhellt. Rechts und links einer muschelförmigen Eingangspforte brennen in zwei stählernen Rundpavillons Leuchtfeuer, eifrig geschürt von livrierten Bediensteten. Das zuckende Licht spiegelt sich in den Frontscheiben davor geparkter Edelkarossen. Ein Mercedes reiht sich an den anderen. Dazwischen Ferraris und mehrere Lamborghinis.

»Ist das ein Aston Martin?« Mit offenem Mund späht Schmälzle nach draußen. »Heilig's Blechle abbr au. Da steht auf drei Quadratmetern mein Gehalt bis zur Pensionierung.« Er schüttelt den Kopf. »Was ist das noch mal für ein Fest?«

»Eins, auf das wir offiziell nicht eingeladen sind. Dass wir hier sind, weiß nur die Gräfin von Buchhorn-Smith. Wir bewegen uns sozusagen unter dem Radar. Das Wichtigste ist, dass der Dieb auf gar keinen Fall etwas mitbekommt.«

Palmen im Eis

Sie parken ihre Fahrzeuge am Seeufer, in einer der hinteren Reihen des Parkplatzes. Fünfzig Meter vor ihnen liegt die Pforte, der einzige Zugang zur Insel. Ein kalter, feuchter Wind faucht ihnen entgegen. Die Luft riecht nach Eis. Caruso verteilt kleine Kopfhörer.

»Wir sind jetzt alle über Funk verbunden. Bitte denken Sie daran, wenn Ihnen irgendetwas auffällt, melden Sie es sofort an alle.«

Auch Angelica hat eine Kellnerinnen-Uniform an. Skeptisch überprüft sie sich im Außenspiegel ihrer Ente. »Also ich weiß nicht, ob mir das irgendjemand abkauft ...«

»Signorina Angelica, Sie sehen phantastisch aus.« Schmähle strahlt über beide Backen.

Die Kuratorin verdreht die Augen. »Genau das ist das Problem.«

Schmähle ist der Einzige, der normale Kleider trägt. Das gleiche Highschool-Outfit, das er beim ersten Treffen mit Angelica anhatte.

»Äh, übrigens, wann krieg ich denn meine Uniform? Ich krieg doch eine, oder? Ansonsten hab ich alles dabei.« Stolz zeigt er ein Schulterhalfter, das er unter seiner Collegejacke trägt. Darin steckt ein ziemlich großer Revolver.

Caruso fasst ihn am Ärmel und zischt: »Um Gottes willen, packen Sie den weg. Wir sind inkognito hier. Wenn das jemand sieht, ist unsere Tarnung aufgeflogen.«

»Na gut, also krieg ich jetzt meine Verkleidung?«

»*Sfortunatamente no.* Leider nein. Sie, mein Lieber, haben heute eine weitaus wichtigere Aufgabe. Sie sichern den einzigen Weg, über den der Dieb fliehen kann. Sie sind, das muss ich leider sagen, besser ... äh, zu Fuß als ihr geschätzter Kollege.«

»Ich kann schon rennen, aber es dauert eben ein bissle, bis ich meine Endgeschwindigkeit erreiche«, gibt Schmälzle beleidigt zurück.

»Das heißt: Ich komm nicht mit?« In Schmähles Gesicht zeichnet sich bodenlose Enttäuschung ab.

»Nicht traurig sein. Sie sind unser Trumpf, unser Ass im Ärmel. Nicht einmal Gräfin Buchhorn-Smith weiß, dass Sie hier sind. Ich hab Sie nicht angemeldet. Es gibt nur einen einzigen Weg, um von dieser Insel zu kommen. Und der führt über diese Straße.«

Er deutet nach vorn, wo sich nach der Eingangspforte ein weißes Band scheinbar im Nichts des Sees verliert. »Wenn uns der oder die Diebe entwischen, dann ist es Ihre Aufgabe, sie aufzuhalten.«

»Das heißt, ich kann mich nicht mal ans Feuer setzen?«

»Äh ... am besten wäre es tatsächlich, Sie hielten sich irgendwo in der Nähe der Straße auf dem Eis bereit. Wenn Sie jemand anspricht, sind Sie nur irgendein Tourist, der über den See wandert. Aber vorsichtig! Bleiben Sie in der Nähe des Ufers. Je weiter Sie nach draußen gehen, desto brüchiger wird das Eis.«

»Na, das ist ja super. Ich darf mir hier den Hintern abfrieren, und alle anderen gehen aufs Fest ...«, schmollt Schmähle.

»Nehmen Sie das hier.« Jean Remy wühlt in seiner Tasche und streckt ihm die Nachtsichtbrille und einen weißen, gefütterten Kapuzenoverall hin. »Der ist warm, und so wird man Sie auf dem Eis nicht so schnell erkennen.«

»Dank schee für nix«, murrt der Polizist und schlägt sich ins Gebüsch. Gleich darauf hat ihn die Dunkelheit verschluckt.

»Wollen wir dann?« Caruso marschiert bereits in Richtung Eingangspforte.

»Halt, halt! Fehlt noch jemand«, ruft ihm Schmälzle hinterher.

Angelica ist verschwunden. Gleich darauf taucht sie jedoch zwischen den Autos wieder auf. Sie hat sich die Haare zu einem Pferdeschwanz gebunden und sich abgeschminkt. Jetzt sieht sie aus wie eine übermüdete Kellnerin. »Ich denke, das ist glaubhafter so.«

»Exzellent, Signorina Fiorelli. Und jetzt ganz unauffällig. Wir sind nur Kellner.«

Er deutet auf zwei Polizeiautos, die rechts und links des Einlasses parken. Davor vertreten sich frierende Polizisten die Beine. Dazwischen wartet bereits eine ansehnliche Schlange von Gästen. Vorherrschend sind Frack und Boss-Anzüge bei den Herren, Armani und Gucci bei den Damen. Als sie endlich an der Reihe sind, nimmt ein ältlicher Kontrolleur mit Nickelbrille ihre Pässe unter die Lupe. Misstrauisch späht er hinter seinem Milchglasfenster hervor. »Soso, internationale Kellner, sagen Sie …«, brummt er.

»*Sì, sì, cameriere di Roma.* Direkt aus Rom. International, eh? Sehr exklusiv. Nur für beste *cliente*«, schwadroniert Caruso fröhlich.

»Ich muss mal telefonieren.«

Die vier sehen sich nervös an. Sind sie schon aufgeflogen?

Doch kurz darauf eilt ein junger, schlaksiger Mann mit von der Kälte gerötetem Gesicht herbei und ruft dem Kassenwart zu: »Gerhard, das passt. Die gehören zu mir.«

Er trägt einen hellen Lodenmantel, an dessen Revers ein goldenes Ansteckschild befestigt ist. Neben einer stilisierten Krone, deren Spitzen den Schriftzug »Mainau« bilden, steht darauf »Inselkomitee«. Der Einlasser murmelt etwas Unverständliches und wendet sich wieder der Schlange zu. Sie lassen die Absperrung hinter sich.

»Holger Schwindle«, stellt sich ihr Begleiter flüsternd vor. »Ich bin von der Gräfin höchstpersönlich instruiert worden. Ich bringe Sie jetzt ins Schloss. Was Sie dort machen, ist Ihre Sache. Topsecret. Ich weiß. Psst! *Zip it!*«

Er legt verschwörerisch den Zeigefinger an die Lippen und macht eine Bewegung, als zöge er einen Reißverschluss zu. Vor ihnen öffnet sich die Weite des Sees. Im Nebel kann man ihn mehr fühlen als sehen. Eine in Bronze gegossene Kreuzigungsgruppe taucht einen Augenblick lang vor ihnen auf, flackernd und unheimlich im Schein der Flammen. Am Geländer hängen nebeneinander unzählige Bügelschlösser, versehen mit den Initialen Frischverliebter. Heute hat die Insel wenig Romantisches an sich. Unsichtbar kauert sie in der feuchtkalten Finsternis vor ihnen. Die Straße ist nur etwa hundertfünfzig Meter lang. Während sie sie überqueren, gleiten immer wieder fast lautlos große Edelkarossen an ihnen vorbei, dunkle Schiffe in einem Nebelmeer.

»Die Ehrengäste. Alle adlig«, erklärt Schwindle ehrfürchtig. »Die dürfen direkt auf der Insel parken.«

»Schön für sie. Wie weit ist es denn noch?«, gibt Schmälzle schnaufend zurück.

»Ungefähr eineinhalb Kilometer.«

Das Eis knackt und knarrt. Unwillkürlich rücken die vier näher zusammen.

»Ist schon ein Heidenspektakel, so eine Seegfrörne, nicht? Erstaunlich, dass dabei nicht mehr Menschen umkommen. Bei der letzten sind zwei Jugendliche auf einer Eisscholle davongetrieben. Man fand nur noch einen Schal und ein paar Handschuhe. Wenn Sie sich bei diesen Verhältnissen auf dem See verlaufen, findet Sie so schnell keiner.«

»Sehr erbaulich«, erwidert Caruso sarkastisch.

Der Übergang zur Insel vollzieht sich fast unmerklich. Kies knirscht unter ihren Schuhen. Ein geschotterter Weg bringt sie an einem verlassenen Café und einem verwaisten Kiosk vorbei ins Innere der Insel. Riesige Bäume wachsen links und rechts des Wegs in die Höhe.

Ihr Führer ist nervös und redet ohne Unterbrechung. »Das hier ist unsere Sequoia-Allee. Bekannter unter dem Namen Mammutbäume. Chinesisches Rotholz. Die Bäume sind teilweise bis zu zwanzig Meter hoch. Ist aber noch gar nichts. Die größten wachsen über fünfundneunzig Meter. Im Urwald natürlich.«

Laternen zerren immer wieder unwirkliche, märchenhafte Bilder aus der Dunkelheit. Zwischen den Bäumen entdeckt Caruso eine überdimensionale schneebedeckte Blumen-Ente. Ab und zu überholen sie im diesigen Nebel festlich angezogene Besucherpärchen, die sie aber keines Blickes würdigen. Der Schnee verschluckt das Geräusch ihrer Schritte. Schmälzle schnauft wie eine alte Dampflok. Nach ein paar hundert Metern biegt ihr Führer nach rechts ab, dann führt der Weg über steinerne Stufen in die Höhe. Auf einem Plateau, etwa dreißig Meter höher, wird der Grund wieder eben.

»Die Großherzog-Friedrich-Terrasse. Von hier aus hat man normalerweise eine herrliche Aussicht über den Bodensee.«

Heute ist davon nicht viel zu sehen. Nebel wallt auf der planen weißen Fläche unter ihnen. Dort, wo er sich einen Moment lichtet, erkennt man, dass sich Eisschollen übereinandergeschoben und zu meterhohen bizarren Formationen aufgetürmt haben. Caruso sieht dazwischen ab und zu Lichter aufblinken. Immer noch sind zahllose Menschen auf dem See unterwegs.

»Ist es noch weit?«, keucht Schmälzle.

»Wir müssen noch durch das Arboretum.«

»Das was?«, fragt Schmälzle und stolpert prompt über eine Baumwurzel.

»Eine Baumsammlung«, meldet sich Angelica, deren Wangen die Kälte rot gefärbt hat.

»Ach so ... Da wär ich auch noch draufgekommen.«

Ächzend rappelt er sich wieder auf und sieht Angelica neidisch hinterher. Die Kuratorin bewegt sich so geschmeidig, als ob sie im Dunkeln sehen könnte. Mächtige bemooste Stämme ragen vor ihnen auf. Ab und zu wirft ein bleicher Mond etwas Licht nach unten. Das Arboretum entpuppt sich als Sammlung von über fünfhundert verschiedenen Baumarten, zusammengedrängt auf einem halben Quadratkilometer. Ein Irrgarten aus weit herabhängenden, schneebedeckten Ästen und gigantischen Baumstämmen.

Verstohlen bewegt sich die Gruppe durch eine stille, märchenhafte Landschaft aus verschlungenen Wurzelnestern, geheimnisvoll ineinander verwobenen Zedern, Metasequoien und vielstämmig verwachsenen Mammut- und Tulpenbäumen. Weit vor ihnen erscheinen Lichter. Sie passieren einen dicken Turm mit einem kegelförmigen Spitzdach und den Torbogen eines vorgelagerten Gebäudes, dann liegt es vor ihnen: das Schloss.

Es sieht aus wie eine aus der Zeit gefallene Erscheinung. Drei barocke Flügel mit Rundbogenfenstern umschließen einen festlich geschmückten Innenhof, in dessen Mitte ein gigantischer funkelnder Tannenbaum steht. Vor dem rechten Flügel hat sich bereits eine ansehnliche Schlange gebildet. Kellner huschen emsig umher und reichen behandschuht Sektgläser. Jean Remy strebt bereits auf die Kellner zu, doch ihr Führer zieht sie, dezent, aber bestimmt, weg von dem Licht, in den Schatten einer alten, im Barockstil erbauten Kirche rechts neben dem Schloss. Die Kirche ist eingerüstet, und eine bedruckte Plane bedeckt ihre Vorderseite. Darauf prangt über dem Schriftzug »Renovierung der Schlosskirche St. Marien – weil sie ein Stück Heimat ist« das überdimensionale Gesicht der Gräfin Clara von Buchhorn-Smith.

Interessiert betrachtet Caruso die Plane, hinter der sich die Umrisse eines Baugerüsts abzeichnen.

»Zumindest kennen wir jetzt den Grund für das Fest.«

»Ist ja auch kaum zu übersehen«, bemerkt Angelica spöttisch.

»Jaja, die Gräfin hat uns eine überaus großzügige Spende zukommen lassen. Aber wir sollten jetzt weiter.«

Angespannt trippelt ihr Führer von einem Bein aufs andere. Jean Remy bleibt noch einen Moment stehen und sieht nach oben. Dazu bewegt er lautlos die Lippen. Caruso folgt seinem Blick. Das Kirchendach grenzt unmittelbar ans Schloss. Dazwischen, in einer Höhe von achtzehn Metern, klafft ein Spalt von etwa eineinhalb Metern. Schwindle führt sie um die Kirche herum. Sie passieren zwei sonderbare kleine Fahrzeuge, die aussehen wie Miniatur-Lkws. Zwei Männer laden große weiße Thermoboxen aus. Einer hat einen Verband am Kopf. Auf einem Kotflügel liest Caruso »Super-Mainau – Catering«.

»Unser eigener Lieferservice«, erklärt Schwindle sichtlich stolz. Hinter der Kirche schließt sich ein futuristisch anmutender Glasbau an. Es sieht aus, als hätte jemand drei erstarrte Wellen aus Glas aufeinandergetürmt.

»Der Palmengarten«, flüstert ihr Führer. »Hier findet die

Hauptveranstaltung statt, bei der auch die Gräfin sprechen wird. Ich bring Sie jetzt zum Hintereingang.«

Wieder bleibt Jean Remy zurück und inspiziert aufmerksam das Glasdach. Jede der halbzylinderförmigen Wellen ist etwa vier Meter hoch. Er nickt, als fühlte er sich in etwas bestätigt. Aus der Mitte der untersten Welle ragt eine Eingangsschleuse hervor. Davor stehen zwei grimmig aussehende Security-Beamte. Die ersten, die Caruso an diesem Abend sieht.

»Wie sieht's denn mit der Sicherheit aus?«, fragt er Schwindle. »Sieht aus, als gäbe es hier ausreichend Motivation für potenzielle Diebe.«

»Ach, die Gräfin hat's nicht so mit Überwachung. Sie vertraut darauf, dass das hier eine Insel ist. Man kommt schwer drauf und noch schwerer wieder runter.«

»Aber das Eis ...«

»Ist brüchig. Man muss schon lebensmüde sein, wenn man heute draufgeht. Bei diesem Temperaturanstieg ...«

Er winkt den beiden Security-Mitarbeitern zu, doch diese weigern sich, den Weg freizugeben. Der Grund: Jean Remys Rucksack. Zähneknirschend muss er ihn abgeben. Schwindle nimmt ihn an sich.

»Passen Sie ja auf ihn auf.«

»Keine Sorge. Ich deponier ihn bei der Garderobe. Dann lass ich Sie jetzt mal allein.«

Die Eingangsschleuse führt zu einem Doppeltürsystem, das die vier nacheinander betreten. Feuchtwarme Luft schlägt ihnen entgegen. Es riecht nach Erde, nach vielen Menschen und nach gutem Essen. Schmälzles Magen beginnt zu knurren. Eine Liveband spielt Sechziger-Jahre-Swing, man hört Stimmengewirr und das Klirren von Gläsern und Tellern. Verblüfft sieht sich Caruso um und beäugt ungläubig die riesigen Palmen, die neben kleineren Farnen und Pflanzen bis zur Decke wachsen. Ein Dschungel mitten im Eis.

»*Eccezionale*, wirklich außergewöhnlich ...«

In dem Raum halten sich etwa hundert Personen auf. Die Damen in Ballkleidern, die Herren in Frack und Anzug. Dazwischen huschen im dschungelartigen Grün emsige Kellner und Kellnerinnen umher. Caruso zählt fünfzehn lange Tische, zu beiden Seiten mit Sitzbänken ausgestattet. Sie sind beladen mit den exquisitesten Speisen. Mehrfarbiger Kaviar, alle Arten von Meeresfrüchten, Trüffeln, Austern und Schwalbenbrüste. Ein Koch in weißem Habit tranchiert gerade einen riesigen Hummer, ein anderer fischt kleine dunkle Eier aus einer Terrine. Das Erstaunlichste sind jedoch zwei riesige Eisskulpturen. Jede über drei Meter hoch. Jede ein Meisterwerk. Sie zeigen zwei bis ins kleinste Detail ausgearbeitete Vertreter der Gattung *Gallus gallus domesticus*, dem gemeinen Haushuhn.

Stirnrunzelnd sieht sich Caruso die Skulpturen an. »Die Gräfin scheint ja einen außergewöhnlichen Geschmack zu haben.«

»Hängt vermutlich mit ihrer Kindheit zusammen. Ich hab gelesen, ihre Eltern hatten einen Hühnerhof«, sagt Jean Remy. Das eisige Federvieh flankiert eine im hinteren Teil des Saals aufgebaute Bühne, vor der die Band spielt.

Jean Remy taxiert angelegentlich das Büfett und schnalzt genießerisch mit der Zunge. Auch Schmälzle fühlt sich wie magisch angezogen von den dampfenden Terrinen, Töpfen und den Köstlichkeiten auf Silbertablett.

Der Raum hat zwei Ausgänge. Der, durch den sie hereingekommen sind, und einen auf der anderen Seite, der über eine kleine Treppe erreichbar ist und mit dem Südflügel des Schlosses verbunden ist. Dort strömen die anderen Gäste herein.

»Ich würde vorschlagen, wir teilen uns auf. Schmälzle, Sie bleiben bitte beim Hinterausgang. Signorina Fiorelli, Sie mischen sich unter die Gäste und melden, sobald Ihnen etwas Verdächtiges auffällt. Jean Remy, Sie kommen mit mir. Wir beide versuchen, dem Dieb auf die Schliche zu kommen.«

»Kann ich beim Aufpassen was essen?«, fragt Schmälzle treuherzig.

Caruso seufzt. »Ich vermute, ich kann Sie sowieso nicht davon abhalten. Aber lassen Sie sich nicht erwischen. Sie sind als Kellner hier. Und die essen normalerweise nicht vom Tisch.«

Jean Remy hat sich in die Mitte des Saals gestellt und mustert aufmerksam die Kuppeldecke.

»Sehen Sie was?«, fragt Caruso.

»*Non, non pas encore.* Ich weiß noch nicht … Aber ich sehe Möglichkeiten. Und eine davon befindet sich direkt über uns.« Caruso schaut nach oben. Überall in die konkave Glasdecke sind kleinere und größere Belüftungsklappen eingelassen. Jean Remy macht, den Kopf im Nacken, ein paar Schritte zur Seite, bis er fast am Podium steht. Auch dort ist eine Klappe.

»Aha!«, stellt er zufrieden fest.

»He, ihr werdet fürs Schaffe zahlt. Nicht fürs Maulaffe feilhalte«, raunzt sie ein magerer Kellner im Vorübergehen an.

»Lassen Sie uns an den Rand gehen. Dort sind wir weniger auffällig«, flüstert Caruso und zieht ihn zu einem der gedeckten Tische.

Jean Remy lässt einen hungrigen Blick über die appetitlich angerichteten Häppchen schweifen. »Wir sollten uns auf jeden Fall auch diese herrlichen Krabben genauer ansehen.«

»Wir sind nicht zum Essen hier.«

»Ich weiß, aber wie man im Französischen sagt: *La chance sourit aux audacieux.* Man muss die Gelegenheit beim Schopf packen. Das ist das, was einen guten Dieb ausmacht.«

Von ihrer Gastgeberin ist weit und breit nichts zu sehen. Caruso sieht auf die Uhr. Es ist kurz vor zweiundzwanzig Uhr. In diesem Moment spielt die Band einen langen Tusch. Das Stimmengewirr erstirbt. Die Lichter werden heruntergedimmt.

Ein einzelner Scheinwerfer beleuchtet den vorderen Eingang. Applaus brandet auf.

Gräfin von Buchhorn-Smith trägt zur Feier des Abends einen langen schneeweißen Pelzmantel, Handschuhe und ein schwarzes, hochgeschlossenes Kleid. Ihre Haare sind kunstvoll nach oben drapiert.

Jean Remy schnalzt anerkennend mit der Zunge. »Keine schlechte Arbeit. Könnte von mir sein.«

Caruso und er haben sich nach vorn gedrängt und stehen jetzt in zweiter Reihe. Wie eine Königin schreitet die Gräfin huldvoll durch die Reihen der Gäste, die sich zu einem Spalier öffnen. Sie grüßt nach links und rechts und erklimmt mit jugendlichem Elan die Bühne. Als sie ihren Mantel nachlässig über einen Stuhl wirft, geht ein Raunen durch die Menge. An ihrem Hals funkelt und gleißt ein wundervolles Collier. In der Mitte – ein faustgroßer Smaragd.

Jean Remy pfeift anerkennend durch die Zähne. »Aha, da ist es ja. Das *pièce de la résistance magnifique*!«

Die Gräfin klopft vorsichtig an das Mikrofon. »Liebe Freunde, Bekannte, Honoratioren, Spender und Gäste. Ich freue mich, heute Abend hier zu sein und etwas für meine alte Heimat tun zu können. Ja, ich bin in die Fremde gegangen, aber bestimmte Dinge nimmt man mit, egal, wohin es einen verschlägt.« Sie macht eine Pause und wirft einen langen, bezeichnenden Blick auf die beiden Eishühner links und rechts von ihr. »Schwaben war immer ein wichtiger Teil von mir. Obwohl nicht alle Erinnerungen daran gute sind.« Ihre Augen verziehen sich zu kleinen Schlitzen, als sie die anwesenden Gäste ins Visier nimmt. Einige sehen etwas beschämt zur Seite. »Aber wenn ich eins in Übersee gelernt habe, dann dass es besser ist, die Vergangenheit ruhen zu lassen. Sonst hat man keine Kraft für die Zukunft ...«

In diesem Moment gibt es irgendwo im Gebäude einen scharfen, deutlich hörbaren Knall. Eine Sekunde später geht im ganzen Saal das Licht aus. Erwartungsvolle Stille. Dann erstes Gemurmel.

»Gehört das zur Vorstellung?«

»Ist das ein Showeffekt?«

Es dauert ein paar Sekunden, dann springt irgendwo im Haus ein Notgenerator an. Im Saal wird es wieder hell. Die Gräfin, die sich nicht von der Stelle gerührt hat, sieht sich irritiert um. Mehrere Bedienstete schirmen sie ab, doch Jean Remy und Caruso haben es bereits gesehen. Das Collier am Hals der Gräfin ist verschwunden. Jean Remy glaubt, unter der Decke gerade noch eine Bewegung wahrzunehmen.

»Ich wusste es.« Grimmig klatscht er die Faust in die Hand

und zieht Caruso von der Bühne weg. »*Vite, vite!* Kommen Sie, ich weiß jetzt, was die Diebe vorhaben.«

»Sollten wir nicht im Saal bleiben? Ich bin sicher, das Collier ist irgendwo hier.«

Jean Remy schubst Gäste aus dem Weg und zieht Caruso weiter. »Ist es nicht. Das ist wie bei einem guten Zauberer. Während Sie sich auf seine rechte Hand konzentrieren, stiehlt er Ihnen mit der linken das Portemonnaie.«

Wilde Jagd

Caruso und Jean Remy kämpfen sich bis zum Ausgang vor, der ins Gebäudeinnere führt. Ein Alarm beginnt zu heulen.

Hinter ihnen werden Rufe laut. »Das Collier! Das Collier ist weg.« Und: »Diebe!«

Zwei stämmige Bodyguards am Ausgang stoppen ihren Lauf.

»*Zut alors!*«, flucht Jean Remy.

»Was ist denn da los?«, knackt Schmälzles Stimme in ihren Kopfhörern. Es klingt, als ob er den Mund voll hätte.

»Jetzt nicht, Schmälzle. Sichern Sie den Ausgang nach hinten und melden Sie, wenn Ihnen etwas Verdächtiges auffällt.«

»Mach ich.«

Obwohl Caruso seinen Ausweis zeigt und den Security-Mitarbeitern erklärt, dass sie von der Polizei sind, bestehen sie auf eine ausgiebige Leibesvisitation. Ihr Glück: Hinter ihnen drängen andere Gäste ebenfalls zum Ausgang. Die Türsteher beeilen sich. Trotzdem verlieren sie wertvolle Minuten. Kaum sind sie draußen, sprintet Jean Remy mit einer Geschwindigkeit los, die man einem Mann seines Alters nicht im Entferntesten zugetraut hätte. Caruso kann ihm kaum folgen.

»Kommen Sie, *vite*!« Jean Remy hetzt durchs Foyer, schnappt sich seinen Rucksack von einer verwirrten Garderobiere, orientiert sich kurz und stürmt dann eine Marmortreppe nach oben. »Wir müssen aufs Dach!«

»Woher wissen Sie das?«, keucht Caruso.

In Remys Augen blitzt es. »Ich werde doch meinen eigenen Plan kennen. Los jetzt, kommen Sie!«

Die nächste Treppe. Jetzt sind sie im zweiten Stock. Ihre Schritte hallen auf dem Parkettboden. Alte Ölbilder und antike Möbel fliegen an ihnen vorbei. Caruso hat längst die Orientierung verloren. Auf dem Weg durch die Gänge des Schlosses begegnet ihnen ein verstörtes Dienstmädchen.

Caruso hält ihr seinen Ausweis vor die Nase. »Wir sind von der Polizei.«

»Das Dach … wo geht's hier aufs Dach?«, stößt Remy hervor.

Das Zimmermädchen zeigt wortlos nach hinten zu einer kleinen Treppe.

»*Grazie mille.*« Die beiden stürmen an ihr vorbei. Die Treppe führt zu einer Dachbodenklappe. Sie ist verriegelt. Doch das schwere Vorhängeschloss daran ist fachmännisch aufgesägt worden.

»Hab ich's mir doch gedacht. Leise jetzt.«

Vorsichtig stemmt Jean Remy die Klappe auf. Darüber öffnet sich ein großer halbdunkler Raum, schwach erleuchtet von Mondlicht, das durch kleine Dachfenster fällt. Leise betreten sie den Dachboden und warten, bis sich ihre Augen an das schummrige Halbdunkel gewöhnt haben. Kalte Luft weht ihnen entgegen. Remy wendet sich nach rechts. »Da lang.«

Ein rundes Dachfenster, das zu einem Erker gehört, steht halb offen. Hier muss der Dieb hinausgeklettert sein.

Caruso fragt sich, warum um alles in der Welt er den Weg übers Dach genommen hat.

»Hier, nehmen Sie den.«

Jean Remy reicht Caruso einen Klettergurt. Der Polizist legt ihn um, dann hakt Jean Remy ein Seil bei ihm ein. Das andere fixiert er an seinem eigenen Gurt.

»Das könnte jetzt etwas heikel werden. Aber keine Angst: Sie hängen jetzt bei mir am Seil.« Der Meisterdieb stemmt sich hoch und schwingt sich geschmeidig zum Dachfenster hinaus. »Auf geht's«, flüstert er Caruso zu und reicht ihm die Hand.

Bäuchlings quält sich Caruso nach oben. Schwer atmend bleibt er einen Moment auf dem Fensterbord sitzen. Das Dach ist mit vereisten Dachschindeln belegt, weiter vorn stechen die schrägen Winkel von kleinen Dachgauben in die Nacht. Vom Fenster weg verlaufen etwa zwanzig Zentimeter hohe Schneefanggitter parallel zur Dachkante. Wenn Caruso das richtig sieht, befinden sie sich auf der rückwärtigen Seite des Schlosses, am äußeren Rand des Mittelbaus, der die beiden Seitenflügel miteinander verbindet. Zehn Meter vor ihnen ragt wie ein unüberwindbares Hindernis der Mittelerker in die Höhe, gekrönt von einem sehr steilen Dach. Er sieht nach vorn. Ihn schaudert. Und das nicht nur wegen der Kälte. Keinen halben Meter vor ihm hört das Dach auf. Dann geht es gute fünfzehn Meter in die Tiefe.

»Kommen Sie. Wir müssen zum Gewächshaus rüberklettern.«

Caruso deutet zum Erker. »Aber das liegt auf der anderen Seite.«

»Worauf warten Sie dann noch?«

Jean Remy huscht das Dach hinauf, als hätte er Saugnäpfe unter den Schuhen.

»Wie machen Sie das?«, flüstert Caruso.

»Spezialsohlen.«

Resigniert mustert Caruso seine dünnen Stiefeletten. *»Fantastico …«*

Ganz vorsichtig richtet er sich auf und hätte fast das Gleichgewicht verloren. Ein eisiger Wind fährt ihm ins Gesicht. Seine Schuhe rutschen auf den glatten Ziegeln ab. Er wedelt wild mit den Armen. Dann packt ihn Jean Remy und zieht ihn mit eisernem Griff nach oben, bis seine Füße Halt am Schneefanggitter finden.

»Vorsichtig, vorsichtig! Wir müssen weiter hoch. Da wird es einfacher.«

»Einfacher«, krächzt Caruso.

Auf allen vieren krabbelt der Polizist zum Dachfirst. Oben wird es tatsächlich etwas leichter, wenn auch nur vorübergehend. Tauben flattern auf. Er ertastet ein dickes Kabel, das wohl zu einem Blitzableiter führt, und hält sich mit beiden Händen daran fest. Vorsichtig schiebt er sich, einen Fuß vor den anderen setzend, im Krebsgang vorwärts. Das Polyamidseil, das sie beide verbindet, hängt locker zwischen ihnen. Drohend ragt der Mittelerker drei Meter hoch vor ihnen in die Nacht. Jean Remy balanciert leichtfüßig an der Seite hinauf, macht zwei große Sätze und hält sich dann an der Fahnenstange fest, die oben auf dem Erker in die Nacht sticht.

Jean Remy fühlt sich sichtlich wohl. »Ach, das hat mir gefehlt.«

Er streckt Caruso die Hand entgegen. »Kommen Sie! Ich zieh Sie rauf!«

Caruso nimmt allen Mut zusammen und springt. Er schafft es gerade so, die Hand Remys zu ergreifen, drei Sekunden später ist er oben.

»Ganz leise jetzt. Schauen Sie: da drüben.«

Caruso späht am Erker vorbei und kann für einen Moment im Mondlicht eine dunkle Gestalt erkennen, die sich aufrichtet und gleich darauf wieder im Schatten eines Schornsteins verschwindet.

»Da ist er, unser Dieb.«

Caruso ist sprachlos. »Aber wie …«

»Erklär ich Ihnen später. Wichtig ist: Er hat noch einen anderen Komplizen unten im Saal.«

»Warten Sie kurz. Schmälzle, hören Sie mich?«

Es knackt in Carusos Kopfhörer, dann meldet sich der Polizist.

»Klar und deutlich. Wo stecken Sie denn? Hier war so ein Trubel. Da ist mir glatt der Appetit vergangen. Die Angelica seh ich auch nirgends. Ich glaub, die ist schon raus.«

»Achten Sie auf eine einzelne Person, die das Gebäude verlässt. Sehr wahrscheinlich gehört einer der Diebe zu den Bediensteten.«

»Alles klärle. Is scho so gut wie erledigt.«

Schräg unter sich kann Caruso die ganz in Schwarz gekleidete Gestalt erkennen. Sie legt sich gerade eine Art Gestell um. Karabiner glitzern in der Dunkelheit. In der Hand hält sie einen Beutel.

»*Putain!* Er will sich abseilen. *Allez, les bleus!*« Die letzten Worte hat Jean Remy laut geschrien und stürzt sich wie ein Raubvogel nach unten.

»Äh …«, sagt Caruso und hält das Seil in die Höhe. Der Dieb schrickt auf und wirbelt herum. Er trägt eine schwarze Skimaske, die nur die Augen frei lässt. Jean Remy hat ihn fast erreicht, als er mitten im Angriff stehen bleibt. Seine Hände sind nach vorn gestreckt, sein Körper angespannt wie eine Feder, das ganze Gewicht ist auf dem vorderen Fuß, der hintere hängt in der Luft. Das Ganze sieht aus wie ein schlechter Bullet-Time-Effekt in einem Film. Eine Zehntelsekunde später reißt das Seil Caruso von den Füßen. Er wirft sich herum und schafft es gerade noch, sich mit einer Hand am Dachfirst festzuhalten. Dann schlägt die Zentripetalkraft zu. Jean Remy schwingt wie an einem Pendel auf den Dieb zu. Die beiden verhaken sich ineinander, und Caruso kann von unten nur Ächzen und dumpfe Schläge hören. Im fahlen Licht vor der gespenstischen Kulisse des gefrorenen Bodensees entbrennt unter ihm ein Kampf auf Leben und Tod. Caruso klammert sich mit aller Kraft fest, doch er spürt bereits, wie ihm die schlüpfrige Rundschindel aus den Fingern gleitet.

»Was ist denn da oben los?«, kommt Schmälzles Stimme aus Carusos Kopfhörer.

»*Aiutooo!* Wir brauchen dringend Hiiiii…!«

Dann saust Caruso schon das Dach hinab wie auf einer Eisbahn. Dem Abgrund entgegen. Verzweifelt tastet er links und rechts. Seine Finger krallen nach feuchten Dachziegeln, kratzen über Moos, rutschen ab, auch seine Füße finden keinen Halt. Er dreht sich einmal um die eigene Achse. Dann wird Remy ebenfalls umgerissen.

Der Mann mit der Skimaske kann sich mit einem ungeschickten Hopser in Sicherheit bringen. Verzweifelt greift Caruso um sich, doch da ist nur noch Leere. Das Dach ist verschwunden. Caruso fällt. Der Dachfirst, der Mond, alles dreht sich um ihn. Er schließt die Augen und wartet auf den Aufprall. Dann strafft sich das Seil mit einem knochenbrechenden Ruck. Der Klettergurt drückt Carusos Brustkorb wie ein Schraubstock zusammen. Langsam stabilisiert sich seine Lage. Die Welt hört auf sich zu drehen.

Vorsichtig öffnet er ein Auge. Unter ihm – sehr weit unter ihm – liegt der Gang zwischen Schloss und Kathedrale. Etwa einen Meter über sich kann er die Dachrinne erkennen. Er baumelt in seinem Traggurt. Seine Augen wandern am Seil entlang nach oben bis zu einem Granitengel, der sich auf einem Traufgesims über der Dachrinne räkelt. Der hat ihm und Jean Remy das Leben gerettet. Das Seil hat sich darin verfangen. Auf der anderen Seite des Engels zappelt, noch einen Meter tiefer, Jean Remy. Sie hängen an der Konsole wie zwei Pendel von einer Uhr.

»Versuchen Sie, am Seil hinaufzuklettern. Ich glaub, ich hab mir die Schulter ausgerenkt«, zischt der Franzose.

Caruso ertastet blind das Seil und arbeitet sich verbissen nach oben. Seine ruckartigen Bewegungen bringen das Seil zum Schwingen. Es knirscht unheildrohend. Feiner Steinstaub rieselt ihm auf den Kopf.

»Porca miseria!« Ächzend schiebt er sich Zentimeter um Zentimeter in Richtung Dachkante.

Aus den Augenwinkeln kann er gerade noch erkennen, wie sich der Dieb gekonnt über die Dachtraufe schwingt und an seinem Seil lachend in die Tiefe gleitet.

»Schmälzle, da kommt einer vom Dach. Zwischen Kirche und Schloss, halten Sie ihn auf.«

Es knistert in seinem Kopfhörer, aber Schmälzles Antwort kann er nicht verstehen.

Von drüben kommt Jean Remys Stimme. *»Mon dieu* … Der verdammte Engel, er wird gleich –«

Es knirscht und knackt. Ein Arm des Engels bricht ab und stürzt in die Tiefe. Caruso sackt wieder zehn Zentimeter nach unten. In diesem Moment taucht ein Schatten über ihm auf. Eine sehnige Hand in einem weißen Lederhandschuh packt ihn und zieht ihn so weit nach oben, dass er sich am Traufgesims festhalten kann. In der Schule gehörte Caruso nicht zu den Sportlichsten, aber eine Sache konnte er richtig gut: den Felgaufschwung. Entwickelt von Turnvater Jahn, sollen dabei die Beine wie eine Radfelge dem Körper den Schwung geben, um in den Unterarmstütz zu kommen. Es gab sicherlich viele elegantere Varianten dieser Bewegungsabfolge, aber noch nie eine, die mit derartiger Verbissenheit durchgeführt wurde.

Als Caruso oben ist, lässt er sich schwer atmend auf den Rücken fallen. Neben sich erkennt er Angelica. Die Kuratorin hat sich das Seil zweimal ums Handgelenk gewickelt und versucht, mit ihren Füßen einen stabilen Halt zu finden. Warum, wird ihm eine Sekunde später klar, als der Engel auseinanderbricht. Staub wirbelt auf. Wie in Zeitlupe kippt der über hundert Kilo schwere Torso nach vorn, wobei er Jean Remy nur knapp verfehlt. Es kracht laut, als er unten auf dem Boden aufschlägt.

Jean Remy befindet sich plötzlich im freien Fall, und Caruso hat gerade noch Zeit, zu hoffen, dass das »Super-Mainau-Catering« schon weg ist, als ein gewaltiger Ruck durch das Seil geht. Angelica wird in eine fast stehende Position gerissen. Mit aller Gewalt stemmt sie ihre Füße gegen die Traufe.

»Capitano, helfen Sie mir«, presst sie zwischen den Zähnen hervor. »Ich kann ihn nicht halten.« Rückwärts schiebt sich Caruso das Dach empor. Zusammen schaffen sie es, Jean Remy zu stabilisieren. Zentimeter für Zentimeter ziehen sie ihn nach oben. An Angelicas Hals treten die Muskelstränge hervor. Caruso wird vor Anstrengung schwarz vor Augen. Nach einer gefühlten Ewigkeit schafft Remy es endlich, Angelicas Hand zu fassen. Zusammen zerren und ziehen sie den Ex-Einbrecher aufs Dach. Nach Atem ringend bleiben alle drei nebeneinander liegen. Über ihnen funkeln Myriaden von Sternen. Der Mond kommt hinter einer Wolke hervor.

»*Sacre dieu*, das war knapp. *Merci beaucoup*, Madame Fiorelli. Sie haben mir das Leben gerettet.«

Angelicas Kellnerbluse ist bei der Aktion an der Schulter gerissen. Auf ihrem Oberarm ist ihr Schmetterlingsmuttermal deutlich zu erkennen.

»Sehr ungewöhnlich, ihr Schönheitsfleck«, bemerkt Remy, während er sich seine Jacke auszieht und sie ihr anbietet. »Aber irgendwo hab ich so was schon mal gesehen. Sind Sie ganz sicher, dass wir uns nicht doch schon mal begegnet sind?«

Angelica richtet ihre Bluse, wirft ihm einen verächtlichen Blick zu und ignoriert seine Jacke.

»Ganz sicher. Mein Bekanntenkreis an französischen Ex-Dieben ist überschaubar.« Brüsk steht sie auf. »Wollen wir jetzt noch länger hier sitzen? Oder wollen wir einen Dieb fangen?«

Kampf auf dem Eis

Schmälzle bibbert in der Kälte neben dem Palmenhaus, steht aber grimmig Wache. Als er Carusos letzte Botschaft gehört hat, ist er um den Glasbau herumgegangen und hat sich im Schatten eines riesigen vereisten Lorbeerbuschs versteckt. Besonders komfortabel ist das nicht, denn das Eis schmilzt, und ihm tropft ständig Tauwasser auf den Kopf.

Im Innenhof herrscht immer noch reger Verkehr. Uniformierte Fahrer holen Gäste ab. Einige stehen in kleinen Grüppchen herum und rauchen. Ab und zu flammen Xenon-Lichtkegel über die kleine Straße, die vor dem Schloss verläuft. Schmälzle hat versucht, den Vorderausgang zu überwachen. Zwecklos. Zu viele Besucher, die aufgeregt durcheinanderrennen. Auch die Gräfin ist herausgekommen. Zusammen mit einem Teil der Schlossangestellten, die sie nervös umschwärmten wie ein Bienenschwarm. Aussichtslos, bei dem Trubel einen potenziellen Komplizen auszumachen. Die Gräfin ist kurz im Hof stehen geblieben und dann durch den Vordereingang zurück ins Schloss gegangen. Vermutlich, um ihre gut beheizten Gemächer aufzusuchen.

Schmälzle hat keine Ahnung, was da gerade auf dem Dach passiert, aber er ist fest entschlossen, sich was immer dort herunterkommt zu schnappen. Er tritt von einem Fuß auf den anderen, um sich warm zu halten. Dann macht es einen dumpfen Schlag, als ob etwas vom Dach gefallen ist. Entschlossen fokussiert er den schmalen Spalt zwischen Kirche und Schloss. Trotzdem hätte er sie fast nicht gesehen. Die Gestalt, ganz in Schwarz gekleidet, verschmilzt in der kleinen Gasse mit dem Schatten der geschwungenen Turmhaube.

»Na, do guck an«, flüstert Schmälzle.

Dass es sich um den Dieb handelt, daran besteht kein Zweifel. Als die Hofbeleuchtung ihn einen Sekundenbruchteil lang erfasst, erkennt Schmälzle, dass er eine Skimaske trägt. Er zieht seinen Taser hervor und tastet nach seinem Schlagstock. In diesem Moment fangen die Kirchglocken an zu läuten. Ein Magnetschlaghammerwerk hämmert in höllischer Lautstärke und in genau getimten Abständen auf fünf Bronzeglocken ein.

»Heidabimbam«, flucht Schmälzle erschreckt und ist kurz abgelenkt. Schon huscht der Dieb wie der Blitz über die Straße Richtung Arboretum. »Dass die immer so hudla müssen.«

Schwerfällig hastet er dem Dieb hinterher. Kaum lässt er das Schloss hinter sich, verstummen die Glocken. Stille und Dunkelheit umfängt ihn. Im Schnee kann er deutlich die Spuren des Diebs erkennen. Schmälzle beschleunigt seinen Gang, bemüht, kein Geräusch zu machen. Bei einem Lebendgewicht von hundertzehn Kilo ein hoffnungsloses Unterfangen. Er hat Angst, dass er ihn in der Dunkelheit verliert. Bedrohlich wachsen die riesigen Bäume vor ihm auf. Hier gibt es Dutzende Verstecke. Sitzt er vielleicht in einem der Bäume? Hat er sich in einen Hinterhalt gelegt, um ihm aufzulauern? Schmälzles Herz pocht wie eine Basstrommel. Extrem vorsichtig tastet er sich zwischen den Bäumen entlang. Und dann ist die Spur auf einmal verschwunden.

»Noi, noi, noi …«

Er zückt seine Taschenlampe und lässt sie kurz aufblitzen. Irgendwo hat er mal gelesen, dass bereits das Glühen einer Zigarette ausreicht, damit ein Scharfschütze auf einen Kilometer sein Ziel erwischt. Schmälzle läuft es kalt den Rücken herunter. Aber er kann den Dieb nicht einfach laufen lassen. Was soll er den anderen erzählen? Der kurze Lichtblitz reißt bizarre Äste und knorrige Wurzeln aus der Dunkelheit. *Ruhig, ganz ruhig.* Er schaltet die Lampe aus und atmet tief ein.

Irgendwo weit vor ihm knackt ein Ast. Schmälzle zuckt zusammen. Das Knacken kommt aus Richtung Südwesten, vom See her. Leise schleicht er dem Geräusch nach. Die Bäume lichten sich. Der Mond bestrahlt eine weite Fläche, die stufenförmig zum See hin abfällt. Und da ist sie wieder. Die Spur. Moment mal, jetzt sind es zwei Spuren. Die eine kommt direkt aus dem Arboretum, das muss der Schwarzgekleidete gewesen sein, dem er folgt, die andere kommt vom Schloss und verläuft in einer flachen Kurve unterhalb des Plateaus am Hang entlang. Der Komplize! Die beiden Spuren treffen sich etwa zehn Meter vor ihm und führen dann in direkter Linie zum See. Vorsichtig linst Schmälzle nach unten. Zwei Hecken, die untereinander parallel am Hang entlanglaufen, versperren ihm die Sicht. Gebückt geht er ein paar Schritte, bis sich eine Lücke öffnet. Da sind sie. Zwei kleine schwarze Gestalten, die sich gerade vorsichtig auf das ufernahe Eis begeben.

»Ich hab aber auch echt ein Glück«, schimpft er halblaut vor sich hin. Dann wird ihm klar, dass die beiden direkt in Richtung seines Kollegen laufen.

»Schmähle? Bitte kommen. Schmähle, hallo?« Keine Antwort. »Na super.«

Schnaufend klettert er den Hang hinunter und setzt sich dabei zwei Mal auf den Hintern. Nachdem er sich durch ein zugeschneites Rosenspalier und zwei Gärten gearbeitet hat, ist er endlich unten. Misstrauisch begutachtet er die Eisfläche. Stellenweise ist sie mit festgetretenem Schnee bedeckt. Vor sich sieht er Fußspuren. Vorsichtig wie eine Primaballerina setzt er einen Fuß vor den anderen. Der Schweiß bricht ihm aus allen Poren. Überall knackt es. Das Ufer weicht zurück. Die Lichter der Insel verschwinden zusehends. Um ihn herum steigt Nebel auf. In diesem Moment fängt es an zu schneien. Schmälzle zieht seinen Taser und dreht sich einmal im Kreis.

»Kruzifix! Warum muss das immer mir passieren?«

In seinem Kopfhörer knistert es. »Du Toastbrotschlotzer! Wir können gerne tauschen. Dann frierst du dir hier den Hintern ab«, ertönt die trockene Stimme Schmähles.

Schmälzle würde das zwar nie zugeben, aber er war noch nie so froh, seinen Kollegen zu hören.

»Was ist denn bei euch passiert? Der Funkkontakt ist totaler Mist hier. Das hätte man sich auch mal früher überlegen können.«

Schmälzle berichtet kurz, was vorgefallen ist.

»Die Diebe kommen genau auf dich zu. Zwei Mann. Ich bin

direkt hinter ihnen … also nicht ganz direkt, aber ich verfolge sie.«

»Yippie-ya-yeah, Schweinebacken!« Über den Kopfhörer hört Schmälzle, wie ein Revolverhahn gespannt wird. »Keine Sorge, an mir kommt keiner vorbei.«

»Du mit deinen Schießeisen. Pass auf, dass du dir nicht selber in den Fuß schießt.«

»Smith & Wesson 29, Double Action. Du deckst meinen Arsch, ich decke deinen!«

»Das ist doch schon wieder eins von deinen Zitaten.«

»›Rambo‹, Teil eins. ›In Vietnam war ich verantwortlich für eine Millionen-Dollar-Ausrüstung, und hier krieg ich nicht mal einen Job als Parkwächter!‹«

»Oh Mann, Schmähle …«, seufzt Schmälzle, muss aber grinsen. »Pass auf dich auf.« Er stapft in die eisige Finsternis.

Etwa einen Kilometer entfernt wartet Schmähle in Ufernähe, verborgen hinter einer Eisbruchkante, die sich fast einen Meter aufgetürmt hat. Nach äußerstem inneren Widerstreben und auch nur deswegen, weil ihm sprichwörtlich der Hintern abgefroren ist, hat er sich Jean Remys Overall angezogen. Der ist wider Erwarten kuschlig warm und hat noch einen anderen Vorteil. Er macht ihn auf dem Eis fast unsichtbar. Die Feuer am Ufer tauchen den Uferabschnitt in fahles, unwirkliches Licht. Der Nebel wallt in dichten Bahnen auf, sodass man keine drei Meter weit sieht. Er klappt seine Nachtsichtbrille herunter. Schon besser. Das ganze Umfeld färbt sich grün. Das Ufer kann er gut erkennen. Mehrere Fahrzeuge verlassen die Insel bereits wieder.

»War wohl doch nicht so gut, die Superparty …«, murmelt er. In die andere Richtung gibt's allerdings ein kleines Problem: Der Nebel blockiert den Infrarot-Sensor. Überall dort, wo die Nebelbänke liegen, sieht er nichts als welliges grünes Wogen.

Er spielt ein bisschen mit dem Digitalzoom herum, das hilft aber auch nicht. Er setzt die Brille wieder ab. Es dauert vielleicht fünf Minuten, dann sind sie da. Wie zwei Geister tauchen sie plötzlich aus dem Nebel auf. Zwei vermummte Gestalten, eine groß, die andere klein, in schwarzen Ganzkörperanzügen, die sich deutlich vor dem Hintergrund abheben. Er räuspert sich, wartet, bis sich die beiden auf drei Meter genähert haben, dann springt er hinter dem Eiswall hervor.

»Hände hoch! Und schön dort lassen, wo ich sie sehen kann.« Seine Stimme kiekst, was seinem Auftritt etwas die Wirkung nimmt. Sein Revolver rettet die Dramaturgie. Mit seiner Lauflänge von einundzwanzig Zentimetern sieht er höchst beeindruckend aus. Verdattert bleiben die Männer stehen. Einer trägt eine Tasche über dem Rücken, der andere hat einen Stock in der Hand.

»Was bist du denn für ein Clown?«

»Nun fragst du dich, ob heute dein Glückstag ist, Punk? Hier ist die Polizei.«

»Können Sie sich überhaupt ausweisen?«, fragt der Kleinere aufsässig.

»Pass auf oder du hast einen Krieg, den du nie begreifen wirst!«

»He, das kenn ich. Das ist doch aus ›Rambo‹. Was für eine Art Polizist sind Sie eigentlich?«

Unmerklich haben sich die beiden voneinander entfernt, sodass Schmähle jetzt mit seinem Colt immer hin- und herschwenken muss.

»Bleiben Sie sofort stehen! Zwingen Sie mich nicht, zu schießen!«

»Wollen Sie uns hier auf dem Eis einfach abknallen? Wir sind nur harmlose Eiswanderer, die sich verlaufen haben«, beschwert sich der Größere.

»Schon klar. Mit Strumpfmasken.«

»Wir haben eben empfindliche Haut.«

»Ach, und was ist da in Ihrem Sack? Ist da vielleicht ein Collier drin?«, ertönt auf einmal Schmälzles Stimme hinter ihnen. »Jetzt mal schön die Hände hoch.«

»Grad war Weihnachten. Genau die richtige Zeit für Wunder.«

Die Erleichterung ist deutlich aus Schmähles Stimme herauszuhören, als er seinen Kollegen sieht, der grimmig mit nassen

Hosenbeinen heranstapft. Schmälzle ist zweimal fast eingebrochen und hat sich deshalb eng am Ufer gehalten. Mehrfach hat er dabei das Gefühl gehabt, dass ihm jemand folgt. Aber gesehen hat er niemanden. Der kleinere Mann fährt wie eine Schlange herum. Seine Augen funkeln spöttisch unter seiner Skimaske.

»Ist das ein Taser?«, fragt er spöttisch. Dann lässt er ein Springmesser aufschnappen.

»Äh … Max?«

Die Smith & Wesson 29, Double Action, bekannter unter dem Namen 44er Magnum, ist, obwohl das Modell schon ein paar Jahre auf dem Buckel hat, immer noch eine der leistungsstärksten Faustfeuerwaffen der Welt. Sie enthält sechs Patronen Kaliber 44. Tausendfünfhundert Joule Geschossenergie. Und: Clint Eastwood hat als Dirty Harry auch schon damit geschossen. Neuralgischer Punkt ist wie bei allen Revolvern der Abzug. Und Schmähle hat gerade festgestellt: Die Fäustlinge sind zwar schön warm, aber es ist unmöglich, damit den Abzug zu betätigen.

Während er hektisch versucht, einen der Handschuhe auszuziehen, hat sich ihm der größere der beiden Typen unbemerkt genähert. Als er aufsieht, steht die Gestalt in Schwarz auf einmal senkrecht vor ihm in der Luft. Eine Faust trifft ihn hart an Stirn und Nase. Der gesprungene Schlag ist so stark, dass Schmähle nach hinten fliegt. Er stolpert über die hüfthohe Eiskante, kippt darüber und ist von einer Sekunde zur anderen verschwunden. Sein Revolver schliddert nutzlos übers Eis. Das alles dauert gerade so lang wie ein Blinzeln. Schmälzle, der das alles mit fassungslos aufgerissenem Mund verfolgt, hat es auf einmal mit zwei Gegnern zu tun. Moment! Wo sind die denn hin? Er sieht gerade noch, wie der kleine Dicke im Nebel verschwindet.

»He … Stehen bleiben«, ruft er ihm zaghaft nach. Vielleicht hauen die beiden jetzt einfach ab? Aber sein Gehör sagt ihm etwas anderes. Sie sind noch hier. Er wirbelt herum. Nichts. Ein Schatten taucht in seinen Augenwinkeln auf, und er erhält einen Schlag in den Rücken. Hämisches Kichern.

»Ich … ich seh Sie. Ich bin Polizist. Bleiben Sie, wo Sie sind, sonst muss ich Gewalt anwenden.« Er fasst seinen Taser fester.

»Und wie willst du das machen, dicker Mann?«, säuselt eine Stimme direkt neben seinem Ohr. Irgendwie kommt ihm der Dialekt bekannt vor. Dann klatscht etwas in sein Genick. Er taumelt wild um sich schlagend nach vorn. Sein Taser funktioniert nur auf Nahdistanz. Die Männer treiben ihn langsam, aber sicher vom Ufer weg. Dorthin, wo das Eis brüchig wird.

Schon verschwindet das Ufer hinter einer Bruchkante. Er hört schnelle Schritte, und dann tritt ihm jemand in den Rücken. Schmälzle taumelt mehrere Meter nach vorn und setzt sich unfreiwillig auf den Hintern. Der wird sofort kalt.

»Saggradie …«, bringt er noch heraus, dann bricht das Eis.

Er versucht, sich ganz flach zu machen, und streckt alle viere von sich. So verteilt sich sein Gewicht besser. Er schafft es, ein prekäres Gleichgewicht herzustellen. Seine Füße ragen ins Wasser, aber sein Oberkörper liegt noch auf dem Trockenen. Eisige Kälte kriecht an ihm hoch. Zahlen und Fakten über Erfrierungen jagen durch seinen Kopf. Er erinnert sich daran, weil es erst kürzlich ein internes Polizei-Memo dazu gab. Eigentlich war es eher eine Art Anleitung, wie sie bei der extremen Kälte mit Obdachlosen verfahren sollen. Nicht dass es in Muggenpfuhl so viele davon geben würde. *Die Kälte führt zu einer Verengung der Blutgefäße, wobei besonders Finger, Nase und Zehen schlechter durchblutet werden. Das geht so weit, dass sich bei Temperaturen unter -4°C Eiskristalle bilden, die dann zum Absterben der betroffenen Zellen führen.* Seine Zähne schlagen wild aufeinander. Er zittert am ganzen Körper.

»Hilfe … Max!«

Er schaut nach oben und sieht seine Überlebenschance drastisch in den Keller sacken. Die beiden Männer stehen vielleicht zwei Meter vor ihm.

»Na, dicker Mann, willst jetzt *du* vielleicht die Hände heben?«

Der Kleine holt mit einem Stock aus und will ihm auf die Finger hauen. Der Große lacht meckernd. Schmälzle schafft es in letzter Sekunde, die Hand wegzuziehen, rutscht aber durch die hektische Bewegung ein Stückchen weiter nach hinten. Jetzt sind auch seine Knie unter Wasser. Seine Füße spürt er schon nicht mehr. Seine Gedanken rasen immer noch in einer wilden Achterbahnfahrt.

Körpertemperatur unter 28°C – Lebensgefahr. Zusammenbruch des Kreislaufs. Herzstillstand.

»Ach was? Will er nicht?«

»Hör auf, mit ihm zu spielen. Schick ihn endlich zu den Fischen. Wir müssen hier weg.«

Der Große wendet sich ab. Dann klatscht es einmal trocken, und er bricht wie vom Blitz getroffen zusammen. Hinter ihm taucht jemand aus dem Dunst auf. Für Schmälzle sieht er aus wie ein Engel. Nur dass dieser Engel einen Baseballschläger über der Schulter trägt und einen Verband am Kopf hat. Eine zweite Gestalt kommt aus dem Nebel. Beide tragen Catering-Uniformen.

»Guter Schlag, *fratello*. Hast ihn direkt aus den Schuhen gehauen.«

Der kleinere Mann zischt wütend. »*Putain, merde …* Und wer seid ihr?«

»Wir sind die Spätzle-Mafia, du *stronzo*. Und bist du der Weihnachtsmann?«

»Ich schlitz euch auf.« Der kleine Mann lässt sein Klappmesser aufspringen, dann macht er einen Riesensatz und verschwindet im Nebel.

»Luigi, mach du das! Du bist der Spezialist für Zahnstocher. Ich kümmer mich um den Eiszapfen hier.«

Luigi lässt sein Klappmesser aufschnappen und setzt dem Flüchtigen nach.

»Bin ich froh, euch zu sehen, Jungs!«

»Passt schon. Denken Sie das nächste Mal dran, wenn Sie uns kontrollieren.«

Ächzend lässt sich Salvatore auf die Knie fallen und streckt Schmälzle den Baseballschläger hin. Nach heftigem Gezerre und Geschiebe hat der Polizist endlich wieder Eis unter den

Füßen. Benommen richtet er sich auf, muss sich aber gleich wieder setzen. »Woher … wie kommt ihr hierher?«

»Wir haben auch unsere Quellen. Und wenn ganz Muggenpfuhl von Geistern heimgesucht wird, dann sitzen wir bestimmt nicht dahoim rum und drehen Däumchen. Kann ich mir mal Ihre Armbänder leihen?«

Schmälzle reicht ihm seine Handschellen, und Luigi legt sie dem großen Dieb an, der immer noch bewusstlos ist. Dann fasst er Schmälzle unter und zieht ihn hoch.

»Was ist mit deinem Bruder?«

»Ach, der kriegt das schon hin. Mit dem Zahnstocher ist der richtig fix.«

In diesem Moment wankt ihnen eine Gestalt entgegen. Schmähle. Sein Gesicht und sein Schneeanzug sind blutverschmiert. Vom Schlag ins Gesicht blutet seine Nase immer noch. Er sieht sich verwirrt um.

»Was ist denn hier passiert?«

»Hast das Beste verpasst, Kollege. Die Jungs von der Donna Elvira sind aufgetaucht und haben mich aus dem Eis gezogen. Nachdem dein Super-Revolver ja so toll funktioniert hat.«

»Sag nix gegen meinen Revolver. Nur die Bekleidung war semi-ideal«, gibt er beleidigt zurück.

Vor ihnen lichtet sich der Dunst, und zwei weitere Gestalten schälen sich heraus. Luigi hält den zweiten Dieb am Schlafittchen und schubst ihn vor sich her. Seine Gesichtsmaske hängt ihm am Hals. Er hat einen dunklen Teint und nach hinten gegelte, dichte schwarze Haare, boshafte, eng stehende Augen und einen akkurat gestutzten Oberlippenbart. Er kommt Schmälzle vage bekannt vor. Allerdings kann er sich nicht daran erinnern, woher. Luigi sieht geknickt aus.

»Was ist los, *fratello*? Hast ihn doch geschnappt.«

»Ja, aber vorher hat er den Sack in ein Eisloch geworfen. Ich fürchte, der ist weg.«

»Herrgottsdonnerwetter. Da war das Collier drin«, empört sich Schmähle.

»Das hab ich mir schon gedacht, dass da nicht das Vesper von diesem *bagnaletto* drin war.« Luigi schubst den kleinen Mann grob vor sich her.

»Und wo waren Sie, als hier Watschenparty war? Verschlafen?«

»Das muss ich mir nicht sagen lassen. Mir langt's.« Schmähle dreht sich brüsk um und stapft Richtung Ufer.

»Jetzt wart halt ...«

Schmälzle stolpert und wäre hingefallen, hätte ihn Salvatore nicht am Revers seiner Jacke gehalten.

»Was fehlt denn dem?«, fragt Luigi.

»Nix Wichtigs. Dummheit ond Schdolz wachsad uff oim Holz!« Schmälzle richtet sich ächzend auf. »Wir gehen wieder zurück ins Schloss. Hilft ja nix, wir müssen's Caruso und der Gräfin sagen.«

»Und was machen wir mit dem da?« Salvatore nickt in Richtung des zweiten Diebs, der sich gerade stöhnend aufrappelt.

»Nehmen wir mit.«

Böse Überraschung

Durchnässt und schwitzend erreicht die Gruppe das Schloss. Kurz bevor sie in den Lichtkreis des Hofs treten, verabschieden sich Salvatore und Luigi.

»Wir müssen dann mal wieder los. Das wird uns jetzt zu offiziell. Wenn unsere *mamma* das rauskriegt, dann wird's zappenduster.«

»Dann brennt der Kittel.« Luigi blinzelt ihnen zu. »Den Rest schaffen Sie auch allein, oder?«

»Vielen Dank fürs Helfen, Jungs!«, bedankt sich Schmälzle. »Ihr habt was gut.«

»Schon okay! Sorgen Sie bloß dafür, dass dieser Geistermist endlich aufhört. Unsere *mamma* hat's ziemlich erwischt. Die sieht überall Gespenster.«

Im Schlosshof springt Holger Schwindle wie ein kopfloses Huhn um die verbliebenen Gäste herum. »Skandalös ... Was haben Sie da nur angerichtet?«

Wortlos stößt Schmälzle ihre Gefangenen nach vorn. »Wir waren Diebe fangen. Und wir müssen sofort zu unserem Chef.«

»Folgen Sie mir.«

Im ersten Stock des Nordflügels erwarten sie in einem herrschaftlich ausstaffierten Eckzimmer Caruso, Jean, Angelica und die Gräfin. Ein Feuer in einem hohen Kamin verbreitet knisternd angenehme Wärme. Die vier sitzen in hohen blau-goldenen Barockstühlen mit kunstvoll verschnörkelten Lehnen und Seidenstickereien.

Jean Remy hat einen Arm in der Schlinge. Die Gräfin nippt an einer Tasse heißem Tee. Sie trägt eine Sonnenbrille.

»Gezerrt, nichts Ernstes«, beantwortet Jean Remy Schmälzles fragenden Blick.

Der Polizist fasst kurz die Ereignisse auf dem Eis zusammen, dann sieht er bedrückt zu Boden. »Herr Caruso, Frau Gräfin, es gibt da leider noch ebbes, das ich Ihnen sagen muss. Das

Collier … also das ist in ein Eisloch gefallen. Das liegt jetzt im Bodensee.«

Caruso schmunzelt. »Machen Sie sich keine Sorgen, lieber Kollege. Ein Verbrechen, so clever es auch sein mag, ist vorhersehbar. Die Gräfin und ich haben gewisse Vorkehrungen getroffen. Das, was die Gräfin am Hals trug, war nicht das echte Collier. Es war eine Fälschung.«

Schmälzle ist fassungslos. »Das heißt, der ganze Stress war für nix?«

»So würde ich das nicht sagen. Immerhin haben Sie so die Diebe gefangen.«

Er nickt zu dem kleinen Mann, der wütend an seinen Handschellen zerrt. »Der müsste Ihnen bekannt vorkommen, stimmt's, Frau Gräfin?«

Gräfin Clara setzt überrascht ihre Sonnenbrille ab.

»Das ist mein Hairstylist. Claude irgendwas.«

»Claude Lalouche«, seufzt Jean Remy. »Er arbeitet bei mir. *Fils de pute*, wie konntest du mir das antun?« Die beiden unterhalten sich lautstark in schnellem südfranzösischen Dialekt, von dem Caruso nur einige Schimpfworte versteht.

Dann springt Jean Remy auf und gibt dem Dieb eine Ohrfeige.

»Wofür war die denn?«, fragt Schmälzle erstaunt.

»Dafür, dass die beiden mich so schlecht kopiert haben. Das, was sie da abgezogen haben, fußt auf einem meiner Pläne, den ich vor mehr als zwanzig Jahren entwickelt, aber nie umgesetzt habe.«

»Jo, genau, wie haben die denn das Collier aus dem Saal gekriegt?«

»Ganz einfach. Während sich der eine unten im Saal aufhielt, hat der andere eine dünne, durchsichtige Schnur, vermutlich Nylon, mit einem Haken über das Dachfenster heruntergelassen. Als das Licht ausging, löste der Mann im Saal der Gräfin das Collier und hängte es an den Haken. Für einen halbwegs guten Trickbetrüger ein Kinderspiel. Bis es dann wieder hell wurde, war der Schmuck bereits auf dem Dach. Bei der anschließenden

Kontrolle war nichts mehr zu finden. Sein Komplize konnte also in aller Ruhe den Saal verlassen.« Entnervt zeigt Jean Remy auf den anderen Dieb. »Nehmen Sie dem da mal die Maske ab.«

Schmälzle zieht ihm die Maske vom Gesicht. Darunter kommt ein Gesicht zum Vorschein, das eine lange Narbe ziert.

»*Merde!* Guillaume, hab ich mich nicht wie ein Vater um dich gekümmert?«

»Äh ... könnten wir dann ...?«, unterbricht Caruso Jean Remy und wendet sich an den kleinen Dieb. »Ich würde gerne wissen, wie Sie auf die Idee gekommen sind, das Collier zu stehlen.«

Der Kleine spuckt auf den Boden. »Das war *simple, très simple*, Monsieur le Meisterdetektiv.«

Wie sich herausstellt, haben Claude und Guillaume über den Lautsprecher des Telefons die Unterhaltung im Friseurstudio mitangehört. Der Plan war schnell gemacht, ein kleiner Besuch beim offiziellen Stylisten der Gräfin sorgte dafür, dass dringend Ersatz gebraucht wurde. Claude übernahm die Frisur der Gräfin und Guillaume einen Job bei Mainau-Catering.

Der kleine Guillaume ist noch nicht fertig. »Sie glauben, jeden Tag in Ihrem Frisierstudio zu arbeiten, ist der Himmel? Es ist die Hölle. Allein bei dem Geruch nach Haarwasser wird mir schlecht.«

»Und das Gefühl, tagtäglich die trockenen Haare von alten Omas anzufassen«, mischt sich jetzt auch der zweite Dieb ein. »Ekelhaft! Schauen Sie, überall Neurodermitis.« Anklagend streckt er die gefesselten Hände nach vorn. »Und vom Schneiden hab ich einen Tennisellbogen.«

»Ihr brecht mir das Herz. Undankbares Pack! Ihr gehört wirklich hinter Gitter.«

»Genau dahin werden Sie kommen, genau dahin werden Sie kommen«, versucht Caruso den aufgebrachten Friseur zu beruhigen.

Schmälzle kratzt sich verwirrt am Kopf. »Versteh ich das richtig? Wir haben also dank dem hier«, er zeigt auf Jean Remy, »ein Problem gelöst, das wir ohne ihn gar nicht gehabt hätten?«

»Nicht so negativ, lieber Kollege. Dem Bösen wurde wieder

einmal Einhalt geboten. Und: Wir sind immer noch im Besitz des richtigen Colliers.«

Jean Remy zieht eine Augenbraue in die Höhe. »Apropos: Wo ist das eigentlich?«

»Es befindet sich direkt vor Ihnen.«

Caruso deutet auf ein großes Ölbild an der Wand.

Schmälzle sieht nur zwei Pferde, die zufrieden vor bukolischem Hintergrund grasen. »Echt jetzt?«

»Frau Gräfin, wenn ich bitten darf?«

Die Gräfin erhebt sich und drückt auf einen Knopf am Rand des Gemäldes. Das Bild fährt, getrieben von einer lautlosen Hydraulik, nach oben und gibt den Blick auf einen in die Wand eingelassenen Tresor frei.

»Hier ist es. Sicher verwahrt hinter zwanzig Zentimeter gehärtetem Stahl.«

Schmälzle sieht genauer hin. »Ist das normal, dass der Safe offen steht?«

»Was?« Entgeistert wirbelt Caruso herum. Die Gräfin betrachtet die Tresortür indigniert. »Das ist ja *weird*. Ich bin mir sicher, dass ich ihn geschlossen habe.«

Vorsichtig zieht sie die Tür auf. Dahinter – gähnende Leere. Ganz hinten leuchtet etwas Weißes. Der Tresor ist leer bis auf einen abgerissenen Zettel.

Caruso ist aschfahl geworden. »*Impossibile!* Das … Das ist doch nicht möglich.« Mit spitzen Fingern fischt er das halbe Blatt heraus. Die bekannte krakelige Handschrift verhöhnt ihn. Auf dem Zettel steht die Botschaft:

Stellen Sie die Suche nach Furia ein, sonst wird Ihrem Kollegen Schreckliches widerfahren!

Ratlos dreht sich Caruso zu den anderen um. »Was meint er damit? Welcher Kollege?«

Schmälzle sieht sich suchend um. »Äh … hat jemand den Schmähle gesehen?«

Lustlos trottet Schmähle vor den anderen her. Die zwei Italiener, Schmälzle und ihre Gefangenen verschwimmen im Nebel. *Ihre* Gefangenen! Ha! Er reibt sich über die schmerzende Stirn. Und wer hat dafür einstecken müssen?

Zugegeben: Mit Ruhm bekleckert hat er sich bei der Aktion nicht gerade. Und seinen Revolver hat er auch nicht wiedergefunden. Ärgerlich kickt Schmähle einen kleinen Eisblock vor sich her. Wenn nur diese blöden Handschuhe nicht gewesen wären. Alles die Schuld von diesem Friseur. Was würde Angelica jetzt denken? Bestimmt würde sie ihn für einen totalen Verlierer halten. Er verliert sich in Selbstmitleid. Ein Versager durch und durch.

In diesem Moment schallen die ersten Takte von Carl Orffs »Carmina Burana« übers Eis. Fluchend zieht er seine Handschuhe aus und nestelt sein Handy hervor.

»Hallo, Mudder, es isch grad echt ungünstig … Jaja, ich bin beim Schaffe. Ja, ich mach Überstunden. Ob wir Ratten im Keller haben? Essensreste hinter der Kartoffelkiste? Vielleicht war's ja ein Landstreicher, der sich aufgewärmt hat. Mudder, du kostest mich meinen letzten Akku … Mudder?«

Sein Handy gibt ein Gurgeln von sich und verstummt. Verdammte Batterie! Wo sind denn die anderen jetzt hin? Gerade hat er sie doch noch gesehen. Und wo ist das Ufer? Nirgendwo ist mehr Licht zu sehen. Schmähle setzt sich seine Nachtsichtbrille auf. Überall nur verschwommenes grünes Flackern. Der Wind frischt auf.

»Bockmischt! Ich werd mich doch nicht auf dem Bodensee verlaufen.«

Er schlägt den Kragen seines Schneeanzugs hoch. Von irgendwo glaubt er Gesprächsfetzen zu hören, doch er kann ihren Ursprung nicht ausmachen. Er leuchtet mit seiner Taschenlampe einmal im Kreis herum und entschließt sich dann, in irgendeine

Richtung loszumarschieren. Wie heißt's so schön: Wemmr nix siehd, isch gleich, wo ma naguggd.

Nach einer Weile muss er sich eingestehen, dass er sich in der Tat verlaufen hat. Sein Headset baumelt nutzlos an seinem Ohr. Es ist bei seinem Sturz kaputtgegangen. Sein Handyakku – immer noch leer.

»Kreuzglump aber auch! Wenn man die moderne Technik einmal brauchen könnt. Was mach ich denn jetzt?« Vor sich meint er ein Geräusch zu hören. Es klingt wie ein Kratzen.

»Berthold, bist du das?«, fragt er zaghaft ins Dunkel.

Keine Antwort. Ärgerlich marschiert er auf die Geräuschquelle zu. »Wenn das ein Witz sein soll …« Er schaut nach rechts, nach links. Dann macht er einen raschen Ausfallschritt in die Dunkelheit. Nichts zu sehen. Nur dieses Kratzen.

»Das ist nicht witzig.«

Wütend kickt er wieder ein Eisstück davon. Es rollt in die neblige Dunkelheit und wird auf einmal von etwas gestoppt. Vage nimmt er einen üblen Geruch wahr, als würde etwas auf dem Eis verfaulen.

»Hä?« Schmähle späht angestrengt in das weißliche Wogen. Kurz glaubt er, Gesichter darin zu erkennen. Er zückt seine Taschenlampe, doch auch ihr Schein vermag den Nebel nicht zu durchdringen. Dann steigert sich der Geruch auf einmal zu einem ekelerregenden Miasma. Er muss husten, und seine Augen beginnen zu tränen. Instinktiv weicht er vor dem fürchterlichen Gestank zurück, stolpert über eine Eiskante und fällt würgend auf die Knie. Das Eis ist an der Stelle sehr glatt und fast durchsichtig. Auf einmal kommt ihm ein beängstigender Gedanke. Er weiß, woher das Kratzen kommt.

Von unten.

Langsam wandert sein Blick über die Eisplatte. Und da sieht er es. Da presst sich dieselbe grauenerregende Gestalt, die er schon einmal gesehen hat, gegen die gefrorene Wand. Ein grässlich überproportioniertes Gesicht starrt ihn an. Bösartige Augen, so groß wie Untertassen, und ein langer aufgerissener Mund voller scharfer Zähne. Mit einer Hornkralle kratzt die

Gestalt von unten am Eis. Dann schlägt sie mit einem knochenberstenden Krachen so hart dagegen, dass ein Riss an der Oberfläche entsteht. Panisch vor Schreck kriecht Schmähle von dem Eismonster weg. Hinter sich hört er, wie sich das Wesen langsam herausarbeitet. Er findet keinen Halt und strampelt wild mit den Beinen. Doch jedes Mal wenn er versucht, sich aufzurichten, rutscht er wieder weg. Er verliert die Orientierung. Alles dreht sich um ihn. Sein Blickfeld verdunkelt sich. Als Nächstes sieht er sich wie von weit oben. Merkwürdigerweise sind das seine eigenen Beine, die wie von Geisterhand geführt übers Eis gleiten. Aber eigentlich ist ihm das völlig egal. Er verliert das Bewusstsein.

Verraten!

Ein hektisch zusammengestellter Rettungstrupp, bestehend aus Caruso, Schmälzle, Holger Schwindle und zwei der gräflichen Bodyguards, macht sich auf die Suche. Remy und Angelica bleiben im Schloss zurück. Schmälzle versucht, soweit möglich, seinen eigenen Spuren zu folgen.

Zuerst finden sie Schmähles Waffe, dann, etwa achthundert Meter weit davon entfernt, einen seiner Fäustlinge und seine Taschenlampe. Von ihm selbst fehlt jede Spur. In unmittelbarer Nähe der Taschenlampe entdeckt Caruso eine annähernd runde Fläche von etwa zwei Quadratmetern, die aussieht, als hätte jemand Asche darübergestreut. Allerdings handelt es sich nicht um Asche, sondern um dieselbe bräunliche Substanz, die sie bereits im Hotel entdeckt haben.

Schmälzle riecht daran und verzieht angewidert das Gesicht. »Eindeutig!«

Schleif- und Fußspuren deuten darauf hin, dass dort ein Kampf stattgefunden hat. Aber wer gegen wen?

Kurz darauf setzt starker Schneefall ein. Es wird zu gefährlich auf dem Eis, und Holger Schwindle drängt darauf, die Suche abzubrechen. Bedrückt kehren die Männer zurück. Mehrere Streifenwagen parken im Schlosshof. Die Überlinger Kollegen sind da. Ihre Gefangenen werden abgeführt und die Vorfälle, soweit bekannt, zu Protokoll gegeben. Später in der Nacht lässt die Gräfin heißen Darjeeling mit einem Schuss Rum in Kristallkaraffen servieren. Caruso ist am Boden zerstört.

»Frau Gräfin, ich kann Ihnen gar nicht sagen, wie leid mir das Ganze tut. Ich habe die Situation von Anfang an falsch eingeschätzt.«

»Keine Sorge, mein Schmuck … Das ist ja alles versichert. Es war natürlich ein schönes Stück, aber ich hab mich seit Jahren nicht mehr so lebendig gefühlt. Was für ein Abenteuer! Und haben Sie die Gesichter der anderen Gäste gesehen? Köstlich!«

Sie kichert vergnügt. »Allerdings … das mit Ihrem Kollegen tut mir leid. Kann ich Ihnen irgendwie helfen?«

»Im Moment nicht, werte Gräfin. Zuerst müssen wir die Lage analysieren.«

Jean Remy versucht, mit dem Arm in der Schlinge aus seinem Glas zu trinken.

»Offensichtlich gab es also mehrere Diebe. Meine Friseure und den großen Unbekannten. Die Friseure haben wir geschnappt. Aber wer ist der andere? Wie ist der hier hereingekommen? Und woher wusste er von dem falschen Collier?«

Caruso zuckt nur frustriert mit den Schultern. »Ich weiß es nicht.«

Bedrückte Stille. Angelica starrt aus dem großen Bogenfenster in die Nacht. Schmälzle rutscht unruhig auf seinem Barockstuhl hin und her, während die Gräfin eine weitere Kanne Tee aufgießt. Nach einer Weile erhebt sich Jean Remy und drückt den Rücken durch. »Sie entschuldigen mich. Der Tee treibt ganz schön. Wo ist hier die Toilette?«

»Den Gang runter, erste Tür links«, sagt die Gräfin.

Jean humpelt zur Tür hinaus.

»Will noch jemand Tee?«

Angelica, die bis jetzt geschwiegen hat, steht abrupt auf.

»Nichts für ungut, Frau Gräfin, aber behalten Sie Ihren Tee! Signor Caruso! Mir reicht's!«

Sie baut sich vor ihm auf, stemmt die Hände in die Hüften und fixiert ihn wütend. Die letzten Nächte haben auch bei ihr Spuren hinterlassen. Ihr Gesicht wirkt eingefallen, unter ihren Augen lagern bläuliche Schatten. »Übermorgen findet meine Ausstellung statt, und wir sitzen hier und trinken Tee? Ich habe jetzt Schlumpfbanden und Friseure mit Ihnen gejagt, einer Geisteraustreibung beigewohnt, bin mehrfach angegriffen worden, habe für Sie gelogen und Sie bei Ihren Ermittlungen unterstützt, auch wenn sie noch so absurd waren. Haben Sie auch nur die kleinste Idee, wo mein Smaragd ist?«

Caruso zieht den Kopf zwischen die Schultern. »Ich … im Moment … Nein.«

»Das hab ich mir gedacht. Ich fahr jetzt zurück und nehm mir ein Hotel.«

Peinlich berührt beobachten die anderen ihren Ausbruch. Zornig dreht sie sich um und stößt fast mit Jean Remy zusammen, der gerade wieder von der Toilette kommt.

»Na, Madame Kuratorin, immer noch sicher, dass wir uns noch nie begegnet sind? Ich könnte schwören, dass wir uns kennen. Hübsche Frauen vergesse ich nie.« Er blinzelt ihr zu.

»Vielleicht hätte ich Sie besser vom Dach fallen lassen sollen. Kümmern Sie sich lieber um ihre Frisuren. Da haben Sie genug zu tun.«

Wütend rauscht sie an ihm vorbei. Nachdenklich sieht ihr der Friseur hinterher, dann schnalzt er anerkennend mit der Zunge.

»Was für ein Temperament und was für Haare. Lassen Sie den Kopf nicht hängen, Capitano. *La nuit porte conseil*, die Nacht bringt Rat, wie wir Franzosen sagen.«

Er gähnt herzhaft. »Wann ist hier eigentlich Feierabend?«

Nachdem Schmälzle und Caruso Jean Remy in seinem Friseurstudio abgeliefert haben, verläuft die Rückfahrt nach Muggenpfuhl in gedrückter Stimmung.

Schmälzle macht sich Vorwürfe. »Ich hätt halt oifach a bissle auf den aufpassen müssen. Der war die ganze Zeit vor uns, und dann war er auf oimal verschwunden. Und ich hab's nicht mal gemerkt.«

Caruso schüttelt zornig den Kopf. »*Non capisco* … Ich versteh's nicht. Dieser elende Dieb ist uns immer drei Züge voraus. Fast, als wüsste er, was wir vorhaben … Wir fangen Schlümpfe. Er bricht in Überlingen ein. Wir jagen Diebe auf dem Eis. Er räumt in aller Seelenruhe den Tresor der Gräfin aus. Und entführt unseren Schmähle. *Come diavolo fa?*« Wütend hämmert Caruso auf das Armaturenbrett ein. »Wie zur Hölle macht er das?«

Schmälzle hat Caruso noch nie so außer sich gesehen. »War das unsere letzte Chance, Herr Caruso?«

Der Capitano atmet tief durch. Dann fällt ihm etwas ein,

und seine Miene hellt sich ein wenig auf. »Erinnern Sie sich an Jungingers Liste? Die war nicht vollständig. Der erste Name hat gefehlt. Es gibt noch einen Smaragd.«

»Aber wie sollen wir den rauskriegen?«

»Auf jeden Fall nicht mehr heute Nacht, lieber Kollege.«

Vor ihnen tauchen die Lichter von Muggenpfuhl auf. Sie passieren die beleuchteten Werkstore von CCeberit, eine geschlossene Tankstelle und den zugeschneiten Stadtsee.

Schmälzle starrt unglücklich durch die Frontscheibe, auf die die vorbeiziehenden Laternen bizarre Muster werfen. »Wer weiß, was die mit dem Schmähle anstellen. Ich fahr noch a bissle in der Gegend rum und hör mich um. Ich könnt eh kein Auge zutun. Dem Eisele sag ich lieber nix ... Aber vielleicht weiß einer von unseren Kontakten was. Wollen Sie wieder bei mir übernachten? Eine Mütze Schlaf würde Ihnen, glaub ich, guttun.« Caruso Gesicht sieht im kalten Licht und Schattenspiel aus wie ein Totenkopf. Müde winkt der Capitano ab. »*Grazie mille*, lieber Schmälzle. Aber setzen Sie mich einfach am Polizeirevier ab. Ich werde heute Nacht dortbleiben. Ich muss nachdenken.«

Haarige Biester

Jean Remy ist todmüde, als er nach Hause kommt. Er bewohnt eine kleine, stylish eingerichtete Zwei-Zimmer-Wohnung über dem Friseurstudio. Als er seine Wohnungstür öffnet, begrüßt ihn Sucètte, seine Perserkatze, und streicht ihm maunzend um die Beine. Ansonsten wohnt Jean alleine. Er gibt der Katze zu essen und gießt Wasser in ihren Napf. Seine Schulter schmerzt höllisch, und er beschließt spontan, sich ein heißes Bad einzulassen. In seiner kleinen amerikanischen Küche schenkt er sich einen Schluck Cognac ein, geht damit ins Bad und setzt sich auf den Rand der Wanne. Während sie sich langsam füllt, grübelt er über seine Mitarbeiter nach. Bis jetzt hat er seinen ehemaligen Mithäftlingen immer vertraut. Nie hat es Ärger gegeben. Dass ihn ausgerechnet Guillaume verraten hat, muss er erst mal verdauen. Mit dem hat er ein Jahr eine Zelle geteilt. Damals, in einem anderen Leben.

»Die Katze lässt eben das Mausen nicht«, seufzt er.

Vielleicht war das nur der Anfang. Der Anfang vom Ende. Ganovenehre! Pah! Er hat sehr viel Zeit und Mühe damit verbracht, sich hier im beschaulichen Schwaben eine bürgerliche Existenz aufzubauen. Er würde sich das nicht von ein paar *crétins* verderben lassen.

Während der heiße Wasserdampf auf dem großen Spiegel zu winzigen Tropfen kondensiert, lässt er den heutigen Abend vor seinem geistigen Auge Revue passieren. Da gibt es etwas, das an ihm nagt. Jean Remy sieht sich weniger als Ex-Kriminellen, sondern eher als Ex-Künstler, mehr in der Tradition von Illusionisten als in der von Bonnie und Clyde. Und als Künstler wurmt es ihn, dass direkt vor seinen Augen ein Trick stattgefunden hat, den er nicht nachvollziehen kann. Wie hat der Dieb es geschafft, unbemerkt ins Schloss zu kommen? Wie ist er an ihm vorbeigekommen? Er hat nach seinem Unfall fast die ganze Zeit in dem Raum mit dem Smaragd verbracht. Auch wenn er zu diesem Zeitpunkt noch nichts von dem Safe hinter dem Bild wusste. Das kränkt ihn in seiner Ehre als Meisterdieb. Überhaupt: Wie kommt der Dieb darauf, ausgerechnet *ihn* zu kopieren? Als ob es nicht genug Kriminelle gäbe, die man nachäffen könnte. Es muss eine Verbindung geben …

Erinnerungsfragmente verschränken sich, Puzzleteile beginnen, an den richtigen Platz zu fallen, und dann … fällt ihm etwas ein. Hastig zieht er sich etwas über, stürzt in sein Arbeitszimmer und beginnt fieberhaft, die Schublade unter seinem Schreibtisch zu durchwühlen. Dann hat er es. Ein altes körniges Schwarz-Weiß-Foto. Er mustert es, und dann weiß er, wer die Diebstähle begangen hat. Die ganze Zeit war es da. Direkt vor seinen Augen. Nur gesehen hat er es nicht. Was für ein raffiniertes Komplott. Er versteht jetzt alles. Wie bei einem Webstuhl kann er jetzt die Fäden sehen, die das monströse Bild auf der Vorderseite formen. Caruso hat nie eine Chance gehabt. *»Mon dieu«*, haucht er.

Mit zitternden Händen wählt er die Nummer des Polizeipostens Muggenpfuhl. Es klingelt mehrmals, dann geht ein Anrufbeantworter ran.

Jean beginnt gerade, eine Nachricht auf das Band zu sprechen, als ihm ein widerlicher Geruch in die Nase steigt. Hat Sucètte schon wieder ein Häufchen hinterlassen? Sie ist nicht mehr die Jüngste. Bleibt er länger weg, findet er des Öfteren ein deutliches Zeichen ihres Protests. In diesem Fall vermutlich sogar mehrere.

Der Geruch wird so stechend, dass eines seiner Augen anfängt zu tränen. Er späht unter den Schreibtisch, nichts. Vielleicht auf dem Fensterbrett? Er zieht die weißen Gardinen auseinander und schreckt zurück. Direkt vor seinem Fenster hängt eine alte Frau. Das ist insofern unmöglich, als er sich im zweiten Stock befindet. Keuchend reißt er den Vorhang wieder zu. Doch das Bild hat sich bereits auf die Rückseite seiner Netzhaut eingebrannt. Sein Herz rast. Dann – wie von einer fremden Macht getrieben – öffnet er den Vorhang langsam wieder.

Tatsächlich! Da schwebt eine alte Frau mit gesenktem Kopf

bewegungslos in fünf Metern Höhe vor seinem Fenster. Ihr Gesicht kann er nicht sehen, denn eine dichte Haarmähne verdeckt es. Die Haare fallen ihr bis weit über die Schultern und sind, wie er auf einer anderen Ebene seines Verstandes nüchtern feststellt, schlecht geschnitten. Auf ebendieser Ebene schlussfolgert er weiter, dass das eine Halluzination sein muss.

In seiner Jugend hat Jean Remy einige Erfahrungen im Umgang mit bewusstseinserweiternden Drogen gesammelt. Das hier fühlt sich genauso an. Schau auf meine linke Hand, und mit der rechten stehl ich dir das Portemonnaie, denkt er. Er kämpft gegen den fast hypnotischen Sog an, der von der Frau auszugehen scheint. Im Wohnzimmer knarrt der Dielenboden. Da ist sie, die rechte Hand … Sie sind hier. Gekommen, um ihn zu holen.

In diesem Moment hebt die Frau vor dem Fenster den Kopf, und zwischen ihren verfilzten schwarzen Haaren glühen zwei rote Augen. Sie streckt die Hand aus und zeigt auf ihn. Dann wird ihr Arm länger und länger, die Hand stößt durch das Glas und packt ihn an der Gurgel. Jean Remy bekommt keine Luft mehr. Er stößt ein ersticktes Geräusch aus. Kämpft weiter gegen die Illusion an. *Alles nur in deinem Kopf. Alles nur in deinem Kopf.*

Er fuchtelt wild durch die Luft und stößt dabei eine Kristallvase vom Tisch. In Zeitlupe zersplittert sie auf dem Boden in tausend Stücke. Mit letzter Kraft schafft Jean es, einen Stift zu ergreifen, einen Namen auf ein Stück Papier zu kritzeln und es unter seine Schreibtischunterlage zu schieben. Dann nimmt die Dunkelheit immer mehr zu. Bis sie sein ganzes Sichtfeld füllt. Sein Kopf kippt nach vorn, und er wird ohnmächtig. Schritte sind zu hören. Eine Tür schlägt zu. Dann: Stille. Nach einer Weile erklingt ein klagendes »Miau«.

Dunkle Stunden

Tradimento.

Ein großes, ein verhängnisvolles Wort voller Implikationen und Unsicherheiten hängt unsichtbar in der stickigen Luft der verlassenen Gänge.

Noch nie war Caruso so kurz davor, aufzugeben. Ruhelos wandert er durch die Gänge des Polizeipostens. Sind sie verraten worden? Der Mond fällt kalt durch die hohen Fenster und spiegelt sich auf dem Linoleumboden. Fragen kreisen in seinem Kopf wie hungrige schwarze Raben. Furia, der Riesensmaragd, die Diebstähle, Geistererscheinungen, das zerstörte Hotel, die Gräfin, der Friseur. Nichts passt zusammen. Nichts ergibt einen Sinn.

Verrat.

Caruso weiß nicht mehr, was er glauben soll und was nicht. Dunkel und verlassen liegt die Kaffeeküche vor ihm. Das Licht an der Kaffeemaschine glüht wie ein einzelnes Auge in der Finsternis. Er überlegt kurz, ob er sich einen Kaffee herauslassen soll, lässt es dann aber sein. Schmälzle hat ihm den Generalschlüssel gegeben. »Der Schmähle hat immer auf den Besucherstühlen vor dem Vernehmungsraum geschlafen. Die sind wohl am bequemsten«, hat er ihm noch gut gemeint mit auf den Weg gegeben.

Irgendwie hat Caruso gehofft, hier etwas Ordnung in seine Gedanken zu bringen. Das Faktenchaos in eine sinnvolle Reihenfolge zu bringen. An den Fenstern wachsen Eisblumen und formen bizarre Muster. Gibt es einen Insider? Einen Verräter unter ihnen? Aber wer sollte das sein? Für die beiden Muggenpfuhler Polizisten würde er seine Hand ins Feuer legen. Jean Remy? Unwahrscheinlich. Der hat zu viel zu verlieren. Von dem vertauschten Smaragd wussten nur er, Angelica und die Gräfin. War es Angelica? Aber warum sollte sie ihren eigenen Smaragd stehlen? Und sich dabei so viel Arbeit machen? War es die Gräfin gewesen? Um vielleicht an die Versicherungssumme zu kommen? Auch eher unwahrscheinlich. Nach dem, was er gehört hatte, war sie Multimillionärin.

Oder einer ihrer Bediensteten? Aber wer? Ihr nervöser Führer? Nichts passt zusammen. Als er so im Halbschlaf vor sich her trottet, hat er kurz das Gefühl, dass er nicht alleine ist. Er bleibt stehen und lauscht. Wasser gluckert durch alte Leitungen. Irgendwo klappert eine Tür. Ansonsten nichts. Caruso setzt seine nächtliche Wanderung fort. Die Gänge schweigen ihn an. Der Hof liegt verlassen da. Nur ein einzelnes Polizeiauto parkt dort, fast verschwunden unter dem Schnee, der sich auf seinem Dach angehäuft hat. Daneben sind frische Reifenspuren. Eigenartig, wer außer ihnen war denn heute noch hier gewesen? Caruso ist frustriert und ratlos.

Irgendwo in den Tiefen des Polizeipostens klingelt ein Telefon. Hohl hallt das Geräusch von den Wänden wider. Es klingelt dreimal, viermal, dann springt der Anrufbeantworter an. Wie im Traum ist Caruso dem Geräusch gefolgt und steht schließlich vor Therese Knöpfles Büro. Von drinnen dringt eine Stimme heraus, die Caruso kennt. Hektisch nestelt er Schmälzles Schlüsselbund aus der Tasche und sucht den passenden Schlüssel. Als er die Tür endlich offen hat, piept der Anrufbeantworter gerade zum wiederholten Mal, und Thereses blecherne Stimme ertönt. »Vielen Dank für Ihre Ansage. Wir melden uns bei Ihnen.« Es folgt eine kleine Pause. »Früher oder später.« Der Anrufer hat aufgelegt.

Der kleine Raum wird erhellt vom grünlichen Leuchten des Monitors. Das Precrime-Programm rechnet offensichtlich die ganze Nacht. Carusos Augen huschen rasch zum Drucker. Doch im Ausgabeschacht liegt keine Botschaft von H.O.R.S.T., die helfen würde, das Indizien-Knäuel zu entwirren. Auf dem Display des Anrufbeantworters blinkt es rot. Der Nachrichtenzähler zeigt eine neue Nachricht an. Caruso drückt den Rückspulknopf.

»Sie sind mit dem Polizeiposten Muggenpfuhl verbunden. Im Moment sind alle Anschlüsse belegt. In dringenden Fällen wenden Sie sich bitte an die Polizeidienststelle in Sigmaringen. Oder hinterlassen Sie eine Nachricht nach dem Signalton. Was Ihnen lieber ist.«

Klar und deutlich hört er jetzt die Stimme von Jean Remy. Er klingt gehetzt.

»Hallo, hier spricht Jean Remy, ich habe eine dringende Nachricht für Capitano Francesco Caruso. Sie befinden sich in großer Gefahr. Ich weiß jetzt, wer der Täter ist. Der Dieb, den Sie suchen, ist …«

Hektisches Atmen ist zu hören. Die Stimme Remys wird leiser, als ob er sich vom Telefon entfernte.

»Was? Wer ist da?« Etwas fällt krachend auf den Boden und zersplittert. Es folgen Geräusche, als ob gekämpft würde. Dann klickt es, und die Verbindung ist tot. Regungslos verharrt Caruso in der Dunkelheit. Er versucht, sich darüber klar zu werden, was er jetzt machen soll.

Schmähle entführt, Schmälzle irgendwo unterwegs. Keine Zeit zu verlieren. Sein Blick fällt auf das Schlüsselbrett, an dem der Schlüssel für den Einsatzwagen im Hof hängt. Dreißig Sekunden später röhrt unten der Motor eines Mercedes-Kombi auf. Zu dieser Zeit sind fast keine Autos unterwegs. Caruso rast durch die weiße Dunkelheit wie durch einen Alptraum. Mit dem Unterschied, dass er daraus nicht erwachen wird. Er schafft die Strecke in weniger als zwanzig Minuten. Ein kalter Wind schlägt ihm entgegen, als er den Streifenwagen verlässt. Er eilt über die glatte Straße und wäre beinahe wieder ausgerutscht. Einen Moment lang hat er ein beklemmendes Déjà-vu.

Das Friseurstudio scheint verlassen und macht im Licht der mit Schnee überzuckerten Straßenlaternen einen friedlichen Eindruck. Die gläserne Eingangstür mit dem verschlungenen Logo deutet jedoch darauf hin, dass etwas ganz und gar nicht stimmt. Sie steht offen und schwingt im Wind leicht hin und her. Alle Sinne aufs Höchste geschärft, betritt Caruso das Friseurstudio. Er verzichtet darauf, Licht zu machen, und zieht stattdessen seine Taschenlampe. Obwohl das Gebäude Verlassenheit atmet, könnte der Täter noch im Haus sein. Auf Zehenspitzen bewegt sich Caruso durch die dunklen Räumlichkeiten, eine Hand an seiner Dienstwaffe. Frisierspiegel werfen sein verzerrtes Bild zurück. Im Schein seiner Lampe sieht er einen kleinen bleichen Mann mit schütterem Haar und einer zu großen Nase.

Wie ein Missklang in einer harmonischen Melodie überlagert eine schwache übel riechende Note die salonüblichen Gerüche nach Haarspray und Parfüm. Caruso erinnert sich daran. Er kennt diesen Geruch. Und immer ist dann etwas Schreckliches passiert.

Unten scheint niemand zu sein. Vor ihm liegt die Treppe nach oben. Behutsam steigt er die Stufen hinauf und versucht, dabei kein Geräusch zu machen. Von oben kommt ein Klappern. Caruso bricht der Schweiß aus. Er zieht seine Waffe aus dem Holster und überwindet die letzten Stufen. Irgendwo brennt ein Licht. Mit gezückter Waffe folgt er dem Lichtschimmer, als etwas an ihm vorbeihuscht. Er wirbelt mit seiner Waffe herum. Doch es ist nur eine dicke alte Katze, die ihr Fell leckt und ihn vorwurfsvoll beäugt.

Das Licht führt ihn am Resopaltisch, an dem sie gestern noch zusammensaßen, vorbei durch eine weitere offen stehende Tür, die in den hinteren Bereich zu einer abgetrennten Wohneinheit führt. Offensichtlich Jean Remys private Gemächer. Caruso durchquert eine offene Küche. Das Geräusch von fließendem Wasser lässt ihn innehalten. Er wendet sich nach links und folgt einem kleinen Gang bis zu einer weiteren Tür. Ein Schild zeigt einen stilisierten Engel, der gerade in ein Bad steigt. Unter der Tür schwappt Wasser hervor und hat bereits einen großen hässlichen Fleck auf dem weißen Teppich verursacht.

»*Maledizione!*« Caruso reißt, Horrorbilder von aufgedunsenen Friseurleichen im Kopf, die Tür auf. Heißer Dampf schlägt ihm entgegen und nimmt ihm die Sicht. Er tastet blind durch die Gegend, findet den Wasserhahn und schließt ihn mit zwei energischen Drehungen. Dann öffnet er vorsichtig ein Auge und sieht sich um. Entwarnung. Die Badewanne läuft zwar über – aber drin liegt niemand. Offensichtlich hat sich Jean gerade ein Bad eingelassen, als ihn jemand – oder etwas – überrascht hat.

Ein rosa Waschlappen verstopft den Überlauf. Caruso zieht ihn heraus und atmet einmal tief durch. Gluckernd und gurgelnd läuft das Badewasser ab. Ihm kommt eine naheliegende Idee. Er beschließt, dem Gestank zu folgen. Der führt ihn wieder zurück durch die Küche bis zu einem kleinen Zimmer am anderen Ende der Wohnung. Hier ist der Geruch am stärksten.

Langsam öffnet Caruso die Tür. Offensichtlich Jean Remys privates Arbeitszimmer. Es ist spartanisch eingerichtet. Ein Wandregal, ein kleiner schwarzer Sekretär, davor ein umgestürzter Drehstuhl. Ein Fenster geht nach hinten zum Hof. Die Gardine ist halb heruntergerissen. Ein Dutzend Bilder von Jean nehmen neben Auszeichnungen, Zeitungsausschnitten und Urkunden die rückwärtige Wand ein. »Schwäbischer Friseur ausgezeichnet« – »Best Hair Practice, La serpente« – »Ausgezeichnet für Kolorationskompetenz auf höchstem Niveau, Deutsche Friseurklassifizierung« – »Fünf Sterne«.

Caruso verstaut seine Waffe wieder, streift sich Gummihandschuhe über die Finger und tritt vorsichtig ein. Etwas knirscht unter seinen Füßen. Er bückt sich und entdeckt Splitter, die zu einem Glas oder einer Vase gehören. Das muss das Geräusch gewesen sein, das er auf dem Anrufbeantworter gehört hat. Was auch immer Jean Remy widerfahren ist – es ist hier drin passiert. Caruso ist sich ziemlich sicher, dass er wie Schmähle entführt wurde. Aber warum? Was hat er herausgefunden?

Caruso nimmt das Zimmer genauer in Augenschein. Alles ist hier penibel aufgeräumt. Der Einbrecher muss den Friseur überrascht haben. Und er muss sich in den Räumlichkeiten ausgekannt haben. Auf der Schreibtischmatte glitzert etwas. Caruso tritt näher und wischt mit dem Finger darüber. Braunes Pulver stiebt auf. Unter der Mappe ragt ein winziges weißes Eckchen hervor. Vorsichtig hebt Caruso sie an. Drunter kommt ein weißer Zettel zum Vorschein, auf den jemand etwas in höchster Eile gekritzelt hat. Es ist ein einzelner Name.

Enrico Zorzi.

Nachdem Caruso anonym einen Einbruch gemeldet und der Katze als Erste-Hilfe-Maßnahme eine Schale Milch dagelassen hat, fährt er zurück. Hier kann er im Moment nichts mehr machen. Vor seiner Frontscheibe dämmert es bereits, der Lichtkegel seiner Scheinwerfer franst aus. Wer ist Enrico Zorzi? Caruso ist sich sicher, dass er den Namen noch nie zuvor gehört hat. Und: zwei Entführungen in einer Nacht? Jede mit dem hohen Risiko verbunden, entdeckt zu werden. Das beweist zumindest eins: Sie kommen dem Täter näher. Das gibt Caruso etwas Wärmendes, wie ein Herdfeuer in einer kalten Nacht. Als er aussteigt, sieht er schon wieder frische Reifenspuren auf dem Hof. Er wundert sich, ist aber zu müde, darüber nachzudenken. Todmüde. Auf zwei Stühlen im Vernehmungszimmer streckt er sich aus und deckt sich mit seiner Uniformjacke zu. Sie sind genauso bequem, wie Schmälzle vorhergesagt hat. Seine letzten Gedanken gelten Jean Remy und dem unglücklichen Schmähle. Was ist ihnen passiert, und wo in aller Welt stecken sie?

Schmähle in Schwierigkeiten

Schmähle schreckt schweißgebadet aus einem bizarren Traum auf. Folgende Personen haben darin eine wichtige Rolle gespielt: Caruso, Angelica, Schmälzle und ein grässliches *Ding*. Die Handlung – so verworren, wie das bei Träumen üblich ist.

Das Problem war Schmähles Helm. In seinem Traum war er ein gut bewaffneter Ritter. Allerdings trug er kein Schwert, sondern einen gewaltigen Revolver, ein goldenes Prachtstück mit einer riesigen Trommel voll fingerlanger Patronen. Seine Aufgabe bestand darin, eine Prinzessin, die große Ähnlichkeit mit Angelica hatte, zu retten. Der Feind: ein gesichtsloses *Ding*, das sich wie ein Wurm durch die Erde wühlte. Ab und zu ploppte ein durchscheinender, wolkiger Caruso wie die Grinsekatze aus »Alice im Wunderland« auf und sagte Sachen wie: »Reine Deduktion. Alles reine Deduktion.«

Schmälzle war sein dicklicher Knappe, der den ganzen Traum lang hinter seinem Pferd hertrottete und immer etwas zu essen haben wollte. Ansonsten war er nicht allzu helle. Er hatte Schmähle einen Helm gegeben, der viel zu eng war und ihn schmerzhaft am Kopf drückte. Als er ihn jedoch absetzen wollte, musste er feststellen, dass er festsaß. Zusammen mit seinem Knappen zerrte und zog er daran, bis eine Wolke aus braunem, übel riechendem Staub das Nahen des Dings verkündete. Hektisch riss er weiter an seinem Helm, bekam ihn aber nicht richtig zu fassen. Irgendetwas stimmte mit seinen Händen nicht. Währenddessen bahnte sich das *Ding* weiter staubspuckend einen Weg durch die Erde, entwurzelte Bäume und Sträucher. Im letzten Moment rutschte ihm der Helm vom Kopf. Als Schmähle jedoch seinen Revolver ziehen wollte, musste er zu seinem Schrecken feststellen, dass er zwar Hände hatte, aber *keine Finger …*

Das war der Zeitpunkt, an dem er aufwachte. Allerdings ist die Realität mindestens genauso beängstigend wie sein Traum.

Ein modriger Geruch nach alter Erde steigt ihm in die Nase. Stöhnend wälzt er sich auf die Seite. Sein Mund fühlt sich taub an, und er hat stechende Kopfschmerzen, geradeso, als hätte er einen Kater. Dummerweise kann er sich aber an kein Saufgelage erinnern. Er versucht, sich zu bewegen, und stellt fest, dass seine Arme an seinem Körper kleben. Er ruckt hin und her. Nichts. Panik will in ihm aufsteigen. Durch die hektischen Bewegungen ist ihm schwindlig geworden. Tief durchatmen. Er rollt einmal herum. Zumindest das geht. Jetzt liegt er auf dem Rücken. Wo zum Teufel ist er? Von oben fällt etwas Licht nach unten. Langsam gewöhnen sich seine Augen an die Dunkelheit. Er befindet sich in einer Art Loch, mindestens fünf Meter tief. Angst überwältigt ihn. Er versucht zu schreien. Doch alles, was herauskommt, ist ein gedämpftes »Hrmppf«.

Der Grund, warum sich sein Mund taub anfühlt: Jemand hat ihm ein Klebeband darübergemacht. Er rollt wild hin und her, stößt sein Gesicht in den Boden und versucht, das Klebeband an der festgestampften Erde abzuscheuern. Seine Schulter stößt auf Widerstand. Er fühlt mehr, als dass er es sieht, dass da jemand neben ihm liegt. Der Hauch eines teuren Parfüms dringt ihm in die Nase. Schmähle rollt sich noch einmal herum und blickt in ein Gesicht, das er kennt. Jean Remy. Der Ex-Meisterdieb liegt, verschnürt wie ein Paket, neben ihm. Ein elastisches Seil schlingt sich von seinen Füßen bis zu seinem Oberkörper. Sein Mund ist mit schwarzem Klebeband verschlossen. Vorsichtig stupst ihn Schmähle mit dem Kopf an. Nichts. Er nähert sein Ohr Jean Remys Mund und kann leise, gleichmäßige Atemzüge hören. Gott sei Dank.

Nach mehreren Versuchen, ihn zu wecken, gibt Schmähle fürs Erste auf und rollt sich wieder in seine Ausgangsposition. Konzentriert studiert er seine Umgebung. Es ist kühl, aber nicht kalt. Das deutet darauf hin, dass sich das Loch irgendwo in einem Gebäude befindet. Vielleicht im Keller einer Fabrikhalle? Die Erde am Boden ist trocken und alt. Die nach oben führenden Wände verlaufen konkav, rund und nach innen gebogen. Irgendetwas daran kommt ihm bekannt vor. In der Wand schimmern Ziegelsteine. An den Seiten kann er Stützstreben erkennen. Sie stecken also in einem vier Meter tiefen Loch mit runden Wänden.

Gerade als Jean Remy ächzend erwacht, wird Schmähle mit einem Schlag klar, wo sie sind. Sie befinden sich im Keller des Polizeireviers, tief unten, im gerade erst freigelegten römischen Brunnen.

Freund oder Feind?

Am nächsten Tag dämmert eine fast weiße Sonne an den frostüberzogenen Gittern des Polizeipostens empor. Der Tag wirkt farblos und grau. Schnee und Licht haben alle Farben aus dem Tag gewaschen. Ein leichtes, aber penetrantes Klopfen weckt Caruso. Es klingt, als pickte ein Vogel direkt neben seinem Kopf. Er grummelt und macht eine unwillige Bewegung mit der Hand, um ihn zu verscheuchen. »Flieg weg, kleiner Vogel. Flieg weg!«

Doch das Klopfen hört nicht auf. Im Gegenteil: Es wird noch energischer. Ein Räuspern ist zu hören. Vorsichtig öffnet Caruso ein Auge. Er sieht einen pink manikürten Finger, der auf die Schreibtischunterlage pocht. Ein weiteres Rümpfen. Carusos vom Schlaf gerötete Augen wandern höher. Wie ein fleischgewordener Racheengel steht Therese Knöpfle vor ihm, eine Hand in die Hüften gestemmt, die andere trommelt auf ihren Schreibtisch. Ein scharfer Blick hinter den Gläsern ihrer modischen Brille spießt ihn auf.

»Guten Morgen, Herr Caruso! Gut geschlafen? Können Sie mir mal verraten, was Sie in meinem Büro machen und warum Sie auf meinem Computer herumliegen?«

Caruso rappelt sich auf und schenkt Therese ein bezauberndes Lächeln.

»*Buongiorno, Signora Knöpfle. Mi scuso tantissimo.* Bitte um Entschuldigung. Ich ... äh, bin wohl eingeschlafen.«

In diesem Moment geht die Tür auf.

»Herr Caruso?« Schmälzle lugt herein. Der Polizist sieht übernächtigt und deprimiert aus. Seine nächtlichen Recherchen haben nichts ergeben. Die Anzahl an kriminellen Informanten in Muggenpfuhl war doch überschaubarer, als er gedacht hatte. »Morgen, Therese!«

Thereses Brennglasblick wandert zu Schmälzle.

»'tschuldigung. Das war ich. Ich hab ihn heute Nacht hier

einquartiert. Sein Hotelzimmer ist doch ausgebrannt. Für ein anderes Hotel war es zu spät, und ich konnte ihn ja schlecht auf der Straße übernachten lassen.« Das besänftigt die Polizeisekretärin etwas.

»Ich mag das nicht, wenn hier einfach so Leute in meinem Büro übernachten. Überhaupt, was soll das? Da seid ihr die ganze Nacht weg, ohne dass mir einer sagt, was los ist. Also bitte: Einfach mal das Ding mit den Tasten und dem Hörer benutzen!«

»Machen wir. Apropos Bescheid sagen: Ich müsst mal dringend mit dem Chef schwätza.«

»Ha! Das kannst du vergessen. Gestern hab ich eine Mail vom ihm gekriegt. Vom Hotel in Teneriffa! Dem ist der Laptop in den Pool gefallen. Er meint, vor Montag wär er unter gar keinen Umständen zu erreichen.«

»Aha …« Schmälzle lässt unglücklich den Kopf hängen.

Währenddessen lässt Caruso rasch den Zettel mit Enrico Zorzis Namen verschwinden und schließt die Fenster im Rechner. Das letzte zeigt ein Bild und die Telefonnummer der Generaldirektion der Polizei in Bogotá, der Hauptstadt Kolumbiens.

»So, und jetzt husch. Raus aus meinem Büro.« Sie wedelt Caruso und Schmälzle zur Tür hinaus. In der Kaffeeküche füllt Caruso zwei Becher mit Kaffee. Schmälzle tupft sich mit einer Serviette die Stirn ab.

»Na super! Der Schmähle ist weg, wahrscheinlich in Lebensgefahr. Und der Kommissar nicht erreichbar. Was haben Sie denn im Büro von Therese gemacht? Die mag das nicht, wenn man einfach so bei ihr reinschneit.«

Caruso reicht ihm einen der Becher.

»Trinken Sie erst mal einen Schluck, lieber Schmälzle. Dem Kollege Schmähle wird nicht's passieren, solang wir uns an die Forderung des Kidnappers halten. Und: Kopf hoch. *Chi la dura la vince*, wie wir Italiener sagen. Der Beharrliche kommt ans Ziel. Ich konnte gestern lange nicht einschlafen, bin durch die Gänge gewandert und dann irgendwie in Signora Knöpfles Zimmer gelandet. Da muss ich wohl eingenickt sein. *Scusi.*«

Das ist nur teilweise wahr. Die letzte Stunde hat Caruso damit verbracht, den geheimnisvollen Namen durch sämtliche europäische Datenbanken laufen zu lassen, auf die er Zugriff hat. E.I.S., das Europol Informationssystem, EUCARIS, das Fahrzeuge und Fahrzeughalter speichert, die in Delikte verwickelt sind, und EURODAC, ein Programm, das Fingerabdrücke vergleicht. Nichts. Erst als er H.O.R.S.T. mit dem Namen gefüttert hat, gab es einen Treffer. Offensichtlich war ein Enrico Zorzi vor zwanzig Jahren in Kolumbien straffällig geworden. Angeklagt wegen Diebstahl und Schmuggel. Mehr ging aus der kurzen Meldung leider nicht hervor. Also hat Caruso in der Polizeizentrale in Kolumbien angerufen. Dort war es immer noch mitten in der Nacht, und so hat er nur über die Notrufnummer jemanden ans Telefon bekommen. Dieser Jemand hat ihn dann, als er sein bisschen Spanisch und sein rudimentäres Englisch zusammengekramt hat, höflich, aber bestimmt darauf hingewiesen, dass er gefälligst die Leitung frei machen solle.

Schmälzle packt eine in Alufolie gewickelte, dick mit Bierschinken und Tomaten belegte Semmel aus. »Ich hab fast gar net geschlafen. Hab bei unseren Spitzbuben rumgefragt. Aber niemand weiß von nix.« Er beißt kräftig ab. Brösel fallen auf die weiße Tischplatte, die er akribisch aufliest und auf die Alufolie legt. »Äh … Ich hab da lang drüber nachgedacht: Sollten wir das mit Schmähles Entführung seiner Mutter sagen? Die sollte das wissen, finden Sie nicht?«

Caruso nippt an seinem Kaffee und legt dem Polizisten die Hand auf den Arm. »Lieber Schmälzle, es bringt nichts, wenn wir jetzt Panik schüren. Wir müssen versuchen, unseren Kollegen wieder unbeschadet zurückzubekommen. Die Anweisung war klar. Keine weitere Suche nach dem Smaragd.«

»Heißt das, wir geben einfach auf?«

»Manchmal ist es besser, so zu tun, als ob man ein Stück weit nachgibt. *A baro, baro e mezzo.* Auf eine Mogelei gibt's eineinhalb zurück. Ich will, dass Sie Augen und Ohren offen halten. Achten Sie auf Dinge, die Ihnen ungewöhnlich vorkommen.«

»Ah … verstehe«, sagt Schmälzle und versteht überhaupt nichts.

In diesem Moment klingelt Carusos Handy. Er macht Schmälzle ein Zeichen und geht vor die Tür.

»Prego?«

Aus dem Hörer dringt eine gut gelaunte Stimme.

»Hier ist Perez. César Perez. Sie erinnern sich an mich? Ich behandle den Juwelier Junginger.«

»Dr. Perez, haben Sie etwas herausgefunden?«

Der Doktor kichert vergnügt. *»Claro que si!* Herrn Junginger geht's wieder gut. Ich habe rausgekriegt, was sein Problem war.«

Carusos Hand wird weiß, so fest hält er das Telefon. Im Hintergrund hört er, wie Dr. Perez genüsslich an einem Getränk schlürft.

»Ich habe ganz schön recherchieren müssen. Es gab in den letzten Jahren einen bemerkenswerten Fall, der durch die Medien ging. Eine Truppe von australischen Backpackern ist in den Amazonasdschungel gereist, um dort indianische Drogen zu konsumieren. Ist eine richtige Art Tourismus hier. Das Ganze ging schlimm aus.«

»Wie?« Es zuzelt wieder in der Leitung.

»Einer der Jugendlichen ist gestorben, die anderen wurden mit teils schweren psychotischen Störungen ins Krankenhaus gebracht. Alle hatten eine bestimmte psychotrope Substanz eingenommen. Damals habe ich zum ersten Mal von Ayahuasca gehört. Ayahuasca ist eigentlich ein Qechua-Wort und heißt so viel wie ›Liane der Geister‹. Schamanen nutzen es zur spirituellen Erweckung. Das ist, zumindest auf pflanzlicher Basis, eine der stärksten psychotropen Substanzen, die es gibt. Es enthält Dimethyltryptamin, kennen Sie vielleicht als DMT, und wirkt auf bestimmte Serotonin-Rezeptoren. Dabei verursacht es Halluzinationen bis hin zu Wahnvorstellungen, Schwindelgefühlen, Schweißausbrüchen, Gleichgewichtsstörungen und Angstzuständen.« Er macht eine dramatische Pause.

»Und?«

»Genau das habe ich in modifizierter Form in Jungingers Blut gefunden.«

»Was meinen Sie mit modifiziert?«

»Jemand hat es stärker gemacht. Ayahuasca besteht normalerweise aus verschiedenen Pflanzen. Hauptbestandteil ist die Yagé-Liane. Dazu kommen verschiedene andere Ingredienzien, darunter ein Kaffeestrauch, der ein Tryptamin-Alkaloid enthält, ebenfalls ein Halluzinogen. All das wird mehrere Tage lang in einem Sud verkocht. Normalerweise lässt der Rausch nach ein paar Stunden nach. Nicht so in diesem Fall. Hier hält der Rauschzustand mehrere Tage an, schwächt sich ab und kommt wieder. In dieser Zeit haben die Betroffenen immer wieder Halluzinationen. Meist sehen sie dann Dinge, die ihnen bewusst oder unbewusst Angst machen. Diese Droge ist wie ein Schlüssel zu ihrem Unterbewusstsein. Ich glaube, in dieser Zeit ist man auch sehr suggestibel, leicht zu manipulieren. So etwas ist mir in meiner ganzen Laufbahn noch nicht begegnet.«

»Wer könnte so etwas fabriziert haben?«

Der Arzt lacht. »Da fragen Sie den Falschen. Dieses höllische Gebräu wird seit Jahrhunderten von Schamanen im Amazonas hergestellt. Vielleicht ist einer auf die Idee gekommen, etwas herumzuexperimentieren?«

»Und wie geht's Junginger jetzt?«

»Phantastisch. Er war nicht verrückt, sondern einfach nur high. Ich hab ihm mehrere Dosen Haloperidol gespritzt. Das holt den stärksten LSD-Süchtigen zurück. Zack, war er wieder da! Jetzt droht er der ganzen Klinik mit einer Klage.«

»Können Sie mir dieses Ayaahua… Sie wissen schon. Wie sieht diese Substanz aus?«

»Im Rohzustand ist es ein bräunliches Pulver, das ekelhaft stinkt. Normalerweise wird es zu einer Art Tee verkocht. Man kann es aber auch rauchen oder schnupfen. Hauptsache, es kommt irgendwie ins Blut.«

»Ist es denkbar, dass eine starke Erkältung die Wirkung der Droge hemmt?«

Perez überlegt. »Nur, wenn man's schnupfen würde. Wenn es nicht an die Schleimhäute kommt, ist es wirkungslos.«

»Vielen Dank, Dr. Perez. Sie haben mir einen unschätzbaren Dienst erwiesen.«

»*No hay de que.* Keine Ursache. Sie haben mich ja erst auf die richtige Spur gebracht.«

Caruso späht zur Tür. Den Geräuschen zufolge ist Schmälzle immer noch mit seinem Baguette beschäftigt. Er senkt die Stimme.

»Eine letzte Frage habe ich noch: Haben Sie zufälligerweise Bekannte oder Verwandte in Bogotá? Ich brauche dringend jemanden vor Ort, der etwas auf dem Polizeirevier für mich erledigt.«

»Na, das ist ja ein Zufall. Einer meiner Cousins ist in El Parangon Polizist. Das ist nur eine halbe Stunde entfernt.«

»Dann hätte ich eine kleine Aufgabe für ihn.«

Als Caruso zurückkommt, tigert Schmälzle, die halb aufgegessene Semmel in der Hand, ruhelos durch den Pausenraum.

»Und? War's jemand Wichtigs?«

Fassungslos hört er zu, als Caruso ihn ins Bild setzt.

»Also hat uns da jemand unter Drogen gesetzt? Ohne dass wir's gemerkt haben? Das glaub ich ja nicht.« Er verschluckt sich vor Aufregung fast am letzten Rest seines Baguettes. Seine Lebensgeister sind geweckt.

»Ich sag Therese Bescheid. Die soll alle informieren, die immer noch Gespenster sehen, und sie ins Krankenhaus schicken. Wie heißt diese Droge noch mal?«

Nächster Anruf: im städtischen Krankenhaus. Schmälzle gibt die Behandlungsempfehlung von Dr. Perez weiter. Und Caruso informiert die Söhne der Donna Elvira.

»Das heißt, die *mamma* ist einfach high?« Luigi ist sprachlos. Im Hintergrund hört Schmälzle Salvatore kichern. »Und das, wo die doch so strikt gegen Drogen ist.«

Nachdem sie ihre Anrufe gemacht haben, lehnt sich Schmälzle mit hinter dem Kopf verschränkten Armen zurück und wackelt auf seinem Schreibtischstuhl. »Aber eins versteh ich nicht: Wie haben wir dieses Ayawaya-Zeug denn genommen?«

»Das weiß ich noch nicht: Aber ich habe da einen Verdacht.«

Das Telefon klingelt. Caruso nimmt ab. Es ist die Gerichtsmedizin in Sigmaringen.

»Capitano Caruso hier.«

Schweigen in der Leitung.

»Pronto?«

»Francesco Caruso?«, hakt die Stimme nach.

»Der bin ich.«

Aus der Leitung dringt ein heiseres Kichern. »Das gibt's ja nicht. Sie sind wieder im Lande? Diesmal ohne Leichen, denen die Köpfe fehlen? Hier ist Ronald Stangl, und nach allem, was ich so mitbekommen habe, sind Sie wieder ganz in Ihrem Element. Gespenster in Muggenpfuhl – also bitte!«

»*Buongiorno*, Signor Stangl. Ich wünschte auch, wir hätten uns unter anderen Umständen wieder gesprochen.«

»Ich wünschte, wir würden uns gar nicht sprechen«, entgegnet der Pathologe bissig. Dann atmet er einmal tief durch. »Na, was soll's. Ich habe die forensische Autopsie an Wilhelm Schiedinger vorgenommen. Ihr Schiedinger ist tatsächlich an einem Herzinfarkt verstorben. Das Übliche: falsche Ernährung, nicht diagnostizierte oder ignorierte Altersdiabetes, und bei seinem Cholesterinwert ist mir fast die Zentrifuge explodiert. So weit also alles klar.«

»Und?«

»Eins ist sonderbar: Obwohl er kein Raucher war, fand sich in seinem Lungengewebe eine merkwürdige Substanz, die er wohl kurz vor seinem Tod eingeatmet hat. Irgendwas Pflanzliches … Das kann ich jetzt schon sagen. Inwieweit die für seinen Herzinfarkt mitverantwortlich ist, weiß ich nicht. Die Analysen laufen noch.«

»Ayahuasca«, sagt Caruso.

»Wie bitte?«

»Es handelt sich dabei vermutlich um eine psychotrope Substanz aus dem Amazonasgebiet.«

»Ach was! Wenn Sie das ja alles schon wissen, dann schneiden Sie das nächste Mal Ihre Leichen doch selber auf«, ätzt der Pathologe und legt nach kurzer Debatte auf.

»Was wollte der denn?«, fragt Schmälzle.

»Er hat die Leiche von Herrn Schiedinger obduziert. Der

Gute ist an einem Herzinfarkt verstorben. Vermutlich *nachdem* ihm unser Täter Ayahuasca verabreicht hat.«

»Der Dreggaff, der liederliche. Wenn ich den in die Finger krieg …« Schmälzles Magen grummelt. »Aber zuerst muss ich was essen. Herr Caruso, würden Sie hier kurz die Stellung halten? Ich spring geschwind zur Bäckerei. Diese Telefoniererei macht hungrig. Und dann kann ich nicht denken.«

»Gehen Sie nur, ich bin hier.«

Fünf Minuten später klingelt das Telefon erneut. Es ist das Leibniz-Laboratorium in Kiel. Eine aufgeregte Wissenschaftlerin ist dran.

»Wir haben Ihr *tumi* durch eine erste Datierungsanalyse laufen lassen. Es ist unglaublich. Das Messer ist, so viel kann ich jetzt schon sagen, über achthundert Jahre alt. Wahrscheinlich älter. Ich dachte mir, ich sag Ihnen das sofort.«

»Haben Sie vielen Dank! Wenn Sie mehr wissen, melden Sie sich bitte.«

Caruso legt auf und grübelt. Kurze Zeit darauf kommt Schmälzle zurück, unter dem Arm eine große Tüte mit Leckereien aus der Bäckerei.

»Ich hab mal a bissle was mitgebracht. Wer viel schafft, muss au viel essen. Was machen wir als Nächstes?«

»So schwer das auch ist: Jetzt warten wir.«

Schmälzles Gesicht verdüstert sich. Caruso knabbert an einer Butterbrezel. Schmälzle lutscht schwermütig den Quark aus einem Puddingteilchen.

»Ob der Schmähle jetzt auch was zum Essen hat? Nicht dass sie den verhungern lassen. Manchmal hab ich das Gefühl, das er ganz nah ist. Fast, als könnte ich ihn hören!«

Ausweglos

»Hallooooo! Hilfeeee!« Ein Hustenanfall unterbricht Schmähles Geschrei. Zwei Stockwerke tiefer hat er sich heiser gebrüllt.

»Jetzt hören Sie schon auf. Hier unten hört uns niemand.«

»Ach was, Sie sind ja mal ein Dummschwätzer. Haben Sie vielleicht eine bessere Idee?«

Ächzend rollt sich der Polizist herum. Schmutz und Erde kleben in seinen Haaren. Seine Backe ist aufgescheuert, aber wenigstens ist der Klebestreifen ab. Viel gebracht hat sein Geschrei bis jetzt allerdings nicht. Abgesehen davon hat er das »Betreten verboten«-Schild selber aufgestellt. Jean Remy sieht auch nicht viel besser aus als er. Seine Haare hängen ihm zerzaust ins Gesicht, sein Bart ist voller Erdklumpen.

»Nachdem wir ja jetzt wissen, wo wir sind, hab ich vielleicht eine Idee. Können Sie mir genau beschreiben, was sich über uns befindet?« Schmähle denkt angestrengt nach.

»Also wenn ich mich recht erinnere, stehen da, glaube ich, so ein billiger Campingtisch und ein Stuhl. Und ein Scheinwerfer auf einem Stativ. Warum der die ganze Zeit brennt, weiß ich allerdings auch nicht. Zumindest sehen wir so ein bisschen was.«

»*Parfait!* Als Erstes muss ich jetzt meine Arme über den Kopf bringen.«

Ihr Entführer hat ihnen die Hände auf den Rücken gebunden. Ihre Beine sind mit einem Seil eng zusammengeschnürt, sodass sie aussehen wie zwei Fadenspindeln.

»Ha! Das können Sie vergessen. Hab ich schon probiert. Unmöglich.«

»Für Sie vielleicht, aber ich bin Remy, die Schlange, und: Ich hab mir gestern Nacht die Schulter ausgerenkt.«

Schmähle bekommt große Augen. »Donnerwetter! Sie wollen das machen wie der Mel Gibson in ›Lethal Weapon‹?«

»Kenn ich nicht. Aber es wird auf jeden Fall …« Jean Remy beginnt, sich hin und her zu winden, dann zieht er in einer ruckartigen Geste seine beiden Arme über den Kopf. Es knackt, und er presst ein französisches Schimpfwort heraus. »Schmerzhaft!« Dann bleibt er eine ganze Weile schwer atmend liegen. Schweiß steht ihm auf der Stirn.

Schmähle ist beeindruckt. »Also ... das sah sehr professionell aus.«

»Halten Sie einfach die Klappe.«

»Aber wie kriegen wir jetzt die Fesseln ab?«

»Das zeig ich Ihnen gleich – aber zuerst muss die Schulter wieder rein. Was wiegen Sie?«

»Äh ... Achtzig Kilo. Plus/minus.«

»Parfait.« Jean Remy rollt sich stöhnend auf den Rücken, sodass die ausgekugelte Schulter nach oben zeigt.

»Jetzt werfen Sie sich mit ihrem ganzen Gewicht auf meine Schulter.«

»Echt jetzt?«

»Nun machen Sie schon.«

Schmähle stemmt seinen Oberkörper, so weit es das Seil zulässt, nach oben und lässt sich auf Jean Remy knallen. Es knackt wieder, und Jean Remy jault auf.

Diesmal bleibt er länger liegen.

»Sie können jetzt wieder von mir runter«, ächzt er nach einer Weile.

Schmähle rollt sich von ihm herunter. »Und jetzt?«

»Drehen Sie mir den Rücken zu und strecken Sie Ihre Arme so weit wie möglich vom Körper weg.«

»Das wird jetzt aber nix Komisches, gell? Ich bin kein Friseur.«

»Reden Sie nicht so einen Quatsch. Wir haben im Moment andere Sorgen als meine sexuellen Präferenzen.«

»Ich mein ja bloß ...« Gehorsam dreht sich Schmähle um und streckt die Arme weg.

Hinter sich spürt er, wie Jean Remy seine Hände dazwischensteckt und anfängt zu reiben. Schmähle geht ein Licht auf. »Aha, verstehe. Reibung.«

»Bei der Art dieses Seils wird's etwas dauern. Ist leider gut verarbeitet.«

»Und wie kommen wir dann zum Brunnen raus?«

»Darüber machen wir uns dann Gedanken, wenn's so weit ist. Einen Jean Remy sperrt niemand in ein Loch. Niemand.«

»Und einen Max Schmähle sowieso nicht!«, fügt der Polizist hinzu und scheuert grimmig seine Fesseln am Seil.

Gegen halb eins klopft es an die Tür. Angelica. Ein Hauch von teurem Parfüm weht mit ihr herein. Sie trägt ein dunkles Kostüm und wirkt müde, aber gefasst. Schmälzle steht auf.

»Äh … ich lass Sie dann mal allein, Herr Caruso. Wenn was ist, ich bin in der Küche.«

Caruso nickt. »Kommen Sie, Signorina Angelica. Setzen Sie sich.«

»Machen Sie sich keine Umstände. Ich will Sie nicht lange aufhalten. Ich bin nur gekommen, um mich zu verabschieden.« Sie setzt sich auf die Schreibtischkante und schlägt die Beine übereinander. »Sie wissen, dass morgen die Ausstellung stattfindet? Ich kann den Diebstahl nicht länger geheim halten. Oder haben Ihre Ermittlungen noch irgendetwas ergeben?«

Niedergeschlagen betrachtet Caruso das verblichene Blümchenmuster an der fleckigen Tapete. »Leider nein. Wir treten auf der Stelle.«

»Das heißt, wir wissen auch nicht, wer den letzten Stein aus Jungingers Kollektion hat?«

»Nein, leider nicht. Ich fürchte, dieses Mal bin ich gescheitert …«

»Sie wissen, dass ich den Diebstahl jetzt melden muss …«

In diesem Moment kommt Therese Knöpfle herein und hat einen Ausdruck in der Hand. Sie wirft Angelica einen misstrauischen Blick zu. »Ich glaub, das ist für euch. Das hat der Horst gerade ausgedruckt. Der isch au lieber da, wo man scho gschafft, aber no nicht gevespert hat. Wenn ich so arbeiten würd wie der, dann könnten wir hier zumachen.«

Caruso nimmt den Ausdruck entgegen. Als er liest, was darauf steht, wird er bleich. Sein Atem beschleunigt sich.

»Alles in Ordnung, Capitano?«, fragt Angelica besorgt.

»Sì, sì, tutto bene.« Er faltet das Blatt zusammen und steckt es in die Schreibtischschublade. »Signorina Angelica, vielleicht

warten Sie noch mit Ihrer Meldung. Es könnte sein, dass wir eine Spur haben.«

»Herr Caruso, das habe ich nun wirklich oft genug gehört. Jedes Mal, wenn Sie das sagen, stellt es sich hinterher als eine falsche Fährte heraus.«

»Ich versichere Ihnen, diesmal ist es anders. Ich habe gerade die Adresse des letzten Smaragdkäufers bekommen. Geben Sie uns diese vierundzwanzig Stunden, und ich verspreche Ihnen, ich liefere Ihnen den Täter!«

Sie zieht spöttisch eine Augenbraue in die Höhe. »Ich kann nicht glauben, dass ich das sage, aber soll ich Ihnen dabei helfen?«

»Diesmal nicht, Signorina Fiorelli. Diesmal nicht. Das ist ein Ein-Mann-Job.«

»Na, okay … Sie haben bis morgen früh um neun Uhr Zeit. Halten Sie mich auf dem Laufenden.«

Als Schmälzle diskret zurückkommt, ist Caruso bester Laune und gerade dabei, seine Sachen zu packen.

»Was ist denn passiert? Ich dachte, die Angelica macht wieder eine Szene. Aber die schien ja ganz gefasst.«

»Nicht jeder ist zum Schauspieler geboren«, gibt Caruso geheimnisvoll zurück. »Werfen Sie nie die Flinte ins Korn, lieber Schmälzle. Nie die Flinte ins Korn werfen.«

Schmälzle versteht nur Bahnhof. »Und wie soll das dem Schmähle helfen?«

»Seien Sie unbesorgt. Aber seien Sie wachsam. Und haben Sie ein Auge auf Angelica. Ich muss jetzt leider gehen. Dringende Geschäfte erwarten mich.«

Damit spaziert er ohne weitere Erklärung zur Bürotür hinaus. Schmälzle starrt ihm verständnislos hinterher.

Die Geheimnisse des Buchhändlers

Abel Eygster ist ein geselliger kleiner Mann. Er ist um die fünfzig, trägt die früh ergrauten Haare in der Stirn gescheitelt, und auf seiner langen Nase sitzt eine runde Brille mit Trifokallinsen. Er ist Buchhändler und damit auch so etwas wie die kulturelle Speerspitze Muggenpfuhls. Er organisiert Konzerte, Ausstellungen, Kleinkunst und Lesungen. Kleinbürgerlichem Gedankengut begegnet er mit Spott, Ironie und ätzendem Sarkasmus. Das wird ihm nachgesehen, genauso wie seine Herkunft. Er ist eigentlich in Hamburg aufgewachsen. Doch für das Bildungsbürgertum, das auf dem Dorf festsitzt, bildet er so etwas wie die Brücke zur großen weiten Welt.

Etwas, das Eygster gut für sich zu nutzen weiß. Im Moment ist er fasziniert und betrunken. Fasziniert ist er von seiner neuen Bekanntschaft, einem italienischen Kulturanthropologen aus Mailand, den er in der Trattoria Sorentino kennengelernt hat. Ein entfernter Bekannter Donna Elviras, den ihm die Hausherrin selbst vorgestellt hat. Dottore Franco Saruco. Mit seinen langen weißen Haaren, seiner Nickelbrille und dem weißen Panamahut, mit dem er verächtlich der Jahreszeit trotzt, verkörpert er genau die Mischung aus Nonkonformität und Kultiviertheit, die Eygster gefällt. Und das Beste: Er schreibt auch noch ein Buch über die schwäbische Kultur.

Sie haben sich über Gott und die schwäbische Welt ausgetauscht, über Spätzle, Kehrwochen und das schwäbische Lebensgefühl. Betrunken ist Eygster, weil der Dottore einen Martini nach dem anderen ausgegeben hat. Auf dem Tisch sammelt sich bereits eine ansehnliche Kollektion Gläser. Eygster rühmt sich gern, mit etlichen internationalen Persönlichkeiten auf Du und Du zu sein. So ist es auch kein Wunder, dass er dankend annimmt, als ihm Dottore Saruco anbietet, ihn bis nach Hause zu begleiten. Außerdem ist der Buchhändler nicht besonders gut zu Fuß. Er leidet an einer angeborenen Hüftdysplasie, und der

Weg bis nach Hause ist voller Schnee und Eis. Seinen Mercedes hat er wohlweislich in der Garage gelassen. Zusammen flanieren sie die Hauptstraße von Muggenpfuhl hinauf und durchqueren das Obertor. Eygster schwankt bedenklich beim Gehen.

»Kennen Sie den schon? Ein schwäbischer Vater schreibt seinem Sohn: ›Ich wollte dir noch etwas Geld mitschicken, der Brief war aber leider schon zugeklebt.‹«

»*Molto divertente.*« Dottore Saruco klopft begeistert mit seinem Gehstock auf den Boden.

Sie biegen nach links ab, überqueren eine Kreuzung und folgen einer nach unten führenden lang gezogenen Serpentine. Ungefähr auf der Hälfte zweigt die Straße nach rechts ab. Dort liegt, umgeben von hohen Eichen und Fichten, die Muggenpfuhler Grundschule.

»Ich hab auch einen für Sie. Warum sind die Italiener so klein?«

»Oh ... das ist schwierig. Bezieht sich klein auf den ganzen Körper oder nur auf ... bestimmte Teile?«, nuschelt der Buchhändler mit schwerem Zungenschlag.

»Weil ihre Väter gesagt haben: ›Wenn ihr groß seid, müsst ihr arbeiten!‹«

Eygster bekommt einen Lachanfall und wäre fast gegen einen der Poller gelaufen, die einen verschneiten Pausenhof begrenzen. Die Grundschule ist ein dreistöckiger Bau mit Walmdach und einer Front dunkler Fenster. Direkt daneben ein ans Gebäude grenzender Turm. Hier wohnt der Buchhändler. Eigentlich ist es ein ziemlich mittelmäßiger Turm, zwei Stockwerke hoch, gekrönt von einem Kegeldach. Unter dem Dach sind mehrere Fenster eingelassen.

»Da haben Sie bestimmt eine gute Aussicht?«

Eygster nestelt mit einem großen Schlüsselbund an der schweren Holztür herum. Das Türschloss ist hochmodern mit Panzerblech und Sicherheitszylinder.

»Kann man wohl sagen. Den ganzen Tag lärmende Gören vor dem Fenster. Zauberhaft.« Er nickt zu einem Gebäude mit vorspringenden Treppenstufen und einer Glastür, das in ein paar Metern Abstand neben dem Turm aufwächst. »Und dann noch das Hallenbad. Jeden Dienstag und Donnerstag Kinderschwimmen.«

Die Tür schwingt knarrend nach innen. Eygster macht das Licht an.

»Treten Sie ein, Dottore.«

Eine schmale eiserne Wendeltreppe führt nach oben. Links und rechts davon wachsen geschwungene Bücherregale in die Höhe, gefüllt mit Hunderten Büchern. Shakespeare, Kierkegaard, der große Brockhaus in edler goldgeprägter Sonderedition mit Buckramleinen und Buchrücken aus schwarzem Echtleder, Nietzsche, Pearl S. Buck, Freud, Simone de Beauvoir, Houellebecq, das komplette Werk von James Joyce. Ein buntes Gemenge an Klassikern und aktuellen Werken. Dottore Saruco blinzelt ihm zu.

»*Caspita!* Man sieht, Sie leben Ihre Leidenschaft. Haben Sie die auch alle gelesen?«

»Die meisten. Ich bin Buchhändler.«

Von oben weht ein kalter Wind herein. »Merkwürdig, hab ich ein Fenster offen gelassen?« Eygster sieht stirnrunzelnd nach oben. »Na egal. Husch, husch ins Warme.«

Vorsichtig hangelt sich der Buchhändler die Treppe hinauf. Oben führt eine Tür nach rechts. Eygster schließt sie auf und macht das Licht an. Eine kunstvoll ziselierte Hängelampe füllt ein behagliches kleines Wohnzimmer mit warmen Farben. Auf dem Boden ein handgeknüpfter Perserteppich von blassgrüner Farbe. Darauf ein Vintage-Kanapee, zwei Sessel aus Vacheteleder, eine antike Stehlampe, ein hübsches Regal aus der Biedermeierzeit mit ansehnlicher Spirituosensammlung.

An den Wänden moderne Kunst. Neben Pop-Art finden sich abstrakte Bilder auf Acryl, ein Georg Baselitz neben einem Devin Miles. Interessiert betrachtet der Doktor die Bilder. Im Biedermeierschrank hinter der Glasvitrine funkelt etwas. Dort ruht auf einem kleinen Seidenkissen ein Ring mit einem großen Smaragd, der gleißend das Licht bricht. Er pfeift anerkennend durch die Zähne.

»Wow! Da liegt ja einiges, was sich zu stehlen lohnt.«

»Ach, alter Männer Leidenschaft. Ich hab ein Herz für seltene Stücke.« Eygster winkt ihn zu einem der Sessel, die links und rechts des Fensters stehen.

»Machen Sie sich's bequem. Was wollen Sie trinken?«

»Ich nehme einen Gin Tonic.«

»Kommt sofort. Ich mach mich nur kurz frisch.«

Der Buchhändler enteilt durch eine kleine Tür am anderen Ende des Raums. Der Italiener setzt sich in den überraschend bequemen Sessel und sieht zum Fenster hinaus. Alles ruhig – der Schulhof liegt wie erstarrt im Schnee.

Er sieht zu den Fenstern hinaus. Ein Mann mit solariumgebräuntem Gesicht kommt eben aus dem Hallenbad und schließt die Glastür ab. Vermutlich der Bademeister. Der Doktor beobachtet, wie er beschwingt über den Schulhof marschiert. Bald darauf hat ihn die Dunkelheit verschluckt. Über sich vermeint er ein Geräusch zu hören. Schnell setzt er sich wieder auf seinen Sessel. Die Tür öffnet sich, und Eygster tritt herein. Er trägt jetzt einen pinkfarbenen Bademantel.

»Grade ist mir noch einer eingefallen: Wandert ein schwäbisches Ehepaar durch die Alpen ...«

Weiter kommt er nicht. Irgendetwas im Zimmer ändert sich. Das Licht scheint auf einmal dunkler zu werden. An der Wand bewegt sich etwas. Der italienische Doktor fördert aus seinem Parka ein sonderbares Objekt zutage. Es handelt sich um eine Atemmaske. Mit einer raschen Bewegung streift er sie sich übers Gesicht. Eygster starrt ihn mit großen Augen an.

»Bleiben Sie ruhig. Sie werden gleich bestohlen.« Caruso zerrt sich die Perücke vom Kopf. In der Luft liegt nun ein silbernes Flirren. Staubpartikel tanzen im Lampenschein.

Der Buchhändler schnappt nach Luft. »Was ...«, ächzt er. Er wedelt wild mit den Armen und reißt einen Blumentopf von der Fensterbank. »Versuchen Sie, flach zu atmen. Alles, was Sie sehen, ist nur eine Einbildung. Jemand hat gerade eine Art LSD-Pulver versprüht.«

Caruso wirbelt herum. Eben war die Tür doch noch zu? Die Wand scheint sich zu bewegen. Oder besser: etwas vor der Wand.

Caruso kann die Umrisse einer Gestalt ausmachen. Ohne nachzudenken wirft er sich darauf. Er bekommt einen schlüpfrigen Arm zu fassen und hält ihn eisern fest. Eine schmierige Substanz bleibt an seinen Fingern kleben. Braune Haut schimmert durch. Mit seinem Körpergewicht bringt er den Unsichtbaren zu Fall. Er kommt ihm nicht besonders groß vor. Eher schmächtig – aber sehnig und muskulös. Beide rollen über den Teppich. Dann erhält er einen Schlag von hinten und stürzt halb besinnungslos von seinem Gegner herunter. Er wälzt sich herum und versucht, seine Waffe zu ziehen. Zu spät. Er sieht gerade noch, wie eine zweite Person, ganz in Schwarz gekleidet, zur Tür hinausstürzt.

Zwei. Es sind zwei Diebe. Caruso kämpft gegen die aufdämmernde Bewusstlosigkeit an. Beim Kampf ist seine Maske verrutscht. Sofort dringt ihm der Gestank in die Nase. Wer weiß, wie viel er von dem Ayahuasca schon eingeatmet hat. In seinen Augenwinkeln erscheint bereits wieder das goldene Glänzen.

»No, no, no.«

Er muss sofort raus hier. Auf Händen und Knien krabbelt er zur Tür, vorbei am Buchhändler, der lallend auf dem Kanapee liegt und träge mit den Händen winkt. Draußen auf der Wendeltreppe atmet Caruso gierig die frische Luft ein und wartet, bis sich sein Herzschlag normalisiert hat. Dann nimmt er einen tiefen Atemzug, hält die Luft an und kehrt noch einmal ins Zimmer zurück. Drinnen reißt er alle Fenster auf. Unten kann er gerade noch sehen, wie die Gestalt in Schwarz Richtung Parkplatz davoneilt. Auf der anderen Seite sieht er einen verschwommenen Umriss. Wie von Geisterhand tauchen deutliche Spuren im Schnee auf. Sie bewegen sich Richtung Schwimmbad auf die Glastür zu. Caruso stürzt wieder hinaus. Als er an der Vitrine vorbeikommt, sieht er, dass das Glas zerbrochen ist. Der Smaragdring ist weg. Die Umrisse der Treppe verschwimmen vor seinen Augen. Er klammert sich am Geländer fest.

Dann ist er draußen. Schnee knirscht unter seinen Füßen, als er die Treppe zum Hallenbad emporeilt. Deutlich sieht er kleine Fußabdrücke im Mondlicht. Das Türschloss ist aufgebrochen. Er zieht die Glastür auf, und sofort umfängt ihn der feuchte

Geruch von Chlor, Haaren und Schweiß. Es ist warm. Caruso fängt an zu schwitzen.

Sie waren sicher schon einmal im Hallenbad. Das Muggenpfuhler Bad ist mit seiner Bahnlänge von zwanzig Metern eher klein und übersichtlich. Es gibt zwei Umkleideräume, ein paar Einzelkabinen, ein kleines Kabuff, in dem der Bademeister hinter einer Glasscheibe sitzt, einen Schwimmer- und einen Nichtschwimmerbereich, separiert durch eine Kette von Plastikbällen. So weit – so beruhigend.

Ganz anders sieht das aus, wenn man Ayahuasca konsumiert. Die Droge fügt dem Bekannten eine ganze Reihe neuer, schreckenerregender Dimensionen hinzu. Das Raum-Zeit-Gefüge wird auseinandergerissen, und unbelebte Materie fängt an, ein gespenstisches Eigenleben zu führen. *Die Dinge offenbaren ihr wirkliches Wesen.* Davon sind zumindest die Schamanen überzeugt. Und selbst die konsumieren Ayahuasca nur in kontrollierter Umgebung. Wie ein Horrortrip im Hallenbad aussieht, erfährt Caruso gleich. Die Luft ist nämlich gesättigt von der lateinamerikanischen Droge.

Vor ihm führt eine Steintreppe nach unten. Langsam tastet er sich die Stufen hinab. Ihm wird klar, dass er seine Atemmaske beim Buchhändler hat liegen lassen. Direkt vor der Treppe steht ein kleiner Tisch mit einer Metallkassette darauf. Auf einem Schild daneben steht: »Kinder: 1,50 Euro, Erwachsene 3 Euro«. Darunter räkelt sich ein goldfarbenes Baby und starrt ihn aus glänzenden Augen an. Caruso schenkt ihm keine Beachtung und geht einfach daran vorbei.

Ein schmaler Gang führt zu den Umkleidekabinen. Beleuchtete Hinweisschilder glühen im Dunkeln. Caruso nimmt die Tür für Männer. Alte Gewohnheiten kann man schwer ablegen. Im Dunkeln glänzen Metallspinde. Umkleidekabinen gähnen. In jeder könnte sich sein unsichtbarer Gegner verstecken. Durch schmale Fensterschlitze dringt ein bisschen Licht. Genug, dass Caruso den feinen Staub erkennen kann, der hier überall in der Luft schwebt. Gleich darauf schlägt der Gestank wie ein Hammer auf ihn ein.

»Porca miseria«, flucht er, hält die Luft an und durchsucht so schnell wie möglich die Kabinen. Nichts.

Ein Geräusch lässt ihn aufhorchen. Caruso durchquert die Kabinen und gelangt an den Rand des Schwimmbeckens. Träge schwappt das silberfarbene Wasser hin und her. Ein beständiges Gluckern ist zu hören. Hinter einer Fensterfront auf der anderen Seite steht hinter spielenden Delphinen und stilisierten Wellen riesig und unbeweglich der Mond. Sein Schein taucht alles in unwirkliches schimmerndes Licht. Gebannt betrachtet Caruso die Szenerie.

Eine der Bojen, die den Schwimmer- und den Nichtschwimmerbereich unterteilen, beginnt wild zu schaukeln. Ein gigantischer Schatten gleitet durchs Wasser und zieht eine Welle hinter sich her. Dann kräuselt sich das Wasser, und etwas steigt aus der Tiefe empor. Eine Gestalt, die so riesig ist, dass es physikalisch fast unmöglich ist, dass das Schwimmbad sie fassen kann. Ein gigantischer geschuppter Leib, Stacheln, die sich aufrichten, und ganz weit oben unter der Hallendecke ein hässliches geflecktes Gesicht, das nur noch entfernt Menschenähnliches hat. Caruso gerinnt das Blut in den Adern. Schritt für Schritt weicht er zurück. Langsam dreht sich das Gesicht zu ihm. Ein Maul mit Zähnen klafft auf. Wassertropfen fallen von der Decke auf ihn herab. Der Schwanz fängt an, immer schneller hin und her zu peitschen, und wühlt das Wasser zu einem höllischen Mahlstrom auf.

Dann erhält Caruso einen Stoß in den Rücken und stürzt kopfüber in den Strudel. Er rudert wild mit Händen und Füßen, schlägt um sich. Wasser dringt ihm in Mund und Nase. Alles beginnt sich um ihn herum zu drehen. Er verliert die Orientierung. Immer wieder drückt ihn der Schwanz der Bestie unter Wasser. Dann sind da auf einmal kräftige Hände, die ihn unter den Schultern packen. Das Schwimmbad wird kleiner und kleiner. Er verspürt einen kurzen, aber schmerzhaften Stich in der Armbeuge. Dann geht der Mond aus.

In letzter Sekunde

Als er hustend und prustend die Augen wieder aufschlägt, sieht er direkt in ein unförmiges Gesicht, das ihm trotzdem merkwürdig vertraut vorkommt. Er schlägt danach, aber jemand hält seine Hände fest. Eine dumpfe Stimme dringt zu ihm.

»Ganz ruhig, Herr Caruso. Ich bin's bloß. Der Schmälzle.«

Langsam klärt sich sein Blick. Das Schwimmbad hört auf sich zu drehen. Über ihm kniet Schmälzle. Er hat Carusos Gasmaske auf.

»*Che è successo?* Was ... was ist passiert?«

»Sie haben wie wild um sich geschlagen. Deshalb hat's ein bisschen gedauert, bis ich Sie aus dem Wasser hatte. Sie waren voll auf Droge. Aber ich hatte zufälligerweise das Gegenmittel dabei.« Triumphierend hält Schmälzle eine leere Spritze in die Höhe. »Hab ich aus dem Krankenhaus.«

»Das ... das haben Sie gut gemacht«, ächzt Caruso. »Aber wo ... wo ist der Dieb? Der Smaragd?«

Ein zufriedenes Lächeln erscheint auf dem Gesicht des Polizisten. »Oh, keine Sorge, der kommt uns nicht mehr aus.«

Er zeigt mit dem Kopf nach hinten. Caruso kann eine Gestalt erkennen, die mit Handschellen an eine der Stangen am Beckenrand gefesselt ist.

»Wie haben Sie ...?«, stottert Caruso.

»Ach, nachdem dieses unsichtbare Ding Sie gestoßen hat, hab ich es zurückgestoßen. Dann ist er ins Wasser gefallen. Und siehe da: Auf einmal war's so eine Art Indianer. Weil er partout nicht hören wollt, hab ich kurz meinen Taser ins Wasser gehalten. Dann war Ruhe.«

Vorsichtig richtet sich Caruso auf. Jeder Knochen tut ihm weh. Auf dem Wasser schwimmt ein schillernder, öliger Film.

»Wie haben Sie mich gefunden?«

»Kommissar Zufall! Sie haben doch gesagt, ich soll aufpassen, ob irgendetwas passiert. Also ... die Angelica ist noch mal zurückgekommen. Sie war im Zimmer, als ich gerade auf der Toilette war. Das mit dem Schmähle schlägt mir auf den Magen. Dann bin ich der Angelica hinterhergegangen. Ich hab sie irgendwo hier in der Gegend verloren. Und dann hab ich jemand schreien hören. Da stand der Eygster, also unser Buchhändler, im Fenster von seinem Turm und hat Zeter und Mordio gebrüllt. Ich bin hoch zu ihm und hab die Gasmaske und die Perücke gefunden. Da war mir klar, dass Sie hier irgendwo sein müssen. Unten hab ich dann die Fußspuren und die offene Schwimmbadtür gesehen.«

»Es gab noch einen zweiten Dieb. Der ist leider entkommen.«

»Vrschiddeds Wassr kann man halt nemme uffheba! Jetzt sehen wir erst mal zu, dass wir Sie wieder trocken kriegen.«

In einem der Schränke findet Schmälzle nicht nur Handtücher, sondern auch eine zweite Garnitur Kleider, die offensichtlich dem Bademeister gehören. Caruso zieht sein Handy aus der klammen Jackentasche. Wider Erwarten funktioniert es noch.

Nachdem er einigermaßen wiederhergestellt ist, nehmen sie ihren Gefangenen in Augenschein. Es handelt sich tatsächlich um einen Indio. Er ist ein bisschen kleiner als Caruso, hat lange schwarze Haare, die im Nacken zu einem Pferdeschwanz gebunden sind, ein stolzes Kinn und eine breite Nase. Seine Züge haben etwas fast Feminines, und seine dunklen Augen blitzen die beiden wütend an. Er trägt einen hautengen Ganzkörperanzug aus einem dünnen, aber elastischen Stoff, der nur seine Unterarme frei lässt. Den Smaragdring hat er nicht.

»Wie heißen Sie?«, fragt Caruso.

Der Indio dreht den Kopf zur Seite und schweigt.

»Vielleicht versteht er uns nicht …«

»Ich schlag vor, wir nehmen ihn erst mal mit aufs Revier. Der wird schon noch reden.«

Als die drei ins Freie treten, kommt ihnen eine völlig aufgelöste Angelica entgegen.

»Capitano Caruso, oh *dio mio*. Geht es Ihnen gut? Ich hab entsetzliche Schreie gehört.«

Caruso runzelt die Stirn. »*Buona sera*, Signorina Angelica. Wie kommen Sie denn hierher?«

»Nach dem, was Sie mir heute Morgen erzählt haben, hatte ich ein ganz schlechtes Gefühl. Ich bin abends noch einmal zum Revier, und dort sagte man mir, Sie seien in einer Art Geheimmission im Dorf unterwegs.«

»Das war ich in der Tat, werte Angelica. Aber was für ein erstaunlicher Zufall, dass Sie ausgerechnet *hier* gelandet sind!«

»Ich war beunruhigt und bin noch einmal durchs Dorf gegangen. Dann hörte ich plötzlich jemand schreien und folgte dem Geräusch bis zu dem da.«

Sie deutet zum Fenster des Turms, wo der Buchhändler in Unterhosen am Fensterrand sitzt und fröhlich herunterwinkt. »Was ist denn hier passiert?«

»Keine Sorge, die Situation ist so weit unter Kontrolle. Darf ich vorstellen: Hier ist Ihr Smaragddieb Nummer eins.«

Skeptisch mustert Angelica den Indio. »Sind Sie da sicher? Der sieht wie ein Straßenmusiker aus. Von denen haben wir eine Menge in Italien. Haben Sie denn Beweise?«

»Wir haben ihn sozusagen in flagranti ertappt. Bei sich hatte er nichts, aber es ist gut möglich, dass er den Smaragdring von Herrn Eygster irgendwo im Schwimmbad versteckt hat …«

In diesem Moment gibt das Handy von Caruso ein heiteres »Ping« von sich.

Caruso wirft einen Blick darauf, runzelt die Stirn und sieht noch einmal angestrengt auf das Display. Dann schlägt er sich mit der Hand vor die Stirn. »Natürlich. Jetzt ergibt alles einen Sinn. Wie konnte ich nur so blind sein!«

Schmälzle beobachtet ihn besorgt. »Äh, Herr Caruso? Geht's Ihnen gut? Wollten wir nicht aufs Revier?«

»Signorina Fiorelli, ich weiß jetzt, wo der Smaragdring ist.«

Die Kuratorin zieht eine Augenbraue in die Höhe. »Tatsächlich?«

»Ja«, wiederholt er leiser, »jetzt weiß ich es.« Seine Stimme wird übergangslos schneidend. »Schmälzle, nehmen Sie Signorina Fiorelli die Handtasche ab.«

Schmälzle sieht ihn verdattert an, zieht ihr aber die Umhängetasche von der Schulter.

»Was erlauben Sie sich …« Sie will nach ihrer Tasche greifen, aber Schmälzle hält sie außerhalb ihrer Reichweite. »Das ist doch lächerlich!« Wütend stemmt die Kuratorin die Hände in die Hüften. »Dafür habe ich Ihnen den Rücken freigehalten?«

»Durchsuchen Sie sie!«

Schmälzle wühlt in der Tasche und fördert einen Lippenstift, eine Geldbörse, ein Döschen mit Puder und einen kleinen, in ein weiches Tuch eingeschlagenen Gegenstand zutage. Vorsichtig wickelt er ihn aus. Im Licht der Schulhoflaterne gleißt es auf. Es ist der Smaragdring!

Schmälzle kann's nicht glauben. »Haidanei, Frau Fiorelli! Sie?«

»Das Spiel ist aus, Angelica, oder soll ich sagen: Signorina Zorzi? Ich verhafte Sie wegen mehrfachen Diebstahls, Körperverletzung in mehr als einem Dutzend Fällen und vermutlich Totschlag. Sie haben das Recht, zu jeder Vernehmung einen Verteidiger hinzuzuziehen. Wenn Sie sich keinen Verteidiger leisten können, wird Ihnen einer gestellt.«

Der Indio zerrt wild an seinen Handschellen und stößt Laute aus, die entfernt an Spanisch erinnern. Angelica faucht wie eine Wildkatze. Sie greift in die Tasche ihres Mantels. Als sie die Hand hervorzieht, schimmert das Metall einer kleinen, gefährlich aussehenden Pistole darin. Schmälzle schaut hilfesuchend zu Caruso.

»Angelica … Machen Sie es nicht noch komplizierter. Sie werden nirgendwo hinkommen. Überall wird man Sie suchen.«

»Sie werden mich niemals bekommen. Airao, lass uns gehen.«

»Drehen Sie sich mal um«, sagt Caruso.

»Der älteste Trick der Welt. Glauben Sie ernsthaft, darauf fall ich …«

Hinter ihr klickt es. Ein Pistolenhahn wird gespannt. Eine heisere Stimme ertönt. »Wollen Sie einen Krieg, den Sie nicht gewinnen können?«

»Schmähle!« Schmälzle strahlt übers ganze Gesicht.

Sein Kollege schält sich aus dem Dunkel. Er starrt vor Schmutz. Erde hängt in seinen Haaren, und auf der Stirn hat er einen braunen Schmutzstreifen.

Neben ihm taucht Jean Remy auf. Der sieht nur unwesentlich besser aus. »*Bonsoir*, Madame Fiorelli, legen Sie die Waffe weg.« Er drückt ihre Waffe nach unten. »Wir haben uns getroffen, als Sie noch ein Kind waren. Aber das wissen Sie vermutlich nicht mehr …«

»Sie kennen sich?« Caruso ist baff.

Angelica wirft Remy einen abfälligen Blick zu.

»Sie sind nichts als ein Dieb, ein schmutziger Dieb. Wir haben nur Dinge zurückgeholt, die anderen gestohlen wurden.«

Schmähle legt ihr Handschellen an. »Jaja, aber andere Leute in Kellerlöcher schmeißen. Das ist auch nicht die feine italienische Art, Signorina.«

Schmälzle versteht nur Bahnhof. Fragend wendet er sich an Caruso. »Woher … Wie wussten Sie …?«

»Ich hab gerade ein sehr altes Foto zugeschickt bekommen.«

Caruso reicht ihm sein Handy. Das Foto zeigt einen vielleicht vierzigjährigen Mann mit wildem Bart und langen zottligen Haaren. Seine Oberlippe ist trotzig nach oben gezogen. Es ist auf einem Polizeirevier aufgenommen.

Schmälzle grübelt. »Der kommt mir bekannt vor. Ist der irgendwie aus dem Fernsehen?«

»Darf ich vorstellen: Enrico Zorzi. International tätiger Dieb und Hehler, wurde seinerzeit in Kolumbien für eine Zeit lang festgenommen und ist dann spurlos verschwunden. Aufgetaucht ist er nie wieder – aber dafür jemand anderer.«

Caruso wischt über das Display. Der Smaragd-Artikel aus dem »Seeboten« erscheint. Darunter ein weiteres Bild. »Dottore Orlando Fiorelli. Fällt Ihnen etwas auf?«

»Also … Jetzt blas mich doch am Schuh. Das ist ja derselbe.«

»Genau. Enrico Zorzi ist niemand anderer als Orlando Fiorelli.«

»Hajo, E. Z.! Das Feuerzeug«, murmelt Schmähle.

»Was labersch du?«, fragt Schmälzle.

»Die Angelica hat mal ein Feuerzeug liegen lassen mit diesen Initialen. Das war also vom Vadder …«

»Und das ist noch nicht alles. Wenn Sie sich das vorherige Bild noch einmal genauer ansehen …« Caruso zoomt aus dem Bild heraus und vergrößert den Ausschnitt. Zorzi hält ein kleines Mädchen an der Hand. »Raten Sie mal, wer das ist.«

Schmähle reckt seinen Hals.

»Da kann ich weiterhelfen«, meldet sich Jean Remy zu Wort. »Das kleine Mädchen ist seine Tochter Angelica. Ich war mir zuerst nicht sicher, aber sie hat ein sehr auffälliges Muttermal an der Schulter. Ist mir leider zu spät eingefallen. Da war der schon da.« Er nickt zu dem kleinen Indio.

Schmälzle unterbricht ihn. »Wollen Sie den Rest vielleicht auf dem Polizeirevier erzählen? Ich meine, hier hat's minus zwei Grad, und der Caruso war grade baden …«

Angelicas Geschichte

Im gut geheizten Aufenthaltsraum des Polizeipostens streckt Jean Remy die langen Beine aus und trinkt einen Schluck heißen Kaffee. Angelica und der geheimnisvolle Indio sitzen gefesselt Rücken an Rücken vor der gelben Wand. Schmähle hat sich auf der Toilette die Erde aus dem Gesicht gewaschen, und Caruso hat sich umgezogen.

»Erzählen Sie uns, woher Sie Angelica kennen, *prego.*«

Jean Remy nippt noch einmal an seinem Becher. »*Ah, ca fait du bien!* Vor mehr als zwanzig Jahren hatte ich Kontakt zu einem Hehler. Sein Name war Enrico Zorzi. Wir haben ein paarmal zusammengearbeitet. Bei meinen *Ausflügen* sind mir auch Antiquitäten oder Schmuck in die Hände gefallen. Die wollte ich schnell und problemlos loswerden. Zorzi war gut im Geschäft, international tätig. Persönlich hab ich ihn nur ein einziges Mal getroffen. Zusammen mit seiner Tochter. Seiner kleinen traurigen Tochter …«

Seine Augen schweifen ins Leere, dann zu Angelica. »Sie waren so ein unschuldiges Ding … Was hat Sie zur Diebin gemacht?«

Angelica dreht trotzig den Kopf zur Seite. »Sie wissen nichts von mir«, faucht sie.

Schmähle steht mit herabhängenden Schultern neben ihr. Er macht einen hilflosen Eindruck.

»Herr Caruso, sind Sie denn wirklich ganz sicher, dass es Angelica war?«, fragt er zaghaft.

»Geht's noch?«, herrscht ihn Schmälzle an. »Zuerst schmeißt sie dich in einen Brunnen, und vor einer halben Stunde hat sie uns alle mit einer Pistole bedroht.« Grimmig füttert er den Snackautomaten.

Caruso lässt sich einen frischen Kaffee aus der Maschine und rührt bedächtig. »Lieber Schmähle, ich kann mir vorstellen, wie Sie sich fühlen. Mir ging es so ähnlich. Es ist schwer, so einer bedrückenden Wahrheit ins Auge zu sehen, aber heute Nacht bringen wir die Dinge ans Licht. Wie ein großer Mann einmal gesagt hat: ›Man kann einige Menschen die ganze Zeit täuschen und alle eine Zeit lang, aber man kann nicht alle Menschen die ganze Zeit täuschen.‹ Signorina Fiorelli, erzählen Sie Ihre Geschichte. Bitte!«

Angelica wirft ihm einen schwer zu deutenden Blick zu. Zwei rote Flecken glänzen auf ihren Wangen.

»Äh ... Sie müssen übrigens nicht aussagen. Sie können auch einen Anwalt konsultieren ...«, ergänzt Schmähle.

Angelica nickt ihm dankbar zu. »Lassen Sie es gut sein. Vielleicht ist es richtig, dass jetzt alles ans Licht kommt.« Mit einer stolzen Geste wirft sie ihre schwarzen Haare zurück. »Eins will ich klarstellen: Ich bin keine Diebin. Ich habe nur versucht zurückzuholen, was mein Vater gestohlen hat.«

»Was hat er denn gestohlen?«

»Zum Beispiel den Stammesschatz der Tairona. Das ist ein Volk, das man für ausgestorben hielt, das aber seit Jahrhunderten unentdeckt in den Tiefen des Amazonas lebt. Mein Freund Airao hier ist der Sohn eines ihrer Ältesten. Sein halbes Leben lang wurde er für eine einzige Mission ausgebildet: ihren Schatz zurückzuholen.«

»Gehe ich recht in der Annahme, dass Furia und die anderen Smaragde zu diesem Stammesschatz gehören?«

»Ganz genau.«

»Fangen wir von vorn an: Was ist auf unserer Herreise passiert? Es kann doch unmöglich Ihr Plan gewesen sein, dass wir alle hier in Muggenpfuhl landen, oder?«

»Das war alles Ihre Schuld. Sie mit Ihrer dussligen Art ... Sie haben meine Tasche heruntergestoßen. Darin befand sich etwas von dem *hoasca*, dem Seelenstaub. Das haben Sie eingeatmet. Der war eigentlich für später.«

»Sie meinen diese indigene Droge? Ayahuasca?«

»Ganz genau. Von den Schamanen der Tairona über Jahrhunderte hinweg weiterentwickelt.«

Schmälzle schnaubt. »Hat ja gut geklappt! Immerhin haben Sie einem Dorf voller Schwaben ziemlich Angst gemacht.«

»In bestimmten Dingen sind uns die Tairona in ihrer Entwicklung weit voraus.«

Schmähle betrachtet Airao zweifelnd. Der Indio hat sich bis jetzt noch nicht gerührt und starrt mit steinernem Gesicht stoisch die Wand an.

»Haben Sie sich schon mal gefragt, warum Sie Airao so schwer sehen konnten?«, entgegnet die Kuratorin spöttisch.

»Dazu kommen wir jetzt«, sagt Caruso. »Geh ich recht in der Annahme, dass Ihr Helfer die ganze Zeit mit Ihnen unterwegs war?«

»Das ist richtig.«

Schmähle bekommt große Augen. »Wie jetzt? Die ganze Zeit?« Caruso bedeutet ihm mit einer Handbewegung zu schweigen.

»Wie sind Sie darauf gekommen?«, fragt die Kuratorin.

»Simple Reifenspuren haben mich darauf gebracht. Ein guter Ermittler speichert selbst scheinbar unwichtige Details, um sie später ins Puzzle einzufügen. Als ich gestern Nacht allein im Revier war, sind mir im Hof frische Reifenspuren aufgefallen. Zweimal. Damals fehlte mir allerdings noch ein wichtiges Puzzleteil. Aber als ich erkannte, dass die Diebe zu zweit waren und jemand von uns darin verwickelt war, wurde mir schlagartig klar, was sie zu bedeuten hatten. Zusammen mit Airao haben Sie Schmähle und Remy überwältigt und dann später in der Nacht in den Brunnen geworfen. Stimmt's?«

Angelica sagt nichts. Airao verzieht keine Miene. Caruso dreht sich zu den anderen.

»Als ich erkannte, dass es sich um zwei Täter handelt, sind mir auch noch einige andere Lichter aufgegangen. Ich habe zum Beispiel begriffen, wie Furia aus der Zelle und aus dem Gefängnis gekommen ist.«

»Ach ja? Wie denn?« Angelica schiebt trotzig ihre Oberlippe nach vorn.

»Dazu habe ich nur eine einzige Frage: Haben Sie bei unserer Smaragd-Versteckaktion wirklich eine Münze in den Brunnen geworfen?«

»Wieso soll ich Ihnen erzählen, was Sie eh schon wissen?«

Schmähle kratzt sich am Kopf. »Also ich versteh gar nichts.«

»Sie erinnern sich daran, wie wir die fehlende Münze gesucht haben? Ein winziges, scheinbar unwesentliches Detail …«

Der Polizist errötet, als er sich daran erinnert. »Wenn's halt Tradition ist …«, brummt er.

»Das, was Angelica in den Brunnen geworfen hat, war keine Münze, sondern eine Kopie des Zellenschlüssels, vermutlich angefertigt, als sie sich auf der Toilette frisch gemacht hat.«

Jean Remy nickt anerkennend. »*Très malin.* Sehr clever.«

»Und wozu soll das gut gewesen sein?«

»Wissen Sie noch, wie schwer die Kiste mit dem Smaragd war?«

Schmälzle kaut aufgeregt an einem Schokoriegel. »Das war ein hundsgemeiner Brocken. Hab mir fast das Kreuz ausgerenkt.«

»Was denken Sie, wie schwer die Kiste war?«

»Bestimmt um die hundertsechzig Kilo. Mein Schwager hat ein Baugeschäft, wo ich manchmal aushelf. Ich würd sagen: drei Säck Zement.«

»Ich habe das mal nachgerechnet. Die Kiste, eine normale Holzkiste, wog etwa sechzehn Kilo. Der Tresor, ein Modell aus der Bordogna-Serie, um die achtzig Kilo. Der Smaragd selbst hatte geschätzte neunundvierzigtausendfünfhundert Karat. Ein Karat entspricht umgerechnet null Komma zwei Gramm, das heißt, er wog ungefähr zehn Kilo. Macht alles zusammen knapp über hundert Kilo.«

»Niemals. Die Kiste war eindeutig schwerer!«

»Ganz genau. Der Grund: Sie hatten einen blinden Passagier dabei.«

»Sie meinen …« Schmälzle nickt zu Airao. Der starrt ohne zu blinzeln zurück.

»Richtig. Wenn mich nicht alles täuscht, saß er die ganze Zeit in der Kiste. Der Tresor war entweder offen oder so präpariert, dass man ihn leicht öffnen konnte. In der Nacht kam er heraus und nahm den Zellenschlüssel an sich. Nachdem ich gesehen habe, wie gut Angelicas Kletterkünste sind, bin ich sicher, er hat die Spanngurte zum Klettern benutzt.«

Jean Remy, der bis dahin schweigend zugehört hat, richtet sich auf. »Das wäre durchaus möglich. Wir sind mit den Seilen herausgekommen, mit denen wir gefesselt waren.«

»Nachdem Airao mit dem Smaragd aus dem Brunnen geklettert ist, hat er mit dem Schlüssel die Zelle geöffnet. Vielleicht sind Sie ja kurz eingenickt? Oder er hat Ihnen eine Prise seines Pulvers verabreicht.«

Schmälzle stemmt die Hände in die breiten Hüften. »Definitiv Pulver, definitiv.«

»Ich würde klatschen, wenn ich könnte, Signor Capitano. Es war geradezu lächerlich einfach, den Smaragd aus dem Gefängnis zu holen.«

»Dann lassen Sie mich mal raten, wie Sie den Juwelier bestohlen haben. Er war der Grund, warum Sie mit dem guten Schmähle ausgerechnet nach Überlingen gefahren sind, stimmt's?«

Schmähles Schultern sacken nach vorn.

»Max, es tut mir leid«, sagt Angelica leise.

»Ich spekuliere: Im Kofferraum Ihres Wagens reiste Airao mit. Während Sie sich die Sehenswürdigkeiten zeigen ließen, besuchte er den Juwelier.«

Airao drückt den Rücken durch. Er sieht sehr stolz aus.

»Und wieso hab ich dann auf dem Bodensee Gespenster gesehen?«, fragt Schmähle.

»Sie wären auf dem Eis fast über Airao gestolpert. Er wusste sich nicht anders zu helfen ...«

»Na, dank schee!«

Airao zuckt gleichmütig die Schultern und fixiert wieder einen Punkt an der Wand.

»Bei der Gräfin mussten Sie improvisieren, vermute ich?«

»Zu viele Köche verderben den Brei, wie man so schön sagt ... Vor allem, wenn es schlechte Köche sind. Wer hätte auch ahnen können, dass ich ausgerechnet von Friseuren Konkurrenz bekomme? Der Rest war einfach. Die Gräfin war nicht eben vorsichtig, als sie die Kombination eingegeben hat. Ich stand fast direkt hinter ihr. Als Jean Remy auf der Toilette war, um seinen Arm zu verarzten, hab ich das Collier an mich genommen. Airao hat im Hof gewartet.«

»Und wieso haben Sie mich entführt?«, fragt Schmähle anklagend.

»Das war der Teil mit dem Improvisieren. Als Sie sich auf dem Eis verlaufen haben, sind Sie Airao begegnet.«

Jean Remy schnippt mit den Fingern. »Natürlich. Er hat das Collier zu Ihrem Auto gebracht. Deshalb wollten Sie nicht mit uns fahren.«

»Das war kein Grund, mich mit Ihrem Pulver zu vergiften. Ich hab immer noch Kopfschmerzen.«

»Sie wären um ein Haar in ein Eisloch gestürzt. Airao hat Ihnen das Leben gerettet. Auf Ihrer panischen Flucht waren Sie nicht aufzuhalten.«

Ein kurzes Lächeln zieht wie ein Wetterleuchten über Airaos Gesicht. Fast sieht es so aus, als verstünde er, worüber Angelica spricht.

Schmähle schaut beleidigt weg. »Ich war nicht panisch. Das war ein taktischer Rückzug.«

»Und dann haben Sie den Zettel im Tresor deponiert? Woher wussten Sie von dieser ungeplanten Entführung?«, hakt Caruso nach.

Angelica rollt mit den Augen. »Wir haben Handys. Sollten Sie auch mal probieren.«

»Aber ich bin nicht ins Eisloch gefallen«, meldet sich Jean Remy. »Mich haben Sie einfach so entführt.«

»Vergessen Sie nicht, dass ich Ihnen auf dem Dach das Leben gerettet habe. Ihnen beiden.«

»Das werden wir nicht vergessen, Signorina Fiorelli. Wir werden dafür sorgen, dass Sie einen fairen Prozess bekommen. Aber mich bewegt noch eine ganz andere Frage: Was um Gottes willen ist im Hotel passiert?«

»Etwas erschreckend Banales. Airao hat sich ausgesperrt. Auf der Suche nach einem Weg zurück ins Zimmer hat er sich im Hotel verlaufen. Ich war bereits auf dem Weg nach unten und habe davon nichts mitbekommen. Um nicht erkannt zu werden, hat er den Seelenstaub benutzt.«

Caruso nickt. »Und auf dem Weg durchs Hotel ist er dann diversen Hotelangestellten begegnet …«

»Die dann völlig durchgedreht sind«, ergänzt Schmälzle den Satz.

Angelica zuckt mit den Schultern.

»Er hatte Hunger und Durst. Nachdem er in der Hotelküche nichts gefunden hat, hat er sich etwas in der Stadt umgesehen.«

»Als Erstes in der Trattoria Sorentino, nehme ich an?«

»*Sì*, da war er auch.«

Schmälzle schnalzt mit der Zunge. »Das erklärt, warum die arme Donna Elvira Gespenster gesehen hat.«

»Und sein Ausflug hat dann in der Folge zur Verwüstung des Hotels geführt …«, nickt Caruso.

»Was hätte er machen sollen? Da stürmte ein ganzer Mob in sein Hotelzimmer. Er hat sich nur verteidigt.«

Der Indio richtet seine schwarzen Augen auf Caruso. Seine Gesichtszüge bleiben unbeweglich.

»Und …« Schmähles Kollege zieht das Wort in die Länge. »Der hat also die ganze Zeit bei Ihnen gewohnt?«

»Seit meiner Ankunft im Hotel, ja. Im Kofferraum einer Ente ist es bei diesen Temperaturen nicht besonders bequem.«

Schmähle runzelt die Stirn. »Und wo war er, nachdem das Hotel abgebrannt ist?«

»Ich sag's ja ungern, aber eine Nacht hat er bei dir übernachtet.«

»Hajo.« Schmähle klatscht sich mit der Hand vor die Stirn. »Die Ratten … Deshalb hat mich meine Mudder angerufen. Er war in unserem Keller, stimmt's? Deshalb waren Sie auch mitten in der Nacht im Garten. Sie wurden nämlich beobachtet. Da haben Sie ihn reingelassen, oder?«

Angelica schweigt.

Caruso nimmt noch einen Schluck Kaffee. »Was uns zu der

nicht unwesentlichen Frage bringt: Warum hat ihn nie jemand gesehen?«

Über das Gesicht des Indios huscht wieder ein kaum merkliches Lächeln.

»Airao hat seit seiner Geburt eine sehr spezielle Art der Pigmentstörung. Er besitzt neben seinen anderen Talenten die Fähigkeit, seine Hautfarbe zu ändern. Dazu nutzt er eine Art Paste, die die Ältesten seines Stammes entwickelt haben. Fragen Sie mich nicht, wie, aber es funktioniert.«

»Bleibt noch eine letzte Sache offen: Warum hier? Warum jetzt? Und warum haben Sie ausgerechnet Jean Remy kopiert?«

Angelica holt tief Luft. Es ist ihr anzusehen, dass es ihr schwerfällt, über diesen Teil zu sprechen. »Dazu muss ich etwas weiter ausholen. Sie müssen sich vorstellen: Bis vor ein paar Jahren hatte ich nicht die geringste Ahnung vom Doppelleben meines Vaters. Ich kannte nur den abgehobenen, leicht arroganten Archäologen Orlando Fiorelli, der zu viel trank und manchmal versucht hat, ein guter Vater zu sein. Eines Nachts habe ich dann Besuch bekommen. Mein erstes Zusammentreffen mit Airao verlief alles andere als freundlich. Wir haben uns geprügelt. Dabei ist meine halbe Wohnung zu Bruch gegangen. Seine Aufgabe bestand darin, mich zu entführen, um so meinen Vater zu zwingen, ihnen ihre Smaragde wieder auszuhändigen. Ich bin aus allen Wolken gefallen, als er mir erzählt hat, wer *mio padre* in Wirklichkeit war. Und was er getan hat ... Ich habe mich spontan entschlossen, Airao zu helfen.« Ein Schatten zieht über ihr Gesicht. »Meinen Vater konnte ich leider nicht mehr zur Rede stellen. In der Nacht darauf ist er wieder auf eine seiner Sauftouren gegangen. Ich habe ihn erst eine Woche später wiedergesehen. In der Leichenhalle. Leberversagen.«

Schmähle schluckt. »Mensch, Angelica, warum bist du nicht einfach zur Polizei gegangen?«

»Max, weißt du, wie lange Beutekunst-Verfahren dauern und wie schwer es ist, Ansprüche geltend zu machen? Dafür braucht es Fotos, Dokumentationen, Authentifikationsnachweise. Woher soll das ein Stamm haben, der heute noch lebt wie vor tausend Jahren?«

»Na, Ihr Assistent kommt ja anscheinend ganz gut zurecht«, wirft Caruso ein.

»Sie haben ja keine Ahnung, welche Opfer sein Stamm gebracht hat, um ihn hierherzuschicken. Für die Tairona war es das erste Mal, dass sie einen der ihren in unsere Welt geschickt haben.«

»Und wieso diese ganze Mühe? Wieso diese Ausstellung? Hätten Sie den Smaragd nicht einfach in Italien stehlen können?«

»Mein Vater hat verfügt, dass der Smaragd bis zu seinem Tod eingeschlossen bleibt. Er spürte, dass ihm jemand auf der Spur war. Ich habe mich im Museum als Kuratorin beworben, aber es gab keine Möglichkeit, an den Smaragd zu kommen. In seinen Unterlagen habe ich Informationen über die anderen Steine gefunden. Und über seine anderen ... Transaktionen. Dabei bin ich zum einen auf den Juwelier in Überlingen und zum anderen auf Sie gestoßen ...«

Sie nickt zu Jean Remy hinüber, der grinst und zurücknickt.

»Besser den Besten kopieren, *hein*?«

»Dann war das Ganze ein reines Ablenkungsmanöver? Die Botschaften, die lateinischen Sprüche ... Sie *wollten*, dass der Verdacht auf Jean Remy fällt.«

»Je weiter Sie von der wirklichen Spur entfernt waren, umso besser.«

Caruso grübelt. »Aber die ersten Diebstähle ...« Dann schlägt er sich mit der flachen Hand vor die Stirn. »Natürlich, Sie waren vorher schon einmal hier in der Gegend, oder?«

»Ich war in den letzten drei Monaten oft hier. Die Aufzeichnungen meines Vaters waren lückenhaft. Einige der Käufer konnte ich herausfinden, aber nicht alle. Die meisten davon waren in Schwaben.«

»Das heißt: Wir haben Sie erst auf die richtigen Spuren gebracht ...«

»Sie waren hilfreich.«

»Aber«, platzt es aus Schmälzle heraus, »wo ist denn jetzt dieser Riesensmaragd? Den würd ich ja gern mal sehen.«

»Tja, das müssen Sie schon selbst herausfinden.« Sie richtet sich auf, soweit es ihre Fesseln zulassen. »Ich habe Ihnen meine Geschichte erzählt. Ich kann Ihnen nur so viel sagen: Dort, wo er jetzt ist, ist er todsicher, und die, die bei ihm sind, werden ihn nicht stehlen.«

Furia

Kommissar Eisele fiel aus allen Wolken, als er sonnenverbrannt aus seiner Kur kam. Die Aufarbeitung des Falles nahm eine ganze Woche in Anspruch. Die gestohlenen Smaragde fanden sich neben zahlreichem Einbruchswerkzeug im Gepäck und im Kofferraum der Kuratorin. Alle bis auf einen. Furia blieb spurlos verschwunden, und Angelica weigerte sich hartnäckig, seinen Standort bekannt zu geben.

Eisele war mit dem Ermittlungserfolg so zufrieden, dass eine weitere Flasche trockener Sekt den Weg ins Büro von Schmälzle und Schmähle fand. Der Geisterspuk in Muggenpfuhl hörte auf, und alle, die mit der Amazonas-Droge in Kontakt gekommen waren, erfreuten sich bald wieder bester geistiger Gesundheit. Zumindest nach schwäbischen Maßstäben.

Hans Gluck konnte wieder Spätzle essen. Die Trattoria Sorentino war wieder geisterfrei, und Donna Elvira hatte aufgehört, überall ihren toten Ehemann zu sehen. Caruso quartierte sich im Gästezimmer der Trattoria ein und verbrachte die Abende bei *pasta* und *chianti* in der Obhut der Spätzle-Mafia. Die Geschichte fand ihren Niederschlag in regionalen und überregionalen Medien:

Geisterjagd in Muggenpfuhl zu Ende – Smaragdfluch aufgeklärt
Schwäbische Polizei löst mysteriösen Geisterfall – zweitgrößter Smaragd der Welt bleibt verschwunden
Gestohlene Smaragde suchen neuen Besitzer – Raubgutprozess!

Airao und Angelica mussten sich wegen verschiedenster Vergehen verantworten. Diebstahl, Sachbeschädigung, Entführung, Verstoß gegen das Betäubungsmittelschutzgesetz – und Körperverletzung. In einem Fall mit Todesfolge. Obwohl der Walder

Industrielle Schiedinger der Autopsie zufolge an einem Herzinfarkt verstorben war, konnte nicht ausgeschlossen werden, dass dabei auch das Ayahuasca eine Rolle gespielt hatte. Dass Angelica danach mit verstellter Stimme selbst den Rettungsdienst alarmiert hatte, sorgte zwar für mildernde Umstände, doch bereits die bloße Summe ihrer Straftaten wog schwer. Eingedenk ihrer besonderen Situation, und auch weil Caruso sich für die beiden einsetzte, wurden sie nur zu je drei Jahren Haft verurteilt.

Die gestohlenen Steine wurden konfisziert und Bestandteil eines Verfahrens zur Beuterückgabe. Die Beweislage war schwierig, und das Verfahren würde sich, wie Angelica vorausgesagt hatte, vermutlich über Jahre hinziehen.

Schmähle schlich die ganze Woche deprimiert durch die Gänge des Polizeireviers.

»Jetzt zieh nicht so ein Gesicht. Andere Mütter hennd au scheene Mädla!«, versucht ihn sein Kollege aufzumuntern.

»Sie war einfach zu perfekt. Das wär eh nix für mich gewesen. Ich bin halt, was ich bin.«

»Jetzt sag so was nicht. Manchmal dauert's halt a bissle, bis der Topf zum Deckel kommt.«

Schmähles Handy gibt ein tschilpendes Geräusch von sich.

Schmälzle blinzelt ihm zu. »Scheinst ja wieder im Geschäft zu sein.«

»Na ja, ich hab jetzt so einen Zwitscher-Kanal. Da bin ich eine richtige Berühmtheit. Ich hab schon über zweitausend Verfolger!«

»Oh Mann, Schmähle ...«, seufzt sein Kollege. »Such dir lieber a Mädle aus dem Dorf. Die kannst du wenigstens mal zum Kaffee einladen.«

»Mir ist grad nicht so nach Kaffee. Ich mein, ich versteh die beiden ja. Die haben ja nur ebbes zurückgestohlen, was ihnen sowieso gehört hat.«

»Ja. Aber leider gibt's auch dafür Gesetze. Und die vertrittst du nun mal.«

Ein Klappern hallt durch den Gang. Kurze Zeit später biegt

Caruso um die Ecke und zieht einen Rollkoffer hinter sich her. Fröhlich strahlt er die beiden an.

»Liebe Kollegen, ich bin gekommen, um mich zu verabschieden. Der Papierkram ist abgeschlossen.«

»Ach, Herr Caruso, das ist aber schad!«

»Ich habe gerade mit dem Museo di Roma telefoniert. Wussten Sie eigentlich, dass es sich bei Furia um einen Rohsmaragd handelt? Das Besondere an Rohsmaragden ist ...« Er stutzt und hält inne.

»Sagen Sie mal, lieber Kollege Schmähle, wo, sagten Sie, haben Sie Angelica das erste Mal allein getroffen?«

»Auf dem Friedhof. Da hat sie sich irgendwelche Gräber angeschaut.«

»Und Sie, Schmälzle, haben Sie nicht auch gesagt, Angelica sei zuerst zum Friedhof gegangen, bevor sie dann zum Buchhändler gekommen ist?«

»Hajo, aber ist das jetzt noch wichtig? Wir haben sie doch geschnappt.«

Der Capitano strahlt triumphierend. »Ich glaube, ich weiß jetzt, wo der Smaragd versteckt ist.«

Zehn Minuten später stehen die drei vor dem Muggenpfuhler Friedhof. Die Wintersonne zeigt ihr freundliches Gesicht. Vor zwei Tagen hat Tauwetter eingesetzt.

Das Torschloss hängt immer noch aufgebrochen an den eisernen Torflügeln. Bis jetzt hat sich niemand die Mühe gemacht, es auszutauschen. Es riecht nach feuchter Erde. Wasser tropft von steinernen Kreuzen.

»Schmähle, können Sie mir zeigen, wo genau Sie der Kuratorin begegnet sind?«

Der Polizist führt die beiden einen schmalen Gang zwischen den Gräbern entlang.

»Es war irgendwo da vorn ...«

Caruso späht in die Grüfte und reibt über verwitterte Steine. Verständnislos sehen ihm die beiden Polizisten zu. Dann stößt er einen Schrei aus. Die beiden eilen zu ihm. Caruso kniet vor einem etwa achtzig Zentimeter langen Steinbrocken, der im

Schatten eines Grabmals liegt. Vorsichtig wischt er Laub und Schnee zur Seite. Zerklüftetes schwarzes Gestein wird sichtbar.

»Haben Sie mal ein Taschentuch?« Schmähle reicht ihm eine Packung Tempos. Vorsichtig reibt Caruso über den feuchten Felsen. »Das Besondere an Rohsmaragden: Sie sehen aus wie ein gewöhnliches Stück Felsen. Der Smaragd ist noch nicht geschliffen ... Man könnte sagen, er steckt noch in seiner Jahrmillionen alten Schale ...«

»Heidabimbam«, haucht Schmälzle.

Überall auf der Steinoberfläche erscheinen feine Adern neben glänzenden kristallinen Flächen, die wie ein weiches grünes Feuer in der Wintersonne glitzern. Irisierende Farben laufen um den Felsblock herum.

»Liebe Kollegen, darf ich vorstellen: Furia.«

Ehrfürchtig knien die drei um den wertvollen Stein.

»Wie hat Angelica gesagt: Die, die bei ihm sind, werden ihn nicht stehlen ...«, sinniert Schmähle.

Caruso richtet sich auf und klopft sich den Schnee von der Hose. »*Occultus ante oculos omnium.* Versteckt vor aller Augen. Niemand wäre auf die Idee gekommen, den Smaragd auf dem Friedhof zu suchen. Airao muss ihn hier deponiert haben, nachdem er ihn aus dem Brunnen geholt hat. Angelicas Plan war es wohl, ihn abzuholen, sobald die Luft rein ist. Und dabei, lieber Schmähle, sind Sie ihr ständig in die Quere gekommen.«

»Aber was machen wir jetzt damit? Weil, eigentlich gehört dieser Smaragd ja jetzt niemandem«, fragt Schmälzle.

Schmähle räuspert sich. »Also, ich hätte da eine Idee!«

Epilog

In der Nacht steht der Mond hell und strahlend am Himmel über den zerklüfteten Hügeln der Sierra Nevada de Santa Marta. Nahuango, der Mamú der Tairona, träumt von seinem Sohn. Als er am Morgen aufwacht, bleibt er noch einen Moment auf den Palmenmatten unter der warmen Decke aus Alpakawolle liegen. Ein Lächeln liegt auf seinem Gesicht. Er hat geträumt, dass Airao zurückkehrt.

Vorsichtig richtet er sich auf. Seine Glieder schmerzen. An manchen Tagen kann er kaum laufen. Es ist jetzt fast zehn Jahre her, dass Airao das Dorf verlassen hat. Die Spur der heiligen Steine hat ihn weit weggeführt. Seitdem hat Nahuango nichts mehr von ihm gehört. Und die heiligen Steine sind immer noch verschwunden. Manchmal kann er sie noch schlagen hören. Aber sie sind weit, weit weg.

Manchmal überkommt ihn Verzweiflung. Seit ihr Heiligtum gestohlen wurde, hat ihr Stamm große Bitternis erlebt. Die Welt ist in Unordnung. *Aluna*, die Mutter Erde, leidet. Krankheiten haben den Stamm heimgesucht, gegen die er kein Mittel fand. Der Fluss wurde ölig und so giftig, dass sie jetzt kilometerweit gehen müssen, um an sauberes Wasser zu kommen. Die kleinen Brüder breiten sich immer weiter aus. Ihre Baumaschinen rücken unbarmherzig näher. Seine Autorität ist umstritten. Die Jugendlichen drängen fort. Viele wollen in die trügerische Welt der großen Brüder.

Draußen erwacht das Dorf. Kinderlachen dringt zu ihm herein. Das rhythmische Klopfen, mit dem die Frauen den Maniok zerkleinern, ist zu hören. Hühner gackern, Affen brüllen, Feuerholz beginnt knisternd zu brennen. Doch etwas ist anders. Mit geschlossenen Augen lauscht er der allmorgendlichen Geräuschkulisse. Es liegt ein gespannter Ton in der Luft.

Langsam zieht er sich an seinem Stock nach oben. Er ist fast siebzig Jahre alt. Vorsichtig steigt er über den Holzteller, auf dem noch die Überreste seiner letzten Mahlzeit liegen. Mais, Kürbis, Pilze. Er hat sie fast nicht angerührt. Eines der Kinder seiner Schwägerin steckt seinen Kopf in seine Hütte.

»Mamú, Mamú, das musst du dir ansehen.«

Am Eingang des Dorfes steht sie. Eine stabile Holzkiste, die aussieht, als ob sie einen langen Weg hinter sich hätte. Sie ist aus dunklem Eichenholz. Schwere eiserne Bügel verschließen sie. Rechts und links ragen zwei praktische Tragegriffe in die Höhe. Sie sind hier über hundert Kilometer von der nächsten menschlichen Behausung entfernt. Dazwischen liegt Urwald. Niemand, der nicht genau weiß, wo ihr Dorf liegt, kann sie hier finden.

Die jungen Männer tuscheln, und begehrliche Blicke streifen die Kiste. Eifrig drehen sie ihre Poporose hin und her und kauen auf ihrem Koka. Wer hätte nicht gern so eine praktische Kiste? An ihrer Oberseite klebt eine Reihe bunter Aufkleber. Ein blau-roter von Transglobal Express, ein gelber mit dem kryptischen Kürzel »DHL«, ein rotes Band mit einem stilisierten Vogel. An einem ihrer Bügel flattert ein Band mit der Aufschrift »Avianca«. Auf einem Aufkleber entziffert Nahuango die Anschrift eines Polizeireviers in Bogotá. Was hat das zu bedeuten?

Misstrauisch umkreist der Mamú das ungewöhnliche Objekt. Er speit etwas *chicha*, einen selbst gemachten Schnaps, darüber, horcht am Holz und murmelt einen Spruch, um böse Geister zu bannen. Vor den Überraschungen der kleinen Brüder ist man nie sicher.

Zwei junge Männer stemmen vorsichtig den Deckel auf. Darin: Holzwolle und Dämmmaterial. Die Männer kramen in der Kiste, bis einer auf einmal einen überraschten Schrei ausstößt. Er fördert einen großen, in ein weiches Tuch eingeschlagenen Gegenstand zutage. Er ist schwer, und sie müssen ihn zu zweit herausheben. Auf dem Tuch liegt ein Brief. Die Männer können nicht lesen, deshalb reichen sie den Brief an den Mamú. Nahuango erstarrt. Auf dem Brief steht sein Name. Vorsichtig öffnet er den Umschlag.

Lieber Vater,
meine Gedanken sind bei dir und unserem Volk. Auch wenn uns Welten trennen, kann ich euch doch spüren. Ich bin im Land der kleinen Brüder, doch sie wollen mich noch nicht gehen lassen. Ich komme zurück, sobald ich kann. Bis dahin habe ich ein Geschenk für euch.
Airao

Mit zitternden Händen schlägt Nahuango das Tuch zurück. Ein ungläubiges Raunen erfüllt die Luft, als ein grünes Feuer durch den Dschungel funkelt.

Glossar

A gromms Holz gibd au a grads Feur. – schwäb.: Der Schein trügt; wörtl.: Krummes Holz brennt auch gut.

aiuto – ital.: Hilfe

Allez, les bleus! – frz.: Lauft, ihr Blauen! Anfeuerungsruf für die traditionell in blauen Trikots, weißen Hosen und roten Strümpfen spielenden Fußballer der französischen Nationalmannschaft

Also heut muss man auch den Tag mid em Zuber naidraga! – schwäbisches Sprichwort: Da muss auch man den Tag mit dem Zuber hineintragen! Bedeutung: Das ist ein Pechtag.

Amma Zuaguggr isch koi Arbad zviel. – schwäb.: Einem Zuschauer ist keine Arbeit zu schwer.

Attenzione, una poiana! – ital.: Achtung, ein Bussard!

Bachel – schwäb.: Idiot, Dummkopf

bagnaletto – ital.: Bettnässer

barzelletta – ital.: Witzfigur

Bisch dabbig? – schwäb.: Bist du blöd? Ursprünglich von »tappen« in der Bedeutung von »ungeschickt nach etwas tasten«

Briamichl – schwäb.: dummer Mensch. »Bria« nennt man auch die Gülle, die man aufs Feld verbringt.

Bruddlr – schwäb.: Herummeckerer

bruttarello – ital.: Kümmerling

Busierschdengl – schwäb.: Frauenumwerber; busieren kommt vom französischen »buser« – schieben; also quasi eine Dame »schieben«

Butzawaggele – schwäb.: Knirps; meist ein süßes Kind; Butz bezeichnet auch einen Poltergeist, der verzerrte Bewegungen und Gesten macht

Calma! – ital.: Ruhig!

Capisci? – ital.: Verstehst du?

cara mia – ital.: meine Liebe

Cazzo, la mia gonna sta bruciando. – ital.: Verdammt, mir brennt der Rock.

Che casino! – ital.: Was für ein Mist!

Che diavolo! – ital.: Was zum Teufel!

Che piacere! – ital.: Welche Freude!

Chiudi la bocca! – ital.: Haltet den Mund!

Da könnt man aus der Haut fahren und neben na hogga! – schwäb.: Das ist ja zum Verrücktwerden! Wörtl.: Da könnte man aus der Haut fahren und sich danebensetzen!

De omnibus dubitandum – lat.: An allem ist zu zweifeln

Des isch doch zum Hennamelken. – schwäb.: Das ist doch zum Hühnermelken. Bedeutung: Das ist doch zum Verrücktwerden.

Doigaffe – schwäb.: Teigaffe; wüste Beschimpfung

Do not worry about people from your past, there is a reason they did not make it to your future. – engl.: Sorge dich nicht um die Menschen aus deiner Vergangenheit. Es gibt einen Grund, warum sie es nicht in deine Zukunft geschafft haben.

Don't be like a German train! – engl.: Sei nicht wie ein deutscher Zug! In der Bedeutung von unflexibel, starrköpfig.

Dov'è il mio smeraldo? – ital.: Wo ist mein Smaragd?

dupfegleich – schwäb.: identisch

évidement – frz.: offensichtlich

exactio – lat.: Vertreibung

fannulloni – ital.: Faulpelze

fratello – ital.: Bruder

Gischpl – schwäb.: zappeliger, aufgeregter Mensch, Idiot

Graf Geggale – schwäb.: Angeber, Prolet; Geggale heißt eigentlich Brathähnchen, also »Graf Hähnchen«

Granadabuaba – schwäb.: Teufelskerle; schwäbisches Kompliment

gruppo dei puffi – ital.: Schlumpfgruppe

Guardate un pinguino. – ital.: Schaut mal, ein Pinguin.

gwammbed – schwäb.: dick, mit einer Wampe

Ha wa! – schwäb.: Ach was!

Haidanei! – schwäb.: Ausruf des Staunens oder Verzweifelns; ethymologisch steht Haide vermutl. für Heiland

Hamballe – schwäb.: Hampelmann; liebenswerter, aber törichter Mensch

Heidabimbam – eigentlich »Heiliger Bimbam«, scherzhafte Verwendung der lautmalerischen Bezeichnung des Glockenklangs als Heiligenname; Ausdruck schockierter Überraschung

Herrgottsackzementaberau – schwäbischer Fluch, Verballhornung von Sakrament

Home Observation Research and Systematic Targeting – engl.: Beobachtung, Recherche und systematische Zielsuche

hudla – schwäb.: sich übermäßig beeilen, schlampig arbeiten; ursprünglich war der Hudel die Bezeichnung für einen alten Lappen oder Lumpen, der zum Reinigen von Öfen und Backöfen diente

Il gelato è caldo, cretino! Vai a farti benedire! – ital.: Das Eis ist heiß, du Depp! Geh und häng dich auf!

il polpo – ital.: der Krake

inetto – ital.: Versager

in nome del cielo – ital.: um Himmels willen

Judge Dredd – Held des gleichnamigen US-amerikanischen Science-Fiction-Films (1995), in dem ein hochgerüsteter Super-Polizist, gespielt von Sylvester Stallone, mit den Bösen aufräumt

la trattoria folle – ital.: die verrückte Trattoria

Läddagschwätz – schwäb.: blödsinniges Gerede; Lädda, zu Deutsch Letten, ist ein geringwertiger Boden.

Lombagruschd – schwäb.: unbrauchbare Gegenstände, unnützes Zeug

Ludica, Domine, iudicantes me; impugna impugnantes me. Apprehende clipeum et scutum et exsurge in adiutorium mihi. – lat.: Streite, Herr, gegen alle, die gegen mich streiten, bekämpfe alle, die mich bekämpfen! Ergreife Schild und Waffen; steh auf, mir zu helfen! Lutherbibel, Psalm 35

maledetti spiriti – ital.: verdammte Geister

meraviglioso – ital.: herrlich

merda – ital.: Scheiße

Mi scusi tanto. – ital.: Ich bitte um Entschuldigung.

Non gli crei casini. – ital.: Machen Sie ihm keinen Ärger.

pazzi – ital.: Verrückte

poliziotto – ital.: Bulle

Porca miseria! – ital.: Verdammt noch mal!

puffi – ital.: Schlümpfe

Putain! – frz.: Verdammt noch mal!

Sanka – Abkürzung für Sanitätskraftwagen; gebräuchliche Bezeichnung im Schwäbischen

Santo cielo, che è successo? – ital.: Himmel, was ist passiert?

Schoofseggl – schwäb.: Vollidiot; bezeichnet eigentlich das Geschlechtsorgan des Schafbocks

Signos amerindios – Buchtitel: Signos Amerindios, 5000 Anos De Arte Precolombino En Ecuador; Francisco Valdez & Diego Ventimilla; Dinediciones, 1992

Stracciatella – Si raffreddi bene! – ital.: Gut kühlen!

stronzata – ital.: Scheiß, Schwachsinn

stronzo – ital.: Arschloch

tactical weapon – engl.: taktische Waffe; dazu gehören Waffen, die einen taktischen Vorteil verschaffen. In diesem Fall ist es die geringe Klingenlänge, die es erlaubt, das Messer versteckt mitzuführen und einzusetzen. Messer mit doppelseitig angeschliffenen Klingen sind in Deutschland verboten.

Thomas G. Hornauer – *3. Juli 1960 in Reutlingen; schwäbischer Multimillionär, der mit 0190-Nummern und Pornoclips zu Vermögen kam und dann einen schwäbischen Regionalsender erwarb, über den er mehrere Jahre esoterische Inhalte ausstrahlte, darunter Wahrsagen, Hellsehen und Kartenlegen. Nach mehreren Verstößen gegen das Medienrecht wurde der Sendebetrieb zwangseingestellt.

très gentil – frz.: sehr nett

un pochettino – ital.: ein bisschen

weird – engl.: schräg, bizarr

zozzona – ital.: heiße Braut

Zut alors! – frz.: Verflixt!

Danksagung

Mein besonderer Dank gilt meiner Frau Flavia, die dieses Buch mit viel Geduld und noch mehr Babysitting überhaupt erst möglich gemacht hat; Thomas Killer, dessen sachkundige Kritik mich aus mancher inhaltlichen Sackgasse herausgeführt hat; meiner Lektorin Christiane Geldmacher, die das große Ganze im Auge behielt und half, die Schwächen zu erkennen; dem ganzen Emons-Team für seine freundliche Unterstützung; sowie Francesca Bagaggia, die mit Witz und Fachwissen die italienischen Teile korrigiert hat. DANKE!

Fehler und Versäumnisse gehen selbstverständlich auf mein Konto.

Harald J. Marburger
TOTENGRÄBERSPÄTZLE
Broschur, 400 Seiten
ISBN 978-3-7408-0065-9

Gewinner des Glauser-Preises Debüt 2018

Dicke Luft im Ländle: Dorfbestatter Gottesacker bekommt Konkurrenz in Gestalt eines neumodischen »Eventbestatters«. Als die Kundschaft reihenweise überläuft, sieht Gottesacker rot und stiehlt dem Kontrahenten eine Leiche. Was er nicht ahnt: In der Kiste liegt ein waschechter Mafioso, der ein kiloschweres Geheimnis mit sich herumträgt. Das ruft nicht nur einen strafversetzten italienischen Ermittler auf den Plan, sondern auch allerhand Profikiller. Bald besteht das größte Problem der Beerdigungsrivalen darin, nicht in den eigenen Särgen zu landen …

»Irrwitzig gewitzt erzählt.« Südwest Presse

www.emons-verlag.de